노천명 수필집

언덕의 왕자

노천명 수필집

# 언덕의 왕자

노 천 명
전 집
종 결 판

II

노천명 지음

민윤기 엮음·해설

스타북스

# 노천명은 시보다 수필이 더 매력적입니다

노천명 시인은 생애 두 권의 수필집을 출간하였습니다.

그러나 두 권의 수필집에 미처 수록하지 못한 '많은' 수필 작품이 그 당시 신문 잡지 등에 그대로 방치된 채 있습니다. 이 '보물' 같은 수필들을 찾아 해독하여 정리하고, 이를 살려내는 작업을 통해 저희는 '노천명 전집 종결판'을 출간하게 되었습니다.

노천명이 「사슴」과 「이름 없는 여인이 되어」로 '시인'으로만 널리 알려져 있지만 사실은 수필이 시보다 '명품'이라는 문학적 평가를 하는 전문가들이 많습니다. 여성 시인으로서 세심하고 정감 있는 글 솜씨는 물론이요, 그때그때 언론사 청탁으로 집필한 글들이면서도 진보적 생활감각과 시대와 사회, 문화와 예술을 보는 안목이 지금 다시 읽어도 공감을 얻는 데 부족함이 없습니다.

노천명은 시보다 수필을 더 많이 썼습니다.

노천명은 고향 황해도에 대한 향수와 집념이 강했습니다. 그래서 고향 = 눈 = 바다는 동의어로 연결되어 있습니다. 산, 바다, 해변, 수평선, 갈대밭, 소녀의 꿈… 등 소녀 시절에 체험한 풍물들이 노천명 수필의 중요한 주제가 되는 이유입니다. 노천명의 수필은 '소녀 시절의 나'를 현재로 불러들여 '현재의 나'를 재확인합니다. 이는 '나'의 뿌리인 고향으로부터 성인이 된 여성의 본성을 찾아가는 과정입니다. 따라서 노천명의 수필은 여자의 정체성을 확인하는 보고서의 연장선상에 있습니다.

노천명의 수필에는 강렬한 여성의식이 깔려 있습니다. 여성이 정당하게 대접받아야 한다는, 사회를 향한 비판의 목소리에 귀 기울일 만한 작품이 적지 않습니다. 이는 유교사상이 지배했던 조선왕조의 가부장적 담론에 눌린 남성중심 편견에 대해 여성이 대응하는 저항이기도 합니다.

노천명은 가정과 사회가 진정으로 원하는 '아름다운 여성'으로 살기를 원하고 노력하였습니다. 그래서 노천명의 수필에는 따뜻하고 애정 어린 마음이 느껴지는 소재와 그 속의 표현이 은근하고 정겹습니다.

노천명의 수필은 배경색이 연한 수채화입니다. 그래서 그의 수필은 슬픔도, 눈물도, 고통도, 기쁨도 모두 물감으로 촉촉하게 젖어 있는 듯합니다. 그래서 향기가 나고 슬픈 이야기들이 아름답습니다.

노천명의 시는 '모가지가 길어서 슬픈' 사슴처럼 '고고하고 외롭다'는 특성을 지니고 있지만 수필은 오히려 고독을 사랑하고 즐기라고 권합니다. '고독은 더 이상 사람을 괴롭히는 것이 아니라 오히려 사람을 편안하게 만들어 주는 것. 나는 적적한 것과 잘 사귀고 또 좋아질 수도 있다'고 말하면서 '여백의 즐거움'이 자신의 삶을 지탱한다고도 하였습니다.

인생은 그 자체가 성공과 실패를 놓고 경쟁하는 게임과 같습니다. 성공은 승리요 실패는 패배입니다. 노천명은 동대문과 남대문 시장 골목에서 좌판을 벌여놓고 장사하는 여성들에게서 이기는 사람들의 얼굴을 발견했습니다. 이제 노천명 시인의 수필을 읽으면서 '당신도 이기는 사람'이 되시기 바랍니다.

2016년 11월

엮은이

1 노천명이 평생 발표한 수필 112편을 수록하였다. 노천명의 수필전집 중에서 가장 많은 작품을 수록한 수필전집이다. 서지학자 김종욱 선생과 함께 '노천명 전집' 종결판 편집팀이 일제 강점기 신문 잡지와 해방 이후 노천명 시인이 작고하기까지의 신문 잡지를 일일이 열람하여 찾아내 정리한 작품들이어서 노천명의 '모든 작품'을 수록하였다고 할 수 있다.

2 특히 노천명 시인이 근무하였던 조선중앙일보, 조선일보, 매일신보 등과 조선일보사 발행의 '여성', 조선중앙일보 발행의 '중앙', 동아일보사가 발행한 '신동아' 같은 많이 알려진 잡지는 물론, '춘추' '국도신문' '부녀신문' '신세계' '회망' '새벽' 등 덜 알려진 신문잡지에 이르기까지 이 잡듯이 뒤져서 찾아냈다.

3 노천명 생전에 발간된 『산딸기』(1948년, 정음사)와 『나의 생활백서』(1954년, 대조사)를 기본 텍스트로 참조하였고, 사후에 나온 수필집들 ─『노천명 수필집』(1978년, 서문당) 『꽃길을 걸어서』(전위문학사, 1979년) 『사슴과 고독의 대화』(서문당, 1988년) 『꽃사슴』(춘추각, 1984년) 『이름 없는 여인이 되어』(선비, 1991년) 『나비』(솔, 1997년)─ 에 수록되지 않은 '발굴' 작품 15편을 모두 수록하였다. 예를 들면 「진달래」 「마리 로랑상과 그 친구들」 「책을 내놓고」 「오월의 색깔」 「정야」 「노변야화」 「내 한 가지 소원이 있으니」 「교장과 원고」 「선경 묘향산」 「화초」 「결혼? 직업?」 「예규공청」 「가야금 관극기」 「피아노와 가야금」 등이 이 전집에서 처음으로 소개하는 작품이다.

4 이렇게 찾아낸 수필에는 글 끝에 발표 연도를 밝혔다.

글 끝에 발표 연도가 없는 것은 노천명 시인 생전에 간행되었던 두 권의 수필집인 『산딸기』 『나의 생활백서』에 수록된 작품들이다.

**5** 작품의 수록 순서와 구성 방식도 지금까지의 노천명 수필집과 달리 글의 주제
별로 재분류하여, 1부 '꽃과 나비', 2부 '나', 3부 '봄 여름 가을 겨울', 4부 '생
활의 발견', 5부 '사람', 6부 '산 바다 여행', 7부 '여성의 눈으로'의 7개 챕터로
실어 노천명 수필 읽기의 매력을 최대한 살렸다.

**6** 일반적인 수필 외의 산문은 노천명 전집 종결판 제3권 노천명 소설집 『우장
雨葬』에 수록하였다. 「인간 월탄」 「김상용 평전」 「샘골의 천사 최용신 양의 반
생」 「김명시 여장군 일대기」 「병상일기」 「시의 소재에 대하여」 같은 글이다.
따라서 출판사상 최초로 출간되는 노천명 소설집 『우장雨葬』에는 노천명의 소
설과 함께 문학론, 평전, 전기, 일기 등 다양한 형식의 산문을 수록한 셈이다.

**7** 알려지지 않은 작품들을 발굴하여 '전집'으로 묶어낼 때 대부분의 출판사들은
'원문'을 살리는 방식으로 책을 펴낸다. 하지만 이 책은 전공자나 연구자가 아
니라 일반 독자들을 위해서 '원문'은 가능한 한 살리되 맞춤법은 현재 시행되
고 있는 정서법을 따랐다.

**8** 또한 수필 내용 중 별도의 주註가 필요한 경우에도 간단하게 괄호 처리를 하
여 수필을 읽는 데 방해가 되지 않도록 하였다.

# 차례

**4**
**생활의 발견**

**6**
**산 바다 여행**

# 7
**여성의 눈으로**

## 부록

# 1

## 꽃과 나비

# 진달래

    한동안 소문 없이 나타나지 않던 친구 하나가 오늘 돌연 찾아와 그 동안 이사를 하느라고 못 왔었다고 하며 원골 자기네 집 구경을 가자고 졸라댔다. 며칠을 음산하게 찌푸리고 있던 날씨가 오랜만에 활짝 개고 따뜻한 볕이 나로 하여금 여기 얼른 응하게 만들었다.

    한참 잊어버리고 길을 걷고 나니 친구 말이 이젠 다 왔다고 한다. 다리도 아프고 맥도 풀려 언덕바지에 가 서서 눈을 드니 바로 맞은편에 진달래가 볼그레하게 안개같이 여기 저기 널려 있지 않은가. 나는 금시 눈에 생기가 돌았다.

    "여보, 저기가 어디요?"

    하고 물으니

    "나보다 먼저 서울 와 살면서 이 사람 서울 구경도 아직 다 못했구만."

하며 설명을 해 주는데, 들으니 동관東關 대궐 뒤 비원秘苑이 바로 저렇게 바라다보이는 것이었다. 동관 대궐 뒤니, 비원이니 내 관심을 끌 것이 못되고 오직 진달래꽃이 내 온 정신을 흔들어 놓는 것이었다.

나는 멀거니 서서 한참동안을 건너편 동산 안의 진달래를 바라보았다. 나는 눈물이 나도록 반가웠다. 내 어릴 때 잊어버린 친구, 아니 죽었던 친구가 지금 저 동산 안에 살아 있는 것을 발견한 것 같은 느낌이다.

똑똑히 보려고 눈을 가다듬어 보았으나 진달래꽃 송이도, 물푸레나무같이 생긴 줄거리도 아니 보이고 그저 꿈속에 보는 것처럼 어렴풋이 보라 회색 빛 연기 같은 것이 여기저기 널려 있음을 볼 뿐이다.

옛 친구들을 생각해내듯이 나는 진달래를 눈앞에 보자 무덤 옆에 잘 피는 할미꽃이며, 또 이 할미꽃으로 족두리를 만들던 일들이 생각났다. 이 땅에 봄이 오면 산마다 골짜기마다 빠알갛게 피어오르는 이 진달래는 모름지기 조선의 '넋'인지도 모를 게다.

어느 망명객은 해외에서 솔을 보고 고국을 생각하며 울었다고 들었는데, 솔보다도 나는 이 진달래가 더 간장을 녹일 것 같다. 잘 났다고 으스대던 사람들도 한 번 가면 못 오는 이 세상에서 진달래는 해마다 봄이면 다시 곱게 산에 널려 피지 않나.

나는 봄꽃 중엔 진달래가 제일 좋다. 이는 꽃 자체보다도 어릴 적 이야기를 함께 가진 연유일 게다.

살구꽃을 서울처녀라 한다면 진달래는 촌처녀다. 그는 장미나 백합과 그 운치가 또 다르다. 장미나 백합을 꽃병에 꽂아 보라. 그는 얼마든지 화병에 어울리게 멋들어질 수 있을 것이나 진달래를 꺾어다 놓아 보라. 화병에 어울리게 꽂아놓을 재주가 없을 게다.

그는 오직 산에서 빛난다. 이렇게 진달래를 좋아하면서도 해마다 봄이면 꽃집에나 가서 꺾어다 놓은 것 아니면 산에 갔다 오는 사람들의 손에 몇 가지 들려진 것을 본 외에는 봄직하게 산에 피어 있는 것을 근자엔 본 기억이 나지 않는다.

그리고 보니 근 10년 동안 나는 봄이 되었다 해서 친구들과 산이나 들엔 가본 일이 없다. 내 생활이 얼마나 마음의 여유가 없이 쪼들렸는가를 가히 알 수 있다. 작년 올해 들어 내 인생관엔 적잖은 동요動搖를 가져오고 있다. 이는 가까운 사람들이 자꾸 저 세상으로 하나둘 나를 떠나서 가 버리는 사실이었다.

머지않아 나는 그들의 뒤를 따를 것만 같다. 올해는 세상없어도 몇몇 친구와 작반을 해서 진달래가 지기 전에 교외엘 좀 나가 봐야겠다. 예쁜 아기의 손을 물어 주듯이 어려서 나는 진달래를 한아름 꺾어 안고는 함부로 곧잘 뜯어먹었다.

여기의 것을 꺾고 나면 저기 더 고운 진달래가 발견되는 법이다. 이리 달리고 저리 달리는 동안은 다른 것은 눈에 안 보인다. 오직 진달래뿐이다.

한아름 꽃을 안고나서 보면 손이 긁혀 맺혀 피가 나고 댕기를 잃어버렸고, 그보다 더 큰일이 난 것은 치마를 찢어놓은 것이다. 산에서 내

려오는 동안엔 여러 차례를 시드는 진달래에게 물을 뿌려 주고 정 못
쓰게 된 것은 추려 버린다. 이러면서 나와 함께 집에까지 오게 된 진
달래는 산엘 갔었다는 일과 치마를 찢었다는 일로 어머니에게 꾸중을
듣는 나와 함께 내 손에서 무색하기 짝이 없다.

"나는 어려서 꽃을 꺾으면 그 똑똑 소리 나는 것이 아프다는 소리라
는 말을 어른들한테서 듣고 난 뒤로는 꽃을 보기는 해도 꺾기를 겁냈
는데 저것은 어떻게 돼먹은 게 저러냐?"

고 하시며 한바탕 꾸지람을 내리시기는 하나 어머니의 손으로 옮겨
지고 이어서 백白단지를 하나 내어서 여기에 담겨지는 것이었다.

—— 1949년

# 비

나비는 어딘지 몰라 무척 귀족적인 데를 지니고 있다. 송충이를 거의 병신성스럽게 무서워하는 내 깐에, 나비는 또 몹시 고와한다. 인시류鱗翅類 가운데서 확실히 나비는 어느 귀족일 게다. 그 몸뚱이의 됨됨이며, 또 맵시를 보라. 얼마나 귀골로 생겼나?

연상 장미의 화원으로만 배돌고 한사코 꽃을 따라 마지않는 짓이 얄밉다기보다도 오히려 그 탐미파적인 데를 나는 사랑하고 싶다. 나비는 지극히 점잖다. 어디까지나 신사풍을 갖추고 있다. 그리고 무척 사치스럽다. 흰나비를 비롯해 노랑나비를 보라. 또 범나비 호랑나비를 보라. 그 날개의 호화스러운 차림새란 과연 휘황찬란한 데가 있지 않은가?

나는 어려서 화초밭에 들었다가 호랑나비를 보면 괜히 무서운 생각이 드는 것이었다.

얼숭덜숭 반점이 박힌 그 날개를 퍼덕이면 어린 마음에 어떤 공포를 느끼는 것이었다.

머지않아 이제 울타리에 개나리꽃이 피고 잔디밭에 민들레꽃이 피면 하늘하늘 나비가 날며 나타날 것이다.

올해에는 무슨 빛 나비를 먼저 볼 것인가? 호랑나비를 먼저 보면 그 해 운이 좋다는 말이 있다. 어려서 나는 제일 먼저 흰나비를 보는 해엔 그 해가 다 가도록 은근히 걱정으로 지내는 것이었다. 누구에게서 들었는지 흰나비를 먼저 보면 그 해엔 상주가 된다는 말이 무서웠기 때문이다.

길을 걷다가 흰나비가 퍼뜩 보이는 것 같으면 얼른 다른 데로 당황히 시선을 돌리며 안 보려고 애를 쓰는 것이었다.

이런 얘기를 꺼내다 보니 문득 그때 그 시절이 미칠 것처럼 그리워진다.

# 목련

아침에 눈을 뜨는 길로 문갑 위의 목련을 바라봤다.

그윽한 향기가 방안에 넘치는 것 같다. 재치 있는 붓끝으로 곱게 그려진 것 같은 미끈하고 탐스러운 잎사귀며, 그 희고 도톰한 화판花瓣하며 볼그레한 꽃술하며 보면 볼수록 품品이 있고 고귀한 꽃이다. 그리고 무척 동양적이다. 내가 여학교 시대 자수 시간에 족자에다 이 목련이란 꽃을 수는 놓아본 일이 있으나, 보기는 처음인 것이다. 지난 번 주일날 명륜동 조카 집엘 놀러 갔더니, 돌아올 때 조카가 정원에서 꺾어준 꽃이 이 목련이다. 전차와 버스를 타고 오는 동안 이 꽃을 위해 나는 얼마나 주의를 했는지 모른다.

어쩌면 이처럼 점잖은 꽃이 있을까?

몇 번을 감탄하고도 오히려 남음이 있어 좋은 벗이라도 와서 같이 보았으면 싶던 차에 오늘 아침 선善이 와서 이 꽃을 보고 늘어지게 찬

사를 던지고 갔다. 흰 나리꽃이 꽃 중에는 으뜸가는 줄 알았더니, 목련
은 한층 격이 높음을 본다. 목련을 조용히 바라보고 있으면 옷깃이 여
며진다.

　사람도 이처럼 그윽하고 품品이 있어지고 싶건만, 향기를 지닌 사람
이 된다는 것 역시 쉬운 노력이 아님을 느낀다.

# 언덕의 왕자

볼일이 좀 있어 요새 E대학에 자주 나가게 되는데, 아침 통근 버스가 신촌 굴속을 헤치고 나와 정문으로 들어서게 되면, 나는 실로 서울 온 촌사람이 신기하게 뜨는 그 눈을 하고 좌우편의 경치를 마시듯 훑어보는 것이다.

시내에서 그 구토증을 일으키게 하던 것들만을 진력이 나게 보아야 했던 내 눈에 확실히 이 원시림을 헤치고 들어서는 것 같은 경치들은 볼만한 것이 아닐 수 없다.

칡덩굴이 없나, 보리수나무가 없나, 분디나무가 없나, 반가와 달려들고 싶은 내 어린 시절을, 나무들도 그러려니와 내 주위를 유난히 끄는 것이 있으니, 그것은 경사진 언덕 밭 속에 피어 있는 한 포기의 꽃이다.

당치 않은 곳에 난 꽃인지라 별스레 곱게 보이는 것이렷다. 오래 전 얘기지만 내가 북경北京을 갈 때 푸른 보리밭 속에 한 줄씩 두 줄씩 양귀비꽃들이 섞여서 피어 있던 광경이 어떻게도 곱게 인상에 박혔던지 지금도 북경 갔던 일을 회상할 때면 다른 것들을 다 누르고 보리밭 속에 서 있던 그 양귀비꽃의 모습이 내 머릿속에 포기포기 다시 피어나거니와, 밭 속에 핀 꽃이란 유난히 고운 법이다.

지금 내 주위를 끄는 것은 한 포기의 맨드라미인데, 이거야말로 흡사 그 언덕 일대의 왕자다. 예쁜 꽃자주를 가리켜 맨드라미 빛 같다지만 어쩌면 이렇게 고울 수 있으랴. 그런데다 또 어쩌자고 맨드라미 꽃송이가 이처럼 탐스러울 수가 있으랴. 박람회 화초부에다 갖다 놓는다면 이는 틀림없는 특등감이렷다.

실상 맨드라미꽃이란 화초 중엔 싱거운 꽃인데, 이렇게 고운 빛깔을 하고 탐스럽게 피어 있는 것을 보니 그도 또한 아름답다. 50미터 밖에서 그 야경 일대의 것들을 다 누르고 눈에 띈다는 것은 여간한 존재가 아니다.

그런데, 내가 아침마다 언덕 위의 그 맨드라미에다 거의 거르는 일 없이 눈을 주고 지나는 것은 그 꽃이 잘 생겼다는 점에서만은 아니다. 어떻게 해서 밭곡식이 나는 곳에 뜰에나 나는 화초가, 그야말로 '다른 밭'에 이렇게 났는지도 궁금하거니와, 그 봄직하고 탐스러운 꽃이 가까이서 지키지도 않는 밭에 가 남아 있느냐는 것과, 또 그 언저리에 낱곡식을 희생시켜 가며 혼자 넓은 자리에서 마음껏 자라게 해 주고 열심으로 가꾸어 주었다는 그 점이다.

한 포기의 배추나 몇 뿌리의 무가 주는 영양 이상의 영양가를 이 한 송이 꽃에서 찾을 줄 안 그 마음의 여유와, 또 좋은 꽃을 내 뜰에서 나 혼자만 보지 않고 여러 사람이 같이 보며 즐기겠다는 그 마음의 아름다움이 내게는 그렇게 신기해서 아침마다 그 꽃을 차창으로 허리를 굽혀 내다보는 것이다. 이러한 마음의 여유, 이러한 마음의 아름다움이 요즘 세상엔 귀한 것 같다.

내가 아침 우리 집에서 이 차를 타고 신촌 E대학에까지 이르는 30분 동안에 길 좌우에서 나는 실로 적지 않은 수의 교회당들을 볼 수 있다. 거기에는 가톨릭 성당도 있고, 신교의 예배당도 볼 수 있는 것이다. 정글처럼 날카롭게 하늘을 찌를 듯한 교회 첨탑들을 본다.

거리 동마다 파고들려는 이 교회당 속에 정비례하는 것이 신앙심이라면, 시민들은 좀 더 착해졌어야 할 것이련만, 그런 흔적은커녕 '악의 꽃'이 점점 더 만발하는 것만 같다.

동 구역마다 교회가 생긴다는 것은 합쳐지는 징조라고는 볼 수 있다. 이렇게 분가해 세간들을 나가다가는, 구 단위에서 동 단위로, 동 단위에서 그러다가 각 세대 단위로, 그러다가 각 교인의 집에다 차려 놓고 제 집에서 주일을 보게 될 날이 오는지도 모를 일이다.

이렇게 어디를 보나 봄직한 것이 드문 요즘 세상이요, 발달될 대로 발달된 개인주의와 이기주의가 범람하는 세대에서 내 뜰 안에 있는 것도 아니요, 지나가는 사람들의 눈요기나 시켜 줄, 밭에 있는 꽃을 이처럼 보기 좋게 가꾸어서 지나가는 행인에게 즐거움을 제공해 주는 보이지 않는 그 사람이 여자인지 남자인지 모르되 나는 그가 보고 싶다.

내가 좋은 것을 남에게도 나누어 주는 심경, 이는 정말 아름다운 마음이요, 또 우리에게 필요한 마음이다. 일면식도 없는 사람들일지도 모르나, 미지의 그 사람들의 눈이 즐거울 것을 생각해서(혹은 또 이런 것을 전혀 염두에도 두지 않았는지 모른다) 한 포기의 풀에다 보이지 않는 데서 공을 들여 주는 사람이 있다는 것, 이 얼마나 아름다운 일인가. 오늘의 세상에도 어느 보이지 않는 구석엔 이런 사람들도 있는가 보다.

한 포기의 배추가 우리들의 육체를 길러 주는 이상으로 한 떨기의 꽃이 우리들 정신생활에 주는 양식이란 작은 것이 아니다.

나 이외에도 이 E대학 구내에 들어서는 사람은 건너편 언덕 밭 속에 탐스럽게 피어 있는 이 한 포기의 꽃이 눈에 띄었을 것이고, 적어도 그 순간 그는 마음에 아름다운 것이 들어갔을 것이다. 알지 못하는 사람을 위해서도 바칠 수 있는 성의는 분명 그의 마음의 옹색하지 않은 여분에서일 것이다.

마름질을 할 때 융통성 있게 넉넉하니 마를 수 있는 것처럼 우리 마음에도 빠듯이 옹색한 것을 떠나 좀 넉넉한 데가 있었음 좋겠다. 그래서 금방은 소용없어도 좀 넣어놓기도 하고, 쓸데없는 것인 줄 알면서도 여투어두는 인심은 요청되는 것이 아닐까? 그저 당장 쓸 데 있는 것만을, 또 내게 이롭고 소용 닿는 것만을 위해서 쓰는 마음이나 정성은 너무나 현금적인 금속성이 닿는 것 같은 찬 것이 아닐까?

1950년대 서울 신촌 이화여대 앞 풍경

　그 맨드라미를 가꾸어놓은 사람은 E대학 근처에 사는 어떤 무식한 부인네인지도 모른다. 그는 그의 호미 끝의 결과가 오늘 이처럼 나 같은 사람의 마음을 감격하게 해 주리라고까지는 생각이 미치지 못했을는지도 모른다.

　하루하루 낙엽이 져가는 11월, 언덕 한 모퉁이엔 오늘도 맨드라미가 연연한 빛을 발하고 탐스러운 큰 꽃술을 드리우고 있다. 그 뒤엔 또 모르는 사람의 아름다운 마음씨가 드리워져 있다.

# 아스파라거스의 조난遭難

얼마 전, 병 후의 형님을 모시고 온정溫井하러 배천엘 갔다가 호텔 매점에서 아스파라거스를 한 분 사 가지고 돌아왔다.

이것을 살 때, 나는 형님과 꽤 승강이를 했다. 달래 그런 것이 아니라, 형님은 변화하고 보기 좋은 것을 사지 하필 쓸쓸해 보이는 것을 왜 사느냐거니, 나는 또 그 파란 잎이 꽃보다 좋다거니 하다가 결국은 우겨서 사 가지고 오고야 말았다.

그날따라 급행차는 혼잡해서 자리를 잡아 보기는커녕 안에 들어가지도 못하는 판에 어귀에 끼어 서서 오면서, 아스파라거스를 다칠까 봐서 화분을 안고 내가 여간 신고를 한 게 아니다.

이렇게 가져온 화분은 문갑 위에 볕 바른 곳에다 자리를 잡았다. 그리고 한낮 볕이 잘 날 때는 정성으로 밖에다 내놓았다. 외출을 했다가도 해질 무렵이 되면 화분을 들여놓기 위해서 바쁘게 집으로 달려오는 것이었다.

　이처럼 여기다 정성을 들이는 것은 원체 아스파라거스를 내가 좋아하는 까닭도 까닭이려니와 여기에는 한 번 덴 가슴이 보다 많이 원인했던 것이다.

　작년 겨울 시골집에 내려갔던 때의 일인데, 김장 때 아이들이 해놓은 듯한 무 장다리가 탐스럽게 되어서 꽃망울까지 맺힌 것을 나는 좀 더 잘해 준다고 하루아침 볕에다 내놓았다. 내놓은 것까지는 좋았으나, 그만 까맣게 잊어버리고 밤에 들여놓지를 않았다가 아침에 생각이 나서 보니 서리를 맞고 꼿꼿이 얼어 죽어 참혹했던 경험이 있다.

　그래서 이번에는 참으로 정신을 차렸던 것이다. 한데 이상하게도 아스파라거스는 아침저녁 온천 호텔에서 보던 그 싱싱한 맛이 아무래도 점점 없어져 가는 것 같았다.

　잎 끝들이 하얘져 갔다. 나는 아마 새로 나오는 잎이 돼서 그렇거니하며, 얼마 있으면 파래지겠지 했으나, 역시 두고 보아도 마찬가지다.

　하루는 본정本町엘 나갔던 길에 정원에 들러 춘란을 사다가, 문득 꽃집 사람은 필시 화초 기르는 법을 알 성싶은 생각이 들어 대강 물었다.

　"아스파라거스는 어떻게 길러야 잘 됩니까? 우리 집 것은 잎 끝이 하얗게 변해 들어가는 모양이 아무래도 무슨 병이 든 것 같은데."

　"그건 응달에서 자라는 식물이 돼서 볕을 피해 주고, 또 물을 많이 먹기 때문에 다른 화초보다 물을 많이 줘야 합니다. 볕은 싫어하기 때

1935년 무렵의 이화여자전문학교

문에 온실 같은 데서도 이것은 맨 밑에다 두죠."

꽃집 사람의 대답이다. 그런 것을 나는 한사코 그 싫어하는 볕을 쐬어 주었으니 병고는 거기서 난 것이었다.

그날 집에 돌아오는 길에 나는 손 쓰는 게 늦은 줄 알면서도 급히 볕 안 드는 곳으로 분을 옮겨 놨다. 그리고는 죽겠다고 선언을 받은 병자를 대하는 것 같아, 나는 슬픈 마음으로 생기 없는 아스파라거스 옆에 가 언제까지나 멍하니 서 있었다.

# 화초

나는 집에 들어오면 집사람들을 쳐다보기보다는 먼저 화초를 본다. 본다느니보다 살핀다는 편이 옳을 게다.

왜냐하면 집에 있는 닭 두 마리가 걸핏하면 볕을 쏘이러 나온 이 화초들을 해치는 까닭이다. 암놈이 유난히 푸른 것을 즐겨 먹고 또 그 까닭에 애처가인 우리 집 수탉은 푸른 것만 보면 순이 핀 잎사귀만 쪼아다가 닭 앞 잎에다 놓아 주는 때문이었다. 하루는 모처럼 볕을 쏘이러 내놓은 스프링게리의 순을 쪼아 먹고 또 늘어진 잎사귀들을 여지없이 뜯어먹었다.

그날 밖에서 돌아온 나는 장작개비를 가지고 처음으로 닭을 후려갈겼다. 그 탐스럽게 늘어졌던 잎사귀가 생각나서 몽둥바리가 된 스프링게리를 볼 때마다 나는 화가 나 견딜수가 없었다.

"저눔의 닭들을 아무래도 없애 버려야겠어." 하고 날마다 별렀다.

하나 막상 또 없애려고 생각을 하고보니 차마 그럴 수가 없을 것 같았다.

"저 정든 미물을 어떻게. 그럼 뉘집에다 선물로 보내 버릴까."

닭 두 마리는 확실히 문제거리가 되어 버렸다. 화초를 밖에다 내놓을라치면 반드시 내 동생이나 내가 지키고 서 있기로 했다.

화초는 좀체 소생되지 않았다. 아침이면 일어나는 길로 이것을 들여다보는 내가 보기에 딱했는지 동생은

"닭이 뜯어먹은 데는 아마 독한 입김이 들어갔나 보죠." 한다.

집에 들어오면 유일한 낙이던 이 스프링게리는 내 애처로운 것이 되어 버렸다.

화초 집에 가서 새것을 하나 사려고 들여다보았으나 마음이 가지 않았다.

어떻게 하든지 해서 이것을 살려내야만 내 마음의 즐거움을 다시 찾을 수 있을 것 같다.

나는 마지막 방도로 비를 기다린다.

———— 1948년

# 2

## 나

# 마리 로랑상과 그 친구들

내 작품을 보고는 나를 한 번 만나보고 싶다는 독자들이 있다고 들을 때마다 나는 나를 만나겠다는 그 의도를 별로 환영해본 일이 없다.

좋은 사람이면 서로 안 보고 있는 것이 좋다. 대개 사람이란 만나봐서 더 좋기가 드문 일이기 때문이다. 그래서 나 역시 내가 좋아하는 사람이면 만나기보다는 더 안 만나고 멀리해 둔다.

일전에 책을 보다가 나는 내가 좋아하던 한 여성에 대한 '비전'을 유리처럼 깨뜨린 일이 있다. 부인들의 초상을 그려주되 곧잘 그 잘 생긴 코를 빼놓고 그려 주어서 그 그림을 맞추었던 귀부인이 와서 왜 내 코를 안 그려 주었느냐고 하면,

"내 눈엔 당신의 코가 안 보이는 걸 어떡허우."

하고 끝내 코 없는 얼굴을 그려준 개성이 심한 여류화가요, 또 기막히게 멋진 시인 1인 2역의 재녀才女 마리 로랑상을 나는 전부터 참 좋

아했다. 그는 산양山羊의 얼굴 같은 여인상을 그의 시작품에다 그려놓아 나는 그의 시와 함께 그림을 보며 마음으로 무척 좋아했다.

그러면서 연분홍과 회색을 잘 쓰는 이 시인 화가를 내 머릿속에다 아주 무척 사치스럽고 영민한 여성으로 그려보는 것이었다.

그런데 일전 어느 책에서 그의 사진을 보고는 놀랐다. 발자크가 조르쥬 쌍드를 보고 "저것도 여자냐?"고 "남자가 되려다 여자가 된 사람"이라고 했다더니, 정말 나도 그 순간 이와 같은 말을 마리 로랑상에게 할 수 있다. 키는 6척이 넉넉할 성싶고 머리는 송낙을 쓴 것 같은 모양이 어디로 보나 여장女裝을 한 남자지 여자 같지는 않았다.

가끔 마리 로랑상은 서로 좋아하는 사이였던 아폴리네르와 함께 피카소를 방문했다고 한다. 그때마다 들어서면 방안을 수색이나 하듯이 손에 닿는 대로 물건들을 만져 보고 건드려 보는 기적奇跡이 있었다고 한다. 어떤 구석이라도 안 들여다보고는 안 된다. 그리고 놀라울 정도로 없는 그 사양심과 냉정함을 잘 보존하면서 무엇이든지 잘 알아 보지 않고는 못 견디는 마리는 더 잘 보기 위해서 자루가 달린 안경을 그 산양같이 생긴 얼굴에다가 바짝 갖다 댔다고 한다.

가끔 그는 또 피카소와 아폴리네르가 얘기를 하는 도중에 무슨 소리인지 알아도 듣지 못할 높은 음성을 내 가지고는 그들로 하여금 깜짝 놀라 얘기를 중지하게끔 만들었다는 것이다.

그런데 무척 깔끔해서 자기의 침대엔 손도 못대게 하고 주름살 하나만 지워도 성을 내서 친구들이 그 집엘 가면은 어딜 다칠세라 하고 조심조심 했다는 아폴리네르가 마리를 좋아했다는 것은 또 이상한 일이다.

자고로 예술을 한다는 사람들은 어떤 사람을 막론하고 다 괴짜들이 많은 모양이다. 그리고 또 하나같이 주변성이 없는 점은 거의 다 공통되는 것 같다.

'페르낭드'라는 피카소의 연인이 피카소 집에 드나드는 그들의 친구들! 막스 자콥이니 또 룻소 루오 마리 로랑상 마티스 같은 사람들에 관해서 적어 놓은 것을 보면 읽다가 정말 혼자 웃지 않을 수 없는 대목이 많다.

한 번은 오래간만에 페르낭드가 피카소에게 "오늘 저녁에 당신 집엘 놀러가겠소." 했더니 피카소는 이 말을 듣고 가서 너무도 어질러뜨려 놓은 자기 아틀리에를 어떻게 청소를 하면 좋을까 하고 엄두가 나질 않아 머리를 손으로 괴고 난처해하자 이 모양을 보고 아폴리네르는 큰 소리로 웃어대며, "청소는 내가 맡을 게 걱정 마라."하고 기껏 명안名案이 떠올랐다는 것은 그림 도료塗料들이 험상스럽게 묻은 그 마루를 겨우 석유를 가지고 닦아내는 것이었다고 한다.

한바탕 청소를 해놓고 보니 견딜 수 없는 냄새가 코를 찌르자 냄새를 없앤다고 오데고롱을 방안에다 쳐 뿌리기 시작했다. 그러고 나니 페인팅 냄새, 석유냄새, 거기다 향수 냄새 이것들이 뒤섞여서 괴상망칙한 냄새를 풍겼을 것은 가히 상상할 수 있는 일이다.

그리고 정열적인 스페인 아兒 피카소는 어떻게 질투가 또 심했던지

자기의 연인으로 하여금 결코 혼자 나다니질 못하게 했다고 한다. 그런 때문에 피카소는 자기가 손수 장을 보러 다녔어야 했다. 그래서 장 보는 망대網袋를 늘 손에 들고 자기들의 생활에 필요한 자지레한 물건을 사러 다니는 피카소의 모양을 사람들은 가끔 볼 수가 있었다고 한다.

피카소는 개를 기르고 또 책상 서랍 속에다 흰쥐를 기르는 등 동물을 사랑해서 집에서 무슨 동물이건 기르지 않고는 배기지 못했다고 한다. 돈이 생겨서 친구들과 더불어 한 잔 하러 나갈 때면 으레 테이블 위에다 장난으로 개를 위해 잊어버리지 않고 돈을 놓고 나갔었다고 한다. 피카소가 굶을 때에는 또 이 개는 그 대신 제대로 나가서 먹을 것을 물어들여야 했다고 한다.

—— 1956년

# 시골뜨기

내가 맨 처음 서울에 올라온 것이 이맘때였던 성싶다.

음력 이월 초순께나 되었던지 춥기는 해도 겨울은 아니고, 그렇다고 봄도 채 되지 않은 때였다.

옥색 두루마기를 입고 여기 애들 모양 당홍 제비부리 댕기도 못 드리고, 검은 토막 댕기를 드린 나를 보고 동네 아이들은,

"시골뜨기 서울뜨기 말라빠진 꼴뚜기."

하며 우르르 달아나곤 하는 것이었다. 무슨 영문인지를 모르는 나는 그 애들의 외우는 말이 재미가 있어 웃으며, 그 애들이 몰려가는 데로 따라가면 줄달음질들을 쳐서 골목 안으로 달아나는 것이었다.

이럴 때마다 나는 시골 우리 동리가 그립고, 박우물께 예쁘며, 새장꺼리 섭섭이 필녀 창호 이런 내 동무들이 한없이 보고 싶었다.

학교에도 아직 못 들고 어머니는 날마다 집주릅(집 흥정 붙이는 일을 업

으로 삼는 사람)을 데리고 집만 톺으러 다니시면, 나는 그 동안 이모 아주머니와 더불어 있어야 한다.

이 이모 아주머니란 분은 재미있었다. 달리 그런 것이 아니라 환갑이 다 된 분이 머리는 하나도 세지는 않고, 그 대신 정수리가 무르팍처럼 민 분이 함박꽃빛 자주 마고자를 입고 계신 것이 우습고, 또 한 가지는 방안에 가만히 앉아서 온종일 잔소리로 일을 보시는 것이다. 할아범과 할멈을 번갈아 부르셔선 무슨 분부인지 그처럼 많다. 그런데 한 번은 밖에 손님이 오셔서

"이리 오너라."

했다. 아주머니는 미닫이도 좀 안 열어보고 창경窓鏡으로 겨우 내다보시며

"거기 아무두 없느냐?"

하시더니, 아무 대답도 없는데

"누구신가 여쭤 봐라."

하고 분부를 하신다.

어처구니가 없는 것은 다음 순간이었다. 밖의 손님이 이 말을 듣더니

"양사골 김주사가 왔다구 여쭤라."

하는 것이었다. 이어서 또 아주머니는

"영감마님 출타하고 아니 계시다구 여쭤라."

하신다.

할멈도 할아범도 사이에는 없는데 서로 해라를 하고, 또 문도 안 열어 보며 영등박같이 또랑또랑하게 말로만 해내는 것이 나는 말할 수 없이 우스웠다. 서울은 정말 별난 곳이라고 생각했다. 별난 것은 이것뿐이 아니었다.

우리 게와 달라 무슨 장수들이

"비웃드렁 사려! 움파드렁 사려!"

'드렁' 하며 외치고 다니는 것도 재미있었다. 이럴 때마다 나는 달음박질 뛰어나가 문 밖에가 서서 구경을 했다.

한 번은 머리를 따 내린 호인胡人이 팔에다 나무 궤짝을 걸고, 한 손에 울깃불깃한 종이로 오린 꽃에 섞어 천연 멍개(해당화 열매) 같은 빨간 것을 꼬챙이에다 끼워 들고 가며

"아가위 콩사탕."

하고 외치는 것이었다. 나는 무엇보다도 우리 시골에 있는 멍개 같은 데 흥미를 느끼고, 한 꼬치 오 전이라는 것을 샀다. 그래서 가지고 들어가 먹어 봤더니 맛이 여간 훌륭하지 않다. 시골 우리 아랫집 대각大角이네 모나카보다도 훨씬 맛이 있었다. 그리하여 나는 아침이 되면 으레 어머니한테 아가위 값을 타고 '아가위 콩사탕'만 외치고 지나가면 뛰어나가 사곤 했다. 아주머니는 여덟 살이나 된 걸 저렇게 군것질을 시켜 어떻게 하느냐고 걱정을 하셨으나, 우리 어머니는 아무 말도 안 하시고 언제나 은장도가 달린 주머니끈을 끌러 돈을 꺼내주셨다.

서울은 정말 좋은 곳인 것 같았다. 언제까지나 신기한 것에 대한 내

주의는 그치지 않았다.

한 번은 아주머니가 나가시더니 할아범에게 이상한 것을 들려 가지고 들어오셨다. 이 찬란한 것에 나는 정말 당황했다. 놋쟁반 같은 데에 오색이 영롱한 꽃이 하나 그뜩 담겨 들어왔다. 가까이 보니 꽃만도 아니다. 꽃에, 새에, 연밥에, 새파란 오이에, 가지에 옥가락지, 귀주머니, 갖은 패물, 족두리, 안경집 — 이런 것들이 노랭이, 파랭이, 분홍, 흰 것, 당홍, 취얼, 보라, 이루 말할 수 없이 곱게 차려졌다.

이것을 보시더니 어머니가 아주머니에게 요샌 색떡 한 밥소래에 얼마냐고 물으니까 오 원이라고 하신다. 이 대화에서 이것이 색떡이라는 물건인 것을 알 수 있었다.

그 중에서도 흰 바탕에다 검정 선을 두르고 분홍 매화와 새를 새긴 안경집과 칠보가 달린 족두리가 제일 예뻤다. 그래서 어머니를 지그시 잡아당기며 나는 저기 족두리하고 안경집을 날 떼 달라고 졸랐더니, 그것은 혼인집에 가져갈 것이 돼서 안 된다고 하시는 것이었다. 나는 얼마 동안 이것 때문에 울었다.

한참 있으니까 이웃집 서울 아이들이

"애야, 나와 놀아!"

하고 저희 동무들을 찾는 노래 곡조 같은 소리가 들려왔다. 번연히 나를 찾는 것이 아닌 줄 알면서도 나는 부리나케 뛰어나갔다.

첫째는 노래같이 부르는 그 소리가 재미있는 까닭이요, 다음으로는 얼굴에 분세수를 하고 머리들을 곱게 빗은 서울 아이들을 보는 것이 좋았다. 팔짱을 끼고 말없이 우리 집 문 앞에가 서서 있었다.

바로 건너다뵈는 앞집은 꽤 큰 집인데 대문에다가 흰 글씨로

'성적분成赤粉 파오.'

하고 씌어 있다. 나는 심심해서 속으로 몇 번이고 자꾸 '성적분 파오' 하고 읽어 봤다. 하루아침엔 이 큰 대문 집에서 나만한 처녀아이가 나오더니 내게다 말을 붙였다. 말씨가 고와서 나는 그 애가 말하는 것을 자꾸 쳐다봤다.

그 애는 자기 집에선 성적분을 만든다는 것이며, 학교에 다니는 오빠가 있다는 것이며, 망령 난 할머니가 계시다는 것 등을 말해 주며, 내 손을 붙들고 저희 집엘 데리고 들어갔다. 나더러 널을 같이 뛰자고 하는데, 내가 뛸 줄도 모르고 또 무섭다고 했더니 줄을 잡혀 주며 나더러 줄을 잡고 뛰라고 했다. 내가 줄을 잡고 널을 뛰어 봤더니 사내 널을 뛴다고 하며 널뛰는 것을 친절하게 가르쳐 주었다. 그 후부터 인순이는 아침만 치르면 우리 집에 와서

"얘야, 나와 놀아!"

하고 나를 불러 주었다.

인순이와 내가 차츰 정이 들려고 하는데, 우리는 집을 구해 이사를 갔기 때문에 서울 길을 모르는 나는 인순이를 다시는 만날 수가 없었다. 그 뒤 전학이 돼서 내가 학교엘 들어갔을 제 나는 인순이를 찾으려고 은근히 살폈으나 찾지 못했다. 내 생각에 인순이는 집이 완고해서 학교엘 넣지 않았을 것만 같았다.

인순이는 내가 서울 와서 제일 처음으로 사귄 친구였다. 지금도 내가 서울 왔을 때 생각이 날 때면 으레 인순이가 연상되고, 내 머리에 떠오르는 인순이는 언제나 처음 만날 때 그가 입었던 꽃분홍 삼팔 치마에 연두 저고리를 입고 파란 징신(진신)을 신었다. 나는 그때 인순이 이름을 알았지만, 인순이는 내 이름도 채 몰랐다. 다만 시골 애라고 알았을 따름이었다.

# 나의 생활백서

이렇게 사는 것을 생활이랄 수는 없는 일이고 생존이라고나 해야 옳을 것이다.

이곳 지하실 합숙소에서 신세를 지고 있는 것도 그럭저럭 일 년이 넘었다. 방 하나가 온갖 시간에 원願해졌건만 이것은 이루어지기도 어려운 일이었다. 규칙적인 한 가지 반찬에다 양쌀밥을 먹어도 여럿이 먹으니 달고, 좁은 방에서 네 사람이 복작거리건만 기숙사 생활 같아서 견딜 만한 것이나 식당아주머니한테 담배니 사과니 사러 오는 사람들이 때 없이 풀떡풀떡 문을 여는 통에 자리를 펴고 자는 꼴도 보여야 하고 분을 바르는 것도 들켜야 하는 일이 내게는 벌을 서는 것 같은 일이었다. 허나 귀여운 처녀들 '순희' '정옥이' 하며 순옥 할머니 어씨魚氏 아주머니는 정말 다 보기 드문 좋은 사람들이다.

이렇게 같이 있으면서 마음이 안 상한다는 일은 실로 큰 다행이 아닐 수 없다. 나는 이 점을 늘 은근히 감사해야 했다. 가끔 옆방 남자들 방에는 술 하고 놀다 통근차를 놓쳐 버린 대연동大淵洞 사택舍宅 친구들이 드는 일이 있다. 이런 저녁엔

"오늘 밤엔 잠 또 다 잤어요, 선생님."

정옥이가 가만히 불평을 하며 돌아눕는다.

아나나 다를까. 악당 김金 조曹 일파의 이 도깨비 악대는 열아홉 예과생豫科生들의 기분으로 지하실을 들었다 놓는다. 미상불 찬바람이 씽씽 도는 방에 덮을 것도 만만치 않는 을씨년스러운 데를 들어와서 이 청년들이 소리 없이 가만히 누워 잔다면 이것은 또 정말 서글퍼 볼 수 없을 일이어늘 이렇게 뒤떠들다 쓰러져 자는 것이 차라리 낫고, 또 이렇게 굿을 한바탕 하는 것은 그들 스스로가 그 우울한 분위기를 깨뜨려 버리려는 좋은 방법이기도 하다.

요새 젊은이들의 심경을 이 합숙소에 와 있으면서 나는 더 많이 이해할 수 있게 되었다. 가끔 우락부락해 보는 일들도 있을 수 있는 일이고, 한 잔 먹고 큰소리로 고래고래 악들을 써보는 것도 다 있음직한 노릇들이다. 이런 틈에서 부대끼다가 몸도 아프고 마음을 정 달랠 수가 없을 때에는 서대신동西大新洞으로, 또 초장동草場洞 윤초형 댁으로 달아난다.

"어떻게 거기서 지내간. 하꼬방(판잣집)이래두 하나 짓자."

서대신동 친구 이李여사가 이렇게 말할 때마다

"그래야겠어."

대답은 하나 태산 같은 일이었다. 날개도 다리도 잘라놓은 나비 모양 나는 도무지 어떻게 할 수가 없었다.

"언니 급이 되면 차가 앞문으로 들어왔다 뒷문으로 빠져 나가고 다 호화판으로들 사는 판인데 오늘도 또 돌아갈 곳은 지하실 합숙소야."

후배 C에게서 이런 말을 듣고 돌아오던 날은 아닌 게 아니라 마음으로 기운이 많이 꺾여지는 것을 어쩔 수 없었다.

정말 내 이런 모양을 남들에게 보이는 정신적 고통이 내가 당하는 모든 이 육체적 고통보다 훨씬 내게는 큰 것이었다.

가끔 모르는 독자들한테서 편지가 와 떨어진다. 위로와 격려의 고마운 글발들이다. '오래오래 살아주십시오. 그리고 좋은 글 많이 써 주세요.'라고 한 손득룡孫得龍이란 분의 편지를 읽으며 글쎄 오래 살다가 내 기막힌 꼴을 남에게 보인다면 차라리 더 늙기 전에 어서 죽어지라는 말이 고마운 말이 아닐까고 생각했다. 이러한 날들 중에서 하루는 내게 기적이 일어났다.

진명여고 시절의 선배인 '윤초'형으로부터 판잣집을 지으라고 재목을 얻은 것이었다.

"자- 이 재목들을 줄게 용기를 내서 시작해 봐요. 노盧시인두 나만큼이나 주변이 없어. 남의 신세를 좀 져 봐요."

'윤초'형 말대로 시작을 한 것은 적잖은 용기였다. 널판지들을 실어다 놓고 목수를 불러다 대니 이것으로는 재목이 모자라고 당장 쓸 것들이 우선 없다는 것이다. 그날로 필요하다고 사들이는 재목이 삼십만 원圓 어치다. 나는 덜컥 겁이 났다. 사오십만 원만 들이면 조그마한 것을 지을 수가 있다고 들었기 때문에 내 속 구구는 재목은 있겠다, 짓는 품값이나 들이면 될 줄로 알았던 것이다. 다음날 또 돈이 이십만 원 가깝게 들어야 했다. 계속해서 못 값이요 각목이요 레이션 박스요 무엇이요 하는데, 보아 하니 그것은 다 또 안 들면 안 될 물건들이었다. 나는 속으로 괜한 일을 저질렀다고 후회하면서 여기저기로 돌아다니며 돈을 마련해 가지고 중지했던 판잣집의 역사를 다시 시작해서 남들은 이틀 만에 짓는다는 것을 일주일도 더 걸려서 그럭저럭 세워놓고는 부랴부랴 들기로 했다.

이 조용한 데서 글을 많이 써서 빚들을 갚으면 되지 않느냐고 스스로 격려를 하면서 소원이던 방 하나를 갖는 행복을 얻게 되었다.

판잣집이든 어디든 자유 천지니 좋다. 이 속에선 내가 먹거나 굶거나 누가 알 것이냐

"그 여름을 다 나고 왜 하필 추운 때 이 솔밭 사이로 들어오십니까? 진작 지으시죠. 겨울엔 여기 바람이 굉장합니다."

집을 짓던 이의 말과 같이 이 송림에서 불어치는 바람소리는 흡사 바람이 있는 날 밤 바다의 파도 소리 같았다.

"창은 한복판에다 내야 합니다."

하는 것을 우기면서

"아니에요. 글쎄 나 해달라는 대로만 좀 해주세요. 한복판에서 훨씬 지나 오른편 쪽으로 바짝 내켜주세요."

창에다 바다를 넣기 위해서 이렇게 우겨가며 만든 창으로 나는 바다를 내다본다. 조그만 방에 창이 많으면 춥다고 걱정해 주는 것을 고집을 부리고 뒤에다 창을 또 하나 내 높은 것을 통해서 원대로 솔밭을 내다보게 되었다.

이리로 옮겨온 첫날 저녁이었다. 유리창을 내다보며 저 별들 좀 보라고 좋아하다 가만히 보니 그것은 하늘의 별이 아니라 바다의 불들이었다. 배의 몸은 안 보이고 불만 보였기 때문이다. 이리로 옮겨오고 나서 벌써 달이 소나무 가지에 걸린 것도 쳐다보고 싱그러운 둥근 달이 송림 사이로 얼굴을 내놓은 것도 다 보았다.

그 동안 내 산장에는 제법 손님들도 왔단 간 셈이다. 제 일착으로 먼저 순희가 꽃을 사들고 "선생님!" 하며 들어섰다. 집이 예쁘다고 하며 둘러보더니 조그마한 게 무슨 새鳥집 같다는 것이었다.

한번은 또 서대신동 친구 이여사가 와보더니,

"야 이거 크리스마스에 나오는 집 같구나."

해서 모두들 웃었거니와, 새집도 같고 크리스마스에 나오는 집도 같다는 이 집이 나는 남의 양관 부럽잖게 좋다. 그저 자유로운 내 처소라는 것이 다시 없이 좋은 물건이다.

이것을 만들어놓고부터는 나는 어디 나가기가 싫어졌다.

남의 꼴도 보기 싫은 것이 많거니와 또 내 꼴도 남에게 보이기가 싫다. 부득이 만날 사람이 있어 다방엘 나가 앉은 순간은 정말 벌을 서는 것같이 확확 얼굴이 달아올라왔다.

방송국 숲 속 이 집안에다 내 몸을 감추는 것이 제일이다.

바람이 지동 치듯 불어대니 판잣집이 흔들린다. 어느 틈에 천장에는 벌써 서군鼠君이 협호살이로 들어왔다. 쥐와 더불어 사는구나-.

밤엔 자연 늦게 자게 되고 아침엔 웬일인지 세시 반이면 잠이 깬다. 그래도 내 건강엔 별 이상도 안 일어난다. 조용한 시간에 주렸던 관계인 것 같다.

국숫집 목판 상같이 나무 판대기를 뚝딱뚝딱 해 가지고 만든 책상에 원고지를 내놓고 턱 앉으니 감개가 무량하다.

내 책상이라고 하는 것에 마주앉는 것이 너무도 오래간만인 것 같아서다.

미국으로 날아가는 꿈도, 일본으로 건너가는 꿈도 내게는 멀다.

그저 작품을 좀 쓰고 싶은 생각뿐이다. 밥을 좀 며칠 안 먹으면 좋겠다. 세 끼 밥을 먹어야 한다는 일은 정말 너무 사람을 귀찮게 구는 일이다.

"시중하는 계집아이가 하나 있음 좋겠다."

하던 이여사가 하루 저녁엔 정말 계집아이를 하나 붙들어 가지고 왔다. 열아홉 살 난다는 처녀가 내 앞에 오게 되었다. 내 자유 분위기는 약간 깨졌다. 이 신입자新入者에 대해서 아무래도 마음이 쓰인다. 덩그러니 빈 방에 무슨 방 치울 것이 있나. 아무것도 일거리가 없고 보니 이 다 큰 처녀는 밖에 나가 바다를 바라보기가 일쑤고 갑갑해하는 양이 딱했다. 여벌 이부자리도 없고 또 식량도 그러하고 아무리 생각

1950년대 부산. 멀리 보이는 것이 영도 섬이다.

해 보아도 남을 하나 기르기에는 내 실력이 아직은 부치는 일이었다.

이런 절박한 사정에서 나는 모처럼 생각하고 데려다 준 처녀를 며칠 후에 도로 돌려보내는 수밖에 없었다. 그러고 나니 무슨 큰 짐이나 벗은 감이었다.

다시 나는 호젓한 내 세계를 가지게 되었다.

비가 떨어지는 하루아침 서울서 가져온 것이라고 하며 숙대淑大 학생이 흰 국화를 대여섯 송이 가져다주고 갔다. 내 생일날 조카딸이 새빨간 다알리아를 사다 꽂아준 뒤로는 방이 무색하던 차에 나는 이 꽃을 반겨 받아놓았다. 한밤중에 글을 쓰다가 눈을 주어 보니 이 국화가 어쩌면 이렇게도 화려할까 보냐. 또 한껏 순결하고 또 한껏 순정적인 것이 붉은 꽃을 누르는 데가 있는 것을 이번 이 흰 국화에서 받는 것이었다.

비록 깡통일망정 꽃을 꽂아놓아야만 견디겠다. 사람은 이렇게 가진 것도 없이 차릴 것도 없이 오늘 있다 내일 버리고 떠나가도 아깝지 않게 하고 사는 것도 또 나쁘지 않겠다.

입동이 되니 김장 걱정을 하나 장작 걱정을 하나 정말 살림하는 식이 사변 이후엔 간편해졌다. 요즘 와서는 서울 집도 별로 생각이 안 난다. 졸연히 나는 서울로 올라가지 않을 것 같다. 정거장이 가까워서 기적 소리가 유난히 크게 들려온다. 나는 저 기차를 타고 아무 데도 가고 싶은 마음이 이젠 없어졌다.

보고 싶은 사람도 없어졌다. 가고 싶은 데도 보고 싶은 사람도 없어졌다는 일은 기막힌 일일는지 모르나 실은 지극히 편한 일이다. 모두들 와보는 사람마다 이거 적적해서 어떻게 견디겠느냐고 하나같이 첫마디에 이런 인사들을 해주는데, 사실 나는 적적한 것과 잘 사귄다. 또 좋아도 질 수가 있다.

스승이나 선배도 찾아가 뵙지를 못하고 친구들도 좀체 찾지 못하며 그저 숨이 차게 그날그날에 쫓기고 있다.

이렇게 단거리 선수같이 절박한 삶에서 뒤를 돌아본다든가 옆을 바라본다든가 하는 일이 있을 수 없다.

오직 앞만을 보는 수밖에 없는 일이다. 남편이 벌어다주는 돈을 길어다 놓은 물이나 퍼 쓰듯 쓰며 호기를 부리고 사는 여인들은 제비를 어지간히 잘 뽑은 줄을 알아야 할 게다.

사람은 누구에게나 한 번은 닥쳐와서 지나가야만 한다는 이 터널을 내가 지금 지나가는 모양인데, 아무리 가도 가도 왜 이렇게 내 터널은 길고 끝이 안 나는지 모르겠다.

언제나 이 캄캄하고 답답한 터널 속에서 내 인생 기차는 빠져나가게 될 것이냐.

이 어둠과 연기를 훌훌 털어 버리게 어서 좀 환해지고 푸른 하늘아 나오너라.

이 크리스마스에 나오는 집 같다는 내 산장엔 오늘도 소나무 가지에서 까치들만 짖어댄다.

—— 1951년, 부산

# 시문학詩文學 시절

그럭저럭 20여 년이나 흘러간 성 싶다. '시문학詩文學'지를 내가 구경하게 된 것은 당시 소위 해외문학파들- 이헌구, 김광섭, 함대훈, 서항석, 김진섭, 이하윤, 유치진, 장기제 제씨들이 모이는 '극예술연구회'엘 내가 드나들면서부터였다.

'시문학'은 시인 박용철 씨가 하시던 시 잡지로, 고급 아트지만을 써서 책을 꾸며냈대서가 아니라, 그 안에 담긴 시나 논문들이 하나같이 티 없고 품 있는 시지詩誌였다.

당시 이 상아탑 속에는 함부로 들어가지들을 못하는 것 같았다. 지금은 저명한 모모한 시인들도 그때는 감히 여기 자리들을 차지하지 못했던 시절이다. 가톨릭 교인에게서 무슨 향기가 맡아질 거라는 것처럼, 이 '시문학'을 손에 넣으면 곧 안에서 시향詩香이 풍겨 나오는 것만 같았다.

박용철 씨의 매씨妹氏 박봉자 씨가 마침 나와 한 학급이었던 관계로 다행히 나는 박봉자 씨의 집엘 놀러가곤 했다. 여기가 바로 박용철 씨가 '시문학'을 내는 시문학사였다.

동경 외국어학교를 나왔다는 박봉자 씨의 오라버니는 소박하게 박박 머리를 깎은 양반이 안경을 쓰시고 발이 작았다. 눈이 커서 그런가, 퍽 착하디착한 인상을 주는 분이었다. 무슨 연유에선가 그 분은 혼자 사시고, 매씨 봉자 씨가 이 오라버니의 시중을 정성을 다해 받드는 것이 눈에 보였다. 나는 괜히 영문학에서 배운 찰스 램의 남매를 연상하게 되는 것이다.

그 후 시문학사는 견지동에서 적선동으로 이사를 했다. 여기서 '시문학'은 그 황금시대가 아니었던가 싶다. 이 시절에 박용철 씨는 아직 세상이 모르는 보배를 꺼내서 우리 문단에 내놓았으니 이것이 바로 『영랑시집永郎詩集』과 『지용시집芝溶 詩集』이었다. 이 시집이 나올 때 문단에선 이 분들의 재능을 거의 모르고 있었던 만큼 대번에 시집으로 묶어서 내놓는 일은 우리에겐 모험같이 보였던 것인데, 결국 시인이요 동시에 시 평론가였던 박용철 씨는 틀림없이 그 시에 자신이 만만했던 노릇이다.

지용이나 영랑은 과연 시문학사가 낳은 값진 보석이었다. 우리 문단에 이 두 시인을 발견해 준 박용철 씨의 공로는 참으로 컸다.

이 '시문학'을 중심으로 여기는 늘 해외문학파들이 주로 모이는 것 같았다. 그분들은 서로 위하고 아끼며, 몰려들 다니는 모양이었다. 무슨 까닭인지 장기제 씨를 그렇게들 위하고, 그 분이 평안북도에서 서울엘 올라온다는 소식이 오면 그때부터 신부를 기다리는 신랑모양 좋아서들 드나드는 것이었다.

그리고 또 한 분, 유난히 아껴지는 분이 영랑이었다. 박용철 씨는 정말 시를 아는 이였다. 그래서 어디 가 묻혀 있든지 이 시를 발견해내는 것이었다. 그 분이 살고 간 생애 그것이 바로 시였거니와 '시문학' 시절의 회고는 참말로 아름다운 것이다. 그때엔 요새 세상에선 구경도 할 수 없는 아름다운 우정들을 볼 수가 있었던 것이다. 그들은 늘 만나고, 일하고, 한데 엉키는 것이었다. 친구를 위해서는 어떤 희생이라도 하는 사람들이었다. 그 광경이 나는 그때 한없이 보기 좋고 그 세계가 부러웠었다.

해방이 된 지 여섯 해가 되도록 변변한 문학잡지 하나 손에 쥐어 보지 못하고 눈이 어지러울 정도로 볼 수 없는 인쇄물을 대할 때마다 나는 그때의 '시문학'이 다시 한 번 보고 싶어진다. 그리고 또 그 시절의 사람이 그리워진다. 그런데 벌써 그 가운데선 '시문학'을 빚어낸 박용철 씨를 비롯해 함대훈 씨, 또 영랑이 불귀의 객들이 되시고 지용과 김진섭 씨는 이북으로 끌려간 뒤 생사를 모르게 되었다.

가을바람이 소슬한 오후, 홀연히 그 박용철 씨의 미망인 임정희 여사가 나타나 내게 글을 청하고 가신다.

# 나의 20대

인생의 여축이 많았던 20대에 청춘의 그 다이아몬드 같은 금새를 내가 알았을 리 없고 여기에서 내 20대는 괜히 묵혀져 버렸던 것이다.

하기야 화려한 서장序章이었다. 그때 이 나라엔 하나밖에 없었던 여자학교 최고 학부를 나오자 모 신문사에서 금방 데려갔고, 여기서 일을 하는 한편 나는 나이팅게일이 노래를 토하듯이 쉴 새 없이 시를 토했으며, 또 용정龍井이니 북간도니 이두구二頭溝니 연길 등지를 한 바퀴 여행하고 와서는 『산호림珊瑚林』이라는 처녀 시집을 내놓았다.

지금은 흔적조차도 없어진 남산동의 그 호화스러운 경성호텔에서 정초에 출판기념회를 받던 기억, 당시 나는 진달래빛으로 아래 위를 입고 나타났는데, 김상용 선생님을 위시해 미세스 데이너 등 모두 박수들을 해서 내 입장을 화려하게 해 주던 일은 더구나 잊혀지지 않는다.

당시 내 눈은 먼 데로, 먼 데로만 주어졌고 눈앞에 있는 것들은 웬일인지 마땅치가 않았다. 내 일생의 병고는 진실로 여기서 시작이 되었는지도 모른다.

20대의 내 정열은 시작에만 머물러 있지도 않았다. 이화 시절부터 취미가 있던 연극을 또 하게 되었으니, 당시 인사동 태화여자관 안에 있던 '극예술연구회'에 들어 가지고 함대훈, 이헌구, 서항석, 조희순, 이시웅, 모윤숙, 최영수, 김복진, 최봉칙, 신태하 제씨랑 밤마다 극연구회관에 모여서는 고단한 줄도 몰랐다.

안톤 체호프 작의 〈앵화원櫻花園〉에서 모윤숙 씨는 라네프스까야 부인으로 분장을 하고 부민관은 아직 날 생각도 안했을 무렵, 공회당에서 입추의 여지도 없는 관중을 상대로 열연을 한 적도 있다. 이 연극에서 이헌구 씨가 대학생으로 분장을 하고 나의 상대역이 되었었는데, 춤을 추는 장면에서 원 스텝도 떼어놓을 줄을 모르는 대학생(이헌구 씨)이 자꾸만 무대에서 내 발등을 밟던 생각을 하면 지금도 웃게 된다. 그 시절에 나는 트로트 정도는 출줄 알았는데, 일본까지 갔다 오신 그 양반은 춤을 출줄 몰라서 사람들을 웃겼던 것이다. 그때 연출을 맡아보시던 홍해성 선생의 무지무지한 신경질을 받다 못해 나는 가끔 맡은 배역을 안 하겠다고 성을 내고 나오려고 하면 번번이, 지금은 가버린 함대훈 씨가 오라버니 모양 나를 얼러 주어서 도로 앉히는 것이었다.

이렇게 연극을 하면서도 무언지 모르는 채 정열에 둥둥 떠서 다녔으나, 이 묘령의 처녀는 여기의 여성들하고는 얌전히 사건을 일으키지 않는데, 진짜 사건은 〈앵화원〉을 공회당에서 며칠 동안 상연할

모윤숙(왼쪽)과 노천명

때 여기에 관객으로 왔던 모 교수가 내 러브 어페어를 일으켜 주게 되었던 것은 무슨 운명적인 일이었는지 모른다.

연애를 하는데 실로 요즘 사람들이 들으면 알아듣지 못할 대목이 많다. 늘 가슴은 와들와들 떨렸고, 한 번도 우리는 어디를 버젓이 못 다녀 봤던 것이다. 어째 연애를 하는 사람에게는 천지가 그렇게 좁으며 아는 사람도 그렇게 처처에 널려 있는 것인지, 이렇게 와들와들 떠는 마음, 결국은 이런 마음이 내 첫사랑을 보기 좋게 날려 보냈던 것이다.

모든 것이 용감무쌍했어야 할 이 20대에 나는 어리석고 약했었다. 응당 화려했어야 할 20대를 정말은 나는 무색하게 보냈다고 볼 수 있다. 지금쯤 20대가 다시와 준대도 나는 여전히 와들와들 떨기만 할 것 같다.

세상이야 뭐라든….

(이하 본문 파손. 판독 불가능)

# 책을 내놓고

이번에 어떤 출판사의 후의로 5, 6년 전에 엮어놓고 그 당시 사정으로 내지를 못하고 문갑 속에서 묵고 있던 수필집이 이번에 몇 편을 거기다 더해 가지고 출판해서 나오게 되었다. 책이 나오면 흡사 잔칫집에서 반지를 돌리듯이 친한 친구며 지인들에게 변변치 못한 책을 냈으니 연락하고 정을 나누는 것은 한 예의요 또 적잖이 즐거운 일이다.

나는 벼루를 내놓고 먹을 정성껏 갈았다. 그리고 공손히 붓대를 들어 쓰려다가는 몇 번이고 붓이 멈추어졌다. 그들은 모두 어디로인지 가버렸다. 금시 눈시울이 뜨거워지는 것을 나는 벼룻돌을 응시함으로써 뭉개 버렸다. 나는 알 길이 없다. 막연히 이북에 있다는 것만을 들었을 뿐 자세한 것을 모른다. 그들 선배와 친구들에게 이 책을 전할 도리라고는 있을 수가 없다.

이 책이 처음 엮어질 때 상허尙虛 선생이 '책머리에'라고 해 가지고 서문을 친절히 써 주고 또 이 책을 이름 하여 『시여록詩餘錄』이라고 까지 해 주셨던 것이 지극히 고마웠었는데 이제 책은 나왔건만 전할 길이 없다. 그런 중에도 모처럼 지어주신 『시여록』의 이름을 그대로 쓰지를 못하고 "좀더 다정한 이름으로 고쳐 주실 수 없겠습니까?"라고 한 출판사측의 주문에 의해서 그 이름을 고친 죄송함도 책을 내놓고 보니 미안하기 짝이 없다.

어쩌다 우리는 모두 이렇게 갈렸나- 친구들이 갈린 것은 이북에 가서 뿐만이 아니다. 이남 같은 지역에 있으면서도 갈린 이가 얼마든지 있음을 본다. 무슨 원수나 맺은 것처럼 노상에서 만나면 사뭇 시퍼레지는 친구를 본다. 이런 친구 중에는 여성 뿐이 아니라 남성도 있음을 말해두거니와 서로 역적을 본 것 모양 이렇게 소스라침은 내가 볼 제 슬픈 무지이다. 남을 나쁘다고, 이단자로 단정하기 전에 왜 한 번 손을 끌어 쥐고 얘기해 보지 못하느냐. 미워하기 전에 왜 울며 밤을 새서 옳고 그른 것을 겸손하게 바꾸어 보지 못하느냐.

우리나라는 삼천만의 것이다. 다 사랑하고 아낄 수 있는 의무와 권리를 가진 것이지 단독 너나 나만이 사랑할 특권이 있을 수는 없지 않은가? 생각이 나와 같지 않다고 해서 그의 인격을 깎고 작품까지 흠내는 따위는 확실히 열병적熱病的 광태狂態다. 극단으로 지나치게 뛰는 친구들을 보고 나는 한 번도 부러워한 적이 없다.

하나 남의 것이라도 옳은 것은 옳게 보아 주는 정상인 친구를 가다가 만날 제 오직 그가 나는 다시 없이 반갑다. 언제나 모두 정상으로들 돌아올 것이냐. 조그마한 이익만 주어도 그 편으로 머리는 벌써 고열을 내고 정상인 데서 홱 돌고 마는 슬픈 사실이 한심하다. 언제나 처음 해방되던 그 8월로 돌아갈 것인가.

산山자위 바로 잡히고 구김살 없는 고운 아침- 죄 지은 자들 스스로 정직하게 죄에 눌리고- 모두들 바른 양심으로 가라앉고- 서로 중히 여기고 껴안고 울 수 있던 그 8월로 돌아가지는 못할 것인가. 한 손에 책을 들고 또 한 손에 붓을 든 채 나는 또 멍하니 한참 앉아 있었다. 적어도 이 글 속에 나온 친구나 가까운 이들에게는 이 책을 보내고 싶은데 십 년 남짓한 그 사이에 그 중에는 이미 고인이 된 사람이 있는가 하면 또 살아 있건만 그 글을 쓰던 당시와는 달리 우정이 성겨진 친구들을 본다.

만나면 다음에는 떠나야 하고 좋으면 그 뒤로 틀림을 가서 오고야 마는 틈에서 사람들은 진실로 외롭게 저 무덤을 향해 저도 모르게 바삐 걸어가고 있는 것이 아닌가.

소설小雪이 넘어섰어도 눈 하나 안 날리는데 내 가슴속은 눈보라 휘날리는 바람 목에 가 서 있는 것만 같다.

—— 1948년

# 쓴다던 소설
## - 올해 못한 일

그 어느 때에 누구라 이 무궁한 세월과 무진無盡한 시간을 뚝뚝 잘라 삼백육십오일씩 동강이를 냈었던가. 생각하면 잘한 법도 한 일이다.

가던 길도 멈칫 하고 있는 동안에 발길이 다른 데로 번지는 적도 있고 어젯일을 돌아보며 보다 나은 오늘이 되는 수도 있는 것이다. 가다가 주춤 서서 지난 것을 정리하고 새 출발을 한다는 것은 필요한 일이다.

같은 날을 이렇게 일 년 일 년 구분을 해놓고 묵은해니 새해니 하고 보면 어쩐지 묵은해 같고 또 새해 같은 감이 드는 것도 사실이다.

올해도 어느덧 다 저물어 그믐을 앞으로 며칠 안 남겼다. 거리에는 일 년에 한 번이나마 시민들에게 자선을 해 보라고 종을 흔들어대고 가게에서는 세찬을 들여가라고 손쉽게 모두 매놓고 써 붙여놓고 기다리는 양樣은 하나같이 우리에게 세모歲暮의 정을 선동시키고 있는 풍경이 아닐 수 없다. 그러나 내 감정은 추위에 단단히 얼어붙은 모양 같다. 그저 하나하나가 다 을씨년스러울 뿐이다.

그믐날 밤이면 가는 해를 심각하게 뉘우치고 조목條目을 써 가지고 새해를 또 계획하던 것도 다 지난날의 얘기요, 이제는 곧잘 헌옷을 입고도 아무렇지 않게 새해를 맞는 것이 버릇이 되었다. 그러면서도 섣달그믐께로 날짜가 박두하고 보면 무언지 몰라 강압감에 눌리는 것은 또 진정한 고백이다.

이제 여기 올해에 못한 일을 적어 보라 한다. 올해에 못한 일이 한두 가지가 아니어든 어찌 여기 이루 다 쓸 수가 있으리오만 못한 일들 중에서도 기어이 새해에도 또 끈기 있게 계획하는 일을 든다면 소설 쓰는 일이었다. 올해 소설을 하나 써보려고 했던 것이 은근히 내가 벼르고 있던 계획이었다. 그런데도 불구하고 내 이 하고 싶은 일은 날마다 쫓기는 일에 무참히도 고개조차 들어보지 못한 채 이 해를 보내게 되었다.

소설을 쓰려는 의도는 내가 시를 쓰는 일에 하등 지장을 가져오지는 않을 것이다. 아직 가윗김도 보지 못한 광우리 속에 쌓인 숱한 일감 중에서 일감을 잡을 여유가 생긴다면 제일 먼저 집어 들고 싶은 일거리가 소설을 쓰는 일일 것 같다.

어려서 볼라치면 어머니가 일을 묵히지 않는다고 그믐께가 되면 바빠하시고 연일 밤을 새우시던 모습이 지금도 눈에 선한데 나는 이제 이렇게 태평한가.

—— 1956년

# 서울에 와서

날이 감에 따라 서울의 모습이 옳게 내게 들어온다.

일전에 자주 왔을 제는 없어진 줄로만 알았던 집이 다시 한 바퀴 돌아보니 없어진 것이 아니라 어엿이 남아 있어 그 집에 가서 점심을 사 먹으며 웃었거니와, 사람도 없어진 줄 알았던 사람이 이렇게 좀 남아 있다면 얼마나 좋으랴.

모르는 집들은 무심히 지나치는데, 내가 일찍이 드나들던 친구의 집들을 지날 때에는 웬일인지 내 가슴이 무너진다. 비단 그 집주인이 죽었다거나 납치가 되어서만은 아니다. 어엿하게 지금 부산에서 튼튼한 몸을 가지고 활동을 하고 있는 데도 불구하고 내게는 이 집이 말할 수 없이 처량하게 보이는 것이다.

이런 경우 어떤 집엘 들어 가 보기도 한다. 물론 다른 낯선 사람들이 집을 보고 있는 것을 발견하고 또 나는 집을 잘 봐주라고 이르고 나오는 것인데, 그렇게 마음은 기가 막히는 것이다.

처처에 이런 아는 집들이 많을 뿐 그 집 주인이 들어와 가지고 내가 거기를 놀러갈 수 있는 친구의 집이란 극히 드물다.

이러고 보니 서울은 내게 적적한 곳일 수밖에, 말인즉 백만의 시민이 들어왔다고 하건만 내가 아는 사람은 이 중에서 1할은커녕 단 백 명도 되는 것 같지 않다.

비가 오면 대야니 양재기니 그릇이 있는 대로 동원이 되어 양금洋琴 치는 소리를 내고 그대로 햇볕을 볼 수가 없어 곰팡냄새에 파리도 살지 못하고 어려서 죽어 넘어지는 방안에 나도 정 있기가 괴로워 그저 집안 한모퉁이에서 자고 나서는 아침을 먹기가 무섭게 나의 안식처 다방 '문'으로 출근을 한다. 아침 열 시면 나보다 먼저 출근을 한 양반들도 있다. 때로는 '문'의 주인 K여사가 아직 나오기도 전인 아홉 시인 경우도 있다.

초복을 넘어선 한창 더위가 견딜 수 없이 만든다. 세월이 좋은 때 같으면 한강에도 나갈 수 있고 안양 풀에 갈 수가 있겠고 38선만 아니라면 그야 송전松田이니 원산이니 오죽 좋으련만 오늘의 서울 시민들은 도강증渡江證일레 한강도 안양도 다 못갈 형편이고 꼼짝없이 시내에 갇혀서 삼복 더위를 당해내야 할 처지니 가엾기 짝이 없다. 이 허덕이는 손님들을 위해서 '문'의 K여사는 보기만 해도 시원한 얼음 기둥을 다방 한복판에 세워 주었다. 한결 눈에 시원하다.

어느 틈에 빈 터에 심겨진 옥수수들이 제법 수염이 누레 쪄먹게 되었다. 명동 한복판에 옥수수 밭이 웬일이며 중국대사관 옆 빈터에는 쑥대밭이 희한한데 들어서보지는 않았지만 5척이 넘는 내 키보다 크면 컸지 작지는 않을 성싶다.

상전桑田이 벽해碧海도 된다 하지만 서울의 변모도 지나치다. 옛 시조에만 있는가 했더니 오늘 서울에 들어와 보니 그야말로 북악산 남산도 다 그대로 있는데 없어진 사람은 왜 이처럼 많은고. 기둥만 남은 음산한 집들이 원수를 잡아달라는 듯이 깨진 몸을 그대로 하고 우뚝 서 있는 데는 그 앞을 지나가는 사람으로 하여금 가슴이 찌릿하게 하는 것이 있다.

무너진 빈 터에 수도는 어떻게 상하지 않고 행인들에게 물을 주는 좋은 일을 한다.

언제나 서울은 다시 일어나 보려느냐. 깨지고 부서지고 만신창이인 이 상처가 다 나아서 정말 서울다운 모습으로 일어서 볼 날은 언제이며 잡혀간 사람들이 다시 돌아와 이 거리를 우리들과 더불어 거닐어 볼 날은 언제 오려느냐.

인왕산 위엔 말없이 흰 구름이 오늘도 떠나고 있다. 사람들은 모두 어떻게 살아가느냐는 데 대해서들 이 뙤약볕 아래서도 분주히들 돌아간다.

상이군인을 대한 것 같은, 기둥만 남은 건물들을 대하며 나는 답답한 마음을 긴 숨으로 내뿜는다.

—— 1953년

# 골동

헌 책사 앞을 그냥 지나가려면 직성이 안 풀리듯이, 또 고물상 앞을 지나려면 웬일인지 들렀다 가고 싶은 충동을 느껴서 못 배긴다.

그런댔자 내 주제에 무슨 마음에 드는 것이라도 하나 사 들고 나올 형편 못 되고 그저 눈요기를 하고 나오는 데 지나지 못하는 정도다. 때로는 분원分院(조선 때 사용원에서 사기그릇을 만들던 곳) 항아리라든가 병 같은 것 중 싼거리를 만나면 들고서 나오는 적도 있으나 그것은 또 분원 것이라고는 하되 맑은 갑반사기가 못 되고 씌우질 않고 막 구워서 재티가 앉은 따위다.

고려자기의 잘 생긴 병이라든가 항아리는 정말 가만히 보면 볼수록 잘났다. 거기는 반드시 이것을 만든 사람의 혼이 깃들였으리라.

친구 G여사에게서 받은 자기 병磁器瓶이 하나 있는데, 나는 이것을 바라다볼 때마다 한 삼십 된 청초한 여인을 연상하게 된다. 백자 몸에 돈을무늬로 되어 있는 이 매화와 대나무를 볼 제 더욱 그렇게 생각이 드는 것인데, 이것은 혹시 이것을 굽는 사람이 이러한 자기의 그리운 여성이나 혹은 자기의 부인을 생각하며 만든 것이 아닌가- 고 쓸데없는 생각을 해보기도 한다.

여조麗朝 때 사람들은 어쩌면 이렇게 취미진진趣味盡盡하고 운치 있게들 살았을까.

내사內寺 대접 같은 것은 그러리라고 치더라도 보통 민가 사람들이 쓰는 접시니 대접이니 주전자니 술병을 보라. 이런 데다 그들은 음식을 담아서 먹었으니 이 얼마나한 사치며 호사의 극치였는가 말이다.

사람들이 오늘 사치를 한다고 하지만 도저히 옛사람들을 따를 수 없다. 그때 사람들은 그 그릇에다 담아서 먹으며 매일같이 생활 속에서 평범하게 같이 친하던 것들을 오늘 우리는 어디다가 얹어나 놓고 귀하게 보게끔 되었으니 얘기가 어떻게 되는 것이냐 말이다.

그때 사람들이야말로 '하우 투 리브'를 이미 알았던 멋진 사람들이었다.

돈이 있었으면 나는 방 세간이며 밥상에 올려놓는 사기그릇들을 모두 좋은 옛 물건들로만 뽑아다 놓고 싶다.

그러나 내 손은 닿지가 않아 내사 홍장 한 벌이 내 안방에 놓이지 못했고 화류 책상은커녕 겨우 열두 모 개다리소반을 책상으로 쓰고 있는 형편에서 우스운 얘기다.

이런 골동품은 정말은 우리들 시인 묵객들이 가지고 있고, 또 그리

고 남들도 가지면 좋을 것 같은데, 장안의 좋은 골동들은 대개가 한동
안 의사들의 경기가 괜찮을 제 모두 그들의 손으로 들어가 버렸다.

바람쟁이 남자들이 여편네를 곱다고 얻었다가는 또 더 좋은 여자를
보고서는 버리듯이, 처음엔 좋아서 샀던 것들을 눈이 높아가면서 자
꾸 도로 팔게 된다. 신입생에게 이것을 넘겨주고는 더 좋은 걸 장만
하게 되는 것인데, 골동 취미는 확실히 하나의 큰 외도다. 여기 미쳐놓
으면 좀체 사람에게 미친 것 지지 않는다.

그러나 이렇게 미칠 정도로는 바랄 것 없지만 흰 항아리나 푸른 접
시에서 몇 백 년 전 예술의 향기쯤 맡을 줄 아는 양식은 우리 생활에
윤택함을 주지 않을까 한다.

요새 돈으로 이십만 환이니 삼십만 환씩 주고 시체 자개장들을 들
여놓을 수 있는 가정주부들이 골동과 좀 친할 수 있다면 정말 그 부인
의 안방에는 치장다운 치장을 해놓을 수 있었을 게다.

뉘 집엘 가서 어느 구석에 배나무 사방탁자 하나만 놓인 걸 보아도
나는 그 집의 주인 얼굴을 자세히 쳐다본다. 고풍스런 이 낡은 탁자 하
나가 풍겨 주는 격과 운치는 요새 그 거추장스럽고 뻔적거리는 새 세
간에 댈 것이 아니다.

그윽한 운치며 은근한 맛- 이 자기磁器들은 똑같은 것을 기계로 빼
낸 것이 아니고 하나하나가 다 손으로 만든 것이 되어서 다르게 생긴
것이 또 재미있는 점이다. 병이 한 사람의 솜씨로 열 개나 만들어졌다
하더라도 그때 컨디션에 따라 다 다른 개성을 지닌 것이 만들어지지

결코 똑같은 것은 찾아낼 수 없는 것이다.

골동에 대한 많은 지식이 반드시 누구에게나 필요한 것 아니겠고 또 값진 자기나 서화書畵만을 만져야 하는 것도 아니다. 그저 값싼 것도 좋다. 내가 만져볼 수 있는 한도 안에서 분粉물을 담았던 조그만 항아리도 좋고 천도天桃 모양을 한 연적도 좋고 또는 시구를 써서 구운 분원의 갑반사기 술병도 좋다. 여기에서 우리는 넉넉히 우리가 지녀 온 예술의 혼을 찾을 수가 있는 것이다.

# 교우록

　세상에서 사귀어놓은 사람을 가리켜 친구라고 하지만 진정한 친구
란 그 중에 몇이 되지 못한다. 친구는 생사를 함께 할 수 있는 것이다.
따라서 참말 친구랑 어디가 쉬운 일이 아니다. 그러기에 외국 격언에
일생을 통해서 친구를 셋 얻으면 그 사람은 성공한 사람이라고 한다
는 말이 있거니와 친구는 금은보석보다도 귀한 것이며 때로는 부모형
제보다도 좋을 수 있는 것이다.

　친구는 오래고 낡은 친구일수록 좋은 법이다.

　좋은 때고 궂은 때고 달려들어 주는 사람은 친구요, 또 이편에서 생
각나는 것 역시 친구다.

　친구를 갖지 못한 사람처럼 불쌍한 사람도 없을 것이다.

　노인에게는 노인 친구가 필요하고 젊은이에게는 호흡이 맞는 같은
젊은이라야 되며, 어린 애기에게는 어린이라야만 된다. 어린 애기에

게 어른 친구는 통하지가 않으며, 젊은이에게 늙은 친구 역시 그렇다.

세상에 좋은 친구처럼 좋은 존재는 또 있을 수 없다.

어떤 유치원 다니는 어린 애기가 않는데, 그 어머니와 아버지가 날마다 맛있는 좋은 과자를 사다 주고 돈을 줘보고 그 어린 애기가 좋아함직한 것을 다 해 줘 봐도 도무지 좋아하지도 웃지도 않더니, 하루는 유치원에서 제 친구들이 오니까 그때서야 아이가 좋아서 뛰더라고 한다.

이만큼 친구란 우리 생활에 있어 생명수와 같은 것이다.

그런데 이런 친구를 가지려면 무릇 경우에 있어서와 마찬가지로 희생이 필요한 것이다.

우정을 지키기란 결코 쉬운 일이 아니다. 친구지간의 의리를 지키기 위해서는 자기를 희생해야 되는 경우가 없잖아 있는 것이다.

세상의 모든 것은 이렇게 공이 들어야 되는 것 같다.

만일 친구의 친절과 충실한 우정을 받기만 하고 줄 줄은 모른다면 그 우정은 끊어지는 날이 오고야 말 것이다.

우정이란 또 하나 다른 사랑인데, 사랑의 원리가 그런 거와 마찬가지로 친구에게 붙는 사랑 역시 무조건이라야 되며 사랑에 따르는 희생이 있어야 된다.

네가 다섯을 주니 나도 다섯 만큼밖에 안 주겠다고 속으로 따진다면 그것은 벌써 성립될 수 없는 사랑이다.

우정의 진정한 맛이란 받는 편에보다 주는 편에 더 있는 것이다.

주는 즐거움이란 큰 것이다. 허나 흔히 받는 것으로 즐거워함은 한 층 아래서 느끼는 즐거움에 틀림없다.

친구에게 도움을 받을 때보다 도울 때 얼마나 즐거우냐.

같이 울 수 있고 속을 털어놓을 수 있는 친구를 가진 이는 눈부신 금강석을 가진 이에게 거만해도 좋다.

친구가 있거니 하면 언제나 든든하다.

우수수 가을바람 소슬하고 기러기 소리 중천에서 처량히 들릴 제 구곡간장이 녹게 생각나는 친구를 가진 이는 행복한 사람이다.

보화나 지위나 권리를 보고 모여들었다가 이것이 없어질 때 함께 사라지는 친구 따위는 고깃점을 보고 모여들었다 헤어지는 까마귀 떼보다 더 흉측한 물건이요, 이것을 친구라 할 수는 없는 것이다.

# 단상斷想

나는 소화昭和 5년(1930년) 봄에 진명여학교를 졸업하고는 이화여전
에 들어가서 문학을 전공하였습니다.

내가 이 문학예술에 뜻을 두고 그 길로 걸어가기로 작정하기는 아
마도 여자고보 2학년 때부터였던 것 같은 생각이 듭니다.

물론 내가 막연하게나마 문예에 취미와 재미를 붙이기야 훨씬 오래
전 아직 나이 어린 보통학교 시절이었답니다. 그것이 아마 내가 보통
학교 5학년에 다니던 때였나 봅니다.

그때에도 어린 나는 다른 공부보다 '작문' 시간만은 퍽 재미가 나더
군요. 그리고 작문이랍시고 지어서 선생님 앞에 바치면 되면 으레 '갑
甲이 아니면 갑상甲上'을 늘 받아왔답니다.

그래서 선생님이 늘 칭찬하시면서 나의 머리를 쓰다듬으며 하시는
말씀이

"천명이는 퍽 재주가 있는 애야! 장차 문학에나 예술 방면에 나서면 이름 날 아이야…"

하는 등 별별 소리로 늘 어린 나의 가슴을 울렁거리게 하였었답니다.

그때의 나도 역시 이 작문만은 어쩐지 내가 남보다 좀 빼어난 점이 있으려니 하는 막연한 생각이나마 가지고 있었던 것이 사실입니다.

그 후 얼마 안 되어서 하루는 선생님이 말하기를 〈동명東明〉이란 잡지에서 보통 학교의 생도들 작품(작문)을 모집한다는 말을 하며, 내가 지은 작문을 여러 아이들 축에서 뽑아서 보냈더랍니다. 그랬더니 얼마 후에 〈동명〉 잡지에 바로 내가 쓴 '작문'이 실렸겠지요.

어린 나의 마음은 얼마나 기뻤었는지요. 그때의 어린 내 가슴은 무던히 흥분했지요.

그 뒤에 또 동아일보에도 선생님들이 자꾸 시 한 편을 써 보내라고 열심히 주선하여 주시기에 「무제無題」라는 이름으로 투고하였던 것이 이어 발표되었지요.

이렇게 차츰차츰 나는 문예에 재미를 붙이게 되고 이엄이엄 활자화 되기에 이르니 참으로 얼마나 기쁘던지 그런 날은 하루 내내 들뜬 마음으로 날뛰던 것이 벌써 오래된 일이지만 아직도 내 기억에 빤하게 떠오릅니다.

그렇게 문예에 특별한 관심을 점점 가지게 됨으로부터는 그때 시절에 조선 사람들의 손으로 만든 책들도 많이 보았었지만, 여자고보 2학년 때부터는 벌써 동경 문단에서 그때 당시의 한창 이름을 날리던 도쿠토미 로카德富蘆花 같은 이나 나리다 훈즈키生田春月 같은 이나 아쿠타카와 류노스케芥川龍之介 같은 동경 문단의 유명한 작가들의 작품을 열심히 읽었습니다. 그 중에서도 도쿠토미 로카가 지은 몇 개의 소설을 읽을 때는 이 어린 문학소녀의 마음에는 잔잔한 물결도 일으키게 하고 또 어떤 때는 어린 나의 심금을 보드라운 손으로 고요히 어루만져 주는 것과 같은 느낌을 가지게도 되었었지요.

그래서 어떤 때는 선생님이 교단 앞에서 다른 교수를 할 때도 멀거니 소설 보던 그 순간의 분위기에 사로잡혀 정신을 잃고 환상하던 일도 여러 번이었고, 또 그 어떤 때는 하숙집 주인이 밥상을 들이미는 줄도 모르고 책을 보고 밤 가는 줄도 모르고 탐독하다가는 밤이 깊어 삼경인데 야경의 목탁 소리에 겨우 밤 가는 줄을 알게 되는 때도 종종 있었답니다.

그런 지 얼마 후부터는 차츰차츰 나의 문학예술에 대한 시야는 점점 넓어져서 서양의 유명한 작가들의 작품을 읽기 시작하였답니다.

그때 동경 문단에서 새로이 수입시켜 가지고 모든 문학청년 남녀들이 애독, 열독하던 러시아의 유명한 예술가 톨스토이, 도스토예프스키 등의 작품에는 나도 어쩐지 마음이 쏠리기 시작하여 그들의 몇 개 작품을 읽은 뒤로는 이들 두 작가를 특별히 외경하는 마음이 들었고, 그 심각미가 있고 쿡쿡 쑤시는 데가 있는가 하면 또 어떤 때에는 보드라운 손길로 어루만져 주는 듯한 예술적 감흥에 그냥 나의 센티멘털

하고 날카로운 넋을 사로잡히고 마는 때가 많았던 것입니다.

오늘날까지 내 머릿속에 꼭 박혀져 있는 작품은 역시 러시아의 작가 도스토예프스키의 작품과 토마스 하디의 『테스』 등입니다.

도스토예프스키의 『죄와 벌』과 토마스 하디의 『테스』는 모두 정의감에 주먹을 불끈 쥐게 하고 '인간 비극'에 뜨거운 눈물을 자아내게 하는 작품들이었습니다.

내가 이 소설들을 본 지가 이제는 몇 해씩 되지만 아직도 그 속의 인물들의 모습이 내 머릿속에 환하게 남아 있습니다. 오늘날까지 수많은 작품들을 읽어오지만 아직도 이만한 나의 심금을 울리고 가슴을 조이게 하는 작품들이라고는 아직 아무데에서도 얻어 보지는 못한 것이 사실이외다.

바로 내가 『죄와 벌』을 다 읽고 나서는 무슨 볼일이 있어서 전차를 타고 종로 네거리에 와서 내린다는 것이 그 읽던 소설을 자꾸 생각하다가 그만 정신을 잃고 용산 연병장까지 갔던 일이 다 있었습니다. 그리고 『테스』를 읽고 난 뒤에는 저절로 마음이 산란하여지며 그날 밤 깊도록 눈물을 흘리던 일도 아직 기억에 남습니다.

여학생 시대와 현재 생활이 어떻게 다른가 하는 것은 작년에 교문을 나올 때 만큼 지금의 내 생활은 학생 시대와 별로 다른 게 없습니다. 그리고 저는 아직까지도 학생 기분 그대로입니다. 행동도 그렇게 할 때가 많답니다. 옷이 있어도 좀체로 검정 치마를 벗어놓기 어려우며 화려한 옷을 입으면 어쩐지 켕기는 것 같은 것이 아직도 내 기분에

부산 피난시절 노천명. 왼쪽은 부산방송국의 엔지니어 이중집.

나 행동에나 아무런 변함이 없습니다.

　나는 지금에 와서 시를 쓴다든지 혹은 소설이나 수필을 써도 어렸을 때 또는 학생 시대에는 한 번 내 글이 지상紙上에 발표되면 그렇게 몹시도 대견하였고 기쁘던 것이 지금에 와서는 도리어 활자화되는 나의 작품을 보면 어쩐지 새록새록 흠이 더 잡히는 게, 발표하지 않았더면… 하는 불쾌한 감을 번번이 느낍니다. 지금은 기자 생활에 발을 들여놓은 지가 불과 일 년밖에 못 되니 이 생활이 어떠어떠하다고 말할 수가 없지만, 하여간 학생 시대보다도 퍽이나 긴장되고 몸이 고달픈 것만은 사실입니다.

　그렇다고 내 공부에 수양의 틈이 없느냐 하면 그런 것도 아니외다. 늘 긴장한 가운데서 늘 긴장하게 일을 하고 또한 짬짬이 책을 들여다보게 된답니다.

　금후에는 영문학을 다시 더 공부하려 하오며 오직 활자화되어 나타나는 내 작품이 먼저 내가 보아 흠이 없고 한 개의 예술품이 되기까지 아마도 나는 이 예도藝道와 생명을 같이할 것 같습니다.

―― 1935년

# 서울 체류기

거의 일과와 같이 아침이면 이 다방으로 나오게 된 것은 서울로 올라온 다음날부터의 나의 버릇이다.

종현鍾峴 성당 옆 빈터에 불과 몇 평 되지 않게 자리를 한 이 조그마한 다방은 다방이라기보다는 무슨 개인의 팔라 비슷한 감을 주고 있다.

도라지꽃 같은 주인 마담의 날마다 똑같은 표정에도 손님들은 싫증을 낼 줄 모른다.

티를 마시면서 마담을 보기보다 나는 바깥을 내다본다.

신부의 베일 같은 망사 커튼이 첫여름의 감각을 그대로 나타내며 시원하게 내리워진 윈도 밖으로 내다보이는 것은 오로지 폐허다.

저기 어디쯤서 일찍이 우리가 점심을 먹던 그 그릴은 어디쯤 되는가 모르겠다. 즐비했던 그 좋은 집들이 형용도 없이 날아가 버린 것이 아닌가. 별로 신통치도 못한 음악이 레지의 수고를 빌며 들어온다.

폐허가 내다보이는 여기서는 축음기에 양洋판보다 차라리 국악의 산조散調가 어울릴 수 있는 것인데-

차를 한 모금 마시고는 또 여전히 나는 바깥을 내다본다. 무너진 빈 터에 피난민들 지지 않게 살겠다고 무성한 잡초들을 궂은비가 소리 없이 자꾸 적셔 주고 있다.

하나도 알지 못할 사람들이 우산을 받고 지나간다. 일찍이 여기는 번화했던 거리라는 것을 입증해 줄 얼굴들은 도무지 나타나지 않는다.

홀로 불려 온 증인 모양 나는 괜히 가슴이 답답하고 외롭다. 정다운 얼굴들에게 분명히 내 생활은 좌우가 된다는 것을 이번에 나는 알아냈다. 나를 하와이에다 갖다 놓지 않고 프랑스에다 갖다 놓는다고 해도 좋은 친구들과 함께 하지 않고서는 고비 사막 이상일 것을 나는 이번에 깨달았다.

언제나 다들 올라올 것인가. 깨어진 얼굴에다 분첩을 올리듯이 정 떨어지게 부상을 한 깨어진 서울은 청소에 -단장에- 한껏 지금 치장을 한답시고 해 나갔던 시민들을 맞아들이는 것이다.

서울. 얼마나 유정한 이름이냐. 서울은 잊을 수도 없고 더구나 버릴 수는 없는 이름이다. 여인네들의 전아典雅한 말씨와 함께 풍성풍성한 것과 흔전흔전한 것과는 어지간히 연緣이 먼 것이면서 서울은 그대로 또 버텨 보는 것이다.

비 온 뒤 초가집 지붕에 버섯 나듯이, 무너진 빈터엔 다방들이 무수히 돋아나고 있다. 이 '문' 다방 이외에도 무어니무어니 굉장히 차린 것들이 많이 생긴다. 부산 소식을 알려면 다방엘 나와 엊저녁에 상경한 양반들을 만나야 하는 것이다. 대개는 서울서 살 수가 있을까 하는 근맥을 보러 온 사람들이다. 흡사 무슨 배가 닿는 항구도 같고 또 여관도 같은 것이 그저 만나기만 하면 "어제 왔습니다" "내일 내려가겠습니다" 하여 왔다는 둥 간다는 둥 혹은 갔다는 둥속의 인사들인 데는 나도 이 가운데서 어쩔 수 없이 수선스러울 수밖에 없다 하긴 우리 친구들이 다 들어온다면 서울의 면모도 그야 좀 달라질 것이겠지. 그러나 시방 같아서는 어째 아무래도 엉성하고 정이 안 붙는다.

국수 장수들도 이제 좀 다 올라와야겠고, 그 말썽꾼이 인간들도 그래도 서울로 다 오는 것이 좋겠다.

집집의 수도들은 문제없이 좔좔 나오고 전기도 백주같이 와 있고.

부산도, 객지 서울도 객지. 자칫하다가는 정처 없는 사람들이 되어 버리지 않을까 모르겠다. 곧 산 냄새를 풍길 것 같은 '문' 다방의 이 도라지꽃 같은 여인을 바라볼라치면 나는 자꾸만 남쪽이 그리워진다. 그가 내게 친절하게 해 주면 해 줄수록 금방 울 것만 같아진다. 그래서 나는 자꾸 등나무가 있는 창 밖으로 시선을 던진다.

# 전숙희田淑禧 수필집에 붙임

향수에 사로잡힌 영원한 처녀 - 이는 바로 전숙희의 모습이다.

한복을 입으면 할 일 없는 촌뜨기 - 양장을 하면 아무런 걸 주워 입으나 맞춘 것처럼 어울리는 체격의 그는 어쩐 일인지 늘 시집 안 간 처녀 같은 인상을 남한테 주고 있다.

그래서 나는 늘 그가 무슨 얘기 끝에 "우리 강娄이" 어쩌구 그럴 때면 그제서야 비로소 '참 숙희가 결혼한 사람이지' 하고 새삼스럽게 느끼곤 하는 것이다.

그가 이화 영문과를 졸업할 무렵에는 영화 〈어화漁火〉에도 관계를 하고 하여 여자 영화감독이 하나 나오나 보다 했던 노릇이 결국은 소설을 쓰는 길로 들어서고 말았다.

아직은 작품보다도 인간이 더 좋아 촌뜨기 같은 그 순박한 인간성에 사람들은 하나같이 모두 반한다.

겸손하고 어질고 착한 전숙희에게 나도 반한 사람 중의 하나라고 할까.

　인간이 좋으면 반드시 문학도 좋은 것이 나온다는 것을 믿는 나는 앞으로의 전여사의 작품에 기대하는 바가 크다.

　네 아이의 어머니 노릇을 하며 살림하는 그 여가 여가에 어느 틈에 부지런히 붓을 들어 이렇게 한 권의 책을 이루었던가.

　언젠가 그의 「새치기」라는 수필을 읽어 보고 땅에다 발을 붙인 그 리얼한 태도에 접하며 그는 앞으로 소설을 쓸 사람이라는 것을 느꼈다.

# 집 얘기

집이란 실없이 정이 드는 물건이다. 정이 들고 보면 숭(흉)도 없어지고 보다 더 좋은 것이 있어도 좀체 마음이 가지지 않는 법이다.

그럭저럭 내가 이 집에 든 지도 십여 년이 되었다. 학교를 졸업하고 기숙사에서 하숙으로 나왔다가 다음번에 옮긴 것이 이 집이었다. 하숙이 마땅치 않다고 편지마다 우는 소리를 했더니 그 가을에 형님이 시골서 올라와 나랑 산 것이 이 집이다. 비둘기장 모양 맵시 있게 지어놓은 집 장사의 집을 멋도 모르고 사들고 보니 장마 때는 장마 때 대로, 추운 겨울에는 추운 대로 골탕을 먹지 않을 수 없었다.

한 가지 교통이 편하고 제일 내가 다니는 신문사가 가까워서 좋다고 자리를 잡았던 것이 오로지 내 젊은 시절을 이 집에서 흘려보낼 줄이야- 실로 내 젊은 시절을 나는 이 집과 함께 보냈다.

이 집은 내 오랜 친구와 같이 정이 들었다. 아무리 좋은 집엘 갔다

가도 나는 이 집이 그리워 뛰어온다. 몇 번 집을 옮겨 볼까 하고 복덕방에다 내놓아 봤다가는 얼른 취소를 하고 그냥 눌러앉곤 했다.

집을 보러 다녀 보면 모두 우리 집만큼 마음에 썩 들지가 않는다.

그야 이 집은 이 집대로 불편한 점이— 우선 나무라도 쟁겨놓을 광이 없고, 방들이 하나같이 협착한 것이며 한두 가지가 아니다. 그렇건만 보다 나은 집을 보고도 마음이 안 내키는 것은 좋은 친구가 되어 버려서 그런 까닭이 아닌가 싶다.

기숙사에서 끌고 나왔던 고리짝은 그럭저럭 다 부서지고 보니 옷 담는 장롱을 월부로 사들였고, 작으나 크나 밥을 해먹으니 살림이 되어 버렸고, 저물도록 이웃집에서 무엇을 빌려다 쓰는 것이 염치없어 필요한 때마다 한 가지씩 사들인 것이 십여 년이 된 시방 와서는 제법 도구가 갖추어져서 도리어 우리 집으로 동네집에서들 빌리러 오게끔 되었다.

그런데 이 집이 하마 터라면 이번 2차대전 때에 날아갈 뻔 했다.

바로 집 위에가 경기고녀 강당이 있어 이 큰 건물이 폭격당할 염려가 있다고 해서 주위의 집들이 십여 채가 소개疏開로 헐리게 되었던 것이다. 저녁들을 해먹고 나서는 우리 집 앞이 바로 반장집 앞인 마당에가 모여 앉아 집이 헐리면 어디로들 가느냐고— 반장 문씨는 평강으로 간다 하고, 이웃의 윤씨 형님은 시골로는 가기 싫고 어느 친구의 가회동 빈집을 빌려 가 있게 될 것 같다 하시며, 며칠 안 있으면 산산이 다들 헤어질 텐데 우리 여기 사는 동안이나 저녁마다 좀 만나서 얘기라도 이렇게 하다가 헤어지자고 다정한 윤씨 형님이 눈물이 다 글썽해서 얘기를 하시면, 마당에 앉았던 우리도 마음이 덜 좋아 모두 잠잠해지는 것이었다.

이 집이 경기고녀 뒤라는 것을 나는 실상 얼마나 좋게 생각했었는지 모른다.

뒷창문을 열면 시원해 좋고, 가끔 청아한 피아노 소리와 음악이 들려와 좋고, 무엇보다도 조카딸들 둘이 다 이 학교엘 다니고 보니 가다가 무슨 잊어버리고 간 물건이라도 있을 양이면 뒤로 와서 아주머니를 찾고 책을 넘겨달라는 둥, 하학 후면 책가방을 받으라는 둥 실로 편리해서 좋다고 했던 것이 이 건물인데, 집이 헐린다는 통지를 받고 보니, 이 큰 건물은 이제 와서 마치 마물魔物처럼 무서워졌다. 어쩌다가 이런 큰 집 옆에 살았던고 싶어 새옹마塞翁馬의 전화위복설은 이런 것을 두고 한 말인가 싶었다. 나는 머리를 무엇에 맞은 것처럼 정신이 멍했다. 신문사엘 나가도 일이 손에 안 잡히고 친한 사람들을 만나면 괜히 가슴이 꽉 막히곤 했다.

집이 헐리면 나는 정말 어디로 피난을 가나— 난감하다. 모두들 남편들이 끌고 가는 대로 따라들만 가면 될 다행한 여인네들 틈에서 나는 마음이 슬프고 외로웠다. 나는 말이 없이 별이 쏟아질 것 같은 하늘만 쳐다봤다.

이처럼 절박한 사정을 안고 있는데 뜻밖에도 8월 15일 역사적 날을 당했던 것이다.

이 집은 헐리지 않고도 배기게 되었다.

일인日人에게서 해방이 되고 보니 아는 이들 중에는 2층집으로, 양관으로 팔자들을 고쳐 갔다. 나는 조금도 구미가 동하지 않아 예전대로 이 집을 지키기로 했다.

정말 나는 이 집을 떠나기가 싫다. 내 사랑하는 조카딸들과 같이 지낸 이 집- 벽지에도 우리들의 얘기가 새겨졌고 한 평 뜰에서도 나는 옛 얘기를 주울 수가 있었다.

오래간만에 만나는 친구는

"아니 이적지 그 댁에 계십니까."

고 묻는다.

"그럼은요, 죽을 때까지 그 집에 있으려는데 어때요."

하고 쾌활하게 웃으면 물끄러미 나를 보는 이도 있다.

이 집을 떠나기 싫은 이유로는 이웃이 또 좋다. 천 냥을 주고 집을 사거든 팔백 냥을 주고 이웃을 사랬다던가- 이웃은 중하다. 내가 이사 온 다음해에 아랫댁에도 새 분이 왔다. 처음에는 아들애기 하나를 데리고 왔더니 그새 딸을 셋이나 더 얻고 이번엔 또 실로 잘 생긴 아들을 얻었다. 이 옆집의 애기들은 모두 나더러 옆의 집 아주머니라 하고, 이번에 아우를 본 경자京子란 소녀는 내 친한 친구다. 나를 찾아 몇 차례고 우리 집엘 온다. 새로 난 애기 혁赫군 역시 자착거리는 걸음으로 문간에 와 "어머니" 하고 귀엽게 찾고는 달아난다.

더구나 이번에 큰조카딸을 잃고 나서는 정말 이 집이 떠나기 싫어졌다.

다시 지울 수 없는 그 애와의 추억들이 담긴 이 집에 살며 그 애가 보고 싶을 때면 마음껏 추억을 뒤적거리며 이 집에서 나는 길이 살려고 한다.

—— 1948년

# 3

## 봄 여름 가을 겨울

# 봄이 오면

아마도 이번 겨울엔 장안의 부녀자들치고 구공탄+九孔炭 하고 친해지지 않은 분은 좀처럼 없으리라. 있다면 그 부인들은 신흥 귀족급이랄 수밖에 없다.

유리창에 성에가 덕덕 얼어붙은 아침마다 문장門帳을 거두면서 그저 나는 구공탄 개량아궁이에게 감사를 했다.

'구공탄이 효자로구나!'

육십오에서부터 시작을 해서 칠십 환짜리를 겨우내 사들이노라니 급하기는 좀 급했으나 여기서만큼 돈이 생색나기도 또 드문 일이었다. 깊은 겨울을 나고 2월에 접어들면서부터는 석방 날짜를 받아놓은 사람 모양 구공탄을 안 피워도 될 그날이 언제나 오나 하고 진정 하루가 여삼추 격으로 봄을 기다리는 것이다.

해마다 음력 대보름을 지내면 날씨가 푸근해져서 널을 뛰는 색시

아이들은 두루마기를 벗게 되고, 차츰 털목도리에서부터 외투를 벗어 버리게 되는 법인데, 엊저녁 추위는 또 날씨가 뒷걸음질치는 성싶다.

그러나 눈맛과 입맛에는 벌써 봄의 서곡이 완연하다. 짙은 빛깔의 두루마기나 저고리가 눈에 텁텁하고, 겨울 김치 맛이 입에서 군내가 나는 듯 개운치 않다. 이러고 보면 봄은 멀지 않았다. 지기地氣에는 이미 봄기운이 돌았고 나뭇가지에도, 표피 속에도 물이 올랐으리라. 어서 봄이 오라는 마음은 다만 이 구공탄과의 인연에서 벗어나고자 함에서다.

봄은 채마밭에서 섬 거적을 들치면 파릇파릇한 마늘종이 나오는 것을 보는 것이라든지 또는 뜰에서 뾰족뾰족 솟아나는 작약의 자줏빛 애순을 보는 정도에서 사실 나는 즐기는 것이고, 무슨 꽃이 피고 들놀이를 다니는 이러구러한 놀음에서는 그전부터 아무 매력을 느끼지 않는 것이었다.

경사진 언덕 같은 데서 허옇게 마른 잔디에 파릇파릇 속잎이 나오는 것을 보면 반드시 가까운 죽은 사람들의 생각이 나서 견딜 수가 없고, 꽃이 만발할 즈음에는 또 싱거워서 아무 매력도 느껴지지가 않는다.

봄은 덥지도 춥지도 않아 우리 글 쓰는 족속들이 일을 하기에 다시 없이 좋은 계절인데, 하도 밖에서들 소란스럽게 구는 통에 적잖이 방해를 받고 보니 차라리 첫여름이 능률 날 때가 많다.

그야 『춘향전』의 사설이 아니라도 방춘 화류 호시절에 초록장 드리운 듯한 뒷산이며 앞산의 춘색이 싫기야 할까마는 봄은 어쩌면 요염한 여인네 같고 백치미인 같아서 나는 도무지 그윽이 취해지지가 않는다.

사철 중 봄에 대한 이 관념은 내가 어려서나 젊었을 때나 또 지금이나 매한가지다. 나이를 먹어서가 결코 아니다.

그러나저러나 어서 봄이 되었으면 좋겠다. 땅이 울리고 얼음이 녹는 것처럼 봄이 오면 이렇게 옹색하고 답답한 상태에서 만백성이 좀 다 풀려지지 않을까 하는 데서다.

거리에서, 방안에서 또는 직장에서 오륙(오장과 육부)을 펴지 못하고 웅크리고 있는 자세들은 필경 그 속에 지니고 있는 마음씨들도 웅크리고 구겨져 가지고 있을 것이 분명하다. 봄이 오면 오륙을 펴는 거와 함께 마음씨들도 다 좀 활발하게 피고, 또 차고 매서운 데서 벗어나 푸근해지지 않을까 한다.

지난 크리스마스 때 꺾어다 꽂아놓은 내 방의 개나리는 꽃망울만 볼록해 가지고 도무지 꽃이 피어 주질 않는다. 오일 스토브가 있는 방에서는 벌써 개나리가 만발해 가지고 있는 것을 보았는데, 내 방의 개나리는 일찌감치 모셔다 놓았는데도 이것이 웬 까닭이냐.

봄이 오면 모든 것이 해결될 것인가? 그런데 봄은 이리 아장거리며 더디 걸어오느냐. 왔는가 하면 물러서고, 그럼 아직 멀었는가 보다 하면 또 발자취가 보이곤 한다.

별 좋은 일이 있을 것 같지도 않은 봄을 나는 괜히 봄이 오면 하고 이렇게 기다려본다.

# 대춘待春

하늘을- 푸른 하늘을 좀 보자. 문장門帳(커튼)을 걷어라. 창을 활짝 열어 놓아라.

장미는 꽃병에다 꽂을 것이 아니라 항아리에다 탐스럽게 담아다 놓아라.

나는 향낭에 향을 갈아 넣기보다 생장미를 뚝 꺾어 웃가슴에 다 꽂으련다.

오늘쯤 공작새 모양 단장을 해도 좋지 않겠느냐.

아무도 나와 더불어 옛 섬의 이야기를 하자고 들지 말라. 오직 새 얘기에 나는 흥미를 느끼고 또 경의를 표할 수 있는 것이다.

아름다운 날들은 이제부터 지어질는지도 모른다. 제비처럼 마음은 가벼워져도 좋다. 종다리같이 명랑할 일이다. 신설新雪로 덮여서만 세상은 아름답게 보이는 것이 아닐 게다.

아름다운 눈으로 보면 온갖 것이 다 아름답게 보일 수 있는 것이다. 하필코 왜 불미한 것을 찾으려 들 까닭은 없지 않으냐. 아름다운 생각을 가져 보라. 네 얼굴은 단박에 미인이 될 게다.

내 행장과 함께 이두 마차二頭馬車를 내놓아다오. 나는 기사를 찾아 떠나야 한다. 내 목장의 열쇠를 가진 그를 나는 찾아야 한다.

함박눈이 펄펄 날리는 들녘을 지나 소 여물을 끓이는 구수한 냄새와 함께 마음이 착한 사람들의 얘기가 배꽃 모양 피는 마을을 지나 내 이두 마차는 달린다. 나는 아름다운 생각을 길 좌우에 뿌리며 지나간다.

나의 기사는 지금쯤 어디서 말에게 샘물이라도 먹이고 있는 것이 아니냐. 내 망토 위엔 소리 없이 눈이 내려 쌓인다.

마음속엔 흰 나리꽃이 포기포기 피어난다. 시정市井 번뇌와 숱한 어려운 얘기들을 나는 천치 모양 잊어버리기로 했다. 불로초를 따 문 사슴이 금방 어디서 껑충 나올 것만 같구나. 나는 갑자기 가슴이 설렌다. 나의 기사 – 나의 희망– 오– 그대는 나의 무지개!

## 봄과 졸업과


고운 여인의 걸음걸이처럼 조용조용히 내리는 밤비는 어딘지 가슴을 뜯는 데가 있어 내가 싫다.

엊저녁 비 듣는 소리가 나기에 덧문을 첩첩히 굳게 닫아 버렸더니 이 아침엔 또 씻은 듯한 쾌청이다. 비행기에 몸을 싣고 멋진 이륙이라도 하고 싶은 좋은 아침이다.

대지엔 어딘지 몰라 봄이 가만히 숨어 있는 것 같다. 이렇게 좋은 날씨가 계속되다가 봄이 이제 활짝 피렷다.

집 뒤 경기고녀 강당으로부터 청아한 피아노 소리가 들린다. 여학생들의 맑은 창가소리가 들려온다. 이 여학교의 창가소리를 듣고 있으면 이상하게도 맑은 물에 마음이 씻겨지는 것 같은 청정함을 내가 느낀다. 그들이 부르는 노래 가운데에서 일찍이 내가 여학교 시절에 배우던 노래를 찾아낼 때에는 내 가슴이 어여진다.

모든 것이 귀찮아질 때면 나는 곧잘 이 여학교 강당에서 들려오는 음악소리를 들을 양으로 일부러 집에 가 드러누워 있는 적이 있다.

일전엔 졸업식을 하는지 '아사유우 우마즈 하게미다리시-'의 슬픈 노래들을 부르는데 그들의 이 졸업식 노래를 들으며 하루 종일 내가 죽죽 울었다.

언제 누가 들어도 슬픈 노래다. 여학교 선생님 노릇을 하고 싶던 꿈을 이날 나는 완전히 버리고 말았다.

해마다 3월이 되면 이런 슬픈 일을 겪어내야만 할 테니 내가 도무지 당해낼 성싶지가 않다. 그들이 뉘집 딸들인지 모르건만 내가 이 아침 미지의 소녀들에게 행복을 빈다. 오색이 찬란한 희망의 테이프를 소녀들에게 던져주노라.

그들의 음악 소리에서 나는 10여 년 전 졸업을 앞두고 그 슬픈 창가를 하던 고녀시절의 모습을 머릿속에 꺼내본다.

희망에 넘치고 자신이 만만하고 어쩌면 그다지도 철이 없이 좋았는지 나라고등사범奈良高師을 희망해 놨다가 어머니가 갑자기 세상을 떠나시는 등 의외의 일로 결국 시험도 치러 보지 못하고 그만 두었던 것이 지금도 '나라'라면 정답게 들린다. 기어코 내가 한 번 꼭 가 봐야만 할 것 같은, 언제나 마음에 그리운 곳이 되어 버렸거니와 여학교 때 기억이란 좀체 잊혀 지지 않는 데가 있다.

여학교 시절과 함께 내게는 몹시 기억에 남는 선생님이 한 분 있다.

줄창 볕에 그을려 저 남양 사람처럼 검은 얼굴에 유난히 빛나는 눈을 하고 체조 시간이면 가끔 내가 혼이 나던 선생님이다. 그 중에도 기계체조 시간이면 그 현기증이 나는 늑목肋木엘 올라가라는 통에 내가 매양 질겁을 했다.

졸업을 얼마 앞두고부터는 체조시간이면 거의 번번이 이 선생님은 시간 처음만 체조를 시키고 후에는 반드시 우리를 모아 앉혀놓고 얘기를 해 주시는 것이었다. 지금 생각하니 이것은 훌륭한 덕육德育의 시간이었다.

원체 그 선생님은 지극히 '분명한 분'이어서 무슨 말을 하시면 똑똑히 들어가 박히게 흡사 머릿속을 뜯고 집어넣는 것처럼 일러주신 관계도 있겠지만 그때 들은 그 한 마디 한 마디가 10여 년이 지난 오늘에도 내 머릿속에 어제 들은 얘기처럼 싱싱하게 떠오른다.

세상을 살아갈 때 나는 가끔 이 선생님의 훈화를 생각한다. 그 중에도 "흘러서 대양으로 들어가는 저 물에게서 배우며 세상을 살아나가라"고 하시던 말씀을 내가 명심한다. 언제나 거슬림이 없이 부드럽게 낮은 데로 흘러내려가는 겸손을 보라. 또 하수도 물이 되었다가도 물은 언제까지나 더러운 데로 있지 않고 흘러가는 동안에 얼마 있어 순결하고 맑은 몸이 다시 되는 것을 보라던 말씀이 그렇게 기억에 남는다.

이런 얘기를 꺼내고 보니 불현듯 흘러간 세월들이 그리워진다.

이렇게 내가 자꾸 일종의 향수를 느끼려고 하는 증상은 어딘가 몰라 봄철이 가져오는 유혹임에 틀림없다. 내일이라도 갑자기 날씨가 활짝 풀려 봄이 가버리면 어쩌랴.

　일전 어느 동무가 봄이 오기 전날 하루라도 좋으니 저 배를 보내달라고 했더니—세상에 봄 없는 나라가 어디 있으랴. 너를 보낼 곳을 내가 모르겠노라—해서 웃었거니와 봄은 적이 심란스럽다.

　은사를, 또 옛 동무들을, 그리고 얼마 전 문 밖 어느 새너토리엄에서 가슴을 앓다가 죽어갔다는 어떤 여인을 내가 생각한다.

　남향 마루에 볕이 따갑다. 맑게 갠 하늘엔 여객기의 프로펠라 소리가 요란한데 내가 오후의 고양이처럼 졸립구나.

—— 1942년

# 포도춘훈 鋪道春暈

날씨가 이렇게 아침부터 찬란하게 펴나가고 본즉 견뎌내기가 실상 어려운 일이다. 분첩이 날리므로 뺨에 올라갔다 내려온 것에 지나지 않을 것이나 머리를 아무렇게나 빗고는 빗접을 얼른 집어넣었다는 우정스러운 짓이 벌써 이 날씨에 대한 약한 저항이 아닐 수 없다. 양주에 취하리라는 것처럼 차라리 봄의 유혹을 오로지 당하고 마는 것이 도리어 이런 매닥스러운 저항에 비겨 얼마나 자연한 일이냐.

툇마루에서 등으로 받는 볕이 제법 따가운가 하면 싱그러운 심사가 실뱀처럼 감긴다. 이것을 어떻게 털고 일어서야 하느냐. 진정 털려 해도 그래지지 않는다면 또 어떠한 법으로 이를 살릴 수 있을 것이냐.

때마침 사뿟 소리도 없이 숨소리인 듯 들어와서 등을 탁 치는 형의 손에 나는 소생했다. 기어코 형과 이 날씨를 거부치 못하고 밖으로 나섰던 것이다.

별궁別宮 모퉁이를 돌아 큰 길로 나서자 훈訓을 만났다. 공교로이 하얀 옥양목 소복에 까만 갓신을 신은 차림새가 진실로 아담성스럽지 않으랴. 어디를 갔다 오는가고 물으니 약병을 보이며 병원에서 오는 길이라고. 안국동 네거리를 건너 전동典洞으로 뻗는 길에 훈의 그 파리한 얼굴과 청초한 모양이 도무지 사라지지가 않는다. 가슴앓이 더 해지는 것이나 아닐까.

바다 속으로 깊이 가라앉는 것 같은 그의 고독이 바로 만져진다. 바둑 돌엔 이끼가 아니 끼어서 슬프단다.

바람에도 돌에도 붙일 데 없이 완전히 외로운 그림자-단념한 빈 마음- 모두들 억세게 호흡하는 봄날 나머지 추위에 떠는 프림로즈의 향기는, 비는 내리지 않아도 청명절에 단장할 거리의 하나이다.

화신和信백화점에는 비빔밥이 먹음직스럽다. 비빔이 맛이 날 때도 되었거니와 나박김치와 미나리 풋냄새도 사근사근 봄철이 분명하다. 허나 둘이 다 차지한 것이 비빔밥뿐이라는 것은 무슨 제복과 같이 일치한 식사일까. 워낙 머뭇거릴 데가 되지 못하여 하학하고 나오듯이 우리는 일어나 다방 '왕자'로 향하는 것이었다. 활보도 아니요 답보로도 아닌 발 옮김으로 옮기노라니 정貞이 피곤에 의지한 채로 저편에서 마주 걸어온다. 우는 것처럼 웃으며 온다.

"전화를 걸었더니 나갔다고 그러더구만. 어디서 오는 길이야?"

"난 중국영사관에 갔다가 오는 길이야. 어디를 가?"

"찻집에 가서 레코드나 들읍시다."

다방 '왕자'에 들어가 차를 마시며 '침울한 일요일'을 들려달라고 청했다. '왕자'에 윤允과 함께 온 것이 퍽 오랜만이다. '지난 눈 오던 밤 조그만 캘린더를 나누어주며 거기다 감상을 쓰라던 그 왕자에도 가게 어서 서울로 올라오너라.' 윤의 긴 편지에 끼었던 이 구절이 새삼스레 생각나고 세 사람이 앉았던 건너편 테이블은 의자며 놓인 것이 그대로 있다.

만나고 보면 참새처럼 지껄일 것 같더니만 기껏 얼굴을 마주하고 있으면 말이 없다. 소리판도 말이 없이도 좋을 만치 우리는 성숙한 나이가 되었는지도 모른다. 제 가끔 남모를 것들을 생각한다.

다방을 나서니 저녁바람이 뺨에 싫다. 동무들과 떨어져 나는 훈을 위해 카네이션 한 묶음을 사려고 꽃집으로 향했다.

3월 달 다가들어 태양 아래 사는 모든 것들은 가만히 참으며 또 지그시 갈리며 사는 것 같다.

미구에 봄은 밀물처럼 벅차오렸다. 이대로 멀리 길을 뜨고도 싶다.

—— 1937년

# 삼오의 달 아래서

고금古今에 변함없는 삼오(보름)의 밝은 달은 나그네의 외로운 창에도 거리낌 없이 비쳐준다. 모某 문집을 든 나는 명랑한 그 달빛에 마음을 잃고 나도 모르게 책을 던지고 뜰로 발길을 옮겼다. 달은 심히 밝다. 온 삼라만상이 잠 든 우주를 구석 하나 안 빼놓고 고요히 비추어 주고 있다. 자동차와 전차 소리로 시끄럽던 대 경성의 시가도 이 밤에 한하여서는 씻은 듯이 고요한데, 흐르는 달빛은 나의 흰옷을 적시는 듯하였다. 일륜一輪의 명월을 쳐다보는 나의 머릿속에는 천만 가지의 생각이 뒤섞여 떠오른다. 엉킨 실 풀려 나오듯 과거 현재 미래의 모든 생각이 솔솔 뒤를 이어서 풀려 나온다. 달아- 공산유곡空山幽谷에 모든 비금주수飛禽走獸 다 자는 밤에 네 홀로 깨어서 과거의 많은 시인들과 그리고 또 많은 고독자들의 눈물을 자아내지 않았느냐? 그리고도 오히려 부족하여 이 밤에 또 나의 눈물까지 자아내느냐?

무한한 창공에 떠서 영겁으로부터 영겁을 향하여 흘러가는 달아, 너는 그 언제부터 그렇게 비쳤으며 또 언제까지 비치려느냐? 너의 빛이 남의 눈물을 자아냈고 또 자아냄도 사실이나 지공무사至公無私하기로 너의 빛 같은 것이 또 있으랴?

아- 공평의 달빛! 빈부귀천의 구별이 없이 비추어 주는 달빛! 너는 그리도 공평하건만 왜! 인간들은 서로 다투고 뜯고 삼키려만 하느냐? 온 우주를 고요히 잠근 명랑한 달아, 이 더러운 인세人世를 너의 밝은 빛으로 정화시켜 준들 어떠랴? 달아, 너는 말없이 나를 훈계하기는 그 몇 번이며 나를 괴롭게 하기는 그 몇 번이었느냐? 생각할수록 처량한 회포만이 나를 에워쌀 뿐이다. 아- 노래나 불러 보자. 달아 너는 내가 노래를 부르거든 내 노래 고이고이 실어 가지고 산을 넘고 물을 건너

종로 네거리에 있던 화신백화점. 지금은 헐리고 그 자리에 국세청 건물이 들어 서 있다.

서 내 어머님 계신 곳에 실어다 주려무나. 오늘 밤 이내 회포 어이 이리 산란할까? 지금 저 달 아래서 눈물을 자아내는 사람은 필연 나 하나뿐은 아닐 것이다. 나와 같은 동분자同分子가 이 세상에는 그 얼마나 많을 것이냐? 다시 달을 쳐다보는 나의 눈에는 그 무엇이 샘솟듯 하여 나의 뺨을 적시고 있다. 아- 참 고운 월색이다. 오- 내가 이 밤을 밝히리라. 저 달이 지기까지 밤은 길이길이 새지를 말고 달은 길이길이 지지를 말아라. 외로운 이 몸 저 달을 보고 이 긴- 한밤을 밝히려 하노니 밤은 점점 깊어가고 달은 점점 밝아간다. 오- 신비로운 자연이여 아름다운 오늘 밤의 월색이여! 영원히 영원히 사라지지 말아라! 아- 고요한 밤 달 밝은 밤 이내 마음. 이러한 밤엔 어머님 그려 우나니 나는 저 달빛 안고 저 구름 타고 어머님 계신 곳 가고 싶다.

—— 1930년

# 천춘보 淺春譜

밀린 일을 잊어버리고 볕이 포근한 낮이면 우리 집 소녀는 마루 끝에가 앉아 곧잘 생각을 놓고 먼 데를 바라보며 앉았는 버릇이 생겼다. 경칩이 채 안 지났건만, 두터운 비단이 텁텁해 보이고, 오련한 물색이 좋아 보이는 것은 계절에 대한 눈의 민감이리라.

삼월은 이처럼 다가서랴건만 봄은 몹시도 아장거린다.

버들가지에 물이라도 올리려는 봄비인가고 보면 빗발이 걷자 다시 추워지곤 한다.

변덕스런 날씨일레 사람들은 삼월에도 홑두루마기를 벗지 못한다. 눈이 녹는 뒤로 드러나는 잔디의 그 파릇파릇한 새싹 하나 얻어 보지 못하는 채, 반찬 가게의 뻐드러진 동태 대신 내놓은 까막조개 - 물쑥 - 냉이 나부랭이에서 도회 사람들은 이른 봄을 맞는다. 광에서 꺼내오는, 신맛이 들어가는 배추김치보다는 달래를 드문드문 떠운 나박김치가 한결 먹음직스럽다. 또 봄이 왔나 보다-고 어렴풋이 절기를 보내고 맞은 지도 여러 해가 넘었다.

지금쯤 불탄 잔디 자리에서 삘기를 찌러 돌아다니고 꽃송토리를 옆에 끼고는 나물을 캐던 소녀들이 생각난다. 밭머리에 남은 눈을 호미 허리로 살며시 걷어 헤치며 달래 풀을 찾아내 캐고 양지바른 논두덕에서 소루쟁이 민들레를 캐다가 굼벵이가 나오면 자지러지게 놀라던 일이며, 동화처럼 옛 얘기들이 살아난다.

어느 해 봄이던가, 진달래가 앞뒷산허리에 실안개처럼 둘렀을 때 성당 뒷산으로 꽃을 꺾으러 동무들과 갔었다. 이 골짜기 저 산등성마루로 진달래를 따라 뛰어다니다 보니 내 머리 끝에 드렸던 흰 댕기가 빠졌다. 와락 겁이 난 나는 한아름 안았던 진달래꽃 다발을 그 자리에 힘없이 떨어뜨려 버리고 온 산을 다 헤매며 해가 져서 땅이 보이지 않을 때까지 애를 태우며 찾다가 찾지를 못하고 해가 저물어 울며 집에 돌아와서는- 상주가 흰 댕기를 잊어버리면 돌아간 이가 천당 길을 잊어버린다는 말이 내 어린 맘을 몹시 괴롭히는 것이었다. 그날 밤새도록 자지를 못하며 내 머리에는 아버지가 길을 잊어버리고 자꾸 애를 쓰시는 것만 같아 자꾸만 울며 밤을 새운 것도 이런 이른 봄이었다.

멀리 있는 친구한테서 오래간만에 긴 편지를 받았다. 봄을 따라 바람결처럼 내 생각이 나서 편지를 썼던 게지- 아침 까치가 경기고녀京畿高女 지붕 위에서 우리 집을 내려다보며 유난히 짖어댄다.

오늘 반가운 일이 있을 것을 기대해 본다.

천춘보淺春譜

# 식목일

큰길을 건너려니까 누가 화초 나무를 잔뜩 싣고 간다. 언뜻 보아 눈에 들어오는 것이 매니큐어를 한 손톱 모양 불그레한 싹을 뾰족뾰족 내놓은 작약 덩어리와 넝쿨 장미였다.3

뉘 댁 정원으로 팔려 가는 꽃나무들인 성싶었다. 그러고 보니 식목일이 다가서고 있다.

나무를 심고 싶은 마음 누구보다 간절하건만 나무를 심을 땅바닥이 없는 비애를 어쩌면 좋으냐? 앞집이 그늘이 져 가지고 우리 집 뜰엔 꽃나무 한 포기도 되질 않는다.

몇 해 애를 써보다가 이젠 깨끗이 단념을 했건만 식목일이 되어 남들이 꽃나무를 심을 때가 되면 한 번씩 속이 뒤집힌다.

집에 데리고 오고 싶은 좋은 친구를 못 데려오는 짜증이다. 그 대신 겨울에 방에서 기르는 스프링게리는 내 정성의 반영으로 삼동三冬에

1
1
4

도 그 윤기 있는 푸른 머리를 삼단같이 길게 늘어지도록 잘 기르며 재미를 보기는 하나 그래도 제철에 비를 맞아가며 꽃모종을 해 보지 못하는 서글픔은 또 결코 내 생활에 있어서 작은 것은 아니다.

내 욕심은 무슨 굉장한 정원수를 사다 심는다는 데에 뻗는 것도 아니다. 할 수 있다면 정향丁香 한 그루쯤, 혹은 넝쿨 장미쯤 심을 수 있기를 바라는지는 모른다.

언제나 촌으로 가 살면서 헛간 초가지붕에다가는 박넝쿨도 올려보고 울타리엔 호박이 주렁주렁 열리게 하고 삼밭에다가는 오이를 놓아 먹을 수 있을 것인가? 그리고 넓은 뜰에는 흰빛과 자줏빛의 접시꽃을 수수밭처럼 갈아놓고 온갖 화초를 함부로 막 심어놓고 그 속에서 한가로이 살아볼 수 있을 것인가?

촌으로 가 살고 싶은 생각이 이마적엔 참으로 간절하다. 출근 시간을 안 가져도 입에 밥이 들어오고 글을 쓰고 싶을 때만 쓰고도 생활이 되어 나간다면 문제는 간단할 것이다.

물 건너 여류작가들은 자가용차를 가지고 또 별장들을 가졌다고 들리는데, 우리 나라 형편은 언제나 그렇게 되려나? 비가 오는 날이면 자동차에서 물벼락을 맞고 들어오기가 일쑤고, 한심한 일이 하나 둘이 아니다.

식목일 – 한식이라 청명절에 나는 개떼를 하러 갈 산소도 없고 정향한 그루 사다 심을 뜰도 갖지 못했다. 밀물처럼 들어오는 불기운에 내가 어디로 밀릴 것만 같다.

# 한식寒食

날씨가 이처럼 쾌청이고 보면 눈이 부셔 마음은 파라솔 모양 접혀 드는 수밖에 없다.

우렁이 속을 파고들듯이 속을 파고 내 생각은 기어 들어간다.

아침나절에 찾아온 어떤 친구는 자기 어머니 산소에 개떼를 하러 시골엘 간다고 한다.

갈 수 없는 어머니 산소를 가진 나는 어디로 가야 옳으냐. 청명절에 내 가슴 속 골짜구니에선 비가 내린다.

내일이 한식寒食이라고 듣고 실은 오늘 용정이를 시켜 제 형 용자 골롬바의 연미사를 내일 아침에 드려달라고 성당에 부탁하게 되면서, 작년 이맘때는 용자가 싱싱하게 살아 있던 것을 생각하며 마음이 덜 좋았었다.

일전에 앞집 애기가 원족을 갔다가 할미꽃을 파 가지고 와 뜰에다

심는 것을 보고 머잖아 진달래도, 살구꽃도, 앵두꽃도 다 피겠구나 했
었는데, 어느 틈에 벚꽃이 만발했다고 듣는다.

꽃이 내 눈에 띌 것을 나는 겁내고 있다.

숙이가 나갔다 들어오더니 사람들이 길에 어떻게 많이 나왔는지 걸
음을 맘대로 걸을 수 없더라고 한다.

사람들이 많이 걸어가는 틈에서 용자 또래를 볼 것이 나는 또 두렵다.

길을 가다가, 혹은 기차 속에서 그만한 키의 젊은 색시를 보면 가슴
이 내려앉아 나는 두 번 다시 그쪽을 보지 못한다.

어서 세월이 흘러 내 마음에서 이 슬픈 구석들이 가셔졌으면 하나
또 이 생생한 슬픔과 길이 같이하고도 싶다.

진달래를 꺾어들고 제 무덤이라도 찾아가 실컷 울었으면 속이 후련
할 것 같건만 멀리서 나는 이것조차 그리워해야 할 모양이다.

대지엔 봄이 복사꽃과 함께 타는 듯 만발한데 나는 왜 오늘도 무겁
게 가라앉아 저 푸른 하늘 아래 노래를 찾지 못하는가 모르겠다.

—— 1948년

# 산나물

먼지가 많은 큰길을 피해 골목으로 든다는 것이 걷다 보니 부평동 장거리로 들어섰다.

유달리 끈기 있게 달려드는 여기 장사꾼 '아주마시'들이 으레 또 "콩나물 좀 사 보이소 예 아주머니요 깨소금 좀 팔아 주이소" 하고 잡아당길 것이 뻔한지라 나는 장사꾼들을 피해 빨리빨리 달아나듯이 걷고 있었다.

그러나 내 눈은 역시 하나하나 장에 난 물건들을 또 놓치지 않고 눈을 주며 지나는 것이었다. 한군데 이르자 여기서도 또한 얼른 눈을 떼려던 나는 내 눈이 어떤 아주머니 보자기 위에가 붙어서 안 떨어지는 것을 느꼈다.

그 보자기에는 산나물이 쌓여 있었다. 순진한 시골 처녀 모양 장돌뱅이 같은 콩나물이며 두부 시금치들 틈에서 수줍은 듯이, 그러나 싱싱하게 쌓여 있는 것이었다. 얼른 나는 엄방지고(건방지고) 먹음직스러운 접중화를 알아봤다. 그 밖에 여러 가지 산나물들을 또 볼 수 있었다.

고향 사람을 만난 때처럼 반가웠다. 원추리 -접중화는 산소들이 있는 언저리에가 많이 나는 법이겠다- 봄이 되면 할미꽃이 제일 먼저 피는데, 이것도 또한 웬일인지 무덤들 옆에서만 잘 발견이 되는 것이었다.

바구니를 가지고 산으로 나물을 하러 가던 그 시절이 얼마나 행복했는지 그 당시에는 느끼지 못했던 일이다.

'예쁜이' '섭섭이' '확실이' '넷째'는 모두 다 내 나물 동무들이었다.

활나물 고사리 같은 것은 깊은 산으로 들어가야만 꺾을 수가 있었다. 뱀이 무섭다고 하는 나한테 '섭섭이'는 부지런히 칡순을 꺾어서 내 머리에다 갈아 꽂아 주며 이것을 꽂고 다니면 뱀이 못 달려든다는 것이었다.

산나물을 하러 가서는 산나물만을 찾는 것이 아니다. 우리는 이 산 저 산으로 뛰어다니며 뻐국이를 꺾고 싱아를 캐고 심지어는 칡뿌리도 캐는 것이었다. 칡뿌리를 캐서 그 자리에서 먹는 맛이란 또 대단한 것이었다. 그러나 꿩이 푸드덕 날면 깜짝들 놀라곤 하는 것이었다. 내가 산나물을 뜯던 그 그리운 고향엔 언제나 가게 되려는 것이냐.

고향을 떠난 지 삼십 년. 나는 늘 내 어린 기억에 남은 고향이 그립고 오늘같이 이런 산나물을 대하는 날은 고향 냄새가 물큰 내 마음을 찔러 어쩔 수 없이 만들어놓는다.

산나물이 이렇게 날 양이면 봄은 벌써 제법 무르익었다. 냉이니 소루쟁이니 달래니, 그러고 보면 한물 꺾인 때다.

산나물을 보는 순간 나는 이것을 사 가지고 오려고 나물을 가진 아주머니 앞으로 와락 다가서다가 그만 또 슬며시 뒤로 물러나지 않으면 안 되었다.

생각을 해 보니 산나물은 맛이 있는 고추장에다가 참기름을 치고 무쳐야만 여기다 밥을 비벼서 먹을 맛도 있고 한 것인데, 내 집에는 고추장이 없다. 그야 아는 친구 집에서 한 보시기쯤 얻어 올 수도 있기는 하겠지만 고추장을 얻어다 나물을 무쳐서야 그게 무슨 맛이 나랴. 나는 역시 싱겁게 물러서는 수밖엔 없었다.

진달래도 아직 꺾어보지 못한 채 봄은 완연히 왔는데 내 마음속 골짜구니에는 아직도 얼음이 안 녹았다.

그래서 내 심경은 여지껏 춥고 방안에서 밖엘 나가고 싶지가 않은 상태에서 모두가 을씨년스럽다.

시골 두메 촌에서 어머니를 따라 달구지를 타고 이삿짐을 실리고 서울로 올라오던 그때부터 나는 이미 에덴동산에서는 내쫓긴 것이었다.

그리고 칡순을 머리에다 안 꽂고 다닌 탓인가. 뱀은 내게가 달려들어 숱한 나쁜 지혜를 넣어주고 있다.

십여 년 전 같으면 고사포高射砲를 들이댔을 미운 사람들을 보고도 곧잘 이제는 웃고 혼연스럽게 대해줄 때가 있어 내가 그 순간을 지내놓고는 아찔해지거니와 풍우난설의 세월과 함께 내게도 꽤 때가 앉았다.

심산 속에서 아무 거리낌 없이 자연의 품에서 그대로 퍼질 대로 퍼지고 자랄 대로 자란 싱싱하고 향기로운 이 산나물 같은 맛이 사람에게도 있는 법이건만 좀체 순수한 이 산나물 같은 사람을 만나기란 요새 세상엔 힘드는 노릇 같다.

산나물 같은 사람은 어디 없을까. 모두가 억세고 꾸부러지고 벌레가 먹고 어떤 자는 가시까지 돋쳐 있다.

어디 산나물 같은 사람은 없을까.

—— 1953년

# 오월의 구상構想

    여학교 때 자수를 가르치는 선생님 말이 수를 놓다가 가끔 눈을 들어 파란 잔디밭이나 푸른 나무들을 바라보면 그 푸른빛이 눈의 피로를 덜어 준다고 하는 것이었다.

    그런 뒤부터는 나는 이것을 명심하고 고개를 박고 정신없이 수를 놓다가도 생각이나 난 듯이 이따금 숙였던 머리를 불쑥 들고는 푸른 데다 시선을 주려고 더듬었다.

    정 푸른빛을 찾지 못할 때에는 남빛 하늘가라도 잠시 바라다보다가 다시 눈을 거두는 것이었다.

    이 습관은 학교를 나온 지 수십 년이 된 오늘까지도 계속돼서, 책을 보다가 또는 글을 쓰다가 가끔 눈을 들어 남빛 하늘가를 내다보고 하늘이 안 보이는 경우에는 다른 것에라도 잠시 시선을 주었다가 눈을 조절하며 거두는 버릇을 짓게 하였다. 그런 관계인지 나는 아직 안경을 안 쓰고 배긴다.

푸른빛이 보안상에 좋아 눈의 피로를 덜어 준다지만 눈의 피로뿐이 아니라 내가 생각컨대 이것이 우리의 마음의 피로를 덜어 주는 편이 또한 작지 않은 것 같다.

나는 속이 상하면 푸른 나무 꼭대기를 바라본다.

어떤 사람의 얼굴을 바라본다든가 거기를 내다보는 것보다 훨씬 마음이 쉽게 달라지는 때문이다. 이것이 거닐 수 있는 녹음 사이라든가 푸른 숲이면 그 효과는 더 말할 나위도 없을 것이다.

푸른 나무들을 보는 동안 우리의 마음은 확실히 윤택해지고 부드러워지고 선남선녀가 될 수 있는 것이다.

거리마다 로터리에 푸른 숲을 이루어 준다면 길을 가는 시민들의 마음은 한결 부드러워지지 않을까 한다. 고목 같은 나무에서 연연하게 움이 트고 여기서 나온 새싹이 파랗게 신록을 이룰 무렵이면 사람들의 가슴은 도시에서나 농촌에서나 말할 수 없이 부풀어 오른다. 일찍이 아름다운 5월들이 있었거니와 영원히 5월은 사람들과 더불어 즐거운 달이 될 게다.

내가 이 신록의 계절이 좋아진 것은, 예닐곱 살 때였던 성싶다. 봄철이면 온천을 다니는 어머니를 따라 송화松禾라는 데로 원정을 가는데, 달구지에서 내려 원정으로 들어가는 길 좌우에 내 키와 거진 맞먹는 작은 나무들이 죽 늘어서 있어 가지고 그 나무엔 애순들이 유난히 예쁘게 돋아나고 있었다.

어린 마음에도 그것이 어떻게 좋았던지 어머니에게 그 나무 이름을
물었더니 서울 사람인 우리 어머니는 이 나무 이름을 몰랐고 같이 원
정을 가던 아주머니가 그게 '수무나무'라는 것이라고 일러 주었는데
내가 꽃보다 신록을 더 좋아하게 된 것은 필시 이때부터 시작된 것이
아닌가 한다.

나는 꽃이 피면 어서 빨리 지라는 사람이다.

도무지 그 어지럽고 나를 생포하는 것 같은 요기妖氣를 내가 감당해
내기 어렵기 때문이다. 그 대신 푸른 잎사귀들을 보면 내 눈은 씻은 듯
이 밝아지고 파란 잎사귀들을 가만히 보고 있을 양이면 내 가슴은 갓
스물처럼 뛰는 때가 있다.

내 마음이 즐거워지는 때가 되어 그런가, 1년 중에 내 얼굴이 그 중
좋아지는 때도 또한 5월인 성싶다. 그런데 이렇게 나무들을 좋아하면
서도 내 집엔 신록을 볼 나무 한 그루는커녕 난초 한 포기를 못 심고
산다.

볕이 안 들어 주는 한 평 뜰을 가지고는 재주를 피울 도리도 없다.
그래서 일전에도 뉘 집을 찾다 보니 그 동리에 많은 아담한 2층 양관들
이 있어 이것들을 지나며 내 눈은 이런 집들을 얼른얼른 지나치지 못
하고 자꾸만 눌어붙었다. 나는 요 또래의 조그만 양관이 꼭 필요했다.

볕이 잘 드는 2층, 그리고 창을 열어젖히면 푸른빛이 눈에 들어올
수 있는 정도의 정원 – 그래서 내가 구상을 하며 거닐 수 있는 이런 집
이 하나 꼭 갖고 싶다.

창을 열어젖히면 푸른빛이 눈에 들어올 수 있는 뜰, 이것은 작아도 내게 있어서는 틀림없는 하나의 향연이다.

복잡한 현실에서 우리는 가끔 눈을 들어 다른 데를 보며 쉬일 필요가 있다. 같이 앉아 있는 방안의 사람이 보기 싫은 때는 시선을 창 밖으로 돌려야하겠고 이런 때 눈에 들어오는 것은 장독이라든가 궁기가 낀 살림 부스러기가 아니고 모름지기 한 그루의 싸리나무라도 되어 주기를 바라는 바이다.

푸른 5월이 밀물처럼 들어온다.

집집이 뜰에, 거리 로터리에 이 초록 풀이 들게 하라.

그리하여 이 푸른빛을 보는 시민들의 충혈된 눈을 수정처럼 좀 맑게 해 주라.

———— 1954년

# 오월의 시정詩情

　만나는 사람마다 나더러 얼굴이 요새 못됐다는 인사다. 십여 년 내
내 가지고 있는 불면증이 하필 요새라고 얼굴을 더 그르칠 이유가 없
을 것이고, 별나게 봄을 탄다거나 여름을 타는 체질이 아니고 봄에 계
절이 바뀌는 까닭도 아닐 게다. 웬일인지 메모 첩을 보면 날마다 나갈
일이 있고, 저녁때 집으로 발을 옮길 무렵이면 정말이지 몸이 몹시 괴
롭다.

　『여성문화총서』를 내보려고 힘에 부치는 것을 애를 쓰고 다니노라
니 정신적으로 지친 것은 속일 수 없이 육체로 나타나는 모양이다. 자
꾸만 올라가는 종이 값에 위협을 느끼는 일은 오히려 단순하다고 할
까. 좋은 내용을 내놓으려는 데서 필자 진이 없는 것이 내 머리를 아프
게 해 주고 내 얼굴을 깎아내리는 모양이다.

　이 제목에는 누구에게 맡겨야 탁상공론이 안 되고 우리 가정생활에

살아서 뛰어 들어갈 수가 있을까. 문제는 여기서 번번이 내 머릿속을 고단하게 만든다. 나는 길을 걸으면서도 이런 생각들을 같이 하게 되었다. 이러는 동안 꽃이 피고 떨어도 지고, 가다가 들어 보면 잎이 파랗게 신록이 되어가는 것을 본다. 그 좋아하는 화초가 요새는 내 눈에 들어오지 않는다.

하루는 집에를 들어갔더니 조카딸이 있었다.

오래간만에 신을 벗고 마루를 올려다보니 탁자 위에서 내 시선을 끄는 것이 있었다. 난데없는 흰 라일락꽃의 출처를 묻지 않을 수 없었다.

"라일락이 웬 거냐?"

나는 말없이 방으로 들어가고 이어서 저녁상을 받았다. 라일락꽃은 방으로 옮겨오게 되었다. 나는 물끄러미 한참을 바라다보았다. 좁은 우리 방엔 강할 정도로 향기가 진동을 한다. 그 멋없이 나는 나온다는 소리가,

"혼인을 하려면 오월에 해야겠다. 신부꽃으로 라일락이 그만이겠군, 저렇게 하구 잎사귀가 또 저처럼 이쁘게 생기구 푸르지. 게다가 이 강한 향기…. 혼인을 하려면 오월에 해야 할 일인데…."

하자 의대에 다니는 조카딸이,

"오월두 초순이래야지. 조금 늦으면 낙화 져요."

나는 속으로 내 조카딸을 시집보낼 때는 꼭 이 라일락꽃을 들리워서 식장에 들여보내리라…고 은근히 궁리를 하며 오래간만에 봄다운

순간을 가질 수 있었거니와, 젊은 이 의학생이 요 먼저는 하얀 실험 종지에다 바이올렛을 하나 캐서 심어 가지고 와 내 문갑 위에다 놓아 주더니 이번에는 또 라일락을 들고 들어왔다.

5월의 시정詩情은 젊은 여의학도에게도 스며드는 모양이다.

———— 1949년

# 오월의 색깔

오월은 봄에서 여름으로 옮기는 중간 시즌인 만큼 빛깔에 있어서도 어딘지 모르게 싱싱한 첫여름의 예고가 있어야 하는 동시에 봄이 다 가지 않았다는 것도 오월의 색깔이 표현하는 한 가지 역할이겠습니다.

그러면 오월의 색깔은 어떤 것이냐 하면 여러 가지가 있겠지마는 대체로 보아서 오월의 하늘과 오월이 사람들에게 가져다주는 기분을 잘 나타낼 만한 빛깔이라야 되겠는데, 풀빛 연보라회색, 연분홍, 하늘빛, 장밋빛 같은 것으로, 될 수 있는 대로 엷은 색깔 계통의 것이 오월다운 색깔입니다.

너무 진한 색을 입고 보면 몹시 칙칙해 보이며 산뜻한 맛이 없어집니다.

그러므로 봄이라 해도 오월에 외출을 하실 때에는 엷은 빛깔의 옷을 입으시는데 야외 바이올렛이 핀 곳으로 산보를 나가실 때에는 엷은 보라회색으로 아래위를 입어 보십시오. 바이올렛이 많이 핀 들을 거니는 당신의 청춘이 얼마나 자연과 하모니가 되며 빛나는지 모를 것입니다.

이 연보라빛은 빛만 잘 맞춰 입고 부속품, 즉 파라솔이나 쇼올 핸드백 같은 것을 여기에 잘 하모니가 될 것으로 택하고 보면 연분홍이나 다른 색에 비해 고상해 보이는 색입니다.

얼굴이 흰 분은 더욱 좋거니와 얼굴이 희지 못하고 천상 검은 분도 이 빛이 퍽 좋습니다.

그리고 강가로 놀러 가실 적에는 하늘빛이나 풀빛이 퍽 조화 되는 빛이지요. 그리고 야앵夜櫻 같은데, 즉 꽃이 만발한 곳에 가실 때에는 오련한 연분홍이 좋겠습니다. 그러나 분홍이란 이 빛은 자칫 잘못 입고 보면 천하게 보이기가 쉬운 것이므로 이런 옷을 입으실 때에는 화장을 주의해서 엷게 하셔야 합니다.

이런 옷을 입고 분을 횟박을 쓴다고 하든가 입술을 새빨갛게 칠하고 보면 모처럼 갈아입은 색깔이 무색하게도 천하게 떨어져 버리고 맙니다. 이 점만 잘 주의하신다면 원만할 줄 압니다.

위와 같은 색깔의 옷은 될 수 있는 대로 아래 위를 똑같이 입어야 하는 동시에 숄을 두르실 때에는 보라회색이면 보라회색의 제 숄을 두르는 것보다도 하얀 숄을 두르는 것이 효과 백퍼센트입니다.

어쨌든 오월의 색깔은 진해서는 안 되고 엷을 것이며 엷되 오월의 자연계에 조화되는 색깔이라면 무엇이든지 좋겠지요.

—— 1936년

# 신록

배움에 시달린 머리를 쉬어볼까 하여 내가 교외로 나갔을 때는 어렴풋한 꿈같은 봄도 이미 저물려 하는 때였다.

온 우주는 푸르렀다. 가지가지 나뭇잎들은 푸른빛을 기운껏 뻗고 온갖 것은 타오르는 희망에 그 숨결이 밭은 것 같았었다. 언제나 푸른 녹음을 보면 알지 못할 그 무엇에 가슴이 뛰는 얄궂은 내 마음! 곱다란 연두 물을 끼어 얹은 듯한 농염한 그 빛! 내뿜는 그윽한 향기! 나는 첫 봄의 꽃보다도 늦은 봄, 아니 첫여름의 녹음을 더욱 좋아한다.

사람의 마음을 마취시키는 봄이 오면 내 혼은 땅 속으로 녹아들어 가는 것 같아진다. 이런 센티멘털한 시절은 말하자면 나와는 거리가 먼 것이다. 나는 신록의 그 때가 한없이 좋다. 꽃이 지자마자 새파랗게 우거지는 신록. 활짝 핀 꽃 그것은 얕은 마음을 다 내보이는 것 같다. 깊고 그윽한 맛을 찾아볼 수가 없다. 그러나 꽃이 떨어지자 뒤를 이어 우거지는 신록…. 이는 20세 전후의 젊은이의 마음과 같다. 이는 향상과 건설의 상징인 것이다. 이는 희망에 가득 찬 처녀의 가슴 속이다. 어딘지 몰라 깊고 그윽하고 믿음직한 것이다. 피곤한 넋…. 길이 쉬고 싶은 곳이다. 상긋하고도 그윽한 그 속에는 삶의 약동이 넘쳐흐르고 있다.

가냘픈 꽃의 향기야 이에 비할 뻔이나 하랴. 그는 원기 왕성한 새파란 청춘이다.


꽃 향기롭고 나비 춤출 제
조는 듯 취하였던 이 마음
녹음의 새로운 그 빛 보고
깨난 듯 일어나 뛰며
어쩔 줄을 모르네.


푸른 그 사이 거닐고 있으니
힘없던 내 주먹 새 힘에 떠네.
오! 그대여! 피리를 불어 주소
그 가슴 새 대기大氣 바꾸어 넣고
마음껏 우렁차게 피리를 불어 주소.


푸르른 그 사이로 천천히 거닐고 있을 제 어디선지 청아한 피리소리가 바람결에 흘러온다. 내 마음은 어느덧 이 피리소리를 다리삼아 머나먼 서쪽 나라 그리운 내 고향으로 건너갔던 것이다. 그 나라에도 꽃은 피었다 졌을 것이다. 그곳에도 봄은 늦어 녹음이 우거졌을 것이다. 그리고 그 녹음 사이에도 목동의 초적草笛이 울릴 것이다. 아랫마을 우거진 녹음 속에서 내 여섯 살 때 내 귀를 씻고 가던 목동들의 그 초적을 내 그때에는 무심히 들었건만….

—— 1932년

# 모깃불

앞 벌 논가에선 개구리 떼가 자못 수다스럽고 삼밭에선 오이 냄새가 풍기는 저녁 마당 한 귀퉁이에 범산넝쿨 엉겅퀴 다북쑥 이러이러한 것들이 생짜로 들어가 한데 섞여 타며 나는 냄새란 제법 독기 있는 것이나 또한 거기 속된 모깃불로만 쓰이는 것보다는 적잖이 값진 여름밤의 운치를 지니고 있다.

달 아래 호박꽃이 환한 저녁이면 군색스럽지 않아도 좋은 넓은 마당에는 이 모깃불이 피워지고 그 옆에는 두레방석이 깔려지고 여기선 여름살이 다림질이 한창 벌어지는 것이다. 멍석자리에 이렇게 앉고 보면 시누이와 올케도 다정스러울 수 있고 과년한 큰 애기에게 다림질을 잡히며 지긋한 나이를 한 어머니는 별처럼 먼 이야기를 하기도 한다.

함지박에는 갓 쪄서 김이 무럭무럭 나는 노란 강냉이가 먹음직스럽게 가득히 담겨 나오는 법이겠다.

쑥대불의 알싸한 내를 싫지 않게 맡으며 불부채로 종아리에 덤비는 모기를 날리면서 강냉이를 뜯고 누웠노라면 여기는 색시와 아주머니네들의 남양의 밤 같은 이야기꽃이 핀다.

이럭저럭 멍석자리로 나오는 별식은 이 강냉이만이 아니다. 연자간에서 뽑아온 햇밀에다 굵직굵직하고 얼룩덜룽한 강낭콩을 두고 만든 밀범벅이라는 진정 맛있는 게 또 있다. 그 구수한 품은 이런 대처에서 식당 마카로니쯤 감상하던 입맛으로는 설불리 상상할 염두나 낼까 보냐.

온 집안에 매캐한 연기가 고루고루 퍼질 때쯤 되면 쑥 냄새는 한층 짙어져서 가경으로 들어간다.

영악스럽던 모기 놈도 아리숭해지는가 하면 수풀 기슭으로 반딧불을 쫓아다니던 아이들도 하나 둘 잠자리로 들어 마을의 여름밤도 깊어지고, 촌 아낙네들은 두레 멍석 위에 누워 생초 모기장도 불면증도 들어보지 못한 채 실로 꿀같이 단잠이 든다.

쑥을 더 집어넣는 사람도 없어 모깃불의 연기도 차츰 가늘어지고 보면 여기는 바다 밑처럼 고요해진다.

굴속에서 베를 짜던 마귀할미라도 나와서 다닐 성싶은 이런 밤엔 헛간 지붕 위에 핀 박꽃의 하얀 빛이 나는 무서워진다.

한잠을 자고 나면 애기는 아닌 밤중 뒷산 새 울음소리에 선뜻하여 엄마의 가슴을 찾고 울면 옆집의 바둑이란 놈이 놀라서 짖어대고, 이

개 짖는 소리에 덩달아 마침내 온 동리 개들이 달을 보고 싱겁게 짖겠다.

—— 1938년

# 원두막

백중이 되도록 모가 나가질 못하고 빽빽히 서 있는 논이 있는가 하면 김장을 갈려고 풀을 뽑고 밭을 매는 데가 있어 농촌 풍경도 얼숭덜숭하다.

구슬같은 땀이 손수건을 댔다 떼는 바로 뒤로 또 폭폭 솟는다.

누구 하나 들렀다 가 주지 않는 원두막은 순전히 참외밭을 지키는 것 외에 아무것도 아니다.

말라빠진 네 다리를 지극히 불안정하게 참외밭 머리에다 디디고 서서 사면 들창을 작대기로 한껏 버티고 으레 끼우듬하니 서 있는 원두막은 하릴없이 송낙 쓴 허수아비다.

우차가 지나간 촌길의 뻘건 흙을 터벅터벅 밟으며 등성이를 넘고 산모롱이를 돌아 휘휘 손을 내저으며 가다가 만나는 원두막은 괜히 반갑다.

원두막은 으레 노인이 지키는 법이겠다.

"참외 단 것 있어요?"

우리는 원두막을 쳐다보며 물어봤다.

"네."

아무 신도 나지 않게 대답하는 노인의 태도는 그야말로 태고연하다.

사닥다리를 기어 올라가 원두막에가 앉으니 노인은 구럭을 메고 참외밭으로 어슬렁어슬렁 내려간다. 땀은 금시에 걷힌다. 바람은 땀에 젖은 얼굴을 씻기우며 막힘 없이 내다보이는 들녘을 휘 바라다보고 나서 원두막을 둘러보니 천장에는 원두막지기의 침구인 듯한 것이 보꾹에 대롱대롱 달려 있고 창가로는 네 귀퉁이를 백지로 바른 고풍스런 초롱이 하나 달려 있는가 하면, 원두막 한 귀퉁이엔 간밤에 모깃불을 피웠던 성싶은 질화로가 놓여 있고 그 옆에다 치부책과 나란히 제 값을 다했을 성부른 낡아빠진 『가정보감』이 놓여 있다.

『춘향전』이나 『조웅전』쯤을 기대했던 나는 심상하게 몇 장을 넘겨본다.

어느 틈에 영감님은 축 늘어진 참외 구럭을 메고 올라와 참외를 쏟아 놓는다.

"백사과나 가지참외는 없어요?"

번연히 알면서도 고향 참외 생각이 나서 짐짓 나는 이렇게 던져 봤다. 무어니무어니 해도 참외는 백사과가 그만이다. 잘 익은 것은 벌써 칼을 댈 때 연삽하게 얼른 받는 것이 다르다. 유달리 고운 속을 한 잘 익은 백사과는 과장이 아니라 정말 입에서 슬슬 녹는다.

그리고는 노랑참외 개구리참외 별종참외(서울서는 감참외라던가) 가지
참외 청참외인데, 달고 사치스러운 맛을 젖혀놓고 그냥 먹은 듯싶고
시원한 것은 까맣게 익은 청참외일 게다. 그리고 이 없는 할머니들이
숟가락으로 긁어 잡숫기에 좋기는 가지참외다.

노르끄레한 데가 파란 줄이 죽죽 간 그 빛깔하며 유난히 부드러워
보이는 촉감하며- 나는 어려서 집에 참외 섬(짚으로 엮어 만든 먹서리)이
들어오면 참외 섬에서 다른 것 다 젖혀놓고 길쭉하고 예쁜 가지참외
와 배꼽참외만을 골라내 가지고 번갈아 먹고 다녔다.

그런데 웬일인지 서울서는 이 가지참외를 볼 수가 없다.

"다 잘 익었을까요?"

영감님은 또 한 번 무표정하게,

"네."

한다. 나는 얼른 한 개를 골라 들고 썩 도렸다. 뜻밖에 잘 못 익었다.
노인도 딱한지 얼른 다른 참외를 골라주며

"이걸 어디 따 보시죠. 그놈은 많이 주목했다가 땄는데두…."

하며 선 것을 빼간다.

무던해 보이는 품이 도무지 장사치가 못 될 사람같이 보인다. 그러
나 그는 그대로 또 살 줄을 나보다 잘 아는지도 모른다.

가게에서 며칠씩 시들다 곯아서 익은 참외나 먹다가 이렇게 갓 따
온 싱싱한 것을 원두막에가 시원히 앉아 벗겨 먹는 맛이 괜찮다. 도시

생활에서 부대끼고 신경이 소모되고 하는 데 비겨 농촌에서 이렇게
지내는 것도 퍽 좋을 것 같아 보여서 나는
　"여기서는 먹는 걱정만 하면 그 밖엔 별걱정이 없어도 좋겠군요."
　했더니
　"먹는 걱정이 그게 작은 걱정 아니죠."
　하는 영감님의 태도는 갑자기 철인哲人 같아졌다.

———— 1949년

# 망향

여객기가 이륙하기 알맞은 날씨는 쾌청이다. 빨간 고추쨍이가 둘셋 화초담을 넘으며 숨바꼭질을 한다.

유리창으로 네모진 하늘이 들어온다.

맑은 바람이 옥색 물을 금방 풀어놓은 것 같은 짙은 바탕에다 흰 구름을 피워 형형색색의 모양을 빚어놓는다.

푸른 하늘을 자꾸 쳐다보고 있으면- 가만히 바라보고 있으면, 마음은 어린 소녀 시절로 돌아간다. 그리고 고향으로 날아간다.

이 산 저 산에서 뻐꾹새가 울고, 대낮에 노루가 나올 성부른 깊은 골짜구니를 헤치고 들어가면 한 폭의 그림처럼 퍼지는 마을 -하늘을 찌를 듯한 아라사 버드나무들이 많이 늘어선 아름다운 동리- 언덕 위 낡은 교회당이 먼저 눈에 띄었다. 목사가 없어 늘 회당지기 젊은이가 강도상을 치며 설교를 하던 촌 교회는 능금나무며 오얏나무, 복숭아

나무, 온갖 과목들로 둘려 있어, 이 동산에 열매가 열어 무르익을 때면 어려서 나는 아담과 이브의 선악과 얘기가 생각나곤 했다.

눈을 들면 푸른 논과 시원한 들이 내다보이고, 마당이 널찍널찍한 집들- 닭국에 밀국수들을 말아서 서로 돌리며 조그만 마을은 늘 행복했다.

하눌타리가 누런 배를 내놓고 주렁주렁 매달린 바위를 끼고 동으로 뻗어 산딸기며 엉겅퀴며 댕댕이넝쿨 범산넝쿨들이 얽힌 허리띠만한 길을 걸어 걸어서 올라가노라면 옥수 같은 시냇물이 흘렀다. 길섶에 메뚜기를 몇 번이고 날리며 산모퉁이를 돌아가면 거기 고풍스런 물방앗간이 있었다. 그리고 그 옆엔 몇 백 년을 묵었을 것 같은 태곳적 느티나무가 섰고 마을 서당이 있었다.

뒷산에서와 앞 정자나무에서 쏟아지는 매암이 소리를 들으며, 샘가 질동이 속에선 도토리가 우러나는 낮 산협, 글방 안에서는 촌 소년들의 글 꽃이 함뿍 피었다.

낮이면 가끔 마늘을 안주해 춘병을 기울여 소주를 따라 자시던 훈장영감님은 마누라도 자손도 없다고 했다. 글방 아이들은 뒷산에 올라 매암이 잡기와 개살구를 따는 것이 글을 배우기보다 더 좋았다. 글씨 공부가 하기 싫어 장지에다 사뭇 먹칠만 하고 앉았는 소년도 있었다.

사내 옷을 입고 밥망을 메고 서당엘 다니는 것이 진정 싫다고 걸핏하면 나는 울고 아니 갔다.

이러한 어떤 날 서당 아이들은 이웃 원두밭에가 들었다 한다.

산돼지가 다녀 나간 자리처럼 참외와 수박 넝쿨들은 수룩이 되었다.

얼굴이 불콰한 훈장영감님은 하루아침 뒷산엘 올라가시더니 물푸레 채찍을 해가지고 오셨다. 소년들의 종아리는 먹장을 지른 듯이 금방 부풀어 올랐다.

이걸 보고 울고 온 뒤로 나는 다시 서당에는 발을 들여놓지 않았다.

마누라도 아들도 없다던 훈장영감님이 지금도 이따금 불쌍하게 생각이 난다.

# 귀뚜라미

내 몸 둔 곳을 알려서는 안 되는 까닭에 나는 언제나 숨어서 구슬피 느끼며 기나긴 밤을 울어 새웁니다. 목을 놓고 부엉이처럼 시원히 울어 보지 못하는 정이 있습니다.

밤이면 나와 함께 눈물짓는 이를 봅니다. 그는 필연 슬픈 이라 생각됩니다.

달이 밝은 저녁이면 나는 더 깊이 숨습니다. 오늘밤도 저 섬돌 뒤에 내 슬픈 밤을 지켜야 합니다.

이런 모양을 보여서도 안 되기 때문에 밤마다 이렇게 숨어서 삼키며 조심스레 운답니다.

—— 1937년

# 추성秋聲

대천大川인가 어딘가는커녕 내가 아는 인천 한 번을 못 가보고 올 여름도 가는 모양이다. 그렇잖아도 여름철이 다가서자,

"이 여름엔 우리 대천을 꼭 한 번 가자구. 가서 캠핑을 하며, 밥도 순번으로 서로가 짓고 학생 때 모양 재미있게 좀 놀다가 와야겠어."

했더니 옆에 앉았던 친구 한 분이,

"저번의 논산행처럼 또 벼르기만 하는 거 아니어요?" 하며 별로 가담하는 기세가 보이질 않아 그 즉시는 '아하, 이거 내가 신용을 잃었나 보다' 했던 노릇이 역시 지금 와서 보니 그 친구가 선견지명이 있었던 것 같다.

지난여름 논산훈련소엘 가기로 작정하고 내킨 걸음에 부여도 가 보고 백마강이랑 모두 가 보자던 계획을 하고는 정작 초청을 받은 날짜가 당도해 가지고는 남들만 보내고 나는 안 갔던 적이 있어서 지금도

이종대 대령을 만나면 "두 번씩이나 온다고 해놓고는 안 와서 사람을 낭패시켰다"고 야단을 맞거니와 어쩐 일인지 나는 그렇게 훌쩍 집을 나서는 일을 잘 못한다.

내 자신도 여기에 대한 불만이 없는 바 아니나 타고난 천성은 어쩌는 수가 없다. 이래서 나는 친구들한테서 주변이 없는 사람이라는 말을 듣는 성싶다.

팔자 좋은 학생들이 대천 해수욕장에들을 갔다가 얼굴이 보기 좋게 타 가지고는 돌아왔다. 방학을 이용해 고향엘 갔던 선생님들이 상경을 한다. 하나같이 부러운 풍경들이다.

꼼짝 못하고 서울 장안에 꼭 박혀 초복을 나고 중복을 지나고 그 숨막히는 말복 마루턱을 치러냈다는 일은 자랑스러운 자랑거리는 될 수 없다.

훈장 노릇을 하는 분들이 나는 부러운 적이 없는데, 여름 방학을 가질 때만은 한없이 부러워진다.

방학이 좀 있었으면 정말 좋겠다. 숨이 막히는 더위에도 나의 피서의 방법이란 기껏해야 자정에 나오는, 전날 밤에 받아놓은 미지근한 물로 시원할 리도 없는 목욕을 한다거나 발을 담그는 일이요, 또 하나는 나가질 않고 집안에 들어앉아서 부동의 자세를 취하고 있는 것이다.

신문 광고에서 보니 어떤 관리는 그의 별장에서 자기네 일가 분들을 청하는데 우리글을 쓰는 문인 친구들은 어느 하 세월에나 별장을 가져 본단 말인고.

한여름이라든지 눈이 오는 계절에는 엔간하면 별장엘 가서 글을 쓸 수 있어야 옳을 것이다.

요 며칠 전에 덕수궁엘 갔더니 밭 한귀퉁이에 핀 국화꽃이 유난히 고와 나는 깜짝 놀라며 이 국화꽃이 제철을 만난 것이 아닌가 하고 얼른 하늘을 쳐다보았다.

하늘이 아직 높아진 것 같지는 않으나 어딘가 내려쬐는 햇살에, 또 휘익 끼치는 바람 맛에 틀림없이 가을 기색이 떠돌았다.

처서도 내일 모레, 하루하루 날씨는 산들거리는 품이 바뀌는 계절이 완연하다. 벽오동에 추성秋聲이 깃들이면 나는 또 어떻게 한단 말인가. 포도밭에 가을이 들기 전에 나는 빨리 마음의 문장을 내려야겠다.

# 낙엽

간밤에 불던 바람이 마당 한구석에 낙엽을 한 무더기 몰아다 놓았다. 나는 세수할 것도 잊고 한참 팔짱을 낀 채, 쌓인 잎들을 바라다본다. 오동잎에, 버들잎에, 가랑잎에 갖가지 잎들이 섞여 있다.

의지하고 달려 있던 제 어버이 나무에서 떨어져 거센 바람이 부는 데로 지향 없이 굴러다니다가 우리 집 뜰에까지 왔겠거니 하니 어쩐지 마음이 회심悔心해진다. 바람이 또 불면 다시 어디로 굴러가야 할 것이 아닌가. 그러고 보면 이런 낙엽 지는 꼴이 보기 싫어서인지 나는 사철 중에 가을을 제일 싫어하나 보다. 포도를 걷다가도 가로수를 흔드는 바람세가 선들거리기 시작하는 것을 보면 소름이 끼친다.

봄은 밉고 가을은 싫다. 더도 덜도 말고 홑잎나물이 바야흐로 퍼지려 하고, 두릅 손이 연연하게 돋아나고, 채마 밭엔 지난 가을에 심었던 마늘이 댕기 같은 잎사귀를 탐스럽게 쭉쭉 뻗는 첫여름이 제일 좋고, 차라리 눈 오는 겨울은 좋은데 가을철은 웬일인지 좋은 줄을 모르겠다.

내 사랑하는 조카 용자(골롬바)가 간 것도 다 늦은 가을이었다.

남쪽이라 뜨락엔 석류가 빨가니 열린 한낮, 수녀님의 인도함을 따라 그는 성모 마리아를 부르며 조용히 떠나갔다.

골롬바는 천당엘 갔다고 우리는 위로를 받는다. 양지바른 곳에다 묻어 주고 나는 산으로 돌아다니면서 댕댕이덩굴을 걷고 들국화를 몇 송이 꺾어다 꽃방석을 틀어 무덤 위에 얹어 주고 무거운 발걸음을 걸어 진실로 허무를 느끼며, 세상 모든 것에 이후부터는 결코 애착을 붙이지 않으리라고 저물어가는 산과 들에 맹세를 하면서 돌아왔다.

스물두 살이나 먹어 가지고 이처럼 가슴을 뜯으며 보낼 줄은 몰랐다. 추야장 긴긴 밤을 나는 그리운 조카의 생시의 모습을 따라 헤맸다. 가슴을 파고드는 비애에 나는 아무것도 할 수가 없었다. 게다가 일어나서도 용자를 부르면서 울었다.

누런 스웨터를 입은 경기여고 시절의 모습을 따라 또 이화여전의 제복의 모습을 따라, 다시 출가 후의 긴 치마 입은 모습을 따라서 나는 미칠 것같이 헤매었다.

어머니를 떠나, 사랑하는 동생을 떠나, 외로운 아주머니를 떠나 용자야, 골롬바야, 너는 지금쯤 어디로 훨훨 가고 있느냐? 한밤중에 이는 바람소리도 나는 이제 무심히 들리지가 않는다. 이상한 소리를 품은 바람소리를 들을 때면 나는 베개에서 귀를 소스라뜨리며 행여 사

람들의 죽은 혼이 밤이면 저렇게 돌아다니는 것이 아닐까 하고 어리

석은 생각을 해 보기도 한다.

# 정야靜夜

전골냄비의 송이松茸가 정히 향기롭고 장마당 두레방석에 나온 풋대추와 불그스레한 감이 여실히 계절을 고하고 있다.

지금쯤 산에서 오는 할머니 광주리 속의 보랏빛 머루는 제 맛이 들었을 것이고, 다래도 아릿한 맛이 가시고 이제는 제법 달게 무르익었을 게라- 생각을 하는 동안 이웃 아낙네들에게선 다듬이 할 것과 겨우살이 꿰맬 걱정이 핀다.

가을은 기품 있는 여인과도 같아 이 철이 다가서는 때면 언제나 이 손을 맞기에 내가 조심스러워진다.

그래서 내 마음속에 흩어져 있는 어수선한 것들을 차곡차곡 치워 놓고 참하게 정돈해 놓고 싶은 충동을 모름지기 느끼게 되거니와, 내가 거처하는 방 안을 정가롭게 챙길 수 있는 것처럼 마음속도 쉽사리 다스릴 수 있다면 얼마나 다행할까 보냐.

시렁 위에 얹어 놓은 것은 높직히 얹어 버리고, 어지러운 것들은 쓰레기를 버림과 같이 아무렇지도 않게 내던질 수가 있었으면….

가을은 멀리 떠나 소식이 끊긴 이들 -세상을 떠난 이- 심지어 고향에 두고 온 이야기들을 생각하게 한다.

우리가 서울로 아주 떠나오던 날 여러 해를 길러 사람 못지 않게 정이 든 늙은 발바리를 두고 오는 것이 서러워, 울며 울며 떠나오던 일- 더구나 그것이 동리 집에 건사되었다가 밥을 주어도 아니 먹고 눈에는 항상 눈물이 괸 채 먼 산만 바라보고 있더니 그 가을이 못다 가서 죽어 버렸다던 일이 생각나서 낙엽을 보는 이런 날엔 마음이 무척 덜 좋다.

오래간만에 동창 숙에게서 편지가 왔다. 어린 훈장은 아무래도 촌이 심심한 모양이다. 얼굴이 하얘서 고운 선생님은 오늘도 풍금을 타다가 엎드리고 울지나 않는지- 숙이 있다는 순안順安을 보지 못한 채 나는 온 종일 그려 본다. 방학 때 집엘 갔다 기숙사에 돌아오면 "노티 (좁쌀을 엿기름에 삭혀 지진 떡)를 먹어라, 지지미를 먹어라"고 분주히 나를 데리러 우리 방에 몇 번씩 왔다가던 그였다.

숙이며 우리네 패가 기숙사 그 어느 방에고 모이기만 하면 영락없이 기숙사는 한바탕 떠나가고야 말았다.

그래서 우리는 가끔 '방 언니'의 위신을 상하는 채 응당 점잖할 수 없는 이런 행동이 종종 취해졌던 시절도 있었건만 오늘은 너도 나도 어른다운 모양을 지어 적적하다.

그런 대로 나는 이 좋은 날씨에 어울릴 가벼운 여행을 생각해 본다.

맨드라미 술冠을 따서 얹는 기주 떡- 송구 떡- 쥔디기 떡- 도토리묵- 개암쌀- 고욤-의 산골 이야기를 온종일 함께 조잘대며 멀리 가고 싶은 때가 아닌가. 하나 나는 일터엘 나가 알지 못하는 문학청년들의 투고 피봉을 뜯어 읽어 봐야 하고 -열에 한 통도 쓸 것이 없어 바구니에다 번번이 던져 버려야 하는 우울을 씹어야 하고- 마주 앉은 이들은 오늘도 내 산골 이야기를 못 알아들어 내가 약간 서글펐다.

벌레가 밤마다 어느 구석에 숨어서 운다. 문갑 밑에서 우는가 하면 벽장 속에서 우는 것도 같다. 곤한 밤이면 시계 소리와 함께 별로 관심이 가지 않으나, 잠이 안 오는 저녁이면 벌레 소리를 따라 생각은 다시 많아지고, 이는 또 흔히 슬픈 이야기들이기가 쉽다.

구성진 벌레 소리도 어느 틈엔가 사라져 버리고, 밤이 차차로 더 길어지면 이런 밤에 나는 도대체 무엇을 해야 하나- 불을 죽이고 눈을 감으니 북으로 가는 것인가 남쪽에서 오는 것인가 멀리서 밤차 가는 소리가 들려온다.

나는 홀연히 저 차에 무척 반가운 누가 오지나 않을까 하는 엉뚱한 생각을 이 아닌 밤중에 놓아본다.

—— 1938년

# 초동기 初冬期

"여기 앉아서 보고 있으면 장작마차가 온종일 끊일 새 없이 뒤를 대내려가우."

빌딩 4층에서 거리를 굽어보던 동무는 문득 이런 말을 했다.

이는 확실히 살림 사는 이의 무심치 않은 소리다. 그는 가다가 이렇게 엉뚱한 어른다운 소리를 하는데 나는 매양 홀연 그가 이런 말을 하는 순간 우리는 잠깐 겨울의 위협을 느꼈다.

집집이 과동過冬할 나무들을 들여놓고 김장들을 해 묻어놓으려는 것이 모두가 추위의 시위가 아닐 수 없다.

우리 집에서도 요새 김장이 벌어졌다. 김장이란 아마도 우리네 연중행사 중에 확실히 한 큰 대목을 차지해야 할 게다.

그 어느 노릇보다도 가장 독특한 수공手工이 든다. 일찌감치 서두르려면 가을부터 고추를 사서 말려야 하고 마늘 접을 들여놔야 하며 정작 제 철을 당하면 이제 또 밭에 나가 흥정을 해서 무와 배추를 사들이는데, 여기까지는 대개가 어느 집이나 남정네들의 주선일 수 있으나 그 다음서부터는 아낙네들이 맡아야 한다.

김장이 들어오고 보면 흔히들 거들어 주러 집안에서들 모이는 것이겠다. 할머니, 아주머니, 심지어는 동서들까지 모여들어 파, 마늘, 생강, 미나리, 청각, 낙지, 밤, 배, 실백, 표고며 느타리며 — 이러구러한 양념감들이 벌어진 마당에선 바야흐로 아낙네들의 솜씨가 경쟁에 오르는 판이다. 행주치마들을 휘둥그렇게 두른 뒤 도마를 앞앞이 닥아 놓고 양념 칼 무채를 써는데, 여기서부터 노마님과 젊은 마님, 작은 댁 아가씨와 큰댁 아가씨의 솜씨가 드러나 은근히 시샘이 시작된다.

숭덩숭덩 굵게 썰어놓는 것만이 흥잡힐 것이 아니라 이로 씹어놓은 것처럼 자디잘게 써는 것도 솜씨 축에 못 든다. 굵지도 잘지도 않게 알맞추 착착착착 한결같이 썰어내기란 실상 명장이 아니고는 또 못해내는 법이다.

이렇게 해 가지고 온갖 양념을 다 골고루 잘 버무려서 배추 속을 넣는데, 김치 만드는 법이 그 지방을 따라 조금 조금씩 달라 즉, 기호畿湖 것이 다르고 영남 것이 또 좀 다르고 황평양 법식이 제마끔 다르겠다.

서울 김치는 어떤 편이냐 하면 너무 좀 담박하다고 할 수 있겠고, 영남 것은 양념이 좀 질어 그 맵고 짠 것이 약간 지나친 듯하다. 멸치 젓국은 쓴 맛이 또한 괜찮다. '황평양 짠지'는 이와는 정 반대인데도 무며 배추가 양념을 젖히고 제 싱싱한 맛을 드러내놓는 것이 그럴 법

하나 맛이 씀뻑한 데는 줄창 맛들여온 사람이 아니고는 어떨까 한다. 하나 동치미 맛에 있어서는 서도西道 솜씨가 으뜸이니 그것을 따르기 힘들 것이다.

김장이 시작되면 집 안은 무척 어수선 산란해진다. 그랬다가 다 버무려서 마지막 독에다 집어넣는 끝막는 날에 손을 떼는 그 시원한 맛이란 또 다시 없다.

이렇게 독에다 넣은 놈은 또 얼세라 상할세라 하여 땅에다 묻어 놓았다가 동짓달쯤 되어 우두머리서부터 차례차례 헐어먹기를 시작하는데, 눈 내리는 한겨울 밤 사랑에 귀한 손님이라도 있어 주반酒盤을 보아 내가는 경우에 따끈한 술에다가 몇몇 안주에 곁들여 배추김치를 한 포기 썩 썰어 내가 봐서 입이 높은 손님이 저箸를 멈추고 김치 예찬을 할 정도라면 여기서 주인 아씨는 자만해도 좋다.

이렇게 김장이 이제 끝이 나면 밀렸던 빨래들을 한 축 몰아 가지고 시치는 법이니 그리고 나서는 이 시월 상달에 '고사'들을 지내겠다.

손 없고 좋은 날을 택하여 터주 대감께 이런 놀음을 지내고는 그 밤으로 고사떡 받기 돌림이 벌어진다.

판에다 그릇그릇이 담아서 집안 대소가의 이웃에 반기飯器들을 지어 보내나니 이런 것이 어찌 생각하면 수선스럽게도 보이나 이런 것이 모두 역시 사람 사는 법이요 살림살이하는 낙임에 또한 틀림없다.

이렇게 반기들을 보내고 또 남의 반기를 받는 때문에 시월 상달이면 집집이 떡이 밀리는 것인데, 올해처럼 쌀 가난이 들어 많이 먹으나 적게 먹으나 모두가 하릴 없는 동냥자루같이 해 가지고 쌀을 타다 먹는 시절을 당하고 보니 고사떡인들 후더분함을 볼 수 있으랴.

겨울나무를 들여놓고 김장을 마치고 큰 빨래들을 해치웠으면 추운 겨울은 빨리 오는 게 좋다. 더울 때는 더워야 하고 추울 때는 춥게 마련이어서 제 철답잖게 푸근한 것도 어째 좋은 것 같지 않다. 벌써 동짓달이 다가들었는데 어쩐 이리 날씨가 따습다.

태양이 차츰 가까워지는가, 또는 기후도 진화를 하는 것인가. 추위가 점점 얇아가는 성싶다. 눈도 확실히 전보다 적게 온다.

10여 년이 훨씬 넘었지만 내가 처음 서울에 왔을 그때만 하더라도 눈은 한 척여 尺餘씩 와서 쌓였었다. 어쨌든 길을 가다가 발이 빠지면 신발을 잘 찾기 어려웠다. 그리고 뺨을 에이는 것같이 매운 추위를 실로 어찌할 길이 없었다.

지금만 해도 전찻길이 자하골 막바지까지 가지만 내가 진명부속보통학교엘 다닐 때만 해도 꽤 전 일이라 찻길이 해태 앞까지 밖에 안 가서 전차를 내리면 눈에 발이 빠지는 것이다. 이런 길을 거지반 반 시간이나 걸어가야 학교에 다다르는 것이었다.

성벽을 끼고 북악산 바람을 맞받으며 자하골로 올라가노라면 참으로 귀가 떨어지는 것 같다. 바람이 맵다. 정말 참고 가다가도 정 발이 시리고 추운 때면 나는 엉엉 울어 버렸다. 그럴라치면 그때 진명 고등과에를 다니던 우리 언니가 손을 잡고 가주어 울면서 따라가는 것이었다.

내가 이런 못난 짓을 한 아침 학교에를 가 보면 통학생 중엔 반드시

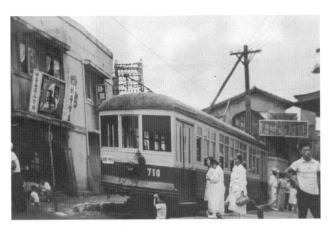
전차가 다니던 1950년대 서울 모습

나 같은 아이가 하나쯤 또 있고야 만다. 그러던 것이 차차로 겨울은 눈이 적어지고 정녕 추위도 멀어졌다.

이제는 어디 가서 정강마루가 빠지게 쌓인 눈을 얻어 볼 수가 없으며 김장 때 손이 쏙쏙 빠지는 것처럼 시려 보기는커녕 요새 같아선 오뉴월 부럽지 않은 날씨다. 하나 역시 추운 철에는 추운 게 마련이어야 한다.

머지않아 이제 겨울이 깊어질 게다. 그리고 눈이 오렷다. 언제 지어진 버릇인지 눈이 오면 나는 괜히 좋다. 내 좋아하는 눈이 내리는 제철인 까닭에 실은 추운 겨울도 내가 반긴다.

천하 없이 마음 상하는 일이 있다가도 함박눈이 펄펄 내리는 것을 보면 그만 내 마음은 취한 사람처럼 흥분한다. 어떤 바쁜 일자리라 하더라도 불편 없이 일어나서, 쏜살같이 창가로 가 눈 내리는 유리창 밖을 한참 내다봐야지 견딘다.

눈을 펑펑 맞으며 지향 없이 거리의 보도를 혼자 걸어보는 것도 눈 오는 밤에 내게 지어지는 일이다.

그리하여 나는 늘상 생각에 궂은일이나 기쁜 일이 반드시 어느 눈 오시는 날에 있어지기를 바라거니와 -수건도 안 쓴 머리에 흰 눈을 듬뿍 맞으며 끝없이 걸어가다가 통나무 장작으로 불을 피워놓고 앉아 끝이 안 날 이야기를 뿌려볼 수는 없을까? 그러다가 그런 외딴 곳에서 산도야지한테 물려가도 좋다. 하나 그런 것도 운치 있으려니와 창 밖에 소리 없이 눈이 와 쌓여지는 밤 방장을 내리고 화롯가에 차를 끓이며 앉았는 것도 괜찮다.

여기서는 대화할 친구가 없어 좋다.

나는 책꽂이로 가서 아무 책이고 잡히는 대로 꺼내다가 차를 마시며 뒤적거린다. 그런 때 간혹 전에 보던 책 틈에서 눌렸던 마른 풀잎 같은 것이 나오는 수가 있으니 이것을 연유하여 그 꽃잎이나 풀잎을 따서 넣던 때의 일이 생각되는 것도 한 즐거운 일이다. -설령 그 한 잎 마른 풀에서 지난날의 동화처럼 슬픈 애기가 생생하게 솟아오른다 치더라도- 그뿐이랴. 책 속에서 작고한 친구의 필적을 얻어 보는 일이 없잖으니 더욱이 그것이 낙서인 경우에 그것은 참으로 감개가 무량하지 않을 수 없다.

그리고 보면 겨울이란 또 무척 다정스러운 계절이 아닌가.

어서 좀 겨울 날씨답게 눈이 펄펄 날리고 저 성탄제도 다가서라.

—— 1940년

# 성탄

청원晴園을 만나면 언제나 내 마음이 좋다. 영동永同이 가까운 곳이
못 되건만 가끔 잘 올라온다.

모처럼 청원이 상경을 했으니 내 일을 보자고 들어앉을 수도, 나갈
수도 없는 형편이다.

일거일동을 청원 여사와 한 가지로 하지 않으면 안 되게 되었다.

"여보 진고개나 좀 나가봅시다그려."

"그럽시다."

어디서 온 청년들인지 발끝부터 머리까지 미끈하게 차린 하이칼라
들로 명동 입구는 완연히 모습이 달라졌다.

오고 가는 신사들- 숙녀들- 모두가 낯선 얼굴들이다.

확실히 이 거리의 얼굴들은 바뀌었다.

우리 친구들은 어디서 무엇들을 하고 있나.

다방엘 들어가도 마찬가지다.

"여보 왜 이렇게 속이 답답하우. 마음이 좋은 데가 좀 없겠소?"

청원의 샛별 같은 눈이 깜짝깜짝하며 진실로 답답한 표정을 한다.

나는 좋은 대답을 주는 대신 그저 맥없이 웃음을 띠는 수밖엔 도리
가 없다.

"아이구 참 주변두."

옳은 말이다. 주변이 없어서 좋은 프로그램을 발전시켜 주지 못하
는 게 사실이다. 우리는 다방에서 다시 거리로 나섰다. 성탄을 앞둔 해
질녘 명동 거리는 제법 분주하다. 홍둥이 산타클로스 할아버지가 쇼
윈도 속에서 내다본다.

"여보, 크리스마스 파티도 없고 요렇게 조용히 맑게 크리스마스를
맞아야 하나그래."

청원다운 불평이다. 나는 말없이 고개를 끄덕이며 사람들 틈을 헤
쳤다.

'성탄날 실은 골롬바의 미사를 드려 줘야 할 텐데, 그리구 올 일 년
많은 신세를 진 김형에겐 마음을 표시하는 정도로라도 선물을 꼭 보
내야만 되겠는데!'

나는 속으로 이런 걱정을 하며 호고당 문을 밀고 들어섰다. 김형이
좋아함직한 물건을 들어 물어 보니 점원은 내 주머니 속과는 맞지도
않는 대답을 하고 있다.

나는 말없이 나와 버렸다.

어느덧 거리는 캄캄해졌다.

현황한 자동차의 불빛을 이리저리 피하며 구리개 네거리를 건너 청원과 나는 말없이 걸었다.

—— 1947년

# 세모歲暮 단상

일전에 어느 잡지사에서 고료를 받아 넣고 돌아다니던 길에 친구를 오래간만에 만났다. 나는 자신 있게 어디 가 점심을 같이하자고 했다. 국수집, 그릴 하다가 취택한 것이 명동 모 중국 요정이었다. 들어서니 점심시간이라 사람들이 그득 찼다. 겨우 빈 테이블을 하나 발견하고 친구와 나는 걸터앉았다.

무심히 음식을 시켜놓고 더운 차를 마시며 중국 보이들을 바라보고 있다가 잠에서 깨는 듯이 나는 정신이 퍼뜩 드는 것을 느꼈다. 국수 한 대접, 만두 한 그릇을 사는 한에서라도 우리 조선집에서 먹지 왜 중국 집의 것을 팔아 주어서 남의 주머니를 불려 주나. 주위를 돌아보니 모두가 조선 사람들이다. 테이블마다 벌여진 요리는 간단한 점심 정도가 아니라 값비싼 음식들로 너저분하다. 큰 요릿집이 돼서 그런가 손들이 모두 고급이다. 아차, 잘못했구나. 이처럼 절실히 느껴지는 것이 근래 두 번째인 것 같다.

얼마 아니 되어 음식은 우리 상에도 날라와졌다. 그러자 우리 테이블을 스치고 세탁장이가 지나갔다. 보니 세탁할 것을 한아름 옮겨 안고 나가는데 말씨와 모든 것이 중국 사람에 틀림없었다. 이것을 본 친구는,

"저것 봐요. 저 사람들은 세탁을 줘도 꼭 저의 나라 사람들에게 주거든. 남의 나라 사람의 주머니를 불려 주지는 않아요. 민족성은 참…."

나는 말없이 고개를 끄덕거렸다. 요기를 하는 둥 마는 둥하고 우리는 나와 버렸다.

찬바람이 옷자락을 날린다. 김장 쓰레기를 내다버린 데서 거지도 아닌 어떤 영감님이 무청을 골라 줍고 섰다.

장관들은 정말 한 달이면 서른 날은 자동차만 타고 다닐 것이 아니라 한 주일에 한 번쯤은 골목길을 걸어감으로써 민생고를 타진하는 좋은 시간을 가질 법하다. 친구를 다방에 넣고 나는 혼자 걸으며 속으로 집 걱정을 또 한다. 어디서 떠들어온 전재민戰災民도 아닌데 집 걱정을 해야 된다는 것은 내가 못난 소치밖에 아무것도 아닐 것이다. 분명히 그러하다. 적산집을 얻고도 또 사업장이라 해 가지고 어마어마한 건물을 소유하고 있는 친구들도 있거늘 해방 후 나는 무엇을 했나.

내 시詩의 세계에 다른 불순한 것이 들어오지 못하게 지킨 것밖엔 실로 아무것도 없겠다. 억세게 밀치고 짓밟고 하는 틈에 섞일 흥미가

나지 않았다. 그렇다고 문을 꼭 닫고 남이 신음하는 것을 못 듣거나 짓밟히는 것을 안 보고 혼자 평온한 심경에 있었던 것도 아니다. 그 신음 소리는 바로 내 소리였는지도 모른다. 저물어가는 거리에서 오늘도 나는 우울한 군상 틈에가 섞여 말없이 걷는다.

# 눈 오는 밤

눈이 와서 실로 좋은 밤이다. 이렇게 소리 없이 눈이 자주 내리는 저녁엔 좋은 친구를 찾아가 좋은 얘기를 나누다가 눈길을 걸어 늦게 집으로 돌아오고 싶은 밤이 아닌가? 하나 눈이 내려 좋은 밤에 나는 좋은 이야기를 갖추지 못해 이 저녁이 거미 모양 구성지구나!

어둠 속에 핀 눈이 퍼뜩퍼뜩 유리창에 가 부딪고는 소리 없이 녹아 내린다. 눈은 확실히 비보다 좋다. 눈보라가 치는 것을 보면 나는 그 함박눈을 맞으며 먼 길을 떠나고 싶은 충동을 느낀다.

내가 세상을 떠나는 날도 장미나 백합화로 장식해 주는 대신 눈을 맞으며 가는 호사를 했으면 싶다.

나는 지금 무슨 책을 읽는 것도 아니요 그렇다고 깊은 생각에 잠겨 있는 것도 아니다. 때로는 이렇게 무심한 시간을 가져 보는 것도 좋다.

벽에 걸린 사진이 오늘따라 별스레 보기가 싫어진다. 내일 이것을

떼어 버릴 계획을 한다. 누이를 주겠다고 동경東京서 여기까지 가지고
나와 손수 걸어 주고 간 동생이 새삼스럽게 생각난다.

# 겨울밤 이야기

"좋아하는 눈이 왔어요. 어서 일어나셔요."

할멈이 내 창 앞에 와서 이렇게 외치는 소리에 얼른 덧문을 열고 내다보니 눈보라가 날리고 있어 내가 또 싱겁게 좋아했더니 저녁부터 날씨는 갑자기 쌀쌀해지고 말았다.

방이 외풍이 세서 어제 오늘도 부쩍 병풍이 생각나고 방장 만들 궁리를 한다. 시골집의 어머니가 쓰시던 낡은 병풍을 가져올 생각이 든다. 어머니는 내가 홍역을 할 때 그 병풍을 치고 밤을 꼬박 새시며 얼굴에 손이 못 올라가게 지키셨다고 들었다.

지금 그것을 내 방에 가져다 치고 보면 내 생각엔 전에 어머니와 아버지가 계시던 우리 집으로 돌아갈 수 있을 것이다.

불태산 뾰죽한 뫼 뿌리들이 둥글게 묻히도록 눈이 와 쌓이면 아버지는 친구들과 곧잘 노루 사냥을 떠나셨다. 그래서는 그제나 지금이

나 몸이 약한 내게 노루피를 먹이려고 하시는 통에 하루에도 몇 차례씩 사랑에 나가 돈을 달라던 내가 온종일 아버지한텐 나가지 못하고 숨어서 상노 애더러 아버지한테 가서 돈을 달래 오라고 울고 매달린 적도 있었다.

어려서 나는 어머니보다 아버지를 따랐다. 술을 못하시는 아버지는 늘 사랑에 조용히 앉아서 골패를 떼시던 것이 지금도 눈에 선하다. 그 골패를 섞는 소리는 왜 그렇게 듣기 좋았는지.

이렇게 객지 생활을 하고 나이를 차츰 먹고 보니 어머니가 계셨더라면, 하는 생각이 간절하다. 늦도록 부모를 모실 수 있다는 것은 분명히 행복한 일이다. 한데 세상 사람이 흔히 부모를 여의고 나서야 어버이가 귀한 줄을 통절히 느낀다는 것이 이 무슨 안타까운 일이랴.

잠이 안 오는 밤이면 동화 같은 옛일들이 머릿속에 피어오른다. 겨울밤은 길고 내 마음은 구성진데, 이를 머금은 날이 밤새도록 기차 바퀴 소리를 들려 주면 실로 나는 어떻게 해야 좋을 줄 모르고 차라리앤 더가 〈남녘의 유혹〉에서 느끼던 것 같은 향수에 힘없이 빠져 들어간다. 이런 시간이란 어찌 보면 청승스럽게도 보이나 실은 그 위에 가는 사치가 다시 없을지도 모른다.

진실로 잔인하게 나는 이것을 즐긴다. 어떠한 다른 환경을 가져 본다 치더라도, 내 가슴에 지니는 향낭香囊은 없어도 견딜 수 없으나, 일종의 이 페이소스가 없이는 견디지 못할 것 같다. 실상 인간 생활에 비애가 없다면 도대체 심심해서 어떻게 배겨내랴. 언제나 마음 한구석에다 고독을 지니는 하이칼라는 없는가?

이런 친구를 만난다면 내가 아끼는 신비로운 이 긴 밤들을 그 친구와 함께 화롯가에서 애기를 뿌리며 밝혀도 좋겠다. 늙은 시계 소리를 들으며 나는 이 밤이 한없이 아깝다.

# 설야雪夜 산책

    저녁을 먹고 나니 퍼뜩퍼뜩 눈발이 날린다. 나는 갑자기 나가고 싶은 유혹에 끌린다. 목도리를 머리까지 푹 눌러 쓰고 기어이 나서고야 만다.

    나는 이 밤에 뉘 집을 찾고 싶지는 않다. 어느 친구를 만나고 싶지도 않다. 그저 이 눈을 맞으며 한없이 걷는 것이 오직 내게 필요한 휴식일 것 같다. 끝없이 이렇게 눈을 맞으며 걸어가고 싶다.

    눈이 내리는 밤은 내가 성찬聖餐을 받는 밤이다. 눈은 이제 대지를 희게 덮었고 내 신바닥이 땅 위에 잠깐 미끄럽다. 숱한 사람들이 나를 지나치고 내가 또한 그들을 지나치건만, 내 어인 일로 저 시베리아의 눈 오는 벌판을 혼자 걸어가고 있는 것만 같으냐?

    가로등이 휘날리는 눈을 찬란하게 반사시킬 때마다 나는 목도리를 더욱 눌러 쓴다. 이제 그만 집으로 돌아가야겠다고 느끼면서도 발길은 좀체 집을 향하지 않는다.

기차 바퀴 소리가 유난히 크게 들린다. 지금쯤 어디로 향하는 차일까. 우울한 찻간이 머리에 떠오른다. 그 속에 앉았을 형형색색의 인생들, 기쁨을 안고 가는 자와 슬픔을 받고 가는 자를 한 자리에 태워 가지고 이 밤을 뚫고 달리는 열차 바로 지난해 정월 어떤 날 저녁 의외의 전보를 받고 떠났던 일이 기어이 슬픈 일을 내 가슴에 새기게 한 일이 생각나며, 밤차 소리가 소름이 끼치도록 무서워졌다.

이따금 눈송이가 뺨을 때린다. 이렇게 조용히 걸어가고 있는 내 마음속에 사라지지 못한 슬픔과 무서운 고독이 몸부림쳐 견뎌내지 못할 지경인 것을 아무도 모를 것이다.

이리하여 사람은 영원히 외로운 존재일지도 모른다. 뉘 집인가 불이 환희 켜진 창 안에서 다듬이 소리가 새어 나온다.

어떤 여인의 아름다운 정이 여기도 흐르고 있음을 본다, 고운 정을 베풀려고 옷을 다듬는 여인이 있고, 이 밤에 딱따기를 치며 순경을 도와 주는 이가 있는 한 나도 아름다운 마음으로 돌아가야 할 것이다.

머리에 눈을 허옇게 쓴 채 고단한 나그네처럼 나는 조용히 집 문을 두드린다.

눈이 내리는 성스러운 밤을 위해 모든 것은 깨끗하고 조용하다. 꽃 한 송이 없는 방안에 내가 그림자같이 들어옴이 상장喪章처럼 슬프구나.

창 밖에선 여전히 눈이 싸르르 싸르르 내리고 있다. 저 적막한 거리에 내가 버리고 온 발자국들이 흰 눈으로 덮여 없어질 것을 생각하며 나는 가만히 눕는다. 회색과 분홍빛으로 된 천정을 격해 놓고 이 밤에 쥐는 나무를 깎고 나는 가슴을 깎는다.

# 노변야화爐邊夜話

밤에 글을 쓰다가 가끔 나는 국수 생각이 날 때가 있다.

이것은 '냉면'이 아니라 '국수'다. 물론 같은 물건이다. 그러나 내 취향은 '국수'라는 어감에서만 나올 수 있는 때문이다.

겨울밤, 그것은 눈이 내려도 좋다. 이번에 밖에서 개가 쿵쿵 짖으며 국수목판을 매고 어슬렁어슬렁 오는 사람이 있다.

겨울밤에 국수를 시켜다 먹는 맛이란 괜찮은 멋이다. 그 국수가 닭 국에 만 것이면 더욱 좋고, 다른 육수에 만 것이라도 좋다. 여기다가 쨍! 하니 시원한 동치미를 퍼다 동치미 무를 놋숟가락으로 어여서 두고, 이 동치미국물에다 말아먹는 맛이란 서울 음식에는 비길 곳이 없다.

이런 일은 대개 편을 짜고 네 동 마리 윷 같은 것을 한끝에, 또는 화투나 엿치기를 한 뒤에, 혹은 밤은 길고 궁진한 끝에 국수를 시켜다 먹는 시골 내 고장의 얘기다.

타관살이 30여 년에 가다오다 클클해서 서울 냉면집에 들어가 보나 우리 시골 국수집 냄새는 맡을 수가 없다.

"야 여기 날래 냉멘 한 그릇 올레라."

말투는 비슷하나 어딘가 다르다.

고향을 막상 또 가보면 뭐할 거냐. 그러나 멀리 두면 그리는 것이 우리 사람의 심정인가 보다.

사냥 간 아버지를 밤중이 되도록 기다리고 읍의 작은 어머니네 집에 가서 안 오시는 아버지를 그리던 그 시절이 다 좋았던 것이고, 지금 가 보면 만나서 변변히 얘기하나 하고 싶을 사람도 없을지 모른다.

그 시절에 송화松禾 온정溫泉에를, 지금으로 치면 대절차를 내는 셈인 달구지들을 타고 호사스럽게 다니던 아주머니네들이 지금쯤 길가에서 양키 담배장사라도 하고 앉았다면 그 처량한 형상을 어떡하랴.

그것은 하필 고향에 가서만 볼 수 있는 풍경만도 아니리라. 어쩌면 서울 어느 장거리 모퉁이에서도 맞닥뜨릴지 모르는 정경이다.

일전에는 정말 놀랐던 일이 있었다. 놀랐다느니보다는 며칠 마음이 덜 좋았던 일이 있었는데, 그 얘기라는 것은, 하루 집에 손님들이 왔다고 해서 나가보니 웬일일까 고향에 있는 우리형님 친구와 내 친한 동무요 싸움 동무이던 친구가 나를 찾아왔다.

"아니 이거 누구야. 필녀 아니라구."

"왜 아라 보가서?"

어릴 때 암상스럽던 그 눈모습과 그 까맹이 살결이 남아 있지 않았던들 나는 그 중년부인의 뚱뚱한 몸집에서 박초시네 작은 딸 필녀를 찾아낼 재주는 없었을 게다.

반갑기는 옛 얘기들이 그대로 살아나며 두 팔을 마주잡고 흔들고 싶은데, 웬일인지 알 수 없게 말이 콱 막혀 버린다.

해방 후 견뎌 배길 것 같아서 세간나부랭이랑 꽉 쥐고 붙어 있었더니 결국엔 배겨낼 수가 없어서 도망질을 해 38선을 넘어온 것이 그럭저럭 6,7년이 되었고 6.25때엔 부산으로 피난을 가서 국제시장에서 장사를 하며 살아나가다가 서울로 또 이렇게 올라왔다는 것이었다.

"그래, 집이 어디야."

이 말을 듣더니 형제가 의논이나 한 것처럼 서로 마주 바라보고는 대답 대신 소리 없이 웃는다.

"아니 무슨 동네야. 내가 한 번 가봐야지."

"오긴 뭘 하러 와. 동네두 알 꺼 없구."

무슨 대기에 거북한 이유라도 있나 보다 짐작 하고 나는 굳이 더 묻지를 못했더니 자기네 말이

"아이들이 그 아주마이 찾아옴 챙피허다구 있는 델랑 가르쳐 주지 말라구 그렁 하누만 글쎄."

말을 해서만 어찌 알아들으랴. 나는 모든 것을 짐작할 수 있었다.

그리고 우리 시골 그 갯가에 면面해서 고래등 같은 기와집이 한일자로 내다보고 앉았던 것이 생각나고 그 집 뒷산에는 라일락나무가 많

아 가지고 그 수수이삭 같은 꽃을 봄이면 온 동산에 피우던 생각이며, 이 박초시네 집을 등대고 먹던 숱한 객식구들하며 원 집채보다도 더 길게 늘어섰던 박초시네 그 가끔 도둑이 들던 긴 곳간이 눈에 선하게 떠올랐다.

아버지가 늘 소실 집에만 가서 계시는 관계로 나는 필녀네 집 큰 사랑에 긴 담뱃대를 문 필녀 아버지가 늘 계시는 것이 한없이 부러웠고 단오날이면 필녀하고 쌍그네를 뛰다가는 어쩐 일인지 늘 쌈을 하고 헤어져 오던 일들이 엊그제 일처럼 똑똑히 살아났다.

이 두 여인도 내가 고향에 가면 만나 보구 싶은 사람들 중에 섞여 있는 사람들이었다.

사람이 머릿속에 그리는 것과 그것의 실제實際와의 거리란 항용 이런 것이 아닐까 한다. 이 거리가 베풀어 주는 고마움을 우리는 또 알아야 할 것 같다. 모든 것은 멀리서 보기로 하자. 가까이 다가가면 실제 향수鄕愁는 무너지고 꿈은 깨지게 된다.

그러기에 좋은 사람도 멀리 두고 보기로 하자. 가고 싶은 것도 머리에서만 그려 보기로 하자. 너무 또렷이 앞에 나타날 제 모든 것은 깨지기 쉽다. 그래서 잊어버리기 쉽다.

4월 꽃 부럽잖게 만산滿山엔 홍엽紅葉이 깊었고 머잖아 설악雪岳이 또 볼만하겠는데, 멀리서 멀리서만 돌려고 드는 나는 클클한 이 저녁을 국수 생각이나 하며 보내 보자는 것인가.

질화로에 불도 꺼진 지 오래고 인왕산 바람이 우리 집을 포위한 모

노천명 부모님이 다닌 천주교 장연본당

양이다. 이따금 창문들을 요란스럽게 흔들어 나로 하여금 이 겨울을 어떻게 날까 하는 걱정을 하게 한다.

골목에는 "찹쌀떠억." 하고 외치며 지나가는, 추워서 떨리는 소년의 목소리가 있다.

한 30년 전에는 저녁 이맘때가 되면 시커멓게 그을린 들창문 옆으로,

"갈-또 만쥬나 호야 호오야"

를 외치며 지나가는 고학생들이 있더니 어느 틈에 서울 장안의 명물인 '갈-또 만쥬나 호야 호오야'는 씻은 듯이 없어지고 요새와서는 겨울이면 '찹쌀떠억'이 또 이것을 대신하여 추운 겨울밤을 더 구성지게 해준다. 밤은 깊어만 가는데 내 가슴속엔 지금 어쩔 수 없는 집채 같은 향수가 엎치락 또 뒤치락거린다.

# 4

# 생활의 발견

# 내 한 가지 소원이 있으니

마음이 상하면 나는 책꽂이로 가 책을 빼 가지고 나와서 온종일 방에서 뒹굴며 외계外界와 교섭을 끊어 버리는 적이 있다.

이런 때는 아무 책이라도 좋다. 알츠이바 셰프의 『샤닝』도 좋고 메리메의 『카르멘』을 다시 읽어보는 것도 좋다.

대자연에 접할 때 그런 거와 마찬가지로 독서삼매경에 있을 때 역시 우리는 정신에 큰 위안이 된다. 그처럼 유쾌한 기분으로 밖에 나갔다가 하찮은 기회에 어떤 친구의 말끝에서, 뜻밖에 불쾌한 감정을 얻어 가지고 돌아오는 때가 없잖아 있으니 이런 때는

"에이, 집에서 독서나 하고 있을 걸."

하고 반드시 내가 후회를 한다.

그러나 사람이란 또 칩거가 불가능한 것이므로 사흘만 못 나가도 밖의 일이 궁금하고 괜히 갑갑증이 나서 또 나가곤 한다.

어떤 때는 스무 날도, 한 달도 책을 통 대하는 일이 없이 분주히 돌아가는 적도 있다. 그러다가 어느 기회에 그동안 내 생활이 빈 것을 깨닫고 자신에 대해 이상한 미안함을 느끼며 다음날부터는 마음을 바꿔먹고 책을 드는 일이 있겠다.

그래서 '마루젠'이니 '일한서방日韓書房' 등으로 달려가 신간을 골라 가지고 들어오는 때의 그 마음의 흡족함이란 생전 거리에 나가서 레이스 달린 저고리감을 구해 가지고 오던 때의 것과는 비길 데가 아니다.

언제 찾아도 좋고 또 언제나 내가 찾을 수 있는 친구는 독서다. 읽다가 싫증이 나면 집어던지고, 그런가 하다 보면 또 눈이 충혈이 되어가며 밤을 새워 글 읽기에 반하는 적이 있다.

말하자면 이렇게 나 자신은 독서에 대해 변덕스럽다고도 할 수 있겠는데, 이처럼 변덕을 피우다가도 언제 돌아가나 나를 위무慰撫하며 맞아 주는 것은 오직 독서의 세계다. 어찌 보면 무척 진중하고 포용성이 풍부한 믿다운 친구와도 같다.

세상의 온갖 화려한 것을 다 갖다 놓고 나를 그 속에 넣어 놓는 데도 내게서 책을 뺏어 치우고 독서를 해서는 안 된다는 절대의 금령禁令이 내려진다면 단연코 나는 거기서 도망을 계획할 것이다. 독서를 못하면 머릿속에 말할 수 없는 공허를 느낀다.

그러나 독서란 또 친구를 사귀는 거와 흡사해서 책 선택을 잘 해서 좋은 것을 읽으면 그만큼 생각의 수준이 높아지고 사람도 도야陶冶할

수 있는 것이다. 반대로 저급한 서류를 난독亂讀해서는 하등 정신의
양식이 되지 못한다.

　내 평생의 소원이 마음에 드는 좋은 책들을 천정까지 닿게 쌓아놓
고 읽고 싶은 책을 실컷 읽다가 여생을 마친다면 무슨 또 여한이 있을
것 같지 않다.

—— 1941년

# 여백

   나는 헌 책사冊肆에서 책을 뒤적거리다가 가끔 그 책의 내용이 좋아서보다도 책 꾸밈새가 재미있어서 사 들고 들어오는 수가 있다. 그것은 우리나라에는 장정에 특별히 유의를 해 주는 화가가 드물기 때문에 책을 낼 때면 나중에 가서 이 장정 때문에 머리를 써야 하는 데서이지만 어쨌든 시집을 펴보다가 여백을 많이 남기고 짠 것을 보면 좋아서 냉큼 사드는 것이 내 버릇이다. 활자를 한 편으로 몰고라도 종이의 공간을 많이 남겨놓은 것은 재미있다.

   사진틀에다 사진이나 그림을 넣는 데 있어서 안에 드는 사진이 꼭 들어맞는 것보다는 사진이 다만 몇 푼이라도 남은 둘레를 가지고 들어앉게 되는 것을 권한다.

   여백…. 이 얼마나 좋은 말이냐! 아니 얼마나 즐거운 것인가? 빈틈

없이 빽빽한 것은 정말 딱하다. 인생이 세상을 살아나가는 데 있어서도 이 여백은 있어 좋은 것이다. 여백의 즐거움이 하필 책 생김새에서만 머무를 것이랴. 이 여백이 없어서 우리는 모두 눈물에 핏발이 서 가지고 있는 것이 아닐까?

출중하지 못한 사람이 남녀 간에 미움을 안 살 뿐만 아니라 오히려 많은 사람의 마음을 살 수 있는 것이라든지, 또는 어느 구석엔지 좀 어리숙해 보이는 여성을 남자들은 하나같이 좋아하는 경향을 분석해 본다면 이것 역시 다름 아닌 '여백'을 구하는 심리에서임이 틀림없을 것이다.

나 아는 어떤 분은 술이 먹힐 것 같다고 해서 술 구멍을 찾아다닌다고 저물도록 싸다니는 분이 있는데, 이런 일도 여백을 찾는 절박한 행위에 다름없을 것이다.

정치인의 여백 – 마찬가지로 예술인에게도 – 인생 전반에 걸쳐서 여백은 요망되는 것이다. 더구나 오늘 같은 시절엔 절실한 것 같다.

—— 1956년

# 산책

원근遠近의 저 선명해진 산 빛이 - 드높아진 하늘이 - 또 어디서 들려올 것만 같은 밤, 아람 버는 소리가 나를 자꾸 유혹해낸다.

머루랑 다래, 으름이랑 열리는 산골에서 적수滴水를 맞는 것 같은 정적의 경境…. 가야금 소리가 맑을 대로 맑아지는 이 계절은 진정 한스러운 여인네의 몸짓 같아 나는 건드리기를 겁내며 성 밖으로 기척 없이 빠져나가는 것이다. 하늘과 맞닿은 길을 한 없이 걷는다.

목화밭이 나타나고 밭머리의 청대콩이 풋냄새를 풍기는 사뭇 촌길에서 나는 참으로 편안한 마음이다.

언제든지 부르시면 가졌던 것 다 놓고, 바쁜 것도 다 던지고, 두 손 털며 훌훌 총총히 떠나가야 할 몸인데, 무엇이 그처럼 바빴던 것인지…. 또 그다지 걱정도 많았던 것인지 모르겠다.

보라색 들국화들이 아름답게 뿌려진 산 밑에 두 다리를 쭉 뻗고 마구 앉아 본다. 어디서 도토리와 개암 살이 영그는 한낮에, 나는 흡사 동물원 우리 속에서 뛰어나온 것만 같다. 들에 핀 백합화 대신 나는 도라지꽃을 들여다본다. 그 옆에 이름 모를 풀들도 생각 깊게 본다.

아무 방해 없이 내 생각을 펴기 위해서는 아무개와도 친구해 오지 않았다는 일을 다행하게 여기면서…. 이것은 또 가을이 내게 가져오는 선물이거니 한다. 가을은 성 밖으로 나가 풀섶의 벌레소리와 함께 걷는 데에 그 맛이 있는 것 같다.

이렇게 걸어가는 길은 내 마음대로 아무 데도 통한다고 생각해도 좋은 것이다. 이래서 온갖 구토 나는 일들과 위생상 나쁠 정도의 불쾌와 또 그 혈액 순환상 해로운 분노와 기운을 떨구는 비루감에서 겨우 놓여져 나올 수가 있는 것이다.

가을의 내 즐거움은 들에 나가는 일…. 거기 내 넓은 정원이 있고, 거기 내가 좋아하는, 아무렇게나 마구 자란 꽃들이, 풀들이 있고 내 마음의 고향이 있기 때문이다.

# 직장職場의 변辯

하루의 내 일과를 말한다면 아침에 서울방송국에 나가서 내가 맡은
일을 다 봐 주고 좀 앉았다가 대개는 집으로 바로 돌아오는 것이다.

내가 이 직장을 가진 지는 나도 놀랄 정도로 어느덧 6년이 되었다.

오래간만에 만나는 친구들 중에는 나더러 요새는 어디를 나가느냐
고 물었다가 내가 방송국에 나간다고 할라치면,

"아니, 이적지 방송국엘 다니시우."

하고 의아한 표정을 짓는 분도 있다.

'이적지 방송국엘 다니느냐?'는 말을 새겨 본다면 여러 가지로 들
을 수가 있을 것이다. 그러나 나는 아직도 방송국엘 다니는 것이 사실
이다. 그렇다고 내가 이 직장에 무슨 매력이 있어 다니는 것은 결코 아
니다. 그저 싫증 안 나는 밥맛 같은 것이 있어 다닌다고 할 수 있겠다.

'촉탁'이란 이 위치가 내게는 지극히 편안하다. 여기는 관청이 돼서

무슨 장이니, 무슨 장이니 하는 계급이 있는 곳이다. 그렇지만 나는 언제나 이런 자리와는 아주 다른 편안한 지대다. 그래서 촉탁이란 좋은 위치요, 또 명색 없는 물건이다.

일전에 어떤 친구는 말하기를,

"거-뭐 혼자 하는 사업을 해보시구료."

하지만 내게는 본래 이런 수완도 없거니와 또 될 수 있는 일이라고 하더라도 이것을 운영해 나가는 잡무에다 내 머리를 쓰고 싶지는 않다.

이런 것 저런 것들이 머릿속에 들어가서 활동을 하고 있는 한에는 내 문학을 충실히 할 수 없기 때문이다. 작가란 작품 활동에 있어서 놀고 있는 것같이 보여도 그 머릿속에서는 늘 바쁘게 일을 하고 있는 것이다. 무엇을 노래할까를 찾고 있는 것이며, 새로운 것을 위해서 모색하고 있는 것이다.

따라서 내 머릿속에 이런 푸른 사슴을 자유롭게 놓아 기르기 위해서는 최소한도의 생활보장이 되어 가지고 있어야 할 것이다. 그러기 위해서는 '짬'이 필요하게 되는 것이다. 난들 왜 날마다 출근하는 것이 즐거울 리 있으랴. 더구나 한여름에 남들이 산으로 바다로 다니는 것을 볼 때 부럽기 짝이 없고, 더군다나 요새 같은 때 단풍을 바라보며 경주慶州를 찾아가 보고 싶은 생각이야 어디다 비길 수나 있으랴.

하지만 내 머릿속이 요만큼이라도 당황하지 않게 만들기 위해서, 또 내 마음이 과히 큰 불안에 억눌리지 않고 작으나마 막연하고 불규칙하지 않은 일정한 수입을 갖자는 데서 약간 정신적으로 고역이지만 이렇게 방송국엘 나와야 하는 것이다.

우리가 절대로 현실적인 생활을 무시하고 덤빌 수는 없는 노릇이다. 이따금 생활을 무시한다고 하는 생활 태도는 오히려 무시를 당하는 경우가 많다. 나는 내 최저생활의 확보선을 위해서는 언제나 즐겁게 '짬'을 가질 각오로 있다. 들뜬 생활, 들뜬 생각을 나는 늘 무서워하고 있다.

요새 가만히 보면 들뜬 친구들이 많이 있다. 들떴던 것은 반드시 가라앉게 마련이다. 그 가라앉는 기간이 몇 해가 걸릴는지는 헤아릴 수 없지만 언제고 들뜬 상태로 지속될 것은 아니다. 남의 경景을 보고 내 경을 볼 때 아닌 게 아니라 때로는 아닌 심정이 절로 나기도 하지만 이럴 때마다 나는 눈을 내리깐다. 그리고 고생하시는 내 은사 몇 분을 생각하며 우리나라의 보물 같은 그런 어른들도 차 하나가 없이 고생을 하시는데…. 하면 내 이런 불평쯤은 애당초 문제가 되지 않는 것 같았다. 땅에다 발을 붙인 생활— 밥맛 같은 생활이 나날이 나같이 비위가 약한 사람에게는 상책일지도 모른다.

남 앞에 중뿔난 존재로 나타나기도 싫거니와 또 남 앞에 비겁하게 굴기도 싫은 내 성미에는 지금 이 직장이 그래도 괜찮은 것 같다.

사람이 살아나가는 생태는 실로 가지각색이다. 가만히 보면 재미있는 모습도 또 많다.

# 야자수 그늘과 청춘의 휴식

즐겨서 하는 게 아닌 짓에 군색한 이유를 지녔다는 것은 짐짓 슬픈 일이다.

실은 다방을 좋아하지 않으면서도 이따금 친구들과 함께 여기를 찾는다는 것은 우리가 제법 차 맛은 알게쯤 되었건만 이것을 마시며 즐길 수 있는 알맞은 방 하나를 우리들 집에 장만해 놓지 못했다는 데 부득이한 이유가 따르고, 염가의 공중 팔라를 불편한대로 빌리는 까닭이 있다.

사실 젊은이들은 노친네의 온종일 그 궁상을 담고 있는 찌푸린 낯이 보기 싫고, 젊은 사나이들은 아내의 그 푸성귀 장수한테서 늘은 궤변과 가난한 목소리가 진저리 나 집에 들어앉았기보다는 나가는 데서 구원을 받는다고 생각한다.

하나 다방도 문화적 휴식처는 될 수 없는 모양이다.

"아이 찻집에나 좀 갔으면-"

찻집엘 가면 무슨 희한한 문화적 자극이나 받을 성싶게 수선스레 흥분하는 친구를 보면 나와 함께 그가 무척 가엾고 측은해진다.

도대체 요새 많아진 그 다방들을 온종일 둘러나온댓자 무슨 신통한 자극을 받을 게 있을까 보냐. 담배 연기로 자욱하고 흐린 공기가 제법 독스러운 그 방안에서 야자수와 활엽수가 연기에 시달리며 마르는 모양을 눈앞에 보는 것만으로도 피곤한 일이거든 자못 풍류객인 양 앉은 채 자리를 뜰 줄 모르며 권태를 잊어버린 친구는 또 제대로 좋은 운치가 있는지도 모르나 나는 알아들을 수 없는 일이다.

연기에 시들어가는 남양종 활엽수나- 밤을 새고 온 목소리의 재즈곡이나- 술도 없이 쉽게 취해서 멀거니 앉아 있는 친구나- 이는 확실히 춘삼월의 풍경이 아니랄 수 없다.

—— 1938년

# 담 넘은 사건

밤 새로 한 시나 되었을 즈음이었다. 대문 흔드는 소리 같은 것이 잠결에 들려왔다. 천연 우리 집 대문을 누가 흔드는 것 같았다. 그러나 이슥한 밤중에 우리 집 대문을 흔들 사람도 없으려니와 가만히 귀를 기울이려고 하면 또 흔드는 소리가 나지를 않았다. 어떻게 들으면 나는 것 같고 또 어떻게 듣고 보면 나지 않는 것도 같았다.

그래 나는 이불을 올려 덮으며 다시 잠을 들려고 하였다. 바로 그때 다. 대문을 넌지시 한 번 잡아 다녔다가 가만히 놓는 소리가 났다. 들으니 우리 집 대문 소리는 아니다. 옆 집 대문 소리인 듯싶었다.

나는 갑자기 무서운 생각이 와락 들었다. 이 추운 밤중에 제 집에를 들어가는 사람 같으면 왈카닥 덜커덕 요란하게 대문을 흔들 것이요 애가 없으면 심부름하는 애의 이름이라도 벌써 너댓 번을 요란스럽게 불렀을 텐데, 이렇게 쉬엄쉬엄 가만가만히 문을 흔들 리가 없을 게다.

자연히 내 신경은 날카로워졌다. 이불을 차고 일어날 용기까지는 없었으나 숨을 죽이고 귀를 단단히 기울였다. 도적인 것 같은 의심이 점점 농후해갈 수밖에 없다는 것은 쏴- 하고 지나가는 바람소리와 함께 들리는 나직한 목소리의 웅성거리는 소리가 들리는 것이었다.

"이러고 언제까지나 섰을 작정인가?"

"그럼 어떡하나."

말소리가 그치고 잠깐 고요하더니

"여보게, 이 수밖에 없겠네. 담을 넘게. 담을 넘어 응, 자- 내가 받쳐 줄 테니."

웅성거리는 소리와 함께 부스럭거리는 양이 담을 넘는 모양이다.

한참들 킬킬 대더니 쿵- 하는 소리가 났다.

"됐나? 다치지 않았어?"

"아니 괜찮어. 이젠 어서 가보게. 미안하이."

담 밖에서 나는 소리보다 이 소리는 훨씬 작고 조심성을 띠었다. 이윽고 분합문을 여는 소리가 나더니 미닫이 소리가 나고는 아무 소리가 없다. 주인인 듯싶다. 제 집을 넘어가다니.

하루는 그 집의 밥 짓는 애 옥분이가 우리 집으로 체를 빌리러 왔다. 식모는 체를 꺼내주며 그 애를 붙잡고

"애! 너희 집 쥔어른 저번 날 담 넘어 들어갔지."

하고 물으니 옥분이의 대답이 그럴 듯하다.

"아이 그 담에두 몇 번을 넘어오셨게요."

" 늦으면 으레 담을 넘어가니?"

" 그럼요. 누가 문을 열어 줘야죠."

"왜 문을 안 열어 주니?"

"우리 집 아씨가 못 열어드리게 해요."

그 후 어느 날 아침에 내가 사에 들어가려고 대문을 나설 제 그 집 대문이 열리며 신사 한 분이 나왔다.

"옥분아, 문 꼭 닫아라."

즉각적으로 이 남자가 그 집 주인 남자란 것을 알기 어렵지 않았다.

그는 제법 큰 기침을 하고 단장을 휘두르며 내 앞을 서서 점잖게 걸어갔다.

—— 1936년

# 자동차

"성(형), 들어스자우, 저기 신작로 망나니 와."

무슨 소리인지 나는 채 알아들을 새도 없이 내 고종사촌이 이끄는 대로 한길께로 들어서며 궁금해서 돌아다보니 황소같이 눈을 부릅뜬 자동차 한 대가 진탕에 몸부림치며 달려오고 있었다. 길바닥의 움푹 들어간 데서 출렁하더니 흙탕물을 좌우에다 끼얹어 주고는 달아난다.

다시 큰 길로 나서서 걸으며 나는,

"거 이름 정말 잘 지었다."

했더니,

"신작로 망나니가 아니구 뭐요? 그런 망나니가 또 어디 있어요."

하며 어느 비 오던 날 옷 한 벌을 다 버려 화가 났던 얘기를 하는 것이었다.

미상불 곁말을 잘 쓰기론 황해도 사람을 당할 사람이 없을 게다. 짚

세기를 삼는 일꾼 머슴들의 방에서부터 장기를 두고 국수 추렴을 하는 사랑방에 이르기까지 그들의 곁말을 쓰는 버릇은 유명하다. 한 마디도 바로 곧장 해서는 안 된다. 반드시 곁말을 쓰며 해야 하는 것이다.

이렇게 말끝마다 곁말을 쓰고 보면 또 우습고 재미나는 경지를 지나 사람이 실없어 보이는 법이다.

그런데 개중에는 턱턱 들어맞는 말들을 잘 지어낸다. 가끔 나는 수첩에다 노트해 두거니와 형용사 같은 것은 소리 나게 들어맞는 말들이 많아 아마 일류 문사도 이 씨름에는 못 당해낼지도 모른다.

'신작로 망나니'란 말도 지당한 말이다. 모처럼 머리를 감아 빗고 금방 바늘을 뺀 저고리를 입고 나가는 사람에게 홍진을 짓궂게 뒤집어씌워 주고 달아나는 것이라든지 흙탕물을 그저 신사 숙녀들에게 마구 뿌려 주고 가는 따위가 모두 망나니의 짓이다.

이 신작로 망나니 성화 때문에 실로 20분도 못 걸리는 내 직장엘 아침에 걸어가는 즐거움을 나는 빼앗기고 있다.

금천교 앞에서부터 이는 먼지가 광화문 네거리를 건너기까지는 굉장하다. 자동차를 피해 길 옆으로 나설 때마다 나는 번번이 그 안에 아는 사람이 없기를 바란다. 첫째로 남들은 타고 가는데 걸어가며 이 꼴을 당하는 모양을 보이는 것이 싫고, 둘째로는 차를 피해 설 때마다 내 눈초리가 예사롭지 못하게 되기 때문이다.

그래서 전차를 이용하는데, 그 귀찮은 정도는 또 오십 보와 백 보의 사이다. 전차 한 대 안의 정원을 찾는 것은 정신 나간 일이고 들입다 실어놓는 데는 정말 숨이 막힐 지경이다.

차장은 사람을 자꾸 태우면서 안으로 들어가라고만 하고 더 들어갈 수 없이 된 안에서는

"아이구, 이거 사람 넘어지겠소."

하고 비명을 올리면 차장은 얼른 받아 하는 말이

"넘어질 자리가 있는데 왜 안 들어가고 그래요."

하고 제법 재치 있는 호령을 한다.

사람을 싣는 것이 아니라 요즘 전차나 버스는 짐짝을 싣는 투다. 짐도 쌀가마니 같은 깨지지 않을 물건을 싣는 것이지 깨질 그릇이라든지 으끄러질 배추 같은 것은 이렇게 못 실을 것이다.

전차 대수를 더 늘이든가 버스라도 여러 군데나 배치를 좀 해 주든가 조만간 무슨 수가 있어 주어야 할 것 같다.

서울시엔 지금 객식구가 말할 수 없이 늘어가고 있다고 한다. 일전에 집에 와 일하는 미장이 말을 들었더니 서울에선 요즘 미장이가 세가 난다는 소문을 듣고 전라도며 충청도며 사방에서 기와장이와 미장이들이 수 없이 몰려들어 낙원동 상밥집에서는 하루아침에 몇 말씩 밥을 해도 아침밥이 동이 나 야단들이라고 한다. 이쯤 된 형편이니 서울 사람도 골 아프게 되었다.

인구가 많아지고 자동차 수효가 예전보다 불었으면 어느 정도 그만큼 문화도시가 되었다는 표적인데 길바닥은 예나 이제나 포장을 한 곳이 몇 군데도 못 된다.

적어도 자동차가 다니는 길이라면 모두 다 아스팔트를 깔아야 할 일이다. 서울 시내 웬만큼 큰 길들은 먼지가 안 나게 포장을 해 줄 훌륭한 어른은 없는가 모르겠다.

줄곧 차만 타고 다니는 양반들은 이 괴로움을 알 길이 없을 게다. 주일날만이나마 운전수도 쉬게 해줄 겸 하루만 걸어다녀들 보시라. 대번에 민간의 고충을 알 수 있고 따라서 그들의 가려운 데도 긁어 줄 수 있을 일이다.

걷는 즐거움을 맛볼 수 있는 거리. 거기에서 플라타너스의 가로수도, 금빛 은행나무도 비로소 눈에 띄고 빛날 수 있는 것이다.

시청 앞에서 조선호텔 앞으로 뻗어나고 있는 길은 얼마나 사랑받던 길이냐. 봄, 여름. 가을, 겨울을 두고 즐겨 걷던 산책의 길이었다.

비가 오는 날이면 비를 맞으며 그대로 또 걸을 맛이 나는 길이었다.

1950년대
서울 거리를
달리는 시발택시

그래서 이 좋은 거리에는 우리들이 즐겨 가는 다방 '플라타너스'가 있었고, 거기서 우리들은 모두 마음들이 한 곳으로 흘렀다. 그 후 서울 거리엔 이렇게 먼지가 많아졌고 쓰레기가 많아졌고 또 말들도 많아져 버렸다.

# 나와 송충이

어찌된 셈인지 나는 황충黃蟲이니 송충松蟲이니 하는 벌레들이 무섭다. 그 무시무시하고 징그러운 몸뚱어리를 꿈틀거리며 기어오는 것을 보면 나는 자지러진다. 호랑이보다도 이런 종류의 긴 짐승이 더 무섭다.

어려서 나는 빨갛게 익은 꽈리를 따려고 꽈리나무 속에 손을 넣었다가 꽈리나무에 붙은 황충이를 보고는 그만 기절해 넘어진 적이 있지만 커서도 마찬가지로 벌레를 보면 오금을 못 쓰고 병신스럽게 군다.

하도 송충이를 무서워하니까 학교에서 장난꾸러기 동무들이 다 썩은 지푸라기 같은 것을 끊어다 등에다 놔 주며

"아유, 천명이 저기 송충이 붙었다."

하고 놀래 주면 교실 안에 송충이가 있을 리 만무인데도 못난이는 어쨌든 자지러지게 놀라곤 했다.

봄철이 돼서 원족 갈 때가 되면 나도 남들처럼 좋기는 했으나 언제나 은근히 한 가지 걱정이 있었다. 교장 선생님이 발표하시는 우리 반 가는 곳이 소나무들이 있는 곳이 아닌가 해서다.

영락없이 봄의 원족지는 솔이 있는 곳으로 정해진다. 거기서 요행히 송충이를 안 만나고 유쾌히 잘 놀다 돌아와도 돌아오는 길엔 반드시 어떤 짓궂은 친구가 잊어버리지 않고 있다가 나무를 꺾어서 놓아 주며 "저 송충이 보아." 하고 소리를 쳐 놀래 주고야 마는 것이었다. 놀라고 나서는 나는 번번이 화가 났다.

아무리 탈겁脫劫을 하려고 해도 되지 않았다. 송충이가 한창 성할 때 소나무 밑을 지나가면 밤중이라도 나는 양산을 받고 겁이 나서 속히 지나가려고 애를 썼다.

일찍이 내가 좋아하는 친구가 사는 곳에 봄철이면 송충이가 많아서 내가 거기를 갈 때면 무척 애를 쓰던 일이 있다. 전차를 몇 번씩 갈아 타가며 한참 늘어지게 가야 한다는 것은 별로 문제가 아니었으나 전차를 내려서 솔밭 사이로 몇 분 걸어가야 하는 일이 실로 걱정거리다.

꽃이 지기 전에 한번 들엘 나가자고 조카딸과 약속을 해놓고 실은 동구릉에 가고 싶었으나 생각해 보니 지금쯤 큰 송충이는 없어도 새끼 송충이들이 나올 때인 것 같아서 그만 창경원이나 덕수궁 잔디밭에나 가서 놀다 올까 하는 것이다.

# 광인狂人

사람들 사는 것 어떻게 보면 극단의 이기주의자들 같다. 한 푼에 치를 떨고, 내 몸이라면 털끝만치라도 건드리지를 못하게 하며 가장 자기 자신을 위해서 충실하는 것 같다. 그러나 그 실은 너도 나도 그도, 모두 남의 장단에 춤을 추며 남을 위해 사는 가련한 존재라는 것을 나는 때때로 절실히 느끼게 된다.

어느 날 나는 안국동 네거리에서 전차를 기다리다가 고함을 지르고 있는 한 청년을 보았다. 마음대로 내버려둔 머리는 어깨를 덮었고, 더구나 더운 날에 검정 바지에 솜이 삐져나오는 찢어진 저고리며, 얼굴마다 암퀭이를 그린 것을 보아서 그가 세상 사람들이 말하는 소위 광인狂人이라는 것을 알 수 있었다. 그는 저고리 앞자락에다가 자갯돌을 한아름 안았다. 그걸 길가에 지나가는 사람들에게 함부로 던지며 고함을 지르는 것이었다. 때마침 그 앞을 한 숙녀가 지나가니 그 광인은

눈을 무섭게 부릅뜨며

"너는 내 이 대포알을 받아라."

하며 가지고 있던 자갯돌을 그 여자를 향하여 던졌다. 그러더니 그는 다시

"저게 내 누이야. 저도 불쌍한 것이야."

하며 대소大笑하는 것이었다.

그 여자는 될 수 있는 대로 걸음을 빨리 걸었다. 나는 호기심에 그 여자를 한 번 다시 쳐다보았다. 그의 얼굴은 홍당무가 되었다. 그러자 전차가 와서 나는 얼른 그 자리를 떠나게 되었다.

과연 숙녀가 그 광인의 친누이인지 그를 누가 알 것이냐. 또 알 필요도 없다. 그러나 차에 오른 나는 미친 사람과 그 숙녀 두 사람을 대조해 보았다. 하나는 남의 눈치를 보며 사는 소위 정상正常의 인, 또 하나는 아무 거리낌 없이 마음대로 사는 소위 광인이다.

결국 사람이란 남을 위해 사는 것이다. 이런 말을 하면 어떤 똑똑한 양반은 대노할지 모르겠으나 사실에 있어서 그는 남을 위해 살고 있다. 명예 지위 금전에 손발과 입이 얽매여 해야 할 말을 하지 못하고 가만할 것이로되 하지를 못하며 해야만 할 일이로되 하지를 못함은 다 무엇 때문인가? 나 아닌 다른 사람의 감정을 상할까봐서 시비를 두려워하는 가슴앓이 벙어리 목내이木乃伊가 그 얼마나 많은가?

미친 사람을 보고 사람들은 자기들을 스스로 높이고 그를 조소한다. 그러나 성한 사람이 그보다 나은 것이 무엇이냐? 미친 사람이야말

로 세상에서, 그 누구보다도 가장 행복의 인이며 자유의 인이며 거짓 없이 참되게 사는 사람일 것이다. 속에서 불덩이가 펑펑 돌아다니나 그것을 꿀꺽꿀꺽 삼킬지언정 진眞을 위해 그 불꽃을 한 번 마음대로 뻗쳐보지 못하고 영원한 가슴앓이 벙어리를 볼 때 자유의 인 남의 눈가림을 안 하는 거짓 없는 광인을 나는 항상 다시 쳐다본다.

—— 1934년

# 문패

"저번 날 보니 문패를 다셨다더니 또 뜯기셨군요."

"네."

"그래 대학 다니는 우리 막내는 노선생님 댁엔 문패를 달았다 떼었다 한다구 그러죠."

이것은 어느 날 아침 내가 마당을 쓸러 나갔다가 앞집 할머니와 한 얘기의 한 토막이다.

정말 나는 문패를 달았다 떼었다 한 것이 사실이다. 처음 환도를 하니 H선생이 한 군데는 우리 집 번지를 쓰고 또 한 군데다가는 내 이름을 쓴 이 문패 두 개를 보내주셨다.

그 글씨며 나무들이 어떻게 탄탄하고 얌전히 생겼던지 마음에 선뜻 들어서

"거참 필요한 것을 선물해주셨다."

고 하며 좋아서 대문 위에다 내다 걸게 되었다.

그랬더니 하루아침에 문간방에 있는 할머니가 들어와서 하는 말이

"내 얘기 좀 해야지, 방에가 앉았을라치면 지나가는 사람들이 아 여기가 노천명이 집이로군, 하구서들 지나가더니 오늘 아침엔 또 어떤 학생인지 지나가면서 '노선생님!' 하고 짓궂게 부르곤 지나가잖아. 그래 내가 속으로 무식한 깐에두 아마 이름이 저렇게 났다 보다 했어."

우리 집 아이의 말마따나 달팽이 같은 얼굴을 한 할머니는 이런 보고를 하는 것이었다.

이것은 내게 별로 좋은 보고가 못 되었다. 모름지기 불쾌했다.

이날 조반을 먹고 나서 출근을 하기 전에 나는 슬며시 나가서 문패를 떼어 들었다.

문패가 얌전하게 됐다고 들고 보다가 잘됐다고 하며 내다 걸 때는 정말이지 나는 이런 결과는 도무지 상상도 하지 못했던 것이다.

나는 내 얼굴을 우리 집 문간에다 내놓고 밤낮 오고 가는 사람들에게 보인거나 다름없이 문패를 달았던 일이 괜히 마음에 걸렸다. 문패는 떼어다 벽장 속에다 넣어 버렸다.

집을 찾다가 문패가 없어서 못 찾고 가는 반갑지 않은 손들에게는 다행한 일이나 꼭 만나야 될 사람, 반가운 친구들이 가끔 우리 집에 문패가 없기 때문에 근방에 와서들 헤매고 애를 쓰는 때는 민망하기 짝이 없다.

허나 문패를 안 달아놓아도 체부遞夫는 반갑게 문을 흔들어대고, 나

를 꼭 봐야 할 사람은 용케도 또 찾아와 준다.

간혹 어떤 친구가 집을 물으면 위치를 대강 가르쳐 주고 나서는 문패를 안 단 집이니, 라고 일러준다.

문패 얘기가 났으니 말이지 내가 안국동 살 때 일인데, 그때도 역시 내가 문패를 써 붙이지는 않고, 황해도에서 대리석 광鑛을 하는 내 고종사촌 동생의 남편이 대리석 꽃병과 함께 대리석에다 내 이름을 새겨다 주어 그것을 내다 걸었더니, 한번은 이 문패가 간 데 온 데가 없어져 버렸다. 이 궤변을 친구들한테 고했더니 이 친구들의 똑같이 돌아가는 말인즉, 가끔 습격한다는 그 주당酒黨들의 소행이 아닐까 하는 것이었다. 딴은 문패가 없어진 것을 발견하던 전날 밤 바로 습격을 받았던 기억이 났다.

평론가 최재서崔載瑞 씨와 시인 지용芝鎔 등 여러 분들이 만취해 가지고 밤중에 습격했는데 문을 끝끝내 안 열어드렸더니 야단들을 치시고 간 일이 있었다.

도대체 문패를 떼어 간 범인은 누구냐고 나는 그날 밤 문밖에서 음성이 났던 분들에게는 하나같이 조사를 받아 보았던 것이다.

여류작가 모 씨들과 작당을 해 가지고 인문평론사人文評論社 사장실로, 또 어디로 다니며 추궁을 한 결과 장본인은 뜻밖에도 추호의 혐의도 주지 않았던 평론가 C선생이었다. C선생은 그의 독특한 지성적인 괴상한 쓴웃음을 얼굴에 띠며 네모진 얼굴을 언제나 하는 버릇으로 기우뚱해 가지고는

"그 대신 수일 내로 내 손으로 문패를 써다 드리죠."

하였다. 이때의 그는 지극히 점잖은 영국 신사의 태도였다. 여기에 곁들여 지용은 또 싸우는 어조로

"아, 돌 문패란 적어도 몇 천석꾼이가 돼야지, 건방지게 대리석 문패가 당하느냐."

고 야단야단 하는 것이었다.

실은 늘 실수가 있을 것만 같은 지용에게 지목이 갔던 터이라, 미안한 생각에서 나는 이때 아무 말도 대꾸를 않고 말았으며, 또 수일은커녕 수십 일이 지나도 C선생은 문패를 써 오지 않았다. 만나면 말없이 그분 독특한 그 지성적인 쓴웃음을 지을 뿐이었다.

이것은 그럭저럭 십오 년 전 옛 얘기가 되어 버렸거니와 문패와 나는 아무래도 연緣이 없는 것 같다.

# 산다는 일

바람이 지동 치듯 분다. 이불을 뒤집어쓰고 듣자면 흡사 장마가 져서 물 내려가는 소리를 한다. 밤새도록 불었으면 이 아침엔 잠직도 한데 여전히 맹렬한 기세다.

도대체 몇 시 가량이나 되었나 모르겠다. 닭 우는 소리가 들리고 교회인지 미군 부대인지 주책없이 종을 쳐대는 맞은편 건물에선 또 종을 쳤고, 절에서 치는 종소리도 들려왔다. 이런 것들로 짐작해 본다면 네댓 시경은 되었나본데 바깥은 아직 어둡다.

이 상자갑 같은 집에서 내가 얼어 죽지나 않을까… 하는 걱정을 하면서 나는 무엇인지를 기다린다. 그렇다. 신문 장수 아이의 목소리를 기다리는 것이다.

이것은 무슨 내가 신문을 사려고 기다리는 것이 아니다. 내가 방안 이불 속에서 얼굴도 내놓기가 정 싫은 이 아침에도 신문 장수 아이가 여전히 나와서 외치는가를 보고 싶기 때문이다.

아침마다 제일 먼저 들려오는 사람의 소리는 언제나 이 신문장수 아이의 외치는 소리다.

모두들 일어나기가 싫어서 매닥거릴 이른 아침에 이처럼 일찍 일어나 신문을 팔러 나서는 이 아이가 그

"조간 동아일보! 조간 동아일보!"

하고 외칠 때처럼 내가 한국동란의 소리를 생생하게 듣는 때는 없다.

어둠 속에서 어머니를 찾는 것 같은 소리 – 아버지를 살려달라고 외치는 것 같은 소리 – 이 애원에 찬 절규에 찬 이 소리가 부산의 새벽을 찢을 때마다 나는 뼈가 저려오는 것 같다.

이것은 바로 이 동란을 겪는 사람들의 아우성 소리 틈에서 들려 나오는 소리다.

보나마나 신문을 옆에 낀 어린 것은 속셔츠 하나 따뜻한 것을 못 입었을 게다.

아직도 여름을 말하는 국방색 양복저고리에 추워서 어깨를 올리고 모가지를 앞으로 빼며 비명 같은 소리를 내는 것이 눈에 선하다.

이 아침에 어린 것의 단잠을 깨워 이렇게 신문을 팔러 나가게 하는 어머니는 어떤 사람이며 아버지는 또 무엇을 하는 사람일까. 부모가 성해 가지고는 어린 자식을 이 아침에 신문을 팔라고 내보내지는 못할 것이다. 아버지가 6·25사변에 납치가 되어 갔든가 혹은 폭격에 세상을 떠났든가 해서 어머니와 같이 이렇게 벌어야 할 형편인지도 모

른다.

제 또래 아이들은 책가방을 끼고 사포(벙거지)를 눌러쓰고 학교들을 가는 길에서 저는 신문을 옆에 끼고 외치며 가는 어린 소년의 심경은 지금쯤 마비가 되어 아무렇지도 않을는지 모른다.

신문 장수 아이의 외치는 소리가 바람소리에 섞여 점점 멀어져간다.

그러고 보면 살아야 한다는 일은 또 준엄한 의무인 것도 같다.

며칠 전 일이다. 땅이 질어서 골라 딛느라고 천천히 걷는데 나는 이런 애기 소리를 듣게 되었다.

"이 자식은 참 밥통이야. 남에게서 받진 못하는 게 자꾸 남을 줄 생각만 하지 않아."

"이 자식아. 그 물건 외상 가져온 지가 언제야. 염치가 없으니깐 그렇지."

"염치구 뭐구 차릴 때야? 지금 피난 와서 나 너하구 장사 못하겠다."

나는 돌아다보지 않을 수가 없었다. 동시에 또 놀라지 않을 수 없었다. 불과 열한두 살밖에 안 나 보이는, 구두 닦는 도구들을 맨 어린 소년들이었다.

세월은 잔인하게도, 너무도 잔인하게 이 어린것들에게까지 쓴 세상을 가르쳐 주었던 것이다.

6·25사변은 실로 한국에 뛰어든 마귀할멈이었다.

숱한 사람을 못 쓰게 만들어놓고 간 데마다 마귀 작대기를 휘둘러

불길한 씨를 뿌렸던 것이다.

아직도 이 요기妖氣가 자욱해 사람들은 제정신이 나지 않았다. 졸업도 안 한 중학생도, 미국 유학 포로수용소에서 엊그제 나온 자도, 미국만 가려고 하는 일들이며 사무를 보는 색시도 밀항을 꿈꾸는 것이 모두 정상이라고는 할 수 없는 일들이다.

서울과 부산 사이의, 아니 대구와 부산 사이의 기차간이 그 꼴이고 어디서 새치기 사바사바만 하려고 드는 이러한 정돈 못 된 상태에서 정신을 차린다는 것도 겨울에 개나리꽃이 핀다는 일처럼 어려운 일일게다.

모두들 살기를 띠고 속에는 뿔이 돋쳐 있는 그들과 하루 무사히 지내놓으면 오늘은 살았다 싶은- 이러한 가운데서 지렁이같이 살아 나가는 군상이 있는가고 보면 늑대 모양 살아 나가는 군상이 있고 독수리처럼 살아 나가는 사람들도 있다.

여기서 나는 짓밟히며 밀리며 지그시 참고 정히 괴로운 때면 하늘을 바라보며 살아 나간다.

그저 이 땅을 꽉 지키고 있으면 되는 것이다. 우리 민족을 불리고 늘려 하늘의 별 모양 많이 퍼뜨리며 칡넝쿨 같이 엉켜서 살면 되는 것이다.

그 중에서 누가 애국을 한다는 사실은 두고 봐야 알 일이다.

—— 1952년

# 새해

새것이란 언제나 매력 있는 법이다.

더구나 새해란 한 큼직한 매력 덩어리가 아닐 수 없다. 올해는 내게 어떤 제비가 뽑혀지려나- 집시들은 점을 친다두만 나는 알 도리가 없다.

실상 사람이란 앞에 당할 일을 모르고 산다는 것이 어찌 생각하면 마련이 잘 된 법도 하다 내남직할 것이 없이 닥쳐올 일을 예 선지자들처럼 다 안다면 어찌 또 배겨나랴.

선악과를 따먹고 에덴동산에서 추방을 당한 아담의 후예도 이것만은 아직 범치 못하는 금구禁區로 남아 있는 것은 역시 다행한 노릇이다.

어제도 오늘도 자살을 안 하고 배긴 것은 모르는 데서 빚어진 희망의 덕분이렷다. 닭 우는 소리에 잠을 깨 가지고 뙤약볕 아래에서 소처럼 일을 해내는 농군들이 그 착한 얼굴에 웃음을 띠는 것은 봄이면 눈을 헤치고 뾰죽뾰죽 솟아나는 푸른 싹을 보며, 가을이면 거둠을 가져 오는 희망에서다. 아침이면 점심밥을 옆에 끼고 남의 집 곁방에서 나와 일터로 향하는 젊은이의 기상에 씩씩함이 흐르는 것은 이적 지극히 평범한 말이나 희망이 있는 까닭이다.

우비강이니 폼피앙이니 온갖 박래품舶來品의 향료를 써서 꾸민 아름다운 얼굴도 넘치는 희망을 담은 얼굴 앞엔 무색하기 짝이 없다.

희망- 이 얼마나 무지개처럼 영원히 아름다운 것이냐! 저 푸른빛처럼 싱싱한 것이냐! 젊은이들아, 이 팔에 우리 다 같이 목을 매지 않으려나.

낡은 해가 가고 새해를 맞는 이 마당. 제야의 종소리와 함께 옛것아, 다 떠나가거라.

–날이 새면 밤이 와 주려니 밤이면 밝아주려니- 그야말로 원수도 아니요 빚쟁이도 아니건만, 진실로 빛 없는 날들을- 내가 운명인 양 거느렸다가 날마다 일력 위엔 내 슬픔을 새겨 날려 보냈다.

박쥐같이 구성졌던 날들- 학 두루미 마찬가지로 외로웠던 날들- 너 내 청춘의 무색한 얼굴들이여, 나는 너와 결별하고 새해를 맞아야만 한다.

내 맘에 구김살이 없어야 하겠다. 마음 갈피갈피에만 소아세아 산의 향수라도 뿌려야 하겠노라.

성서의 슬기 있는 다섯 처녀들이 밤을 새워 기름을 준비했다가 등불을 들고 마중을 나갈 수 있었던 것처럼, 나도 정성된 마음으로 새해를 맞으리라.

옛것아, 다 가거라, 너와는 작별이 좋다.

——— 1939년

# 술의 생리

천하의 대장부들 좋은 일이 있으면 좋다고 한 잔 궂은일이 있으면
또 마음이 상한다고 한 잔 - 술의 생리 지극히 복잡하다.

이러고 보면 남자들은 분명히 조물주에게서 은택恩澤 하나는 더 받
은 셈이 되지 않나 모르겠다. 마귀가 씌워 가지고도 자기 마음에만 좋
다면 그것은 그대로 그 사람의 즐거움에 틀림없을 게다.

술을 하는 축에 들지는 못하지만 나는 남자가 되어 가지고 한 잔 술
도 못한다는 사나이를 보면 고리타분한 게 빽빽하고 답답해 보여 말
을 건네기가 싫어진다.

그렇다고 해서 아무렇게나 술을 마시는 것을 좋다고 보느냐 하면
그런 것은 아니다. 술을 고래로 먹는 양반들은 딱하고 더구나 여자가
술을 먹는 것은 딱 질색이다. 그도 연회석 같은 데서 한두 석 잔 정도
인사로 받는 것은 몰라 하되 술맛을 알아 가지고 즐기게끔 된다면 곤

란한 일이다. 술을 먹어서 아리따운 여자는 없다. 만일 있을 수 있다면 그것은 추태를 잘못 보는 것일 게다.

그런데 남자에게 있어서는 왕왕 술이 기적을 일으켜 재미있다.

그것은 술이 안 들어가면 말도 잘 안 하고 멋대가리도 없는 사람이 알코올 기운을 적당히 빌리면 사람이 아주 좋아지고 재미있게 달라지는 것을 보기 때문이다.

내가 잘 아는 C선생님은, 그 분이 술이 들어가면 아주 유쾌해지고 재미있어져서 그 독특한 창법의 천안삼거리도 제법 멋들어지게 넘기는 양반이 술이 안 들어간 평소에 마주앉아 보면 방바닥만 내려다보고 앉아서 공연히 엄지손톱으로 장판만 자꾸 훑으며 어색하기 짝이 없이 못나게 구는 것을 본다. 이 양반뿐이 아니다. 이런 예를 나는 요 며칠 전에 또 볼 수 있었다.

'코리언 리퍼블릭'엘 들렀더니 수주樹州 선생의 양복 앞가슴에 난데없는 크림슨 시너네리아가 한 줌 꽂혀 있다.

마지막엔 술집 술통 틈바구니에가 끼여서 죽은, 자칭 자기는 언어의 왕자라던 저 영국의 문호 오스카 와일드도 괴상망측한 양복 앞가슴에다 늘 선플라워는 꽂고 다녔다고 하지만 수주 선생과 꽃은 이날 좀 어울리지 않았다.

"웬 꽃입니까."

하고 물었더니 아침에 YMCA엘 들렀더니 H씨가 선생이 술을 끊었다는 소문을 듣고 기념으로 여섯 살 난 소녀를 시켜 꽃을 주고 또 성경을 한 권 주었다는 것이다.

나는 속으로 여섯 살 먹은 소녀의 꽃다발이 헛되지 않아야 할 텐데 하며 재우쳐

"부산서도 왜 선생님 한동안 술을 끊지 않으셨어요. 그땐 얼마 동안이나 계속됐죠."

"여덟 달."

'여덟 달' 하고 받아서 외우며 나는 의아한 눈으로 선생을 물끄러미 보았더니

"그러나 그때 술을 끊던 거와 지금 내가 술을 끊은 거와는 판이 다르니까. 사 년 있으면 내가 환갑이 되는데 그때까지만 끊었다가 환갑 지나서야 먹어도 되겠지."

"술을 안 잡수니 정신이 말갛구 얼마나 좋습니까."

그런데 정신이 말갛다는 말이 웬일인지 입에서 나오긴 했으나 도무지 자신 있게 나가질 않았다. 그것은 보면 볼수록 별로 정신이 말갛게 된 것 같지도 않았기 때문이다. 술을 안 자셨는데도 여전히 몽롱해서 정기가 없는 눈은, 숫제 그만 감아 버렸으면- 하는 귀찮은 표정이다.

술기를 거둔 수주 선생은 흡사 바닷물 밖에 나온 물고기요 장에 나온 촌닭 같다. 술기와 함께 활기도 걷혔다. 활기가 걷혀진 사람에겐 어딘가 병신성스러운 데가 있는 법이다. 이것을 나는 순간 이 선생님한테서 느끼는 것이다. 술을 안 자시면 이렇게 말이 없는 분이었던가고 새삼스럽게 생각해 본다.

취기를 거둔 것은 좋으나 웃음과 얘기들을 한꺼번에 거둔 것은 좋은 일이 못 된다.

버나드 쇼 식의 그 사양 없는 풍기風紀 불똥 튀듯 하던 입가는 그만 쉬는 화산모양 잠잠해져 버렸다.

제자의 처지에서 술 한 잔 사드린 일도 없으면서 뵙기만 하면 "제발 술 좀 그만 잡수시죠." 하고 상성을 하던 내 깐에 이렇게 또 풀이 없이 앉아 있는 선생을 보니 어찌 마음이 안돼서 "그렇게 과하게는 말고 조금씩만 해 보시죠." 하고 약간 쓸쓸한 마음에 이런 말을 해 봤더니

"안 돼. 안 하면 나는 한 방울도 안 하니까."

어쩐 일인지 재미가 없어진 선생과 단 오 분을 마주앉았기가 면구스럽고 힘이 들어서 나는 창 밖으로 자꾸 시선을 돌렸다.

수주 선생은 역시 그 오동짓달 서릿발 같은 풍자를 거리낌 없이 뱉고 또 밥에 팥이 섞이듯이 우리말에다 으레 영어를 섞어 가며 하는 그 영문학 얘기를 줄줄 새어 나오듯 흘리는 것이 그 중 어울렸다.

술이 안 들어가고도 이렇게 되는 날 그날이야 정말 술을 끊는 날일 게다. 그런데 아직도 술기는 깨지 않았다. 맑은 정신과 말짱히 교대가 되기까지엔 또 어지간히 시간이 잡힐 모양이다.

# 신문 배달

　이런 재담 잘하는 친구의 말이 해방 후 '당' 자 든 이름으로 많아진 것이 세 가지가 있는데 무엇인지 아느냐 하기에, 거 참 무엇일까요 했더니 정당, 식당, 불한당이라고 해서 웃은 일이 있는데, 시방 생각하거니와 어째 그분이 신문은 들지 않았는가 모르겠다.

　그야 원체 가난했던 우리네 살림살이니 그렇지 식당이 무엇이 많다고 할 것이며, 신문이 무엇이 그리 많다고 할 것이랴마는 '조선' '동아' '조선중앙' 셋이서 있다가 손기정 가슴의 일장기를 지웠다는 구실에 잡혀 '조선중앙일보'가 쓰러지고는 '동아' '조선'이 형제같이 서 있다가 마침내 모진 매에 문을 닫고는 '매일신보'가 홀로 독무대라느니보다는 쓸쓸히 사로잡혀 있다가 1945년 8월 15일 일본 사람들에게서 해방이 되자, 비 온 뒤 개구리 소리처럼 여기서도 거기서도 외치는 것은 신문으로, 해방 직후엔 그야말로 언론 출판은 한 번 시원스럽게 자유로워봤겠다.

이런 현상은 나쁜 것이 아니었으나 많으면 귀하지 않은 이치에서 각 신문은 판로에 시샘이 붓고 책임 부수를 소화시키느라고 배달들은 신문을 집집이 난투亂投했다.

그래서 거의 집집이 대문에는 제각기 유식한 것을 드러내놓는 명문의 신문 거절문들이 붙어지는 것을 보게 됐다. 'ㅇㅇ신문 사절'이라고까지는 흔히 보는 문구이나 이상하게 장문이어서 읽어볼 양이면 '인가 없이 투입한 신문은 대금을 지불치 않음' 마치 무슨 관청의 공문 같은 것을 대문에다 붙였는가 하면, 또 지극히 쉬운 글로 'ㅇㅇ 신문 넣지 마시오' 그 옆집에서 또 다른 식으로 'ㅇㅇ 신문만 넣으시오' 다음은 대경할 더 걸작이 있으니 '일반 신문 절대 사절'의 강변派다.

도대체 아무 신문도 받지를 않는다니 신문을 안 읽고는 견디기 어려울 것이고, 어디서고 읽는 데가 있거나 그렇지 않으면 신문을 보면 정말로 화나는 일이 한두 가지가 아니니까, 무릇 신문을 거절해 버린 심경인지도 알 수는 없는 일이다.

실은 전에 일 원 하던 신문 값이 다른 물가 지수에 따라 십 원으로 껑충 뛰더니 백 원 백오십 원 어디까지나 뛰어올라야 다 오를는지 모르는 신문 값도 돈을 잘 벌 줄 모르는 급의 우리에게는 실상 적잖은 지출임엔 틀림없다. 그리고 언제나 지나치게 신문이 많이 들어온다.

그야 각지각색各紙各色의 특질이나 있다면 다 보는 것이 좋겠지만, 좌우익을 제각기 지향하고 나가는 사상의 조류나 다를까 군정청에서 얻은 똑같은 뉴스 아이템에서, 또 동일한 통신에서 취재하는 것이니 열 장의 신문을 들고 본댔자 별다른 얘기가 있을 리 없다. 우리는 흔히 판 짠 것을 비교해 보고 기사의 경중을 가려 세운 품을 보며 같은 기사로되 어느 신문이 '제목'을 그럴듯하게 붙였나 하는 것을 보게 되는데, 눈요기되는 것이 실로 드물다. 내가 돈이 있어 신문을 한다면 당장 내일 문을 닫아도 좋으니 민중의 진정한 여론을 대담하게 반영시켜 그야말로 모든 민중의 앞을 서서 횃불을 들어줄 것 같다.

이제나저제나 김빠진 신문은 독자가 그리 탐탐해하지 않는 법이다. 군정청 공보부에 속한 라디오에서 들은 정도의 소식을 전하는 거지반 같은 신문들일진대 그처럼 여러 장을 받을 필요는 없는 것이다.

더구나 요새같이 경제적으로 위협을 당하며 지내는 형편에서랴. 하루아침 단연 나는 신문을 몇 장 거절하려고 들었다. 반벙어리 식모에게 신문을 떨어뜨리거든 지체 말고 나가서 배달을 좀 잡아오라고 했다. 아니나 다를까 문소리가 나더니 뎃데뎃데 하며 떠드는 품이 배달을 붙잡은 모양이다.

옷을 주섬주섬 걸치고 부리나케 내가 내달았다. 분합을 열고 댓돌에서 신발을 발에다 걸치며 배달을 보고 단단히 말을 하려고 단숨에 대문간까지 당도했다. 대문을 더 열어젖히며 "여보 왜 신문을–" 하고 말이 목까지 올라왔을 제 나는 우리 대문 앞에 말없이 땅만 보고 서 있는 고학생같이 뵈는 십칠팔 세의 소년을 봤다. 나는 순간 말이 안 나왔다. 카키색 외투를 입고 머리엔 실로 뜬 비행사 모자를 쓴 것을 나는 똑똑히 볼 수가 있었다. 더욱이 우리 반벙어리가 야단하는 것을 들으며 일정한 지점을 뚫어져라 보고 기둥처럼 서 있는 소년의 표정까지도 차츰 읽을 수 있었다.

그는 신문을 넣지 말라는 것을 자꾸 넣어서 미안하다는 표정이 아니었다. 소년 옆에 만일 어머니라도 있다면 그 어머니를 곧 원망하며 울고 덤빌 것 같은 표정이다. 약간 독기를 띠고 일언반구도 대꾸가 없이 서 있는 이 배달 소년에게 나는 부드러운 목소리로 여러 가지 신문을 우리가 다 볼 수 없는 형편이니 미안하지만 다른 신문과 바꾸어서 내가 다음 달부터는 봐줄 것이니 이 달에는 넣지를 말아달라고 말을 했더니, 소년은 나를 한 번 정시하고 아무 말이 없이 그만 가 버리고 마는 것이다. 벙어리는 인제 신문을 하나는 쫓았다는 통쾌한 표정을 하며 그는 정지로 들어가고 나는 조간들을 집어 가지고 방으로 들어왔다. 내 눈에는 자꾸만 카키 빛깔 외투를 입고 문 앞에 말없이 섰던 배달부 소년이 머리에 떠오르는 게 어째 마음이 괴로웠다. 그 소년의 고정한 지점을 응시하던 눈은 틀림없이 누구를 원망하는 것이었다. 그 대상은 자기의 부모인지, 혹은 위정자인지, 또는 해방 후에 생긴 지도자인지 알 수 없거니와 나는 나대로 가슴 한구석이 확실히 괴롭다.

달라는 것을 떳떳하게 갔다 넣기에도 귀찮을 추운 이른 아침에ー 행여 누가 나와서 신문을 도로 가져가라고 야단이나 안 칠까 하는 불안한 생각을 가지고 도둑질이나 하는 것처럼 몰래 몰래 얼른 넣고 달아나는 사람의 심경ー 그것을 하루도 아니고 며칠씩 할 제 날씨는 이처럼

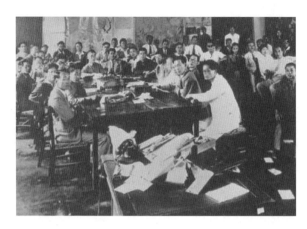

일제시대 조선일보
편집국 모습

추운데 반가워도 안 하는 낯선 집에다 갔다가 넣는 그 마음이 오죽 했
으랴. 나는 그것을 어떠한 무리를 해서라도 받아 주었어야 했을 것만
같다. 공연히 친구를 만나 기분이 나면 나중에야 어찌 됐던지 모른다
하고 밥 잔뜩 먹은 사람에게 별로 입맛이 당기지도 않는 차를 사고 점
심을 사는 짓도 하면서, 어린 소년에겐 너무 인색했던 것에 가슴이 뭉
클하다. 소년은 필시 학생이고 지금쯤 어느 중학교엘 가서 선생님한
테 무엇을 배우고 앉았을지 모를 것이다. 그 소년의 머릿속에는 선생
님이 가르치는 글이 들어오지가 않고 오늘 아침 모처에서 당한 벙어
리의 푸념, 신문의 불쾌한 거절이 자꾸자꾸 살아나 영리한 소년의 머
리를 무겁게 할는지도 모를 것을 생각하니 마음은 점점 무거워진다.
내일이라도 어떻게 그 소년을 찾아서 신문을 다시 넣으라고 해야만
내 마음이 좋아질 것 같다.

# 양계기 養鷄記

'양계기'라고 하고 보니 닭 마리나 치는 얘기 같으나 실상 그렇지도 못하다. 지난 여름에 먹으려고 영계를 한 마리 샀던 것이 시골을 가고 어쩌고 하느라고 내버려두었더니, 겨울에는 자라서 제법 훌륭한 수탉이 되었다.

우리 집 뻘찌(벙어리)는 이것이 행여 품길 것을 겁내서 꽁지를 몽탁 잘라놓은 때문에 좀체 꽁지는 탐스럽게 자라지지 않더니, 이제는 그도 어느 틈에 다 자랐다. 한낮에 장작더미에 올라가 목을 길게 빼며 울어대는 음성이란 그럴 듯하고 우렁차다. 오색이 찬란한 빛깔 하며 몸집 하며 사람으로 칠라치면 풍채 좋은 호남이다. 장에서 우리 집 문안으로 들어온 후엔 밖엔 나가 보질 못했다. 곧잘 혼자 집 안에서 논다.

나는 온종일 나가 있고 우리 집 뻘찌와 있는 시간이 많은 까닭인지 이 수탉은 벙어리만 보면 게사니(거위) 모양 줄줄 따라다닌다. 이따금 볼라치면 벙어리는 쌀을 일다가도 바가지에 쌀을 쥐어 던져주고, 밥을 푸다가도 밥 덩어리를 마음 내키는 대로 던져준다.

닭은 이래서 졸졸 따라다닌다. "너의 아들이다." 그럴라치면 좋아서 반벙어리는 웃으며 제 아들이라고 그런다.

차차 커가면서 꼬리가 휘늘어지는 것이 제법 음전해졌다. 이제는 완전히 영계 경지에선 벗어나 훌륭한 어른 닭이다.

하루는 앞집의 내 어린 친구 경자京子가 "아주머니!" 하며 들어오다가 외마디소리를 지르며 울기에, 문을 열고 보니 닭이란 놈이 어린애를 두 발로 차며 무서운 자세로 달겨드는 것이었다.

와락 내려가 장작개비를 던지며 내가 야단을 한바탕 떨고 나니까야 껑충 뛰어 달아난다.

옆집 어린 친구 경자는 그대로 울음을 삼키며 내게 이끌려 방으로 들어왔다.

"경자야, 아프냐. 닭이 아프게 쪼든?"

"응 막 쫘!"

나는 이날 처음으로 우리 닭이 그런 나쁜 버릇을 가진 것을 발견했다. 두고 보니 과연 낯만 설고 보면 아이 어른 할 것 없이 모가지의 그 부드럽고 예쁜 털을 거슬려 올리며 사납게 달겨든다.

하루 아침에는 내가 세수를 하러 나갔는데 뒤로 와서 내 다리를 또 콱 쫀다. 그날 자주 치마를 입었더니 아마 저희 동료인 줄 알았던 모양인가고 생각을 해 보았으나 그러고 보면 또 붉은 계통의 옷을 입은 사람만 아니고 낯선 사람이라고 해서 쪼는 것도 아니었다.

용정用貞이는 저 닭이 식모를 닮아서 저렇게 심술궂고 무섭다는 것이다. 어디서 들었는지 그런 미물은 먹이를 주는 사람의 성격을 닮는다는 것이 내 조카딸의 이론이다.

한번은 시골서 형님이 올라오셨다가 이왕 지저분한 꼴을 보며 닭을 기르겠거든 암탉을 한 마리 사다가 알이나 받으라고 하시기에, 장에 갔던 길에 새까만 암탉을 하나 사다 짝을 맞추어 줬다.

그랬더니 끌러놓자마자 막 쪼아 넘기는데 아무래도 죽일 것만 같았다. 지난여름 영계 때에 우리 집 대문 안엘 들어온 이후로 이 닭은 이처럼 어른 닭이 되도록 문밖엘 나가본 일이 없고, 다른 닭을 본 일이 없다. 조용하게 늘 혼자 우리 마당을 제 세상인 줄 알고 지내왔는데 실로 이 암탉은 그에게 한 스트레인저가 아닐 수 없었다.

근 반나절을 두고 쪼아대더니 가만히 이 스트레인저를 수탉이 자꾸 보는 것이었다.

다음날 보니 역시 몇 차례씩 쪼아 구박을 한다. 암탉은 과히 겁을 내는 기색도 없이 그저 천연스럽게 피하며 모이를 주워 먹고 있었다. 흡사 사람으로 치면 순하디 순한 아내였다. 나는 촌색시 같은 이 암탉이 사나운 수탉보다 귀여웠다.

몇 주일이 지나니 암탉도 제법 살이 찌고 면두(볏)가 맨드라미처럼 빨갛게 탔다.

보는 사람마다 오래잖아 알을 낳겠다고 하고 또 알겯는 소리는 정월로 접어들며부터 심해졌다. 구박을 하던 수탉은 이젠 암탉을 여간 위하지 않는다. 아침에 제가 먼저 내려와서도 결코 먼저 모이를 먹지 않고, 반드시 구구거리며 암탉을 불러내려 가지고, 암탉을 먹이고야 제가 먹는가고 보면, 가다가 모이를 줄 양이면 결코 저는 안 먹고 이것은 꼭 암탉만 먹인다. 그렇게 좋아하던 밥알도 주면 안 먹고 암탉을 불러 먹였다.

비가 오든가 눈이 오면 정해놓고 마루 밑으로들 들어가 노는데 그 중에도 걸핏하면 암탉은 마루 밑으로 잘 들어갔다. 없어졌는가고 보면 마루 밑에가 들어가 앉아 있다.

하루는 다 저녁때 마루 밑에 떨어진 신발을 꺼내려고 고개를 굽혀 들여다보니, 한쪽 구석에 무엇인지 하얀 것이 한 무데기 보인다. 기어 들어가 보니, 과연 달걀이다. 스물여덟 개 - 땅바닥에다 낳아놓고는 그 자리에서 안는 모양이었다.

나는 얼른 가마니를 사다 깔아 주었다. 다음날 닭이 가마니 위에서 알을 낳는가고 보니 암탉은 그전 제자리인 흙바닥 위에가 앉아 있다. 닭의 고집이라더니 참말로 고집스럽다.

무심코 사다 놓은 영계가 전처럼 자라서 어른 수탉이 되고 암탉이 와서 알을 낳아 병아리가 또 나올 모양이다. 내 힘에 겹게 일이 자꾸 커진다. 고양이와 쥐가 유난히 많은 이 집에서 병아리를 키울 것이 또 큰 걱정이다.

# 어느 일요일

일요일은 아침 미사에 나갔다 오고는 대개 집에서 쉬기로 하는 것이 요즘 내 생활의 일단이다. 친구와 만나는 것도 이마적 같아서는 족히 후련하거나 즐거운 일이 못 되고 오직 신경의 피로뿐이요, 영화를 복잡한 일요일에 가볼 맛은 더구나 없고, 한 주일에 하루쯤 집안에 온종일 좀 있어 보는 것도 여러 가지로 좋은 것 같았다.

그런데 오늘은 의무적으로 외출을 해야 하게 생겼다. 그것은 인자仁子와 약속을 했기 때문이다.

"날이 비가 올까 보다."

인자는 부리나케 장독대로 갔다 오더니 산에 구름이 하나도 없다는 것이다. 이것은 곧 비가 안 온다는 얘기이다.

열한 시가 거의 다 됐을 때 나는 인자를 데리고 나섰다. 인자는 좋아서 앞을 서서 싱글벙글 웃으며 나가는 판인데, 문을 나서자마자 가

는 비가 내리기 시작했다. 나서다 말고 내가 주춤하고 섰으려니까 인자가 돌아서며,

"비가 와, 비."

하고 떠들어댄다. 그러자 문을 걸려고 뒤를 따라 나오던 숙이가,

"그것 봐, 인자가 재수가 없으니까 비가 오지 않니."

하며 본래 잘 웃는 버릇이 있는 그 애는 깔깔대며 웃어대는 것이었다. 인제는 틀렸다는 듯이 빙그레 웃으며 들어오는 인자를 붙잡아 세우며 나는 숙이더러 우산을 내오라고 했다.

인자도 가면서 좋아하는 모습을 보며 나는 속으로 비를 맞으면서도 나선 것을 열 번 잘했다고 생각했다. 인자가 학교에서 소풍을 갈 때마다 따라가 주지 못하는 것이 미안했고, 그것을 메꾸기 위해서 좋은 수통을 사주고, 륙색을 사주는 것이 혹 어린것의 마음에는 약간 위로가 되었을는지 모르나 내 마음속의 미안하고 측은한 생각은 이것으로 지워질 수는 없었다.

오늘 이렇게 어딜 데리고 나가 주마고 한 것도 실은 이런 속죄에서 오는 것이었다. 덕수궁에는 날이 좋지 않은데도 무릅쓰고 심심치 않을 정도로 사람들이 들어가고 있었다. 나는 인자의 손을 잡고 국화가 진열된 곳으로 먼저 들어갔다. 어린것은 국화를 보며 내내 감탄을 하더니 나오며 한다는 소리가,

"우리 집의 것은 문제가 안 되지."

한다. 문제가 안 된다는 이 말은 필시 애가 쓰고 싶었던 새로 배운

말인 것 같아 인자가 쓰는 새 문자를 들으며 나는 속으로 웃었다.

우리는 국화의 향기를 묻힌 채 바로 석조전 국제아동미술전람회장으로 발을 옮겼다. 인자는 제가 삼학년이라 그런지 삼학년 학생의 그림에만 흥미를 갖는 것도 재미있는 일이었다.

샐러드 빵집을 들러 불고기집으로 찾아들었을 때는 어느새 두 시경이 되었다. 들어간다고 들어간 집이 전에 내 친구가 하숙을 했던 집이다. 상전벽해라는 말이 없잖아 있지만 어떻게 이처럼 변모를 할 수 있을까. 흙마당이던 곳은 시멘트 바닥이 되고, 여기는 걸상에 앉는 자리가 되고, 방이 셋쯤 있는데 도대체 어디가 내 친구 있던 방이며 어디쯤이 주인 생과부 마누라가 있던 방인지 짐작이 안 든다. 집은 온통 하늘이 안 보이는 집으로 개조가 되어 버렸다. 하기는 이렇게 변모를 한 것이 내 즐거운 점심을 위해서는 좋았는지도 모르겠다.

밖을 나서니 첫겨울 바람이 가슴을 파고드는데 내 손을 꼭 잡은 인자의 손을 나도 꼭 잡으며 큰길을 건넜다.

―― 1956년

# 캘린더

전쟁을 몇 차례 겪고 난 궁핍한 데서 오는 것인지 세상인심은 확실히 깔깔해졌다.

전 같으면 섣달 그믐께가 될라치면 여기저기서 달력들이 들어와 밀리던 것이 한 십 년 이래 이런 일은 좀체 보기 드물어져 버렸다.

우선 신문사의 달력들이 볼 만한 것이었다. 각 사가 다투어 청전靑田이니 춘곡春谷이니 이당以堂 심선心仙 행인杏仁 제 화백들을 동원시켜 최선을 다한 캘린더를 꾸며내는가 하면, 각 상점 서점 다방 그 중에서도 선전(비단을 팔던 가게)에 있는 큰 드팀전(여러 가지 피륙을 파는 가게) 같은 데서는 그야말로 호화판의 달력을 선사해 오는 것이었다.

이렇게 들어와 밀린 달력 중에서 마음껏 좋은 것으로 골라서 방마다 걸고 나머지는 남을 주든가 시골집으로 내려 보내는 것이었다.

그러던 것이 이마적에 와서는 달력도 가난이 들었다. 별로 마음에 썩 드는 것을 볼 수 없다. 마음에 드는 것이란 그만해도 또 옛 얘기고 마음에야 들건 말건 간에 달력 하나도 들어올까 말까한 형편이다. 작년만 해도 부산에서 C부총재가 한국은행 것을 하나 주지 않았던들 나는 달력을 어떻게 구했을지 몰랐을 것인데, 송판으로 지어진 내 산장에는 과남할 정도로 점잖게 된 큰 달력이 의젓하게 걸려 있게 되었던 것이다. 이것을 지난 유월 서울로 올라올 때 가지고 와서 서울 집에다 걸어놓았던 것이 해가 바뀌었는데도 이 달력은 그대로 십이월 달을 내건 채 여전하게 달려 있었다.

그야 새 달력이 아주 없었던 때도 아니나 들어온 달력이 어째 너무 어수선스러워 그것은 마루에다 붙여놓고 내 방에는 새해 아침까지 헌 달력이 그대로 매달려 있었던 중인데, 하루는 저녁에 들어와 보니 전全부총재가 좋은 달력을 또 하나 보내주셨다.

있는 음식도 남에게 집어주기란 미상불 어렵다고 사실 한 개의 캘린더라고 하더라도 이것을 해마다 잊지 않고 보내준다는 것은 결코 쉬운 일은 아니다. 이 성의는 진실로 크게 사야 한다. 이렇게 남의 사정을 살펴 주고 알아 준다는 일, 이 일은 또 지극히 아름다운 행동에 속해야 할 게다.

하찮은 것이지만 달력을 받아 들고 나는 한참을 우두머니 서 있었다.

지난해 내게 고맙게 해주신 또 한 분 K선생이 떠올랐다. 내게 햇볕이 되어 준 양반들이다.

남의 마음을 덥혀주는 사람들- 이런 사람들이 하나 둘 많으면 많을 수록 그 나라는 따뜻한 나라가 될 것이 아닌가. 묵은 달력을 떼고 갑오년甲午年의 새것으로 갈아붙이면서 나도 이 많은 날들 중의 몇 날쯤은 남의 마음을 덥혀줄 수 있는 날을 가져 보리라고 생각해 본다.

그리고 1954년은 정말 내게 좋은 선물을 전해 주는 해가 되기를 마음으로 빌어본다.

마공馬公은 내가 좋아하는 동물의 하나다. 이 말이 어쩌면 내게 좋은 선물을 실어다 줄 성도 싶다.

무슨 종류의 선물이 과연 내게 좋은 것이 될 것인가.

좋은 작품을 내는 것일까, 재물을 얻는 일일까, 지위를 가지는 것일까, 좋은 친구를 얻는 일일까─ 이것은 나를 잘 알고 계신 오직 신만이 아실 일이다.

내 뜻대로가 아니라 그의 뜻대로 되어져야 할 일이다.

이 캘린더의 하루하루는 나에게 무엇을 실어다 줄 것인가.

나는 가는 날들이 아까워서 한 장 한 장 젖히기를 애석해하는 편이 아니라 어떤 편이냐 하면 다음 순서가 보고 싶어 빨리빨리 젖혀지기를 바라는 편이다.

벌써 닷새를 써버린 새해의 내 삼백육십오 일─ 하루같이 빛나고 복된 날이 되어주기야 바랄 거냐마는 과히 내 마음을 상해 주지나 않는 날들이 되어 주기만 바란다.

벽에 걸린 새 캘린더를 나는 마치 눈을 내리깔고 의젓하게 서 있는 신부를 보듯 넌지시 바라본다.

캘린더

# 편지

    무릇 글이란 이를 쓴 사람을 나타내는 법이지만 특히 편지는 이것을 적어 보낸 사람을 그대로 대신하는 것인 줄 안다. 그리하여 보고 싶은 이의 편지를 받으면 보낸 이를 앞에 대하는 듯 반가워지는 것이다.

    가까운 이들의 편지를 모아두었다가 심심할 때 혹은 그 사람이 그리울 때 꺼내 읽어볼라치면 그 사람과 더불어 얘기하는 듯 또 편지를 받던 그 당시의 일이 역력히 살아 떠오르는 것이다.

    그리고 편지는 제 체취를 지니고 있음을 볼 수 있으니, 즉 향기로운 생각을 적어 보낸 편지는 언제 꺼내서 보나 향기롭고, 불쾌한 내용을 적어 보낸 편지는 몇 년 뒤에 본달지라도 불쾌한 냄새가 나는 것이다.

    나는 가까운 이들의 편지를 모아두는 버릇이 있고, 이를 또 가끔 뒤적거려진다. 그 중에는 이미 세상을 떠난 이도 있고, 혹은 지금은 서먹서먹한 사이인데도 불구하고 그 당시에는 기막히게 다정했던 친구의 편지를 찾아볼 수도 있는 것이다.

중천에서 이따금 기러기 소리만 들리고 잠이 안 오는 긴 밤에 이런 글들을 대하고 보면 오랜 것이나 지금 것을 물론하고 실로 감개가 무량하고 인간 생활의 무상을 안고 서글퍼진다.

편지 장을 뒤적거리다 보면 어떤 것은 두루말이에다, 어떤 것은 편지지에다 철필로 쓴 것이 빛깔조차 바랜 것이 있다.

모두가 심금을 뜯는 것들이다.

몇 번이고 편지를 다시 읽어 보며 그 당시를 추억하고, 또는 다시는 돌아오지 못할 길을 가버린 이의 생전의 모습과 음성을 불러일으켜 보려고 안타까워하게 되는 것은 모두가 편지엔 일종의 생리生理가 배어 있기 때문이다.

사진첩을 보기보다 나는 편지 첩을 보는 것이 훨씬 즐겁다.

편지에는 생명의 흐름을 본다.

잘 썼건 못 썼건 그런 것은 아랑곳이 아니다.

종이 위에 나타난 그 필적이, 더욱이 문장도 아무것도 아닌 것이 그 보낸 사람의 뜻을 여실히 전하는 것은, 편지가 가진 바 위대한 힘이 아닐 수 없다. 편지란 실없이 매력 있는 것이다.

흔히 남의 편지를 보고 싶어들 하는 것도 그 까닭이 아닌가 한다.

# 5

## 사람

# 작별은 아름다운 것

서로가 나누인다는 것은 하나의 매력 있는 일일 수도 있는 것 같다.

먹기 싫은 음식을 두었다 먹는 일이라든지, 또는 결혼 생활의 권태라는 위험천만한 시기에 바야흐로 부딪쳤을 때, 슬기로운 부인은 마주 으르렁거리는 대신에 재빠르게 트렁크를 집어 들고 어떤 여행을 계획하던 나머지, 하다못해 친정에라도 가는 것이 모두 이 이치와 통하는 일이다.

이 지긋지긋하던 부산이 막상 아주 떠나려고 드니 어쩐 일로 이처럼 발이 안 떨어지는가 모르겠다.

5월 20일이 다음 달 5일로 물려졌다가 또다시 7일로, 8일로까지 물려진 것은 내가 이사 보따리를 싼다는 일이 하도 신산辛酸스럽고 심란해서 하루하루 여기다 손을 댈 것을 미루어 나간 탓도 있거니와 거기에는 또 부산을 아주 떠난다는 섭섭함도 작용을 한 것이 사실이다.

비가 오면 이 방송국 올라오는 길이 얼마나 나를 혼냈던 것인지 모른다. 작년 겨울에는 무려 세 번을 이 언덕길에서 보기 좋게 넘어진 일이 있었고, 날이 좋은 날엔 그대로 또 먼지가 그것에 지지 않게 대신 괴롭히는 것이었다.

아무 즐거움도 찾을 수 없는, 정말 메마른 날들이었다. 따라서 나는 언제나 여기를 면할 수 있을까고 입버릇처럼 했던 것이 떠날 날을 얼마 안 남긴 요즘 와서는, 방송국 올라오는 그 긴 비탈길은 나의 사색의 길이었던 것 같고, 내 '휴테' 유리창으로 내다보는 뒷산의 경치는 또 어쩌면 이렇게도 좋으냐?

우거진 푸른 녹음 양탄자 모양 파랗게 깔린 잔디밭, 마음대로 쑥쑥 솟아오른 잔디 풀에 비라도 온 뒤면 물방울들이 맺혀, 파란 풀끝에서 그야말로 우리 용정用貞이 말마따나 정말 '다이아몬드' 들같이 반짝인다.

나의 이 '휴테'의 새벽은 사원의 종소리로부터 시작이 되고 참새들의 지저귀는 소리에서 날이 새는 것이다.

그 태풍의 밤들, 무시무시한 폭풍과 비바람으로 인해 등대지기의 딸 이상으로 나에게는 무서운 밤들이었건만 생각하면 또 얼마나 잊지 못할 기록들이냐?

다만 이 아름다운 푸른 지름길이며 또 이 숲 사이를 내 좋은 사람과 더불어 거닐어보지 못했다는 기막힌 사실이, 말하자면 무색할 뿐이다. 앞으로 두 밤만 이 방에서 더 자면 부산과는 작별이다.

이부자리를 먼저 부쳐놓고는 담요 하나로 춥게 지내는 것을 알자, 옆집의 조씨 부인은 태풍과 함께 비가 억수로 퍼붓던 밤 담요와 새 이불을 한 자리 가져다주었다.

이 부인은 양훈이라는 올해 네 살 난 아주 귀여운 아주 귀여운 내 친구의 엄마인데 실로 나는 이 분의 신세를 태산같이 지고 가는 것이다.

무척 교양이 있어 보이는 이 젊은 부인은 말없이 나를 많이 도와주었다. 사람 있는 데마다 인정이 있다더니 진정 그런 성싶다. 이 '휴테'에서의 나의 소꿉질 같은 자취 생활도 이젠 끝이 나는 것이다. 지난 가을에 경재 씨랑 순희, 정옥이, 택주와 함께 송림 사이의 늦가을 바람소리를 들으며 이 방에 도배를 하던 일을 생각하고 나는 찬찬히 방안을 둘러본다.

정이 든 방이다. 구석구석에 보이지 않는 내가 배어 있을 것이다. 떠나려 하고 보니 정말 좋은 친구를 두고 가는 것 같은 서운함이 가슴을 꽉 차지한다.

서도西道 소리의 사설과 같이 '통일천하진시황제統一天下秦始皇帝' 만 권시서萬卷詩書 다 태울 제 이별 리자 이별 별자離別離字離別別字 이 두 자는 왜 두었을까?

하루하루 떠날 날이 다가선다. 거기 따라서 나는 하루라도 될 수 있으면 이 집과 같이 해 주려고 일찍 집으로 들어온다. 집 뒤의 녹음이 나날이 짙어져 한창 펴가는 처녀처럼 탐스러워진다. 모든 것이 이같

피난시절 부산 방송국에 출연하던 때의 노천명

이 아름답게 보임은 다름 아닌 분명 작별을 하는 까닭일 게다. 그리고
보면 작별은 또 하나의 아름다움일 수 있는 것이 아닌가.

　새삼스럽게 아름다워 보이고 그리워지고 이해도 가질 수 있게 되고
동정同情을 보내게 되는 일이 이것으로써 생길 수가 있다면 사람들이
구태여 이것을 거부할 까닭도 없지 아니한가.

―― 1953년

# 정情

인정에 못 이겨 '예스'를 해놓고는 항시 그 뒷감당을 못해 가지고 쩔쩔매는 것이 내 안타까운 모습이다.

괜히 나가지도 못할 것을 나가마고 약속을 해놓고는 그때가 돼서 다방에 나가는 것을 큰 고역 치르듯이 하는 것이라든지, 또는 누가 어려운 처지에서 간곡한 청을 하고 보면 어쩔 수 없어 '예스'를 해놓고는 내게 맞지 않는 일을 하기가 싫어서 살이 문득 내리며 진땀을 빼는 일이라든지가 모두 그런 종류다.

C매妹의 그 흐능청거리는 전화 솜씨에 오늘 아침까지 원고를 써 주기로 한 것도 또 이 비슷한 일이었다. 그래서 부리나케 원고를 쓰고 있노라니 아이들이 누가 왔다고 이른다.

나는 눈이 둥그레질 수밖에 없는 것이, 흔히 내가 글을 쓸 때에는 숙이가 곧잘 내 사무를 대행해 버리곤 나도 모르게 간단히 보내 버리는 법인데, 오늘은 이렇게 아무 말 없이 손님을 안내했기 때문이다. 꼭 봐야 할 방문객임에 틀림없다.

"어머니, 누가 오셨어요."

"그래, 들어오시라구 해라."

미닫이가 열리면서 들어오는 얼굴은 정말 반가운 얼굴이었다.

이 부인을 그간 나는 여러 차례 문득문득 생각했었기 때문이다. 실로 여러 차례였다. M부인이 안방 여성들의 화제에 오르면서부터 그는 우리 집에도 발길을 끊어 버렸다.

"바깥소문도 사납구 해서 그간 못 와 봤어요."

나직한 음성으로 하는 M부인의 말이었다. 이런 땐 정말 뭐라고 말해야 좋은가? 나는 M부인을 따뜻한 아랫목으로 끌어들이는 동작밖엔 할 수 없었다. 한참만에 나는,

"세상 사람들이 뭐라는 데 대해선 그다지 관심할 것 없어."

하고 나는 이 부상자에게 나는 위로의 실마리를 찾았다.

그는 상대자의 복잡한 가정환경을 몰랐던 바도 아니고 자기가 희생이라는 것도 잘 알고 한 사랑이었다고 한다.

"자식에겐 권위 없는 어미가 되면서…."

M여사의 속눈썹엔 금방 아침이슬 같은 눈물방울이 맺혔다. 이내 또 큰 구슬이 되어 눈 아래로 뚝뚝 떨어진다. 미인은 우는 것도 예쁘다. 그의 남편이 세상을 떠났을 때의 어미 품을 잃은 병아리모양 불안해하던 M여사의 모습이 시방도 눈에 선하다.

말끝마다 "부끄러워서"란 말을 그는 연발하며 그동안의 경과를 보고한다. 결국은 연애를 했다는 얘기다. 그 이상 아무것도 없다.

이 살벌한 세상에서 순애殉愛할 수 있는 여인은 얼마나 아름다운 여성이냐. 또 얼마나 행복한 여인이냐.

부끄러운 것을 치자면, 사기 협잡이나 중상 모략을 해서 무서운 구렁텅이에다 남을 몰아넣고도 그것이 하늘 무서운 일인지도 모르고 뻔뻔하게 다니는 남녀들이 부끄러울 것이지 남을 사랑했다는 일이야 무엇이 부끄러운 일이냐.

정情일레 넘어지는 친구, 사랑일레 저지른 실수에 가혹한 평을 가하고 싶지는 않다.

# 추풍秋風과 함께 가다

포도송이가 제법 맛 들어 보인다고 했더니 오늘 아침부터 날씨가 완연히 가을 표정을 짓는구려.

내 방의 주렴을 스치며 우수수 불어 들어오는 이 바람이 으쓱하니 무서워지오.

저 드높아진 하늘과 앞으로 좋은 가을날들을 내가 어떻게 감당해야 하오.

플라타너스의 가로수들이 마침내 기름진 젊은 빛을 걷고 낙엽이 포도 위에 흩어져 구르는 때면 무한한 애수가 물결치듯 할 테니 내가 여기서 헤엄 선수가 되는 자신이 없소. 이리 하는 동안 내 나이는 또 하나를 가하게 되고.

인생 도박장에선 내 실패한 끝수를 또 어찌는 수가 없겠구려. 별스럽게 마음이 상그라니 가라앉는 이 저녁 나는 책꽂이로 가서 앨범을 꺼내왔소.

미스 리!

－이젠 세 아기의 어머니가 된 당신을 이렇게 부르는 게 어떨지 모르겠소마는 내 안에 남은 당신은 영원히 '미스 리'가 아닐 수 없겠소.

우리의 아름다운 기억을 위해 나로 하여금 이렇게 부르게 해 주는 것 같소. 이런 가을철을 맞으면 나는 이따금 우리들의 그 L교회 시절을 생각해 내오, 연못골 그 무성한 아카시아 숲속 조그만 교회당에서 울려나오던 한가한 풍금소리를 내가 지금도 듣는 것 같소.

아카시아 꽃과 함께 우리의 소녀 시절이 거기서 아름다웠소.

삼일예배 날 저녁이면 미스 '루이저'의 그 양관洋館에 모여 코러스를 연습하던 즐거운 기억들을 비롯하여 부활제 전날 밤의 아름다웠던 추억들－

늦은 여름이면 그 '와일드 로즈'가 함부로 피인 '루이스' 집 정원을 우리는 무수한 아름다운 얘기들을 뿌리며 거닐은 숱한 오후들.

무슨 얘기들이 그처럼 많았던지 기억나지 않으나 어쨌든 그 정원에 피어 있는 흰 꽃이나 붉은 장미가 들었다 쳐도 조금도 무색하지 않을 정녕 고운 얘기들이었음만은 내가 지금도 기억하고 있소.

우리는 머지않아 서로 떠남을 가져올 운명에게 어렴풋이 위협을 받는 데서 나보다 숙성한 편이던 당신은 그 어느 날인가,

"우리 한 집으루 들어가게 됐으문!"

이런 말까지 했으나 그 뒷날 당신이 정혼한 집엔 나보다 나이 훨씬

어린 중학생의 시동생이 하나 있다고 들었고 이듬 해 첫 가을 어느 날 L교회당에선 당신의 화려한 결혼식이 있었던 줄 아오.

그 뒤 당신은 나에게 동무의 정情이란 또 하나 다른 것이라고 누구이 긴 편지를 써 보내더니 공의公醫가 되어가는 남편을 따라 어느 시골로 가게 되자 촌에서 오는 긴 편지를 읽으며 내가 멋없이 운 적이 있었소.

그렇던 것이 사람이란 일생 못 잊을 것 같은 일도 곧잘 또 잊어버릴 수 있는 물건이 돼서 나는 당신이 황해도 어느 고을로 전근이 되어 갔다는 소식을 들은 채 무심히 여러 해를 지냈구려.

내가 쓸데없이 분주히 지냈던 관계도 있겠으나 역시 자주 만나지 못한다는 것은 언제나 정을 간격 두는 것인 성싶소.

우리가 떠난 뒤 L교회당엔 그 완고한 장로파들 사이에 가끔 교리의 다툼이 일어났고 그 늠름하던 청년들도 하나 둘 모두 떠나가 버렸다고 들었소.

미스 리!

우리 다시 그 '그린하우스'의 동산으로 돌아가지 않으려우.

그래서 '와일드 로즈'가 그득 피인 그 양관 앞 정원을 아카시아꽃 같은 우리 소녀시절의 얘기들을 주우며 거닐어보지 않으려우.

하나 내가 이런 꿈을 뒤적거리는 동안 지금쯤 당신은 준박사準博士 낭군을 위해, 아이들을 위해 연자간 말처럼 고달프게 돌아갈지 모르겠소.

어느 촌 당신네 단란한 조그만 가정에 이 저녁 '성총<sup>聖寵</sup>'이 가득하기를 바라오.

밤이 적잖이 깊었나 보오.

이 좋은 밤에 잠을 자기는 아깝고 나는 『아미엘의 일기』나 집어 들고 읽다가 자리에 들까 하오.

―― 1940년

# 피해야 했던 남성
## -지난날의 여기자 생활

그럭저럭 한 10년 동안 신문기자 생활을 하였고, 신문사도 제법 옮겨 다녀 보았으나 여성에게 한해 이것은 화려한 직업은 못 되었던 것 같다. 여자가 신문기자를 하면 못 쓴다 -시집을 갈 때도 데려가는 집에서 좋아하지 않는다- 하며 집에서 반대하는 것을 무릅쓰고 학창을 나오자마자 덜커덕 취직이 된 곳이 신문사였다.

내가 들어갈 당시에는 신문사마다 다 여기자가 있는 것은 아니었다. 남자들 틈에 갑자기 여자 혼자 끼어 있으려니까 웬일인지 쭈뼛쭈뼛해지고 전화가 와도 받을 것이 걱정이었다.

내가 입사를 하니까 남자기자들이 한담들을 할 때면 으레 선배 여기자들을 화제에 올려 가지고 누구는 별나게 구는 사람을 뺨을 쳤다느니, 또 누구는 건방지게 구는 남자기자를 닦아 세웠다는 둥 이러 그러한 얘기들을 하는 것이 날더러 들어보라는 것만 같아 -'아따 이 세계가 험구들이 많은 곳이로구나-' 하고 정신을 바짝 차렸으나 결국은 찬바람이 분다는 별명을 듣고야 말았다.

들어가는 첫 날로 시키는 일은 해외에서 갓 돌아온 모 명사의 가정을 '인터뷰' 해다 방문기를 써내는 것이었다. 소속은 학예부 기자. 학예부 일을 거드는 것인데, 온 종일 따분한 그 투고 원고들을 뜯어보아 가지고 쓸 만한 시詩를 골라서 내는 일이었다. 그때 학예부에 새로 등장한 문제의 인물이 이상李箱 씨였다.

여기자를 썼으니 가정란이 볼 만 해야겠다는 결의여서 학예부 일을 거드는 한편 또 가정란을 담당하라는 것이어서 차츰 주로 가정란으로 내 힘을 기울여야 했다. 제목에다 활자 호수를 붙이는 것이라든지 공장에 직접 나가서 판을 짜는 일들은 쉬운 일이 아니었다.

처음에는 공장 양반들이 척척 맘대로 기사를 갖다놓고 짜는 것이었고 나는 서서 견학을 하는 셈이었다. 활자 호수들이 어울리지 않게 매긴 것도 그들은 곧잘 좋게 고쳐 주었다.

"2호는 너무 큰데 4호 고딕으로 하죠."

하고 바꾸어 끼우는 것이었는데, 그러고 보면 훨씬 체제는 좋아지곤 했다. 이렇게 해나가는 동안 판을 짜는 일이 내게 익숙해졌고 나중에는 내 멋대로 짜게까지 되었고, 귀찮은 것을 무릅쓰고 공장 양반들은 말없이 몇 번이고 뜯어 고쳐 짜 주는 것이었다.

이렇게 도맡아서 잘 해나가다가도 김동성金東成 편집국장한테 걸려들어 야단을 맞는 일도 있었다.

그러나 별 괴로움 없이 즐거운 날들이었다. 더구나 신년호 준비로 연일 야근을 해가며 밤늦게까지 일을 할 때는 귀찮기보다 신이 나고 좋았다.

연말에 이렇게 야근을 하노라면 밤이 이슥해가지고 외근으로부터 특종기사 꺼리들을 얻어 가지고 사회부 기자들이 들어오는 것이다. 그 중에는 이정순李貞淳(전 공보국장. 납북) 기자가 끼어 있었는데, 이정순씨는 약간 얼큰해서 기분이 좋아 들어와 가지고는 위스키가 속에 든 종이에 싸인 초콜렛을 한 개 내 책상에다 놓아 주는가 하면 가벼운 주정이 구경할 만한 것이었다.

그러나 평상시에는 한 사에 있다 하더라도 남자기자들과 다방엘 가 본다든지 하는 일은 전연 있을 수도 없었다. 도대체가 누구를 막론하고 남자와 같이만 다니다가는 큰일 나는 시절이어서 몰려다닌다는 것은 여성들끼리요 남성의 목소리로 전화가 걸려온다는 사실에서만도 없는 죄가 있는 것 같던 시절- 지난 날 내 기자수첩에는 뒤져봐야 별 특기할 만한 것도 없는 성싶다.

—— 1956년

# 소감 所感

그날도 오후의 지친 몸을 끌다시피 가누며 집으로 돌아오는 길이었다.

길가 유리창에 비치는 내 모양을 보아가며 전동典洞으로 올라오다 보니 웬 총을 맨 순경과 거무스름한 외투를 입은 사람이 내 앞을 지나가고 있었다.

두 사람 다 빠른 걸음은 아니었다. 더구나 순경 옆에서 걷고 있는 중년 신사는 확실히 그러했다.

내 주의는 이 두 사람에게 끌리기 사작했다. 총을 맨 순경과 이 신사는 무슨 연결이 있는 것이 아닐까. 얼른 말하자면 죄인과 경관인 경우는 아닌가. 내 눈은 얼른 중년 신사를 머리 위서부터 발끝까지 훑어보았다.

과히 흐트러지지 않은 머리에는 모자도 쓰지 않았고, 그가 걸음을 옮길 때마다 다색 구두 뒤꿈치를 약간 해진, 전시戰時의 유물인 듯한 국방색 양복바지가 철썩거렸다. 아무리 보아도 풀이 없는 걸음새다.

도무지 활개를 치지 않는 것은 혹시나 두 손이 앞에서 어떤 구속을 받고 있기 때문이 아닐까.

내 마음은 점점 이 신사에게로 집중되었다.

도박을 하다가 잡혔을까. 또는 어떤 사상 관계로 붙들려가는 사람 일까. 그렇다고 보니 그 뒷모습이, 또 옆모습이 어디서 본 것만 같다. 내가 저 사람을 어디서 보았을까.

눈을 땅에 떨어뜨리고 걸으며 나는 자꾸 생각을 해 보았다. 얼른 떠오르지 않는다.

무서운 것을 건드리는 것 같은 심경으로 한 걸음 다가서며 그 신사의 앞 얼굴을 힐끗 보았다.

깜짝 놀라지 않을 수 없는 것은 그의 손목엔 쇠고랑이 채워져 있는데 그가 바로 우리 집 동리에 있는 어떤 은행에서 일 보는 사람이라는 것이었다. 도대체 그 사람이 무슨 일로 저처럼 손에다 쇠고랑을 채웠을까. '136번 150번' 하고 현금을 주는 창구에서 이렇게 외고는 기다리고 있는 사람들에게 돈을 주던 그 은행원이 틀림없다. 그러나 또 세상에는 비슷한 사람이 없는 바도 아니겠다. 설마 그 은행원이 저 지경이 되었을라고….

어느 틈에 그 두 사람은 골목으로 들어가 버리고 내 앞은 트여졌다.

나는 걸음을 몰아서 은행엘 들어가 보기로 했다. 세 시가 조금 지난 은행 정문엔 쇠문이 내려져 있고 뒷문이 열려 있다. 나는 얼른 뛰어 들어가 그가 앉았던 자리를 쏜살같이 보는 수밖에 없었다.

과연 그 사람이 보이지 않고 대신 어린 소녀가 새로 와서 앉아 있었다. 사무를 정리하고 있는 은행원에게 저기 있던 분이 왜 안 보이느냐고 물었다. 젊은 행원은 글쎄 웬일인지 안 나왔다고 한다. 나는 단도직입적으로, 다른 게 아니라 지금 내가 길에서 의외의 광경을 보아서 그런다고 했더니, 그제서야 젊은 행원은 어제 이맘 때 이 은행에 권총 강도단이 들어 거액의 현금을 가져갔다고, 따라서 혐의가 있는 사람은 문초를 받는 중이라고 했다.

집에 와서 아무리 생각해도 그 사람이 강도단에 협력했을 사람 같지는 않다. 무척 선량해 보이는 큰 눈이라든지 점잖은 태도가 결코 그런 범행을 할 사람이 아니었다. 날이 밝으면 소관 서엘 찾아가 한 시민으로서 그가 그런 짓을 할 사람이 아니란 것을 좀 증언을 해 주었으면 하는 마음이 간절했다.

나는 다음 날 아침에 일찌감치 일어났다. 한데 나는 그 사람의 이름도 성도 모르니 가서 누구라고 댈 수가 없이 됐다. 그런데 한 시민으로서 조언이 과연 얼마나 효험이 있을까 생각하면 어리석기 짝이 없는 노릇일는지도 모른다. 내 용기는 차츰 꺾어지고 말았다.

그러나 여기에 대한 관심은 다름이 없이 저녁에 집으로 돌아올 때면 서너 가지씩 신문을 사 가지고 와서 'X은행 갱사건' 기사를 먼저 찾아보곤 했다. 내 생각은 과히 어그러지지 않아 며칠 후 그 착한 눈을 한 중년 은행원은 청천백일 하에 누명을 벗게 되었다.

그는 며칠 후 다시 이전 자리에 나와 앉아 또 여전히 점잖은 몸가짐으로 '108번, 127번' 하고 부르는 것이었다. 얼마나 욕을 보았느냐고 좀 인사를 하고 싶었으나 이것 역시 용기가 나지 않아 모른 척해 버렸다.

죄도 없는 사람을 쇠고랑을 채워 가지고 대로 위를 끌고 다닌 데 대해서는 반드시 보상이 있어야만 할 것 같다. 쇠고랑을 차고 가던 그 광경만을 보고 그 후문後聞을 모르는 인사에게 있어서는 그 중년 신사는 영원히 죄인의 인상으로밖엔 남아 있지 않을 것이다.

그뿐이랴. 나도 이처럼 가슴이 찌르르한데 은행에서 밥을 얻어먹던 까닭에 길거리로 그 모양을 하고 끌려 다닌 자신의 심경은 더 이를 데 있을 것인가. 그러고 보면 이런 경우엔 어떤 방법으로라도 이것을 씻어 주어야만 할 것이며 인권옹호도 여기에 있어져야 할 것이다.

과연 그 본인에겐 어떤 방식의 보상이 있었는지 모르되 내 머릿속에 인印 찍힌 그날의 그 음산한 광경은 도무지 지울 도리가 없다.

# 젊은 시인에게

주시는 편지는 번번이 반갑게 읽습니다.

내게다 편지를 하실 때에는 받을 생각을 안 하고 돈을 주는 사람 마찬가지로 답장을 기대하지 않으시는 것이 좋을 것입니다. 그러고 보니 정말 늘 받기만 하고 도무지 나는 잘 써 보내지 못했습니다.

조용히 만나서 얘기를 하는 것과 같이 이런 시간을 타지 않고는 편지를 쓰기 싫어하는 내가 종이를 펴 놓으면 영락없이 무엇에게 방해를 당하고야 마는 것이었습니다.

그래 산사山寺에 가 계신 재미가 어떻습니까?

가지고 계신 릴케의 것들은 거지반 읽으셨는지 - 릴케를 좋아하는 사람들에게도 스위스엘 갈 길이 열려 릴케 시인이 만년을 보냈다는 '봐레에 주'에 있는 그 고색창연한 '뮈조트 관'을 비롯해서 또 이 시인이 누워 있는 '라롱'에도 다 가 보아야 할 날이 어서 와야 하지 않겠습니까?

내가 좋아하는 눈이 많이 와 쌓이면 눈길을 헤치며 그 산골엘 한번 가 보려는 중입니다. 아닌 게 아니라 전번 눈이 팡팡 쏟아지던 날 나는 계신 산사를 생각했습니다. 그 함박눈이 그대로만 계속을 했더라면 주변이 없는 나지만 어떻게든지 물어서 한 번 찾았을는지도 모르는 것을, 눈은 그만 비를 섞어 가지고 오는 대로 녹아 버렸고 또 사정없는 추위가 내 생각까지를 얼어붙게 하였습니다.

좋은 시를 많이 쓰십시오. 그때그때에 흘러가는 물결에 떴다 스러지는 유행아적인 것들은 눈을 줄 값조차도 없는 것입니다. 영원히 남을 것을 쓰십시오. 언제 보든지 좋아할 수 있는 영원히 남을 것을 써야만 하지 않을까 합니다.

성탄제가 점점 다가섭니다. 언제나 새해를 맞을 때엔 큰 것처럼 받아 가지고 365일을 번번이 쓸모없이 써 버리고는 섣달을 당하면 늘 당황해하는 버릇은 신에게서 받은 날을 다 써 버리는 그날까지도 버리지를 못할 것 같습니다.

이 겨울은 내가 이 '휴테'에서 재미있게 지낼 것도 같습니다.

크리스마스 트리도 만들어 놓고 차도 끓일 작정입니다.

크리스마스 전까지 성사를 볼 것이 내게는 큰일입니다. 그러나 또 24일날 밤 자미사를 참례하고 성탄 날 새벽길을 걸어서 집으로 향하는 때의 그 심경이란 또 이루 말로 다할 수 없는 것이 있습니다.

좋은 크리스마스를 맞이하시기 바랍니다.

늘 건강하시기 빌며…. (12월 15일)

# 수상隨想

언제나 마찬가지로 불면증으로 밤새도록 애를 쓰다가 날이 밝자 이제는 살았구나 하고 눈이 말뚱말뚱해 누워 있는데, 아침 일곱 시나 되었을까 한데 누가 대문을 흔드는 사람이 있다. 계집아이가 나가 보더니 나를 찾는다. 이웃집 김 여사네 집 이 서방이 월계月桂를 한 움큼 가지고 왔다.

"쥔아주머니가 이걸 꺾어 보내세요."

사람 좋은 얼굴을 한 그는 꽃을 내게 전하자 뒤도 안돌아다 보고 달아났다.

나는 말없이 한 다발의 이 월계를 코에다 대면서 한참 들여다봤다.

그러고 보니 작년 이맘때도 김 여사가 일하는 사람을 시켜 이렇게 꽃을 보내 준 것이 생각났다. 아침에 정원에서 꽃을 꺾어 보내준다- 이것이 해마다 잊지 않고 행해진다- 너무 아름다운 일이었다.

흔히 우리 여인네들이 귀한 음식을 보면 나눠먹을 생각을 할까.

들에 핀 꽃을 보고 이걸 같이 나누어 보고 싶어 하는- 더구나 자기 단성丹誠으로 가꾼 것이매 누가 꺾어도 야단이 날 것을 자기 손으로 꽃나무에 상처를 내가며 꺾어서 나누어 보내 줬다는 것은 나는 아직 듣도 보도 못했다.

한 줄의 시를 지어내지 못하되 김 여사는 분명 시인이다.

나는 그의 이 아름다운 마음을 한껏 마셨다.

그 후 여사 집을 찾고 꽃에 대한 인사를 했더니

"그걸 알아 주는 사람하구나 나누려구!"

하며 여사는 나더러

"우리 집에 뭐 변한 것을 알아 맞춰 보지."

한다. 아무리 둘러봐도 전혀 모르겠어서 큰 눈을 나는 휘둥그레 뜨고 두렷두렷했더니

"저거-"

하고 여사가 가리키는 데에는 6칸 대청마루 밑 고급 교자상 위에 파초선芭蕉扇 같은 잎을 하고 군자모양 점잖게 앉아 있는 화분이 있었다.

"거 참, 좋구려!"

하니 김 여사는 부끄러운 듯이 입을 가리고 웃으며,

"글쎄, 팔천 원인데 월부로 사왔다우."

나는 이 말이 현금을 주고 사왔다는 사실보다도 그가 더 올려다 뵌다.

다이아반지나 옷감을 월부로 들여왔다는 말은 들을 수 있는 얘기나 화초를 월부로 들여왔다는 얘기니 이 또 얼마나 아름다우냐.

여사는 문자 그대로 근면의 여인이다.

전화를 빌리러 아침을 먹고 가면 언제나 그는 아침에 벌써 어딜 한 군데 볼일을 보러 갔다 왔다는 것이다. 그의 집은 비교적 크고 넓다. 그 큰 집을 그는 용케 깨끗이 가꾼다. 그는 많은 돈을 가지고 쉽게 그 집을 손에 넣은 것도 아니다. 그 집을 사기까지의 고심담을 들으면 그가 그 나이에 저만큼만 늙은 것이 기적이라고 생각이 든다. 그 넓은 마루며 복도는 언제 들어 서 보나 환하고 그림자가 보이게 알른알른 하다.

넓은 뜰은 첫 봄이면 파란 마늘 싹이 뾰죽뾰죽 나오게 해놓고 여름이면 오이가 주렁주렁 매달려 있고 주먹덩이만큼씩 큰 토마토가 뭉쳐져 있는가 하면 툇돌 밑에는 발갛게 꽈리가 조랑조랑 달려 있고 우물가에는 창포가 꺼멓게 자라고 있다. 그리고 꽃밭을 들여다보면 거기는 상하常夏의 나라를 착각시키는 노란 밀감이 가지가 무겁게 매달려 있는가고 보면 스프링게리가 파란 머리를 풀어 늘어뜨린 것처럼 축축 늘어져 가지고는 사랑스러운 애순을 죽죽 뻗치고 있는 것을 위시하여 꽃분홍의 영산홍이 홀로 함박꽃을 부치고 있거나, 영산홍의 때가 지나면 봄직한 '유도'가 그 안에서 혼자 꽃을 부쳐 푸른 방에 고운 조화造化를 취하고 있는 것을 본다.

화초를 이처럼 사랑하는 여사는 원예에 대해서는 이만저만 자상하지가 않다. 밭에 주는 거름흙을 구하러 교외에까지 나가는 수고를 안 아낀다고 한다.

그의 노모님의 얘기를 들으면 난이라든지 치자나무 잎, 미깡 잎 같은 것은 행주를 들고 잎 하나하나를 다 닦아 준다고 한다.

겨울 같은 때 눈을 밟고 여사의 집엘 놀러가 보면 탁자 위엔 흰 빛인지 분홍인지 알아내기 어려울 울연한 빛을 한 매화가 다닥다닥 붙어 있어 내가 황홀해지는데 여사의 단성에는 실로 놀라운 데가 있다. 모두가 돈을 들여서 만들어 놓은 것이 아니고 오로지 그의 단성에서 된 것들이라는 것을 볼 때 신경이 피곤해진다.

돌아간 그의 부군은 학자였다고 한다.

화초를 이렇게 좋아하는 그는 고운 마음씨를 가졌다. 하나를 남에게서 받으면 둘을 갚지 못하고는 못 견디는 인간성이 있어서 자신도 여기 휘둘려 괴로워하는 것 같다.

여러 가지 관계로 자주 만나지 못하나, 보면 반가운 여인이다. 얘기를 해 보면 사리가 밝고 인정미가 쿡 찌르고

-나는 그가 좋다.

서울 한 복판에 살면서 흙을 이렇게 좋아하고 사탕수수를 다 심을 줄 알고 산딸기나무를 다 좋은 줄 알아 파다 심은 그는 '워즈워즈'에 지지 않는 시인이다.

마음이 까닭 없이 답답하고 사람들이 보기 싫을 때면 나는 이 집에 가서 말없이 그 집 정원을 한참 들여다보고 꽃방을 보고 돌아온다.

이 집에 난 풀은 모두가 잎사귀 하나 벌레 먹는 것이 없이 무럭무럭 제 처소에 난 것처럼 잘 자라고 있는 것을 본다.

이 집이 영이 돌게 가꾸어지는 것을 본다든지 또 이렇게 구수하게 흙냄새를 피며 잘 자라는 것을 보면 나는 웬일인지 이 여인이 자꾸 아까운 생각이 든다.

—— 1949년

# 남행南行

그날 저녁에도 눈이 내렸다. 흰 길을 밟으며 차츰 집으로 발길이 가까워질 때 언제나 마찬가지로 내 머리는 내가 없는 동안 집안에 무슨 일이 생겼었나 하는데 다분의 서스펙트를 가지고 작용했다.

마침내 당도했을 제, "아까요, 누가 오셨었는데요. 형부 되시는 어른이 돌아가셨대요. 전보가 안 돼서 차를 타구 알리러 왔다구요."

옆 집 소녀가 이런 중대보고를 하리라고는 전연 생각 밖이었다.

금시에 나는 맥이 풀어졌다. 전신이 종잇장 모양 방바닥에 잦아드는 것 같다.

해방 후에도 서울에 재판 맡은 것이 있어 상경하였을 때 바로 내 방에서 냉수를 달래 자시곤 자기 아우님 댁으로 영애令愛 용정用貞을 앞세우고 가시던 모양이 뭉클하고 쓸쓸하게 떠오른다.

뼈가 저리게 후회가 났다.

이처럼 총총히 떠나가실 줄 알았던들 좀 더 다정스럽게 해 올릴 것을- 원체 내 형님의 속을 많이 상해 주는 형부라 언제나 나는 그분이 패씸하고 미웠었다. 그런 까닭에 내가 진주를 내려가면 내 부모를 대신해서 그처럼 극진히 잘해 주시건만 그 분이 서울에 오신 때에는 나는 밥 한 끼를 대접하지 않았으며, 그 좋아하시는 술을 그분이 수통에다 넣어 가지고 와 자시는 걸 보면서도 어디서 약주 한 잔을 사다 올린 적이 없는 내다. 이 한을 어느 제단 앞에 가서 풀 수가 있으랴. 이 죄를 나는 참회해야만 견딜 것 같다.

차표를 사러 거리에 나서니 만물은 전과 조금도 다름없이 생동하고 산 사람들은 모두 바쁘게 걷고 있다. 그 가운데서 나는 형부의 친구들을 만날 수 있었고 그들에게 길<ruby>치<rt></rt></ruby> 못한 소식을 전했다.

"아니, 최두환崔斗煥 군이 작고했다네 그려!"

"아! 변호사 최두환이…."

의외의 소식이 역시 친지들을 놀래게 했다. 찬바람이 길 위에 눈보라를 일으키며 한바탕 불어간다. 그들은 다시 가던 길들을 제각기 걸어갔다.

남들은 저렇게 살아서 다니는데 형부는 이제 저들 틈에서 영원히 제외되었구나. 지난 번 서울 올라오셨을 때 그는 종로 네거리와도 마지막 작별을 하였고 우리 집 들어오는 골목길과도, 혼잡한 경부선 열차와도 -진주 정거장과도- 모두가 마지막 고별이었던 것을 그 자신도 알 길이 없었으리라.

밤 찻간에서 나는 영전에 드릴 소주병을 안고 남으로 달리며 어머니를 잃었던 때에 지지 않게 서러웠다.

기차의 엄청난 열 시간 연착은 발인조차 보지 못하게 했다.

일찍이 내가 서울서 내려가는 때면 오밤중이라도 사랑에서 들어오시며 "오느라고 얼마나 욕을 봤소" 하고 반기던 형부의 음성을 이 저녁엔 듣지 못하는 채 고인의 형적도 볼 수 없는 덩그란 마루에는 변호사와 함께 사무의 정지부停止符가 영원히 내려진 사무실 책상들이 눈물을 머금고 상주들과 함께 나를 맞아줄 뿐이다.

이 집의 온갖 것이 주인을 잃어 불쌍하구나. 이 구석에도 저 구석에도 눈물을 자아낼 것뿐이다. 법복을 입은 큰 사진이 나를 내려다볼 때마다 나는 도무지 형부가 떠나신 것 같지가 않다.

큰 방안에는 흰 비둘기 모양 세 딸이 모여 앉아 아버지와 남편을 위해 성서를 읽었다.

가끔 성당에서 신부님이 오셔서 상주들을 위로해 주시고 이 집의 성총을 빌어 주고 가셨다. 신부님은 형님더러 "누시아가 믿음이 뜨거워야 바오로가 좋은 곳으로 간다"고 하신다.

새벽이면 세 딸이 옥봉玉峰 산 밑 성당으로 아침미사엘 달려가는 것이 유일한 즐거움인 성싶어 불쌍하다. 돌아갈 고향처럼 언제고 가톨릭으로 돌아가리라 하고 있는 내 마음에 그들은 확실히 일종의 충격을 준다.

"서울 가시건 꼭 성당엘 나가십시오" 하시던 장 신부님의 말씀이 생각날 때마다 내 마음은 빚진 사람 같아진다.

　서울도 이제 제법 따뜻해지는 걸 보니 남쪽은 완연히 봄다울 게다.

　흰 비둘기 모양 세 모녀가 모여 앉아 얼마나 처량한 정경을 짓고 있
을꼬- 초전 묘지 새 무덤엔 지금쯤 잔디가 파릇파릇 돋아날 게다.

—— 1947년

# 거리 距離

일전 나는 오래간만에 가회동에 계신 은사 K선생 댁을 찾았다.

부산서부터 한 번 가 뵈어야겠다고 선생이 계신 집 앞을 지날 때마다 나는 무슨 숙제를 아직 마치지 못한 학생 모양으로 민망스러웠고, 그 집에서 무슨 차라도 나오고 보면 선생이 타신 차가 아닌가 하며 맞닥뜨릴까봐 걱정스러웠다. 그러던 것이 한 번은 공교롭게도 그 집 문 앞에서 막 차에서 내리시는 선생과 마주쳤던 것이다.

무테안경 안에서 차게 빛나는 눈이 내게 떨어지고 나는 또 어쩌는 수 없이 허리를 굽혀 인사를 했다. 언제나 찬 어른이라 이날도 나와 선생님 사이에는 주고받는 한 마디가 지극히 간단하고 명료하게 있었을 뿐이었다.

나는 땀을 뺐다.

그 골목을 빠져나오면서 어째서 저 선생은 저렇게 어렵기만 한가.

왜 이렇게 거리가 먼가. 다른 사람들처럼 자기 제자들에게 따뜻하게 왜 못 어루만져 주시는 것일까? 그렇게 하시는 것이 선생님에게도 더 좋으실 것 같고 물론 우리 제자들한테는 게서 더 다행한 일이 없겠는데, 하고 생각한 적이 있었다.

이번에 환도還都를 해 가지고 서울에 왔다. 반신불수가 된 서울, 또 이북으로 잡혀간 그리운 사람들을 생각하다 보니 없는 그들은 어쩔 수 없다 하더라도 남아 있는 그리운 얼굴들에게는 내가 과연 또 얼마나 알뜰히 섬기고 있는가고 자문해 볼 때 나는 여전히 깨닫지 못한 것이 많음을 새삼스레 느끼는 동시에 선생님을 찾아가기로 했던 것이다.

여섯 시에 약속이 있으니까 아직 시간이 있다고 들어가자고 하셨다. 이 집이 처음이라며 집 구경을 세세히 시켜 주시는 것이었다.

"이렇게 집을 꾸미시느라 애 많이 쓰셨겠습니다."

고 했더니,

"그래, 내가 아주 죽겠다."

하시며 보시는 그 시선이 어쩌면 그렇게 부드럽고 다정할 수 있을까. 나는 눈을 가다듬으며 선생님의 이상한 것을 보는 듯이 보았다.

집을 한 바퀴 다 돌고 나서 선생님이 거처하시는 방인 듯 싶은 한 아담한 방으로 들어갔다.

거기서 선생님은 차를 주시며 그날 일어난 얘기를 재미있게 펴시는 것이었다.

나는 평소에 차고 기하학적인 인상을 주던 선생님의 모습과 지금 눈앞에 보이는 충분히 인간미가 있고 어머니처럼 따뜻한 데가 있는 또 하나의 선생님 모습을 연결시켜 보려고 애쓰는 것이었다.

사람은 가끔 쓸데없이 거리를 두고 사물을 잘못 판단할 때가 많이 있는 법이다. 이렇게 좋은 면이 있는 선생님을 나는 괜히 배돌며 스스로 찬 데다 거리를 잡았던 것 같다.

나는 얼마나 이날의 방문을 다행히 여겼는지 모른다. 역시 우리 선생님이었다. 이 학교를 나온 우리 어머니였다. 언제나 저 혼자 세상일을 제 맘대로 생각해 버린다는 것은 안 될 일이라는 것을 이날 나는 다시 또 배웠다.

# 노상路上의 코스모포리탄

찌는 듯한 더위에 불어오는 바람까지도 더운 김을 가져다주니 숨이 막힐 지경이다. 소란한 도시의 여름은, 사람으로 하여금 제정신을 차리지 못하게 한다. 시간의 여유만 있다면 트렁크에 주섬주섬 행장을 차려 가지고 밤으로라도 경원선京元線을 잡아타고 석왕사釋王寺를 찾고 싶은 무덥고 시끄러운 저녁이다.

재촉해서 저녁밥을 먹고 〈유령幽靈〉의 각본을 집어 들었다. 부족한 연습과 이것저것으로 지긋지긋하게도 말썽을 부리던 이 각본이 멀미증이 나면서도 또 한편으로는 기회만 있다면 그 사람들이 좀 모여서 다시 한 번 해보고 싶은 모순된 충동을 일으켜준다.

'신통치도 않은 것을 반복을 또 해 무엇하노!' 속으로 중얼대면서 방송한다는 여덟시 반에서 연습해 볼 시간까지 30분을 남겨놓고 나는 서대문정西大門町 YWCA로 향했다. 이번에는 목소리를 좀 더 굵게,

크게, 어떻게 하리라는 것을 머릿속에 그리며 저물어가는 저녁 중학
동 앞을 지나고 있었다.

　어디서인지 옥양목 찢는 목소리로 "요보 안대! 안대! 가!" 하는 귀
에 거슬리는 일녀日女의 '요보' 소리에 나는 그곳으로 시선을 돌렸다.
그곳은 어떤 집 뒷문 시멘트로 얌전히 만들어놓은 문간인데, 초라한
중의적삼의 40쯤 되어 보이는 중늙은이가 그 시멘트 바닥에다 이부자
리를 펴고 이 한 밤을 새려다가 이 몰인정한 일녀 주인에게 축출을 당
하며 알아듣지도 못하는 말로 모욕을 당하고 있는 것이다. 그러나 그
는 비루한 재청은 물론 감정이 있는 사람으로는 흔히 있을 듯한 조그
마한 반항적 태도도 보이지를 않는다.

　그는 다만 묵묵히, 거의 무표정의 태도로 깔아놓은 이부자리를 지
키고 있다. 그는 어디로 보든지 흔한 걸인으로는 보이지 않았다. 그리
고 보통 집시 라이프에서는 얻어 보기 어려운 여러 가지 이상한 것이
많았다. 이불을 개키고 있는 그를 보면서도 표독스러운 일녀는 여
전히 "요보 기다나이"니 "하야꾸"니 하는, 제멋대로의 말을 함부로 해
던진다. 허나 그는 여전히 무언중에 제 짐만 챙기고 있었다. 이것을 보
며 나는 광화문통 큰 길로 나섰다.

　그 몰인정한 일녀가 끝없이 원망스럽고 한없이 미워 견딜 수 없었
다. 그러나 그 순간 "너는 그러면 얼마나 인정스러우냐?" 하는 질문을
나 자신에게 물어볼 때 나는 스스로 부끄러워짐을 어찌할 수 없었다.
과연 나는 용감하게 그를 내 집에 데려다가 중문中門 간에서나마 재워

주지를 못하지 않았는가. 그 가슴 아픈 정경을 눈앞에 보면서도 한 푼의 돈이나마 그 손에 쥐어주지 못한 나 자신이 아니었던가?

야주개까지 나가는 동안 나는 그 불우한 코스모포리탄을 내 머리에서 지워 버릴 수가 없었다. 한 마디의 반항도 없는 그 양羊과 같은 지상의 그리스도의 화신 같은 그 태도가 나의 표정을 뿌리까지 일으켜 놓았던 것이다.

한밤을 거기서 새우려고 이부자리를 펴놓았다가 그 밤이 다 가기 전 그곳을 쫓겨나는 그가 한없이 측은하고 불쌍하여 내 마음을 쓰리게 하였다.

그날 밤 방송을 하고 돌아오는 길에 나는 그 일본집 문간을 유심히 눈여겨 보았다. 일녀도 코스모포리탄도 보이지 않고 쓸쓸한 밤 스포트라이트가 반사되고 있을 뿐이다.

'가 버렸군! 어디로 갔을까?'

때마침 보슬비가 내리기 시작하였다. 나는 코스모포리탄의 외로운 그림자를 머릿 속에 그리며 집으로 돌아왔다. 일기를 쓰고 자리에 누우니 비는 소리를 치고 쏟아지기 시작했다. 유리창을 두드리는 요란한 빗소리를 들으며 노상의 코스모포리탄에게 내 머리는 다시 점령되어 버렸다.

──── 1934년

# 교장과 원고

이마적에 내게는 정말 이상한 버릇이 하나 생겼다. 서먹서먹한 사이에는 결코 인사를 먼저 안 하는 버릇이다. 이왕에 인사가 있는 터에도 불구하고 곧잘 나는 이런 짓을 범하는 것이다.

지난 주일이었다. 성당에서 나와 광복동 거리로 내려오던 중 어떤 여학교 교장 선생님이 맞은편으로부터 걸어오는 것이었다.

'이크, 훈장은 또 왜 만나나.'

하면서 일부러 딴 데를 바라보며 어슬렁어슬렁 걷는 것이었다. 언젠가 한 번 인사를 한 것도 같건만 이번뿐이 아니라 여러 차례 이 분을 나는 시치미를 떼고 지나쳤던 것이다.

빤히 서로가 누구인지를 아는 터에 이렇게 하기란 미상불 좀 땀이 나는 일이었다. 허나 6.25 이후의 나를 그가 어떻게 생각을 하고 있을까. 말하자면 나를 무슨 흉악한 사람으로나 알고 속으로 좋아하지 않는다면 인사를 한댔자 반가워하지도 않으리라는 추측이 들 때 나는 그만 인사가 하기 싫어지는 것은 어쩔 수 없는 일이었다. 따라서 이러한 태도는 거만도 아니요 자격지심의, 일종 못 볼 성스러운 짓일는지도 모른다. 그러나 나는 수없이 이렇게 해왔다.

이날도 마찬가지 심경에서였다. 그런데 웬일일까. 이 촌티가 가득찬 교장 선생님은 도무지 빨랑빨랑해 보이지 않는 그 둔한 몸집을 비호같이 날쌔게 길을 가로질러 어느 틈에 내 앞을 꽉 막고 서서 시골뜨기 같은 얼굴에 정말 진기한 미소를 띠며 내게 인사를 건네는 것이었다.

당황한 것은 분명 내 편이었다. 나는 얼떨결에 손을 내밀어 이 마나님의 손을 잡으며 면구스러워 어쩔 줄을 몰라 했다.

"난 노 선생하구 늘 인사를 한다는 것이 이렇게 늦었는데 그렇잖아두 내가 좀 찾아 가려구 하던 차에 잘 됐습니다."

"그러세요?"

"내가 청이 하나 있어요."

하며 교장 선생님은 손가방의 자크를 주르르 열더니 피봉을 하나 꺼냈다.

"이거 우리 학교 학생이 쓴 것인데 좀 봐주세요. 꼭 노선생한테 보여 가지고 지도를 받겠다는 아이니 글이 좀 잘못되었다고 하더라도 어디 좀 잘 봐 주세요. 후배를 기르는 의미에서."

나는 하나하나 이 여교장의 표정을 놓치지 않고 보았다.

틀림없는 어머니의 태도다. 딸의 앞길을 열어 주고 싶은 마음이 간절한 어머니의 표정이었다. 어느 미인의 얼굴보다도 이 순간의 그는 아름다웠다.

쾌락을 하고 헤어져서 광복동 거리를 내려오면서 나는 그 아름다운 정경을 자꾸 생각했다. 그 무뚝뚝해 보이는 이가(사실 무뚝뚝할 게다) 어떻게 이런 심부름을 또 이렇게 정성껏 할 수가 있을까. 자기 말로 바로 전에, 자기는 이수과理數科를 해서 문학은 모르노라고 하는데, 여기 취미가 있어서도 아닐 게고 생각할수록 아름다운 일이었다.

보통 국어선생이면 또 모르겠는데 황차 교장 선생님에게 도대체 이런 청을 댄 학생도 상당한 심장이려니와 일개 학생의 이런 심부름까지를 또 이렇게 즐겁게 정성껏 해주는 교장이라면 정말 학원의 민주화는 훌륭한 터이며 과연 그는 교육가의 자격이 충분하다고 할 수 있겠다.

이런 스승이라면 아이들은 얼마나 행복하랴. 그들은 모든 어려운 문제를 스승에게 털어놓고 의논할 수가 있지 않은가. 교장이라면 흔히 옆에도 가기 어려운 거리를 갖는 것이며 감히 사소한 일을 가지고 갈 수는 없는 것이 상례인데 과시 그가 그 교장의 그 학생이다.

집에 와서 읽어 보니 시는 별로 마음에 드는 것이 못되었다. 시보다도 그 다리를 건네준 교장 선생의 겸손하고 정성스럽고 또 간절하던 그 광경이 실상 시보다 아름다웠다.

어머니와 같은 교장, 딸과 같은 제자- 정말 오늘날 요청되는 일이다.

빤히 알면서도 인사를 않고 지나가는 후배에게 제자의 길을 열어 주기 위해 먼저 머리를 굽히며 다가선 그 인격에 나는 유리조각 모양 부서졌다.

—— 1953년

1950년대 초
부산 피난 시절
이화여대 기숙사와
이화여대생들

# 고우故友의 추억

　좁다란 가마솥에다 넣고 푹푹 삶는 듯한 무더운 어느 여름날이었다.

　내가 남새밭에서 새빨간 일년감을 따고 있을 제 별안간 "아주머니!"하며 뛰어오는 귀여운 조카의 손에는 연옥색 편지봉투가 한 장 들려 있었다. 이는 여학교 시대의 동창인 희경에게서 온 것이었다. 여학교를 졸업한 후 그는 가정으로, 나는 상급 학교로 서로 다른 생활의 코스를 밟게 된 후로는 한 성 안에 살면서도 그와 나와는 만나지 못할 말 못할 사정이 우리 사이를 가로막게 되었다.

　편지를 받은 그날 오후 그와 나는 강가에서 만나게 되었다. 우리는 강가 모래사장을 밟으며 알지 못하는 사이에 강변 갈대 우거진 곳을 거닐게 되었다. 돌아다보니 갈밭이 우거지고 내다 보니 앞에는 산이 가로막혔는데, 그 사이를 흐르는 물! 그곳은 빨래터였다. 여기서 나는 악착한 환경에 얽매여 고민하고 있는 그의 뼈아픈 하소연을 듣게 되었다. 그는 세상의 모든 것이 다 귀찮기만 하다는 것이었다. 그리고 죽음을 동경하였다. 해가 서산으로 뉘엿뉘엿 넘으려 할 때 그는 머리를 무겁게 숙인 채 오래도록 들 줄을 몰랐다. 나는 여러 가지로 그의 인생관을 고쳐 주려고 애를 썼다.

그 후 그는 눈물에 어린 긴 편지를 나에게 여러 번 주었다. 언제인가 그는 한 장의 편지에다 '나는 벗을 떠나 다른 길을 밟겠노라'는 의미의 편지를 주었었다. 그러나 내 어찌 그것을 믿었으랴! 그의 인격이나 수양을 믿는 벗으로서 그것을 어찌 예상이나 하였으랴.

만일 그가 정녕코 그 길을 밟을 줄을 알았던들 나는 좀 더 따뜻하게 최후의 위로나마 그에게 해주었을 것이다. 그렇게 큰 실수를 그로 하여금 하지 않게 하였을 것이다. 한 장의 편지를 마지막으로 그는 다시 못 올 그 길을 밟고야 말았다.

그가 생전에 나에게 하던 말 그 한 마디 한 마디가 고요한 때면 문득문득 내 머리에 떠올라 왜 이다지도 이 벗의 마음을 괴롭혀주는고!

그가 간 지도 어느덧 두 돌을 맞는 이 봄! 나 외로이 이 땅에 남아 다시 못 올 유일한 옛 벗의 환영을 따르고 있구나!

여름날 저녁 해 넘으려 할 즈음에 그와 내가 들렀던 빨래터의 그 발자국…. 그리고 내가 놓고 온 연분홍 비단 부채…. 뒤에는 갈밭이 우거지고 앞에는 산이 가리워 있던 그 빨래터에 남긴 그와 나의 그 발자국이 최후의 것이 될 줄이야….

우리가 다녀온 뒤 그곳에는 큰물이 났었더란다. 그와 내가 마지막으로 만난 빨래터…. 그때의 정경이 그다지 변변한 것이 못 되었건만 그가 죽어 버린 오늘, 그와 내가 다른 세상에 사는 지금에는, 그것이 잊히기에는 너무도 무거운 것이 되어 버렸다.

그가 죽은 후 내가 고향에 다시 돌아갔을 제 나는 홀로 산에 올라 그때 우리가 놀던 그 빨래터를 내려다보았다. 그리고 큰물이 들었다 나간 그곳이어니 우리의 발자국이 남아 있을 리 없으련만 내 호젓한 마음에 그와 나의 발자국을 행여나 하고 찾아보았더란다. 지난날이 왜 이다지도 쓰리더냐!

# 단상斷想

자하골을 가는 길에 오래간만에 경복궁 뒷담을 끼고 걸었다.

어느 새 양지바른 곳엔 망령풀들이 파릇파릇해졌는가고 보면, 현무문玄武門 앞에 있던 아름드리 느티나무가 간 곳 없이 사라지고, 그 야경엔 난데없는 양관洋館들이 늘어섰다. 집집이 창엔 푸른 문장을 걸쳐놓고, 안에선 붉은 갓을 쓴 전기 스탠드가 내다보는 걸 보니 벌써 사람들이 든 모양이다. 부근엔 조선 경비대들이 총을 메고 여기저기 서 있음을 본다.

전쟁은 벌써 끝이 났고 미국과 우리는 적국도 아니었는데 이처럼 무장을 시켜 경비를 해야 할 필요가 어디 있는가 모를 일이다.

모를 일이 8·15 이후 이것뿐이랴마는 남북에 진주한 양군兩軍의 뱃속이 실로 모를 일이다.

나는 존 알 하지가 들었다는 집의 남빛 지붕과 북악산 밑에 휘날리

285

단상斷想

는 성조기를 바라보며 묵묵히 걸었다.

이 땅 이 백성들의 운명이 기구하다. 숱한 자동차들이 이뤄놓은 먼지를 하는 수 없이 뒤집어쓰며 한길을 건너 K형의 집을 찾았다.

"잘 왔소. 지금 우울해 죽겠는 판이오."

"이런 집에서두 우울하우?"

"집이 무슨 소용야. 맘이 텅 빈 걸. 난 아무래두 심장에 무슨 고장이 생기는 모양야."

혼자만 그런 것이 아니라 우리 친구들이 다 그렇다는 걸 나는 설명했다.

그리고 얘기는 번져 이젠 결혼을 해야 될 것 같다는 얘기가 나오자. 같이 앉았던 친구 한 분의 말이

"여보, 말 마우. 결혼하면 그런 게 없어지는 줄 알우?"

"그래도 걱정을 둘이서 하니 날 게구. 이렇게 초조한 것이 없어지구 마음이 턱 놓이지 않을까?"

내 말에 그 친구 분은 다시

"여보 당신네들이 우울하다는 소리가 도대체 호사스러운 얘기구 결혼을 하면 눈물두 걱정두 없어질 것 같지만 그렇지 않은 거라우. 지금 흘리는 눈물은 맑구 깨끗한 거지만 시집을 가서 그때 흘리는 눈물은 탁하구 더러운 거예요."

"그래두 역시 인생의 프로그램으로 잘 되든 못 되든 결혼을 해야 할 것 같애."

K형의 이 말에 그는 끝까지 찬성을 하려 들지 않았다.

"어째 저이는 저렇게 되어먹었어 그래."

하고 우리는 셋이 다 하하 웃었다.

K형은 다시 침통한 표정으로 유리창을 통해 푸른 하늘을 내다본다.

봄이 됐다고 그런 것도 아니고, 실은 결혼을 안 해서 그런 것도 아닌 것이다. 이렇게 클클하고 심장이 조여 들어오는 것처럼 압박을 느껴 답답한 것은 조선의 하늘이 흐린 까닭인 것 같다.

―― 1948년

# 아름다운 여인

이브의 후예가 되던 날부터 무릇 여인은 아름다운 것을 좋아하게
되었다.

거울을 들여다보는 표정은 좀더 예쁘게 생겼더면- 하는 안타까움을
머금었으며, 공단결 같은 머리채에 얼레빗에 참빗 민빗이 차례로 내
리는 것은 미에 대한 무서운 추구이다. 그래서 우비강 향수를 비롯한
온갖 화장료를 모아 들이는 것이며, 좋은 옷감을 몸에 걸치려고 하며,
다이아몬드니 진주니 비취니 금은의 패물들로 몸을 장식하려 드는 것
이 모두가 이런 데서이다. 이 숨길 수 없는 아름다운 것에의 향수는 결
코 나무랄 것은 못 된다. 다만 그것이 스스로 속에서 솟는 것이 아니고
부자연하게 밖에서 끌어다 몸에다 붙이는, 그야말로 장식에서 오는
아름다운 것인 데에 그 병고가 있으면 있다고나 할까. 아름다운 것을
좋아하는 -또 아름다워지려는- 그 마음 자체는 모름지기 가상스러운

것일 게다.

아름답기를 원하되 어찌하여 몸을 싸는 의상의 화려함에서만 찾으려 들며, 저절로 아름다울 것을 피하고 하필 패물 등속을 몸에다 붙여 가지고 고와지려 하는 것이냐. 스스로 속에서 솟아나는 아름다움은 그 힘이 신통치 않은 용모도 예쁘게 보여질 수 있는 것이며 무명옷도 찬란하게 빛내 줄 수가 있는 것이다.

사실 잇속이 석류알 같다든가, 몸이 맵시가 난다든가, 살결이 곱다, 뺨이 복숭아 같다는 식의 미란 그다지 길게 인생에서 머물러 주는 것은 못 되는 것이다. 그야말로 '한 손에 막대 잡고 또 한 손에 가시 쥐고 늙는 길 가시로 막고 오는 백발 막대로 치렸더니 백발이 제 먼저 알고 지름길로 오더라'는 시조와 같이, 석양이 재를 넘듯이 넘어가 버리는 것이어서 화려한 몸치장도 언제까지나 몸에 어울릴 수는 없는 것이다.

그 대신 고운 마음씨를 가진 여인은 언제까지나 아름답다. 착한 마음씨를 지닌 여인은 어디서나 아름답다. 진실한 정을 품은 여인은 항시 아름다운 것이다.

이러한 아름다운 요소들이 속에 들어 있을 양이면 싸고 또 싸놓은 향내가 풍기듯이 이것들은 곧 마음씨에, 행동거지에, 말의 말씨에 눈짓에까지라도 진실로 아름답게 나타나는 것이니 거죽의 꾸밈이 감히 어찌 여기 견줄 수가 있을까 보냐.

어지러운 세상에 있어 착한 아내의 어진 말 한 마디가 남편에게 작용하는 힘은 의외에 큰 것이며 약한 듯 하면서 강하고 없는 듯 하면서 있는 거기에 또 여성다운 매력이 숨은 것이다. 아는 체 아니 하고 난 체 못 하나 또 언제 어느 곳엘 갔다 내세우나 혼연스럽고 태연스러운 몸가짐은 한 점 따고 들어가는 노릇이 아니랄 수 없다.

바닷속과 같은 깊은 심지心志, 해당화 같은 붉은 정열, 옥 같은 깨끗한 마음, 비둘기와 같은 순함, 기린과 같은 착함- 이는 모두가 다이아몬드같이 광채 나는 것들이다.

순국의 처녀 유관순이 이런 마음 바탕에서 나왔으며 논개의 애국한 정이 또 그러했다.

참으로 아름다운 여인이 되자. 겉치장이 아니고 진짜 오장육부가 아름다운 여성이 되자.

조국은 오늘 진실로 이러한 아름다운 여성들을 찾고 있는 것이다.

가정에서- 사회에서- 아들이- 남편이- 아버지가 진실로 아름다운 대한의 어머니를, 진실로 아름다운 대한의 아내를, 진실로 아름다운 대한의 딸을 요청하고 있는 때다.

# 어떤 친구에게

정말 오래간만에 붓을 들었습니다. 당신에게도 실로 오래간만에 붓을 들었거니와 이런 한가한 편지를 쓴 것이 아득한 옛일 같다는 얘기입니다.

여러 날 만인 오늘 저녁에야 전기가 들어와 괜히 내 마음이 좋아진 것과 낮에 책장을 옮겨놓다가 당신이 그 어느 해인가, 크리스마스에 셸리의 말을 책머리에 적어서 보내 주신 조이스의 시집이 우연히 내 앞에 떨어졌었다는 사실들이 아마도 이렇게 붓을 들게까지 작용을 한 것 같습니다.

어찌해서 노천명 씨는 늘 이 번지에서만 살아야 하고 나는 내 번지에서만 살아야 하느냐고 취기를 빌려 용감하게 내게 항의를 하시던 이 집에서 이젠 아마 쫓겨날 운명도 온 것 같습니다.

그 이유는 형님이 남쪽에서 집을 버리고 이삿짐을 가지고 요새 이 집으로 오셔서 십오 년 동안을 꼭 내 집같이 마음 놓고 살던 이 집이 형님 집이라고 생각이 드는 동시에 웬일인지 자꾸 앉은 자리가 미안해지는 까닭입니다.

어느 때 그야말로 신神의 병졸에게 총살을 당할지도 모르는 이 삶이 왜 이다지 고단합니까?

혼자 몸이 헤엄을 쳐 나가기도 이처럼 고될 때, 거기 어려운 어른이라도 모시고 사랑하는 사람이라도 섬기며 귀여운 애기들이라도 데리고 산다면 얼마나 생은 더 무겁겠습니까. 그렇지 않을까요? 진실로 나는 한 개의 짐도 기운에 부쳐 지기가 싫고 또 내가 나의 짐이 될 것도 사양하고 싶습니다.

웬일인지 요즈음엔 불면증이 더해가는 것 같습니다.

밤이 길어진 탓인지도 모르겠습니다. 어제도 새벽 두시에 눈을 뜬 것이 날이 새도록 꼬박 밝혔습니다.

램프 불을 켜놓아 보아야 우울만 더할 것 같아서 전기가 잘 안 들어오면서부터는 그냥 캄캄한 데서 눈을 깜빡거리며 한 시간에서 또 한 시간까지 기다려 시계가 치면 마치 옆에 친구라도 있어 "이제까지 잠을 못 이루었느냐?"고 말을 해 주는 것 같은 약간의 반가움을 느끼며 또 한 시간이 지나 시계 치는 소리가 들리기를 기다리곤 합니다.

이런 때 당신처럼 담배를 줄기차게 몇 갑이고 피울 줄 안다면 얼마나 다행하겠습니까.

어둠 속에서 나는 별 뚱딴지같은 생각을 다 끌어냅니다.

학생 시절에 기숙사에서 저녁 공부 종을 쳐 온 기숙사가 묵학默學 속에 잠겨 있을 때, 몇몇 동무와 발소리를 죽여 가며 복도로 빠져 나가 학교 앞 일인日人 사탕 가게에서 밀하 사탕을 한 주머니 사 가지고 들어와서는 아래층 빈 교실에 가서 입에다 넣고 오두둑 깨물며 도깨비들처럼 얘기를 하고 재미있어하던 정동 시절의 생각이며….

또 생각은 두서없이 뒤로 뛰어, 여학교 시절에 교실에 들어서기가 무섭게 한 시간 공부에 절반은 타구 있는 데로 가셔서 침을 뱉으시던 한문 선생님 시간에 타구를 갖다 감춰놓으면 침을 뱉으러 가셨다가 타구가 없어 다시 돌아서시며, 어제 소제 당번은 누구냐고 점잖게 화를 내시던 선생님의 얼굴이며, 그때마다 타구를 감춘 우리들의 웃음이 터지려고 해서 참던, 그런 뚱딴지같은 기억들을 말입니다.

이런 시간에 일어나 글을 쓰면 얼마나 좋겠습니까.

하지만 램프 불은 어두워 쓸 수가 없고 촛불은 촛불이 닳아지며 조바심을 하는 것 같아 이래 가지고는 나는 도무지 글이 나오지가 않아 결국은 잠도 안 자면서 이렇게 누워 있는 도리밖에 없습니다.

보시는 일은 과히 고달프지는 않으십니까?

지난 목요일엔 참 당신이 일하고 계실 그 집 앞을 지났습니다.

전에 없이 올해는 그 주위의 단풍이 유난히도 곱게 물들었더군요.

걸음을 멈추고 한참 바라다보았습니다. 그리고 이 좋은 오후에 당신은 지금쯤 무엇을 하시나, 하고 생각해 보았습니다.

연도沿道에서 은행잎을 두어 개 주워 들고 왔습니다.

북경의 왕부정王府井께나 걷는 것 같은 기분에 잠겨 잠깐 소요를 하
노라니까, 아는 분이 인사를 하는 바람에 이것이 서울의 거리인 것을
깜짝 깨닫고 내 마음은 다시 답답해졌었습니다.

이 좋은 날씨에 당신은 내 앞에다 은銀날개를 좀 갖다 대실 재주는
없으십니까?

잠깐 드높이 떠서 이역 하늘을 보고 오고 싶습니다그려.

무엇하면 내려다보다 좋은 데가 있거든 서슴지 않고 내려 당신과
나란히 서서 보도를 걸을 용기도 있을 것 같습니다.

오늘의 현실이 왜 이렇게 답답합니까?

우리가 아는 사람들의 얼굴에선 거의가 다 침통한 우울을 줍게 되
고 마음의 문들을 서로가 굳게 닫고 있는 것 같지 않습니까?

정말 마음을 턱 놓고 얘기할 수 있을 친구가 그립습니다. 인간이 그
립습니다.

그런 점에서 내가 이 저녁 당신에게 붓을 들었는지도 모릅니다.

어디선지 발바리가 요란히 짖어대고 과히 멀지 않은 곳에서는 옷
다듬는 소리가 들려옵니다.

누군지는 모르나 이쯤 늦은 시간이고 보면 자기 집을 향해 걸어가
는 발자국 소리일 것이고, 그것을 듣고 개는 또 저렇게 짖어대나 봅
니다.

날마다 나가 술들을 자시고 그보다 더 방탕하다가도 밤이 깊어가
고만 보면 엉망 중에도 사나이들은 제집을 찾아와 대문을 두드리고야

말고, 또 여인들은 마지막엔 돌아오는 이것을 믿고 그 고생을 하면서도 낙으로들 알고 사는가 봅니다.

그러나 한 지붕 밑에서 지어미와 지아비가 되어 온갖 추태를 다 털어 보이며 일생을 같이 걸어간댔자, 또 무엇이겠습니까?

물론 그렇습니다. 또 한스럽기도 합니다.

하나 구태여 모든 것을 거부함은 구원久遠의 상으로서 당신을 마음에 지니고 싶은 까닭입니다.

황혼이 땅 위에 덮이면 남달리 어린애처럼 쓸쓸함을 느끼는 나요, 저녁이 되어 불이 켜지면 와락 사람이 그리워지는 나입니다.

소리 없이 세우細雨가 땅을 축이는 저녁, 함박눈이 펑펑 산과 들을 덮을 때, 소녀처럼 내가 달려가고 싶은 곳은 어디겠습니까?

하나 나는 문을 굳게 닫기로 했습니다.

나는 당신에게서 멀리 서 있기로 했습니다. 그러나 실은 누구보다도 당신의 가장 가까운 거리에 내가 있는 줄 압니다.

당신 역시 내 가장 가까운 거리에 있어 내가 무슨 일을 하든 나는 늘 당신과 의논하게 됩니다.

내가 무슨 일을 하려 할 때 당신의 노기를 띤 얼굴이 나타나면 나는 그만 중지를 합니다. 그리고 그 말없는 얼굴에 미소가 띠면 나는 용기 있게 그 일을 하는 것입니다. 나는 당신을 위해 얼마든지 괴로워도 좋습니다.

한 성중城中에서도 이렇게 편지를 써야 한다는 사실이 내겐 괴롭지가 않습니다.

뒤 배추밭에선 이름도 모를 벌레가 끊일 듯 끊일 듯한 소리로 울고
있습니다.

밤도 적이 깊었나 봅니다. 내일 새벽엔 내 조카 골롬바의 연미사가
있어 일찍 성당엘 가봐야겠고…. 그만 자리에 드는 것이 좋을 것 같습
니다.

당신의 건강을 빌며….

# 첫인상

모두가 늠름하고 미끈한 청년들….

어디 이렇게 처녀지가 있었느냐. 제 몫의 걸상도 책상도 없건만 찡그리는 낯은 어느 구석에서도 찾아낼 수가 없고, 자기네는 기자記者가 아니고 기자飢者라고 명랑하게 웃음에랴.

문인들의 기질과도 잠깐 다르고, 신문 기자와도 또 다른 아나운서들의 독특한 타입을 본다.

통에 든 맥주를 사랑해서 먹고 난 빈 통을 책상머리에다 가지런히 놓아두고 즐기는 심정도 밉지 않거니와 빈대떡 값을 벌겠다고 틈틈이 시를 제작하고 소품을 지음에랴. 마이크를 통해서 나오는 목소리들이 아름답기로서니 마주보는 실물들이 이렇듯 스마트할까 보냐….

…눈을 들면 바로 손에 잡힐 듯이 유리창밖엔 낭떠러지 바위가 있고, 거기엔 밤나무 새끼에, 싸리나무에, 고사리 잎에, 우거진 풀덤불엔

노천명과 함께 근무했던 부산 피난 시절 부산방송국 아나운서들

울연한 분홍의 메꽃까지 방긋이 웃는가고 보면 바로 옆엔 메꽃 같은
아름다운 처녀들이 앉아 있어 메꽃이 처녀들인지, 아나운서 처녀들이
메꽃인지 처음인 나는 잠깐 황홀하다.

아무리 둘러봐야 하나같이 젊은이들이다. 이렇게들 싱싱하고야 자
유의 소리가 씩씩하지 않을 수 없을 게다. 나는 단박에 십년이 젊어지
는 것 같다. 방에 들어서면 일하는 기운이 화끈하다.

일을 할 때는 담배 한 모금은커녕 옆 눈 하나 팔지 않는 여기 일꾼
들의 모습은 바로 공산군을 무지르는 싸움터로 통하는 모습일 게다.

여기가 대한민국의 '자유의 소리'를 내보내는 곳인가 하니 새삼스
레 존엄을 느낀다.

# 6

# 산 바다 여행

## 해변 단상 海邊斷想

넓은 바다 푸른 물결이 그리워 나는 바다를 찾아갔다.

말 많고 소리 많은 아우성치는 세상을 떠나 하얀 명주모래 위에 푸른 하늘과 새파란 바다를 벗 삼아 나는 고단한 나의 영혼을 대자연 속에 자유롭게 놓아 주었다. 푸른 물, 흰 모래, 새빨간 해당화- 이 모든 것들은 고달픈 나의 마음 위에 평온과 안식을 가져다준다.

이렇듯 그윽하고 인자스러운 대자연의 품을 떠나 나는 왜 칠흑처럼 어두운 그 거리를 다리 아프게 헤매어 지금에 얻은 것은 무엇이었나?

참은 참을 맺는다는 것은 거짓말이요, 선善은 선을 낳는다는 것도 또한 믿지 못할 말이란 것밖에 내가 깨달은 것이 무엇이었나?

선한 싸움을 싸우다가 낙심하지 마라. 때가 이르면 거두리라는 그이의 말씀을 내 그래도 끝까지 믿어야지! 때가 아직도 멀었다고 하나 내 영혼이 지칠 때까지 나는 이 싸움을 계속해야 할 것이다.

밀려왔다가 밀려나가는 물결은 물가의 모래를 말없이 씻어 내린다. 그 누구의 발자국인가? 저 물결에 씻겨 없어지네. 인생이란 결국 물가 모래 위에 씻기고 또 씻기는 동안에 마침내는 흔적도 없이 사라지고 말 것이다.

그런 것을 인생들은 제가끔 좀 더 크게, 좀 더 깊게 써놓고 가려고 애쓰며 허덕이지를 않는가. 그리고 그것을 보며 울며 웃는 인간들!

이 세상은 가면무도회! 너도 나도, 그도 저도 탈바가지를 쓰고 춤을 춘다. 그 중에 가장 잘 탈바가지를 쓴 자만이 결국은 성공을 한다는구나!


모래 물을 스쳐 내리는 그윽한 물소리. 신비한 침묵의 속삭임이여!

넓고 둥근 이 하늘 밑에서 사람들은 왜 공평하지가 못하며 넓고 넓은 저 바다를 보는 이 마음은 왜 저같이 넓지를 못하는가.

발 뿌리에 한 포기 새빨간 해당화, 이 아름다운 꽃을 보는 이 마음은 왜 그같이 아름답지를 못하며 부드럽고 순결하지 못한가?

인간의 모든 채찍도, 어떤 형벌도 나를 감히 울리지를 못할 것을 말없는 대자연에 내 영혼이 접할 때 나는 떨어지는 뜨거운 눈물을 어찌할 수 없다. 나는 모래 위에 참眞진자를 쓰고는 닦고 또다시 써 보았다. 모든 것은 의문이다. 영원한 의문이다. 여러 개의 작은 의문표들을 한 큰 의문표로 나타낸 것이 인생이런가.

해지는 줄도 몰랐더니 어느덧 바다 위에는 두둥실 달이 떴다. 반짝이는 별들은 용궁의 아가씨들을 꾀어내려고 새파란 눈을 깜박거린다. 무거운 침묵에 바다도 잠기고 해당화의 새파란 꿈도 깊어 가는데 물가의 갈매기 구슬픈 소리는 이름 모를 객의 심사를 속절없이 돋워만 준다.

—— 1933년

# 선경仙境 묘향산

여행이란-

미리부터 날을 받고 동무를 짜고- 이리하여 갖추어진 만반 준비 아래서 행해지는 것보다는 모름지기 뜻하지 않았다가 갑자기 행장을 차려 가지고 훌쩍 떠나보는 것이 실로 멋진 일이며, 또 여기 여행이 가지는 낭만의 진미가 있는 것이다.

혼자 이렇게 길을 떠나 찻간에서 전연 알지 못하는 사람과 이웃해 앉고, 혹은 마주앉는다는 것은 첫째 신경이 피로하지 않아 좋고, 다음으로 마음대로 내 생각을 달리기에 좋은 것이다.

내가 묘향산의 절경을 구경한 것도 이런 의외의 수확이었다.

내가 다니던 신문사에는 사규에, 부지런하게 일을 한 사원에게는 일 년에 이 주일 동안 휴가를 준다는 게 있었다. 이는 일의 편의를 따라 놀게 되었으므로 실상은 기껏해야 한 닷새 노는 폭이었다.

이 휴가는 흔히들 삼복중에 얻게 되며 사원들은 번갈아 이 휴가를 얻어야 했다.

이것이 사社의 철도국 패스와 함께 나한테 돌아온 것은 한창 장마 때였다.

모처럼 얻은 휴가를 장마 때 받기는 아닌 게 아니라 좀 애석한 감이 없잖았으나, 이 비가 그치고 보면 그때 임시는 또 일이 한창 바쁜 때라 몸을 빼기가 좀 어렵게 되었기 때문에 나는 그대로 휴가를 받기로 했다.

어쨌든 나는 경의선 패스를 사에서 얻어왔다. 그리고는 이 닷새라는 일수와 약간의 금액을 소비하고 어떡하면 최대한도의 효과를 거둘 건가를 궁리를 하자, 나는 부쩍 이 기회에 동룡굴과 묘향산엘 가고 싶어졌다. 그때 묘향산엔 K우友가 있고, 영변엔 H우의 집이 있어 휴가를 맡거든 저마다 저 있는 데로 오라던 차라, 내 욕심은 동룡굴엘 들러 묘향산으로 돌아오기로 했다.

밤차를 타고 가며 보니 서울서 오던 비는 어디선가 걷히고 이대로 나간다면 좀 더 북쪽으로 가고 보면 아주 쾌청일는지도 모른다.

나는 뷰로에서 얻은 가이드북을 뒤적거리며 처음 타보는 만포진선滿浦鎭線의 연락連絡을 살폈다.

다음날 아침 평양역에서 만포진선을 갈아탔다.

차가 마치 경편 철도처럼 자그마한 게 여기서는 등급을 가릴 나위가 없이 되었다.

떠날 시간이 되었는데도 차는 무려 수십 분 동안을 체면 없이 지체한다.

생수 겹수건을 날아갈 듯이 쓴 젊은 여인네가 한 분 찻간으로 오른다.

오르자 그 여인은 미리부터 자리를 잡은 중년 남자를 보더니 서슴는 기색도 없이

"아 어더메 가십네까."

하고, 북녀北女의 기상을 뽑자 그도 반갑게 웃으며,

"데 뭐사니 양덕陽德 물 좀 하래 갑네다."

하는 걸 보니 서로 잘 아는 터인 성싶으나 그 쾌쾌한 기상이 맘에 든다.

"그럼 순천서 갈아타시야갔시다레. 난 데 희천熙川 좀 갑네다."

그들의 회화에서 순천서 갈아타면 양덕이라는 탕지湯地가 있다는 것쯤 어슴푸레 짐작할 수 있었다.

그리고 나서 차장한테 나는 동룡굴 가는 길을 한 번 더 자상하게 물었다.

"이것 좀 보세요. 동룡굴을 구경하려면 구장球場서 내려 어떻게 가나요. 무슨 버스 편이라도 있나요."

내가 이렇게 묻자 차장은 다소 당황한 빛을 띠며,

"동룡굴요? 동룡굴은 지금 장마 져서 못 봅네다."

"그래요?"

내 말씨는 자연 힘이 없었을 수밖에 없었던 것이 플랜의 절반이 휙 꺾임에랴.

"묘향산도 그럼 비가 많이 와서 못 보게 될까요?"

"거긴 괜치 않을 거요."

차장의 괜치 않을 게라는 말은 그 말 자체가 표현하듯이 나를 안심시켜 주지 못했다.

"휴가를 좀 있다가 맡을 걸 그랬나 보다."

허나 나는 불안에 눌리는 것이 싫어서 창밖으로 얼른 눈을 줬다.

고량이나 조가 심어졌어야 할 텐데 가도가도 자꾸 나타나느니 옥수수밭들이다.

여기선 웬 옥수수를 저처럼 많이 심느냐고 물었더니, 이 지경에서 들은 이 옥수수가 한 큰 농사라는 것이다. 이걸 몇 백 석씩 한다는데, 내가 좀 놀라는 기색을 보자 나와 얘기를 하던 여인은 나더러

"어디까지 가요?"

하고 묻는다.

"묘향산까지 가요."

"어디메서 오시나요."

"저어 서울서 옵니다."

찻간에 오는 사람들의 방언이 다 달라진 만큼 서울이 저 멀리 떨어져 있다는 것으로 느껴졌으매, 내 '저어 서울'이란 말은 그리고 보면 지나친 과장도 아닌 듯싶다.

오후 다섯 시 이십오 분 마침내 묘향산 역에 도착했다.

비가 오신 뒤인 듯 땅은 질지만 요행 우비가 없어도 다닐 만했다. 역에서 내리니 얼마 안 가서 바로 자동차가 있는데, K우가 마중을 나왔다. 여기서 한 이십 분 동안을 자동차로 달린다.

여기 사람들은 묘향산을 묘妙 자는 약略하고 그냥 '향산香山'이라고 부르는 것이었다.

묘향산을 본 사람이라면 누구나 확실히 묘향산이기보다 향산이라고 부르는 데서 정다움을 느낄 줄 안다.

이제부터는 향산이라고 부르며 얘기를 하기로 한다.

우선 여로旅勞를 보현사普賢寺 구내 한 여사旅舍에다 풀고 다음날은 새벽 일찍이 향산의 제일가는 명승인 상원암上院庵엘 오르기로 했다.

아침 일찌감치 일어나 보니 보슬비가 내리고, 산을 쳐다보니 자욱하게 안개가 둘려 봉우리들이 구름 속에 솟은 듯 산에 오르기는 장히 어렵게 됐다.

하는 수 없이 이날은 여관에서 바로 멀지 않은 보현사를 보기로 했다.

보현사는 향산의 주찰主刹로, 이는 보현사 북쪽 안심사安心寺에 있는 굉랑선사宏廊禪師의 학덕이 높아 이를 흠모하고 사방에서 제자들이 모여드니 정종靖宗 8년에 이십사 전각殿閣의 대가람大伽藍을 창건하고, 삼천 승도가 모였다는 역사 깊은 조선 오대사五大寺에 든다는 크고 늙은 절이다.

화웅전和雄殿 만세루萬歲樓 등을 절하고 보는데, 원주圓柱며 천장의 단청들이 낡아 그 빛을 알아보기 어렵게끔 되었으나, 그 웅대하고 장한 맛이 넉넉히 새뜻한 새것을 압도하고 남음이 있음을 본다.

거대한 종이며 어마어마하게 큰 북이 한번 울릴 양이면 그야말로 사바 중생의 괴로움과 번거로움을 어루만져 위로해줄 것 같다.

전당 안을 이렇게 들러 보고 또 뜨락에 나와 거닐어 보며 지난날의 유향幽香을 삼가 맡아 보는 중, 비록 불교 이치에는 어두우나 따지고 캐는 미운 순간이 용납되지 않고 다만 경건히 머리가 숙여짐을 어찌할 수 없다.

전에는 이런 전각이 스무여 채가 이 야경에 즐비했었다는데 장구한 세월을 지나는 동안 그 중 허물어지고 혹은 헐려서 오늘에는 불과 십여 채 남짓하나, 잔디밭 지름길을 사이에 두고 혹은 디딤돌로 돌이 띄엄띄엄 서 있는 전각들은 삼천 승도가 모였다는 찬란한 옛날을 충분히 상상케 하고 남음이 있다.

절간 울 안 처처에 이끼 긴 큰 석비石碑를 본다. 다가서서 비문을 언뜻 보면 모르는 걸 빼놓은 채 서산대사니 사명대사니 하고 고승들의 이름이 나오는 게 반가웠다.

이렇듯 늙은 귀한 절이 사람의 손이 잘 안 가고, 건물이며 모든 것이 붕괴의 역사적 과정을 노구老軀 그것처럼 가만히 앉아서 받고 있는 것같이 보인다. 큰 가마솥이 걸린 채 반은 무너진 부뚜막이 있다. 이 전각의 부엌을 나서며 우리 일행은 이 절의 재정을 공연히 걱정하며 여사로 향했다.

걸어 내려오려니까 길 밭엔 옥수수가 탐스럽게 되어 있다. 밭지기인 성싶은 여인에게 K우가 그 옥수수를 좀 쪄서 팔 수 없냐고 물었더니, 그 여인은 지극히 몇 마디 안 되는 말과 태연한 태도로 안 된다고 일축해 버리자 두 번 말을 건네지 못하고 내려오다가, 또 한 군데서 이번엔 농군 같아 보이는 사나이에게 또 좀 사자고 했더니 돈을 줘도 팔 수 없다는 것이다. 어째 그러냐고 물으니 이 근방에 있는 것들은 무엇이고 먼저 부처님께 불공을 드렸다가야 먹는 법인데, 옥수수는 아직 드리지 않았으니까 아무도 지금은 먹을 수 없다는 것이다.

그 익일도 아침에 날씨가 깨끗지 못하고 산허리엔 안개가 둘리고 빨래를 축이기 좋으리만큼 이슬비가 내렸다. 엊저녁에 부탁해놨던 상원암에 올라갈 안내자가 왔다. 비가 와 어디 산에 오르겠냐고 걱정을 한즉 이런 비쯤은 해가 퍼질 때쯤 되면 갠다고 하며 여기는 원체 높고 깊은 산이 돼서 언제나 아침녘엔 산허리의 안개가 걷히느라고 이슬비가 좀 내리고 날이 아침부터 들기 어렵다는 것이다.

'산 사나이'가 오죽이나 산골 천기를 잘 알랴— 하고 우리는 경장을 하고 쾌히 그 뒤를 따라 섰다. 오늘은 우리 일대—隊에 학생이 하나 가입됐다. K에게 물으니 보현사에 주인을 잡은 동경 모 대학에 다닌다는 청년인데, 얌전한 품이 동행을 해도 괜찮을 게라는데 그를 본 인상이 내게도 이의가 없다.

우거진 풀 속에 여기저기 우뚝우뚝 서 있는 비석들을 끼고 우리는 보현사 뒷산으로 상원암 가는 길을 헤쳤다.

칡넝쿨에 걸리고 돌각댁이 위로 넘어서다 보니, 일조청류一條淸流가 우리 앞을 가로막는다.

양말을 벗고 운동화를 손에 들고 그 내를 건너자 다시 양말을 신고 걷노라니, 우불꾸불 산을 끼고 지대가 높아지는 곳에 이번에는 폭포같이 쏟아지는 물이 또 길을 가로막지 않는가. 우리가 또 발을 벗으려드니 안내자의 말이 상원암까지 가자면 이런 물을 수없이 건너가야 할 테니 그냥 들어서라는 것이다. 이 좋은 경개를 보거든 신들메를 맨 채 물을 건너간들 어떠리 하고 그대로 좇으니, 산 사나이의 말은 맞아 과연 우리는 숱한 청계淸溪를 건너서 산복山腹에 이르렀다. 이제부터 이런 내는 없으나 연연延延히 올라가는 것이 슬며시 숨가쁜 길이다. 그렇다고 해서 강파로운 험한 길은 아니요, 천상 걸을 만한 길인데 둔한 산허리지만 원체 높이 올라가는 게고 보니 자연 나같이 심장이 약한 사람은 자꾸 쉬어가자는 말이 일행을 웃기는 모양이다.

몇 백 년을 묵은 나무들인고. 아름드리 수목들이 체격이 좋은 청년처럼 알맞게 부대해 가지고는 서로 엉킴이 없이 하늘로 죽죽 뻗었다. 세상이 괴로워지거든 향산으로 들어와 저 나무들을 툭툭 찍어 통나무로 집을 짜고 맑은 물 푸른 산을 싫도록 보며 살까 보다– 이런 생각을 하는 틈에 일행은 제법 나를 뒤에 뒀다.

안내자의 향산가香山歌를 들으며 울울창창한 수간소로樹間小路를 따라 앞서거니 뒤서거니 하며 보는 좌우의 승경勝景은 아픈 다리를 달게 잊어버릴 만하다. 아름드리 박달나무며 향목들이 우리가 가는 길에 내내 늘어서 있다. 기름으로 윤을 낸 것같이 고운 박달나무의 몸도 뛰어나거니와 설암대사雪岩大師 시에도 '산재청천살수원山在淸川薩水源 웅반면색접천문雄蟠面塞接天門 갱간황간림후更看黃干林後 향목청청설리흔香木靑靑雪裡痕' 향목이 많다고 했거니와 향산이란 이름이 모름지기 향목이 많은 데서 나오지 않았나 모르겠다.

어느덧 햇살이 피어 우리는 그늘 아래로 들어서 가길 좋아하고 그럭저럭 한나절이 가까웠다.

잡새 소리 하나 들리지 않고 시내도 보이지 않는데 어디선가 물소리만이 들려와 한나절 산속의 고요함을 일층 더 느끼게 해준다. 맑은 공기와 산 정기를 마음껏 마시며 우리는 인호대引虎臺를 지나서 상원암에 다다랐다.

상원上院은 법왕봉法王峰 아래 천신폭天紳瀑 용연폭龍淵瀑 산주폭散珠瀑을 안고 멀리 동東으로 일출봉 월출봉을 굽어본다.

상원에서 우리는 잠깐 지친 다리를 쉬고 걸머졌던 점심들을 먹은 후 상원을 떠나 일조一條의 장폭長瀑들을 뒤로 두고 산록山麓으로 돌아가 머루 다래 넝쿨들이 엉킨 데로 내려서다가 갈대를 헤치며 다시 기어오르는 산마루에 사리탑이 높게 서 있는데, 여기서 우리는 맞은편에 있는 단군굴을 바라본다. 암혈이 궁륭하여 집같이 되었는데, 혈구의 높이는 일 장 반, 넓이가 오십 척, 속의 길이가 삼십오 척이나 된다고 하니 골짜구니를 하나 사이에 두고 바라보기에는 별로 큰 것 같지 않았다.

여기서 전설을 씹으며 우리는 산허리를 타고 푸른 양치류들을 헤치며 귀로로 향하는 것이다.

중로中路에서 서산대사의 정수처靜修處였다는 금강굴을 보며 내려오는데, 풀리다 남은 구름이 연화봉 허리에 돌린 양은 선녀의 우의羽衣가 아닌가 싶고, 원근 연봉들이 비를 머금은 듯 잦은 안개에 둘려 있는 경瑒은 잘된 한 폭의 동양화를 보는 듯, 우리는 돌아서서 한참 황홀했다.

돌아오는 길에 우리 일행은 향로봉 정상에 올라 향산의 소위 팔만 사천 봉을 내려 굽어보는 장관을 못 가진 것을 유감으로 생각하는 것이었으나 나는 이것으로 족했다.

일찍이 서산대사가 조선의 4대 명산을 평하기를 '금강수이부장金剛秀而不壯하고─ 즉 금강산은 수秀하나 장하지 못하고, 지리장이불수智異壯而不秀라─ 지리산은 장하되 수秀하지 못하고, 또 구월부장불수九月不壯不秀라─ 구월산은 장하지도 못하고 수하지도 못한데, 묘향산역장역수妙香山亦壯亦秀라─ 곧 향산은 장하고 또 수하다'─ 명산의 제일 위에 놓았다고 하니 우리가 보고 이렇게 취함도 지나침이 아닐 줄 안다.

저녁때가 가까웠을 즈음 피곤한 다리들을 이끌고 평탄한 길로 내려서 여사로 드는 길에 앞서 본 보현사를 지나려니까, 염주를 목에 건 백발이 된 스님과 어린 상좌들이 나란히 앉아 목기에다 밥을 떠 묵묵히 식사들을 하고 있다.

그 앞을 지나는 우리는 은연중 잡담을 삼키고 옷깃이 여며졌다.
우물가에서는 여인이 고사리를 헹구고 있다.

# 관악冠岳 등산기

등산할 차로 나선 것이 아니라 나는 못 가겠다는 말을 일르러 약속한 다방으로 나갔다.

흰 캡을 푹 눌러쓰고 경장을 한 '무영無影'이 나타났다. 뒤이어 또 흰 캡을 쓴 박영준朴榮濬 씨가 나타나는 폼이 흡사 무슨 테러 단원들 같아 나를 웃기는데, 최정희崔貞熙 여사가 나와 같은 긴 치마에 고무신을 신고 들어섰다.

망설거리다가 마침내 일행에 끼어 차를 타고 선발대로 출발을 하게 되었다.

"도대체 자동차에서 내려 얼마나 걷습니까?"

나는 시흥군청에서 나오셨다는 우리의 안내자 격인 양梁 씨에게 물었다.

"한 두어 시간 걸으시면 됩니다."

노는 기분으로 명동 거리에 산보 나가는 차림새로 멋모르고 따라나
선 것이 일은 커졌다.

산 중턱 쯤 가서 계곡을 끼고 올라가다가 아픈 다리를 앉아 쉬노라
니까 산기슭에 그제서야 도보대徒步隊들이 나타났다. 우리는 너무 반
가워서 소리를 쳐 주었다. 이윽고 그들 후발대後發隊는 우리를 따라왔
고, 그밖에 우리를 뒤에다 떨어뜨렸다.

바위를 극다듬어 기어 올라가면 바로 또 엉금엉금 기어서 내려가야
되고- 이러는 동안에 어느만큼 올랐던지 앞이 탁 트이더니 서울 장안
이 다 보이고 바로 건너편 절벽에 달려 송림 사이로 빨갛게 보이는 것
이 우리의 목적지인 '연주암'이라고 한다.

예서부터 연주암까지 가는 길은, 조금도 힘들지 않다는 것은 거짓
말이지만 정말 걷기 좋은 멋진 길이다. 절에 다다랐을 때는 해가 뉘엿
뉘엿 질 무렵이어서 저녁 염불 소리를 들으며 우리는 밥들을 먹었다.
누가 나갔다 오더니 달이 참 밝다고 한다. 미닫이를 열고 보니 과연 달
이 낮같이 환하다.

"여보, 우리 밖엘 좀 나가봅시다."

최 여사와 더불어 절간을 나서니 교교한 산중에 보이느니 희끗희끗
잔설을 인 검은 산과 연주암 낭떠러지에서 새 둥지처럼 달린 전각殿
閣, 이런 달밤을 이런 산사에서 처음 보니 말이 다 거두어지고 한 걸음
한 걸음이 신비스러울 뿐이다.

다음 날은 삼막사三幕寺로 해서 '염불암'을 들러 안양으로 나가는 귀로다. 바로 옆 골짜구니를 지나면 나타날 것만 같은 삼막사는 아침 아홉 시에 떠난 것이 새로 한 시가 되도록 찾지를 못하고, 길을 잘못 들어 이 산에서 저 산으로 계곡을 끼고 헤매는 것이었다.

일행 중 나는 제일 뒤떨어져서 "쉬어갑시다"를 연발한다. 최 여사가 두루마기와 '핸드백'을 등에다 업은 채 동그라진다. 나는 이 이상 배겨낼 수가 없이 숨이 차 들어왔다. 오래간만에 물이 있는 곳을 만나 일행은 여기서 바위에 걸터앉아 쉬기로 했다. 그리고 우리는 예정대로 서울엘 돌아가지 말고 실종을 한 것처럼 서울 친구들을 혼을 내주자는 제안이 나자 십여 명의 일행은 모두가 대찬성이다.

최 여사는 사뭇 소녀처럼 명랑해졌다. 나는 나대로 또 그 높은 산봉우리들을 다 올라갔다 내려온 생각을 하니 장쾌하기 끝이 없다. 처음에 올려다볼 때는 죽어도 못 올라갈 것 같은 것들을 다 정복하고 나니 도무지 내가 한 일 같지가 않고 신기하다.

전연 길도 아닌 가파로운 낭떠러지를 내리뛰라고 한다. 단장 이무영 씨가 주는 지팡이를 짚고 죽을상을 하며 얼마쯤, 구을 듯 내려서니 그제서야 삼막사가 나선다. 여기서 홈통을 타고 내리는 돌확의 옥수를 떠서 목을 축이고 우리는 걸음을 재촉해 염불암으로 향했다.

이제부터는 놀면서 가는 길이다. 산모퉁이 성황당을 지날 때마다 최 여사와 나는 잊지 않고 돌을 던져 소원을 빌었다. 돌아오며 생각할수록 내가 관악산엘 올라갔다 내려왔다는 사실이 신기하고 더욱이 길을 잃고 이 산 봉우리로, 저 산 골짜구니로 헤매던 일을 내가 다 겪어 넘겼다고 생각할 적에 세상에 못할 일이 없을 것 같은 것이, 세상을 살아나갈 자신이 생긴다.

—— 1950년

# 서해 바다의 밤

삼복을 나고 처서까지 지난 노염老炎이 최후의 열을 끓여 부어 나는 백 도나 되는 이 열도를 감당할 수가 없어 부채도 놓아 버린 채 두 손을 맺고 무릎을 괴고 앉아서 창 너머로 보이는 미루나무 꼭대기만 바라보고 있는 것이다. 나뭇잎 하나 까딱없다.

이처럼 무더워도 틀어놓은 선풍기 한 대가 방에 있을 수 없고, 저녁을 먹고 나서도 서서히 거닐다가 발을 옮겨 들어가 쉼직한 공원 하나가 없어 문명의 혜택을 받지 못할 바에야 도회지에 살맛도 없지 않은가.

내가 서울에 갓 왔을 때만 해도 종로엔 서울의 명물 야시夜市가 있어서 저녁을 치르고 난 장안의 남녀노소들은 으레 이 야시를 한바탕 휘돌아오는 것으로써 하나의 좋은 납량 산책이 되어졌던 것이다.

"골라잡아 한 가지에 십 전이요, 한 가지에 십 전…."

하고 외치는가 하면 어떤 데선 종을 들입다 흔들어대고, 특히 우미
관 골목에선 또

"차고 달고 시원한 얼음물이 한 곱뿌에 오 전이요. 자 싸구려 싸, 막
싸게 파는구려."

하여 유난히 시원한 얼음물 장수들이 진을 치고 서서 귀가 아프게
떠들어대는 것은 얼른 생각하기엔 정신이 빠지고 시끄러울 것 같으나
이런 소음 속에서만 야시는 또 어울리고 빛나는 것이었다. 그래서 소
풍객들은 심심치 않게 인경전 앞에서부터 여기도 기웃, 저기도 주춤
하면서 동아부인상회 앞을 지나 동관 대궐 앞까지 따분한 줄을 모르
고 걸음을 번지는 것이었다.

서울의 무더운 밤은 이 야시라는 이름의 풍물시風物詩로 견뎌낼 수
있었던 것이어늘 나는 오늘 미루나무 꼭대기만을 쳐다보며 별 도리가
없다는 것은 무색한 노릇이다.

서해 바다의 밤 갈밭이 그리워지는 것도 어쩔 수 없는 일이다. 사람
의 키를 훨씬 넘는 갈밭에 어둠이 내리면 동리의 큰 체니(처녀), 작은
체니 할 것 없이 꽃같은 새댁들은 모래사장이 메게 밀려나갔다. 달이
없는 밤하늘 별빛 아래서도 곧잘 앞선 이를 알아맞혔다.

"이거 확실이 아냐?"

할라치면, 얼른 되받아서

"아니, 필녀, 너 왜 인제 나오니?"

"아까 부툼 먹 깜으라 오구푼 걸 오늘 대림질이 많아서…."

키보다 큰 갈대를 이리 젖히고 저리 헤쳐 가며 물장구치는 소리와 와자지껄하는 소리가 들리는 갯가엘 당도하는 것이다.

탈의소가 있을 리 없는 갈밭의 아무 데나 훌훌 옷을 벗어던지곤 텀벙 들어서면 바로 몸을 눕혀 낭떠러지 밑 깊은 곳으로 헤엄을 쳐 들어간다. 여기는 금남禁男의 구區, 말만큼씩 한 과년한 체니들의 즐거운 여름밤이 벌어지는 것이다.

온종일 무명밭의 김을 매느라고 흘린 땀, 먼 데로 뽕을 따러갔다가 흘린 땀들이 시원하게 씻겨지는 것이다. 얼굴의 물을 훑어 내리며, "센네야" "작은 네야" 하고 불러대는 음성들은 그대로 야성野性이다.

나는 헤엄을 잘 못 쳐서 얕은 데서 물장구를 치고 놀다가는 내 또래들 하고 물싸움을 하며 좋아하는 것이었다.

은하수에 별이 기울 때야 성(언니)한테 이끌려 집으로 들어오면 멍석을 편 마당에선 이때부터 참외 잔치가 벌어지는 것이다. 백사과니 청참외니 제가끔들 골라서 앉은 자리에서 단 참외로 두세 개를 먹고 나서야 비로소 잘 자리로 들어가는 것이었다.

여름 밤 한 철만은 정말 시골서 살고 볼 일이다. 여름 밤 갈밭에서 멱을 감던 체니들의 일이 문득 궁금해진다.

# 바다

어제 오늘로 바다 생각이 몹시 난다. 훌쩍 날아가고 싶도록 바다가 그리워진다.

날이 더워져서 그런 것만도 아닌 것 같다. 질식을 할 것 같은 내 심경의 요구일는지도 모른다.

툭툭 털고 훌쩍 어디로 가 버리고 싶은 생각- 어느 친구를 찾아가 함께 말하기에는 벅찬 생각이 내 속에서 무섭게 뒹군다.

눈앞을 첩첩이 막는 지붕들을 차 버리고 내 눈은 시방 하늘을 본다. 가없는 파란 하늘을 쳐다보고 있는 동안 어느 틈엔가 이것은 바다로 변한다.

내 맘은 금방 휘파람이라도 불 것처럼 가벼워진다.

바다는 언제나 내 그리운 고향이다. 바다는 늘상 너그러웠다. 바다는 늘상 헤아릴 수 없이 깊었다. 항시 진중했다.

친구야, 마음이 곤하거든 나의 손을 잡고 우리 바다로 가자.

이제 칠월의 태양이 그 위에 빛나면 바다는 얼마나 더 아름다우랴.

푸른 하늘을 내다보고 앉았으면 말이 없어도 좋다.

모든 조그만 생각에서, 어지러운 일몰에서 떠나, 잠깐 해방이 되어도 좋지 않으냐.

이 여름에는 천하없어도 내 바다를 찾아가리라. 머지않아 여름방학이 될 게다. 그러면 질아姪兒들의 짐을 싸주고는 이어서 해변가로 갈 내 행장을 차릴 작정이다. 동해도 좋고 서해도 좋다. 그때 형편을 따라 할 것으로되 어쨌든 나는 휘파람을 불며 짐을 쌀 게다.

지금부터 내 마음은 원족 날을 받은 소녀처럼 뛴다. 등대들이 희게 보이는 바다를 내다보면 내 답답한 가슴 속이 단박에 시원해질 것 같다.

요새는 도무지 내가 생활이 아니라 그저 생존을 해 나가는 데 지나지 않는 것만 같다. 아침이면 다섯 시에 일어나 서성거리고 잔걸음치는 것이 무슨 일이 그처럼 많은지 좀체 외출할 날이 엿보이지 않는다.

어떤 빨래는 그렇게 날마다 나오고 웬 김치는 저물도록 담아야 되는지 모르겠다.

오늘이 '하지'라 1년 중 제일 해가 긴 날이라는 데도 나는 긴 줄을 모르고 흑노黑奴처럼 바쁘게 돌아간다. 그러고 보면 '식모食母'란 무척 헐값이었던 성싶다.

하나 한 사람이 타인의 비위를 맞춘다는 것이 웬일인지 나는 몹시 힘이 드는 일이었다.

일이 아직 몸에 안 밴 부엌에 들면 옷을 망치고 또 힘이 부쳐서 그렇지 내 손으로 해먹으니 다른 이로운 점은 다 접어놓고 제일로 마음이 편해 살 것 같다.

조카아이들은 내가 혼자 하는 것이 미안해 사람을 두었으면 하지만 나는 내 건강이 허락하는 한 어디 내가 해 보리라는 악지인데, 내 낭만이 발산되는 날에는 또 어찌 될지 보증하기 어려운 일이다.

머리에 썼던 수건을 벗어 옷의 먼지를 탁탁 털고 마루 위엘 올라서면 그때의 기분 - 일을 다 해치운 뒤에 오는 그 상쾌한 맛이란 일을 해보지 않은 친구는 상상키 어려운 일이다.

비가 한 줄기 오시려나 부쩍 무더워진다. 옷이 몸에 휘휘 감기고 모시적삼에 땀이 번진다. 오후의 피곤을 싸고 온 몸이 후줄근해지려는 것 같다.

어서 바다로 갈 날이 와야겠다. 그래 푸른 바다를 보며 넓은 바다를 보며 마음을 씻어 물속의 생선처럼 싱싱해져 와야겠다.

흰 등대가 바라 보이는 마을 - 나를 기다리는 어느 조그만 어촌이 있으리라.

—— 1943년

# 산山 일기

1

밤차를 타고 대구까지 오는 동안에는 내지內地로 수학여행을 가는 여학생 단체와 한 찻간에가 들어 좀 시끄럽기는 했으나 질식할 것 같은 그 담배 연기의 독한 공기를 맡지 않는 것만은 큰 수확이었다.

여학생들은 밤이 깊어도 잘 줄을 모르고 거의 밤새도록 웃고 떠들어대다가 짧은 여름밤이라 그만 날이 새고 마는 모양이었다.

열일곱밖에 안 돼 보이는 고만고만한 세일러 복장의 귀여운 소녀들을 바라보며 나는 십 년 전 내 여학교 시절의 그 무릎 앞에까지 철썩거리는 치마를 입고 그 긴 머리를 눈눈이 곱게 따 까지고는 끝에다 당홍唐紅 제비부리 댕기를 들이고 한 손에 얌전히 책보를 받쳐 들고 땅만 내려다보며 다니던 모양을 생각해 보며 혼자 웃었다.

대구에서 기차를 버리고 홍류동紅流洞까지 자동차로 와서는 십리 길을 걸어 해인사로 드는데 좌우에 푸른 산협山峽을 끼고 저물도록 길은 새乙을자로 구부러지며 돌아든다.

길섶의 한창 순이 뻗어나가는 머루덩굴을 보다 보면 칡덤불 속에서 새빨간 산딸기가 방긋이 내다본다.

"가을이면 여기 머루 다래가 나겠군요."

하고 가방을 지고 가던 짐꾼에게 물었더니

"함은 나기로요. 참 마이 납니더."

하는 것이었다.

그러고 볼 양이면 이 산에 단풍이 들 때쯤 해서 해인사를 한번 다시 찾아와야할 것이 아닌가.

여기 와서부터 매일같이 아침이면 나무 사이로 한참씩 산보를 하다가 암자로 돌아와 아침을 먹는 것이 버릇이 되었다. 여기 오니 절 사람들은 우리를 가리켜 '마슬(마을) 사람'이라 한다. 이 이암尼庵에는 나밖에도 소위 그 '마슬 사람'이 두 세 사람이나 있다. 한 여인은 대구서 왔다 하고 또 한 사람은 합천서 왔다 하여 '대구댁이' '합천댁이' '으릉댁이'하고 불리우는데, 모두들 한약을 가지고 와서 달여 먹고 있는 사람들이다. 퍼뜩 나는 새너토리엄이 연상되어 처음 그들을 발견하던 때에는 적잖이 겁을 냈던 것이 나중 물어 보니 위병이니 무슨 불면증이니 — 이러구러한 병들인 데는 밥상을 받을 때마다 내 불안이 일소되어 버렸다.

해인사엔 지금 녹음이 한창 좋다. 꽃보다 녹음이 훨씬 좋다는 것을 여기 와서 처음 느꼈다. 꽃은 분명히 사람을 지치게 하는 데가 있는데, 녹음은 확실히 눈을 싱그럽게 해 주며 어딘지 모르게 생기를 북돋아 주는 데가 있다.

여기 나뭇잎들은 벌레가 먹었다거나 병이 들어 이지러진 것이라고는 얻어 보려야 없다. 하나같이 생생하게 모두가 퍼진 것을 본다는 것은 참으로 아름답지 않을 수 없다.

원체 공기가 맑고 물이 좋은 까닭인가 보다. 그처럼 기다리던 〈고향〉이 며칠 안 있어 '명치좌明治座'에서 상연되는 데도 불구하고 '차라리엔더'의 얼굴을 지우면서 짐짓 여행을 떠나 버리고 만 것은 아무리 생각해도 짓궂었다.

걸핏하면 이렇게 여행을 훌쩍 떠나는 것이 희熙(작가 이선희)의 말마따나 멋진 노릇일는지도 모르겠으나 사실인즉 지극히 비장한 일일는지도 또 모른다.


2

가야산을 쳐다보나 주위 산들을 둘러보나 문자 그대로 울울창창하다.

아름드리 소나무며 전나무, 잣나무, 느티나무, 홰나무들이 몇 백 년이나 묵었는지  그 속엔 큰 구렁이라도 살고 있을 성부른 거창한 나무들이 우뚝우뚝 서 있다.

오늘은 낮에 열다섯 먹었다는 전수좌全首座를 앞세우고 뒷문으로 나가 탱자나무 울타리를 끼고 뱀딸기가 있는 숲길을 헤치며 처음으로 큰 절 구경을 올라갔다.

해탈문解脫門을 굽어들어 신라 애장왕 3년에 그 초창初創을 했다는 초입의 큰 탑을 보며 경내에 들어서니 돌 축담 밑엔 창포와 곁들여 심어놓은 작약들이 한창 만발해 있다. 어떤 것은 희고 붉은 송이를 탐스럽게 틀고 있는가고 보면 또 어떤 것은 함부로 낙화를 떨어놓고 있는 것도 있다.

돌층계를 올라가 대적광전大寂光殿에서 부처님들을 보고 나오는데 어떤 중僧이 삼성각도 구경을 하라고 하며 쇠 잠긴 조그마한 전각을 열어 주더니 먼저 들어가 만수향萬壽香에 불을 그어대며 체경을 놓고 '용왕'에게다 발원을 하며 절을 하라고 한다.

여기를 나와 나는 전수좌와 절 뒤를 한 바퀴 휘돌았다. 보수한 데는 그런대로 괜찮으나 어떤 데는 기와가 내려앉고 지붕에는 잡초가 나고 말이 아니다. 지은 지가 하 오래되었다니 그러고 보면 그도 그러렸다. 더욱 이 집은 산중山中에다 어떻게 이렇게 큰 사찰을 지었을까.

건물의 단청이 모두 낡아서 고색이 창연하고 찬란한 모습은 지금 와서 별로 찾을 수 없으나 그 규모가 웅雄하고 장壯한 데는 어디로 보나 확실히 큰 절다운 데가 있다.

큰 절을 중심으로 하고 제법 먼 거리에다 백련암이니 약수암이니 영자전影子殿 극락전極樂殿 등의 암자들을 지었는데 멀어서 어떤 암자에서는 큰 절의 종소리도 잘 안 들린다고 한다.

전수좌를 먼저 암자로 내려 보내 놓고 나는 고운孤雲 최치원崔致遠 선생이 늘 나와 공부를 하셨다는 학사대學士臺에 올라가 그 큰 전나무 아래서 한창 배회를 하다 지름길로 들어 암자로 내려왔다.

물이 흘러내리는 홈통 있는 데로 가서 돌확의 물을 한 바가지 떠서 달게 마시고 마루 가에 걸터앉으니 내 옆방에선 누가 좋은 음성으로 글 읽는 소리가 들린다. 한수좌가 책상 위에다 진서眞書로 된 〈화엄경〉을 펴놓고 공부를 하는 중이다.


3

어쩌면 그렇게 진서가 용하냐고 탄복을 했더니 얼굴이 약간 붉어지며 별로 잘 하지도 못한다고 겸손해하는 양은 비록 머리를 깎고 남복男服은 했으나 천생 여자의 아리따운 태도임을 어찌할 수가 없다.

늙은 이승尼僧들 중에는 상당히 유식한 분들도 있는 모양이며 또 글씨들도 모두 잘 쓴다. 〈법화경〉이니 〈화엄경〉이니 〈원각경〉이니 이런 것을 풀어서 한글로 몇 줄씩 베껴내는데, 처음 장에서 끝 장까지 한결같이 고르게 예쁜 궁체로 써놓은 것이 여간 고운 것이 아니다.

이 암자에만도 여승이 한 이십 여명 되는데 그 중 대부분이 50이나 60줄에 든 늙은 중들이고 나머지 소수가 15, 6세로, 30을 이제 하나둘 넘은 꽃 같은 젊은이들인데, 늙은이나 아이들보다도 올 삼월에 들어와 삭발을 했다는 산山수좌와 안安수좌 이 두 젊은 여승에게 공연히 내 관심이 자꾸 간다.

그 두 여인은 외모가 잘 나도 이만저만하게 잘 난 것이 아니다. 거기다가 두 사람이 다 알맞은 덕기德氣들을 갖추었고 또 그 현숙함이 도무지 이를 데가 없다. 두 사람은 다 결혼을 했던 여자라고 들리는데, 어쩐 이유로 이렇게 절로 들어왔는지 도무지 짐작해낼 수가 없다. 들어 본다면 자못 긴 얘기가 필연코 숨어 있을 게다.

그 두 젊은 이승에게 이상한 매력을 느끼며 그들이 법당 부처님 앞에서 붉은 가사袈裟를 몸에 걸칠 때마다 내가 공연히 소름이 끼쳐진다.


4

엊저녁엔 열엿새 달이 제법 좋더니 새벽부터 비가 내리기 시작한 것이 온종일 그치질 않아 오늘은 산보도 나가지 못하고 들어앉아 책을 보기로 했다.

옆방에서도 뒷방에서도 수좌들의 불경 읽는 소리가 낭랑하게 들려와 가끔 여기가 '서당' 같은 착각을 일으키곤 한다.

점심을 먹고 나서 오후엔 편지를 몇 장 썼다. 이 삼선암三仙庵에다 여장을 끌어놓은 지도 그럭저럭 여러 날이 됐는데 아직껏 아무 데도 편지를 내지 않았다.

과자도 살 겸 편지도 부칠 겸 공양지기 스님한테 우산을 하나 얻어 쓰고 화신연쇄점엘 나갔더니 우표가 마침 떨어지고 한 장도 없다고 하며 내일 오후 세 시쯤 돼 체부가 오면 우표도 가지고 올 것이라고 한다.

그럼 체부가 날마다 오지를 않느냐고 물으니 이틀 계속해 오고는 하루씩 안 오고 그런다는 것이다.

하는 수 없어 편지를 못 부치고 도로 가지고 오노라니 내가 서울을 떠나기 바로 전날 헤어지며 "가거든 곧 편지를 하우"하고 다지던 희의 말이 생각나 마음이 새삼스레 초조해진다.


암자로 내려와 책을 들고 누웠으려니까 산산山 수좌가

"서울 손님 계십니껴."

하며 종이쪽지를 웃으며 가지고 들어온다.

일전에 같이 극락전 스님한테 올라갔을 때 내가 이름을 하나 지어 달라고 부탁을 하니까 생년월일과 성姓을 적어 놓고 가라고 하더니 그것이 다 되었다고 적어 가지고 온 것이었다.

적힌 것을 받아보니 '하산霞山'과 '정재靜齋' 두 가지를 지었는데 하산霞山 아래는 '강상기루江上紀樓'하니 '심통자안心通自安'이라 해놓고, 정재靜齋 아래에다가는 '천순희호天順喜好'하니 '영웅만유英雄慢遊'라고 주가 달려 있다. 수고를 드려 지은 것 같으나 둘이 다 그다지 마음에 들지 않는다. 그럴 줄 알았다면 유遊자를 넣고 지어 달라고 미리 글자 한 자를 두고 올 것을 하고 후회했다.


저녁때부터 비가 차차 개고 날이 들기 시작한다. 아침녘에 날이 좋았더라면 큰 절에 올라가 팔만대장경八萬大藏經이 있다는 판고版庫에 구경을 들어가는 것을 그랬다. 먼젓번에 가서 보는 것인데, 주재소의 허가를 받아 가지고야 절 사무실에 가서 표를 사 가지고 들어가게 되어 있어서 그때 마침 주재소엔 아무도 없고 하여 더디어 못 보고 후일로 미루었던 것이 이렇게 밀려나왔다.

법당에선 벌써 저녁밥을 먹자고 목탁을 친다. 밥상을 받을 때가 되면 나는 큰 걱정이다. 순전히 소찬素餐만 주는데 먹어내는 수가 없다. 반찬을 만들어 가지고 와서도 먹지를 못하고, 하다못해 어패류의 통조림 같은 것도 이 안에선 못 먹는다고 엄금한다.

여기 중들이야말로 '진짜 중'들이다. 명태 하나도 벗겨 먹지 못하는 법이고 고명에다 파 마늘도 못 쳐 먹는다는 것이다. 그러기에 여기 여승들에게서는 어딘지 모르게 도 닦는 사람의 싱그러움이 풍겨진다. 모두가 인자한 얼굴이요 언제 보나 지극히 평화한 기색이다. 그들의 그 청순함이란 실로 비길 데가 없다.

식사 후에 뜰에서 만나면 "고양 잡샀습니까"하고, 나갔다 들어오는 걸 보면 "어딜 갔다 오십니까"하고, 실로 공손히 합장을 하며 허리를 굽히는데, 이 순간처럼 내가 마음속의 교만심을 진정으로 부끄러워한 적은 또 없다.


5

절간의 아침은 이르다. 오전 네 시가 되면 어김없이 새벽의 고요함을 깨뜨리는 목탁 소리가 들려오고 이어서 금련대金蓮臺의 종소리가 나면 방방이 문 여는 소리가 나며 승僧들이 예불을 하러 법당으로들 올라간다.

그래가지고는 여섯 시쯤 조반을 먹고 조금 있다가 '참선'들을 한다. 이십 여 명이 한 방에 문을 꼭 닫고 앉아 묵상을 하는데 바늘이 하나 떨어져도 요란할 것처럼 빈 방같이 조용하다.

'참선'이란 무엇이냐고 물어 보니 잡념을 버리고 무엇이고 오직 한 가지를 가지고 두어 시간 계속해 그것만 생각한다는 것이라 몹시 과학적이다.

낮에 책을 끼고 석계石溪를 따라 올라가 봤다. 어지간히 올라가 봐도 물줄기가 끝나는 데를 모르겠다. 가도 가도 옥수 같은 산 물이 세차게 바윗돌을 깎으며 소리쳐 흘러내린다.

한 바위 위에 가 걸터앉아 나는 잠시 눈을 감고 물소리를 들어 본다.

언제까지나 같은 기세로 물은 무심히 흐르는 것 같은데, 그것을 듣는 내가 공연히 이렇게도 저렇게도 내 생각을 넣어서 듣는 것이다.

눈을 뜨고 내려다보니 물은 여전히 흐른다. 세차게 내려와서는 천 개 만 개 옥玉으로 부서지는 것을 가만히 보고 있으면 또 이상하게 마음은 언제까지나 '무심' 상태가 된다.


물소리를 뒤에 두고 나는 치맛자락을 휩싸 쥐며 옆 숲길로 올랐다.

둥굴레 싹이니 엉겅퀴니 뭇 풀들이 엉클어진 숲엔 또 여기저기 하얗게 찔레꽃이 만발했다. 찔레꽃이란 바로 말하지만 별로 어여쁜 꽃은 되지 못할 뿐더러 꽃으로는 빈약한 것인데, 사실은 그 찔레 순에 매력이 있는 것이다. 걸음을 걷는 대로 긴 치맛자락이 찔레 순에 잡힌다. 걷다가 보니 비가 온 뒤라 그늘진 숲속엔 뱀딸기들이 빨갛게 열려 있다.

이걸 보고 나는 갑자기 무서운 생각이 들었다. 뱀딸기가 저기 저렇게 많을 적에는 필경 거기 어디엔가 짐승이 있을 것만 같다. 그렇지 않아도 내가 이 해인사엘 온다니까 서울서 누가 거기는 뱀이 많더라고 하며, 또 게다가 연전에 장안사長安寺 어느 여관에서 손님이 뱀에게 물려죽었다는 말을 해 줘서 슬며시 기분이 나빴었다.

돌아오는 길엔 절 뒤에서 고사리를 꺾으러 갔다 온다는 전수좌와 한수좌를 만나 그들과 이야기를 하며 같이 왔다. 나이가 둘이 다 열다섯이라니 그야말로 마슬에서 머리를 땋고 치마를 입힌다면 제법 처녀 꼴이 날 것을 중의 적삼赤衫 바람의 총각을 앞세워놓고 보니 어설프기 짝이 없다. 그들은 모두 여기 노니老尼들의 '상좌'로 시봉들을 하고 있는 것이다.

이렇게 깊은 산중에 들어와 게다가 말씨까지 과히 다르고 보니 서울이 아득히 멀다. 종로가 없을 때는 중들이 시주를 해 가지고 여기를 걸어 왔을 테니 몇 날 몇 밤을 고생을 하며 왔을 것인고.

여기 오니 말벗이 없어 적적한 때가 많다. 동자童子에게 필낭筆囊을 들리우고 나귀를 타고 이 산중에 나를 찾아올 멋진 친구가 없다.

가야산 밑에 어둠이 내려 암자에 황혼이 기어들 때면 내가 견딜 수 없는 향수에 빠진다. 큰 절에서 들려오는 저녁 종소리를 들으며 차차로 어둠에 묻히는 앞산을 보고 섰노라면 '마음이 곤한 자여 다 이리 오라'고 하는 것 같다.

법당 앞 큰 뜰에 장명등이 켜지고 내 방에도 전수좌가 램프 불을 켜놓는다. 밤이거나 낮이거나 물소리가 심해서 자다가 깨면 비가 오는 줄로 알던 그 물소리도 이제는 귀에 익어 잠 안 오는 밤이면 그 소리를 듣고 잠을 청하며 서울 갈 생각이라도 달려보는 것이다.

「산 일기」는 1941년 7월 매일신보에 5일간 연재한 원문이다. 지금까지 나온 노천명 수필집에는 같은 해 9월호 '삼천리' 잡지에 수록한 글이 수록되어 있지만 그 글은 잡지 지면에 맞춰 상당한 부분이 삭제되고 고쳐져 있다.

# 썰물에 밀려간 해변의 자취

나는 언제나 바다를 좋아한다. 더욱이 찌는 듯한 여름이 되면 산을 찾아가기보다도 7월의 푸른 물결이 넘실거리는 사파이어의 아득한 바다가 끝없이 그리워진다.

바다가 동경될 때면 나는 코발트의 하늘을 쳐다본다. 성냥갑을 엮어 세워놓은 것 같은 서울의 집들…. 갑갑해서 툇마루로 좀 나가 보면 뒷집의 판장이 앞을 탁 막고 앞을 내다보면 앞집 문 앞에 열어놓은 쓰레기통…. 차라리 눈을 올려 하늘을 쳐다본다.

선녀들의 우의羽衣 같은 새하얀 구름을 쳐다 보느라니 구름은 그 날개에다 나를 가볍게 실어 가지고 열 해 하고 또 다섯 해된 옛날…. 서쪽 바다에 이름 모를 한 작은 포구를 찾아든다. 내가 고고의 첫소리를 올린 곳도 이곳이요 내가 잔뼈가 굵어진 곳도 또한 이 작은 포구이다.

바다가 가까웠던 관계인가. 나는 어렸을 때부터 물귀신이라는 소리를 들을 만치 바다를 그렇게 좋아했다. 밀물이 들었다 나가는 때면 동네 집의 섭섭이 큰년이 확실이를 따라서 언제나 조개를 주우러 가는 것이었다. 해감 흙구덩이 빠끔빠끔 뚫어진 곳에서 조개를 파내는 것이 그렇게도 즐거운 일이었다. 언제나 남에게 지기를 싫어하는 나는 해변 검탕흙에 연상 미끄러져 가면서 남보다 조개를 많이 캐려고 바쁘게 뛰어다녔다. 따라서 나중에 보면 언제든지 내가 캔 조개가 그 중에 제일 많았던 것이다.

그러나 이 조개를 집에 가지고 가는 날에는 칭찬은커녕 어머니에게 조개를 캐러 다닌다고 꾸중을 듣겠으므로 내놓기 아까웠지만 하는 수 없이 내가 캔 조개는 언제나 확실이에게 덧붙여주는 것이다.

이렇게 바다를 좋아하는 내가 한 번은 영원히 바다 귀신이 될 뻔하였다.

한 번은 아랫마을 큰 처녀들을 따라서 파래 캐는 데를 따라갔었다. 아침에 나는 어머니 몰래 그들을 따라서 우리게서 한 5리나 실히 되는 곳으로 파래를 따러 갔던 것이다. 그들을 따라 나도 온종일 옷을 버리고 갯바람에 몸을 얼려가며 파래만 뜯기에 밀물이 들어오는 것도 모르고 열심으로 파래만 뜯다가 하마터면 황해 바다의 물고기 밥이 될 뻔하였다.

순식간에 밀려드는 물을 피해서 내가 겨우 언덕에 올라섰을 때는 방금 내가 파래를 뜯고 있던 그 바위에 흰 물결이 넘실거리고 있었다. 그것을 바라다보고 섰던 나의 눈에는 나도 모르는 새 알지 못할 눈물이 큰 눈에 하나 가득 핑그르르 돌았다. 옷을 다 물에 적셔 가지고 추워서 떨며 다 저녁 때 어머니에게 오늘은 꾸중을 톡톡히 들으리라 하고 가슴을 졸이면서 어둠 속에 숨어서 들어설 제 바로 마당에서 나는 어머니를 만났다. 어머니를 만나는 순간…. 다른 때 같으면 꾸중을 들을까 봐서 어머니가 응당 무서웠으련만 웬일인지 이 날은 어머니를 보고 떨리던 마음은 다 어디로 사라져 버리고 내가 죽었다가 다시 살아오는 것이나 같이 어머니 얼굴을 다시 보게 된 것이 너무나 반갑고 기뻤었다.

나는 어머니에게 왈칵 달려들며 "오마니!"를 한 마디 부르고서는 그만 목을 놓고 울어 버렸다. 허니까 어머니도 눈에 눈물이 그렁그렁해지시며 나를 데리고 들어가셔서 물에 젖은 옷을 벗겨 주시며 나를 달래 주셨다.

그러는 동안에 나를 찾으러 나갔던 사람들이 들어와서 나를 보고 숨을 내쉬었다. 이때 나는 눈물을 흘리면서 마음으로 어머니께 감사를 안 드릴 수 없었다. 그 후부터 나는 조개나 파래를 캐러 다니는 일을 영영 하지 않았고 가끔 낚시질 가는 오빠를 따라서 물가에 갔다가 오빠가 은어를 잡아서 풀에다 꿰어 주면 그것을 들고 오빠를 따라다니다가 큰 고기나 하나 잡히면 좋아라고 오빠와 떠들며 들어오는 것이 새로운 즐거움이었다.

그 후 나는 이 정든 포구를 떠나 서울로 공부를 오게 되었다. 서울의 모든 것이 어디로 보든지 한 작은 그 포구에 비겨할 바 없으련만 화

려한 서울 한복판에 앉아서도 저 푸른 하늘을 쳐다보는 때면 서해안
한 작은 그 포구가 한없이 그리워진다.

2,3년 전에 나는 그리운 고향 하늘을 그리다 못해 오래간만에 그곳
을 찾았다. 그러나 내가 멀리서 그리던 그 정경이라고는 흐릿한 그림
자 한 조각도 찾을 수가 없었다. 산천이 의구란 말은 누가 한 거짓말인
고. 옛날의 조개동무 섭섭이와 확실이 큰년이를 찾으니, 섭섭이와 큰
년이는 저 멀리 시집을 가고 확실이는 진남포로 이사를 갔다고 한다.
옛집이 그리워 찾아들었건만 주느니 나에게는 환멸뿐이었다.

차라리 나는 내 머릿속 옛 기억에서 그리던 이 고향을 더듬어 보
련다.

———— 1933년

# 금강산은 부른다

### 명경대明鏡臺

장안사長安寺를 뒤에 두고 만천계萬川溪를 건너 잣나무 숲으로 십여 정町을 가노라면 앞에 가로막힌 절벽이 명경대입니다. 그 밑에는 커다란 담潭이 있어 밑에 깔린 누런 바위에 비쳐 물빛이 누러니 이것이 황천강黃泉江, 일명 황류담黃流潭이며, 고개를 돌려 서쪽을 우러러보면 석문石門 하나가 있으니 이것이 지옥문입니다. 골짜구니가 깊어서 햇볕이 아니 들고 바위 위에 찬이슬과 돌은 소나무 끝에 푸른 안개, 황천강의 여울 소리, 진실로 우중충한 이 귀신 우는 소리가 들릴 듯합니다.

지옥문이라, 황천강이라, 십왕봉十王峰이라, 판관봉判官峰이라, 인봉印封이라, 사자봉使者峰이라, 우두봉牛頭峰이라, 명경대라 하여 저 염라대왕이 죄인을 재판한 데도 여기랍니다.

명경대라는 것은 저승에 있는 것인데, 어느 중이 죽어 저승에 들어

명경대

갔다가 도로 살아나서 여기를 와본즉 그 봉우리가 꼭 저승에 있는 명
경대와 같으므로 그렇게 이름을 지은 것이라 합니다.

그러면 저승에 있는 명경대는 무엇에 쓰는 것인가? 사바에 살던 사
람을 잡아다가 그 명경대 앞에 세우면 그 사람의 과거와 행세의 모든
업業과 미래의 모든 보報가 그대로 그 거울에 비쳐지고는 자기의 지은
죄를 손톱 끝만치도 숨길 길이 없고 동시에 한 번 보아 자기가 받을 영
원한 판결을 안다 합니다.

명경대 밑에 황사굴黃蛇窟, 흑사굴黑蛇窟이라는 조그마한 구멍이 있
으니 황사굴은 일명 지옥굴이라, 그곳으로 가는 자는 잠깐 황사굴을

통하여 명경대의 머리를 빠져 극락으로 오르고, 흑사굴은 일명 지옥
굴이라 악언을 지어 지옥으로 가는 자는 일단 흑사가 되어 명경대의
아래를 통하여 지옥으로 내린다 합니다.

그래서 황사굴에는 불을 때면 연기가 명경대 끝으로 올라가되 흑사
굴에 불을 때면 연기 가는 데를 모른다 하니 아마 염라대왕골 굴뚝으
로 나가는 모양입니다.

명경대 일판에는 불교에서 우러나온 전설이 숨어 있으니 한 번 그
앞에 가서 자기 자신을 반성해볼 만도 합니다.


## 정양사正陽寺와 헐성루歇猩樓

표훈사表訓寺에서 양의 창자 모양으로 꾸불렁거린 길을 한참 가노라
면 정양사가 나옵니다. 바로 정양사 마당까지 가도록 집은 안 보이고
속새 수풀을 획 나서면 정양사입니다. 햇볕이 차고 넘치는 곳에 단청
이 새로운 전각이 조용히 앉았으니 과연 영지靈地가 타서 속진俗塵의
기운을 발한 듯합니다.

그 이름이 정양인 것같이 방광대放光臺의 정남正南 배꼽 위에 앉은
정양사, 남향이라 과연 정양입니다. 모든 일광이 다 이곳으로 모여드
는 듯이 밝습니다.

고려 태조가 이곳에 오시매 영광靈光이 비쳤다 하여 방광대란 이름
을 얻었거니와 음침한 관목 숲에서 쑥 나서며 일광이 차고 넘치는 것
을 보면 과연 영광이 비쳤다고 할 만합니다. 정양사는 볕 속에서 볼 것

입니다.

들어가는 왼쪽 편이 이름난 헐성루니 집은 그리 좋지 못하여도 거기서 보이는 경치는 아마 천하 모든 누각에 제일일 것입니다. 누의 남쪽 난간에 서서 동남서 서쪽을 바라보면 바로 다리 밑에서부터 저 푸른 하늘에 이르기까지 크고 작고, 높고 얕고한 무수한 봉우리와 뫼가 눈앞에 깔렸습니다. 거기 만들어놓은 지봉의指峰儀를 보건대 여기서 보이는 것이 이름 있는 것으로만 마흔일곱 봉우리니 한 누에 서서 삼십 리 거리 이내의 마흔일곱 봉우리를 한눈에 본다 하면 그 절승을 넉넉히 짐작할 것입니다. 모든 봉우리가 다만 조금씩이라도 작더라도 그 꼭대기만은 여기서 보이도록 마련이 된 것이니 참으로 신통합니다. 절묘합니다.

망군대望軍臺는 높은지라 봉우리와 구령九嶺을 발 앞에 내려다보게 되었지만 헐성루에서는 돈도頓道, 송라松羅, 연봉連峰의 전체와 그 밑에 흐르는 만폭동萬瀑洞 하류의 유심한 구령을 보는 외에는 모든 봉우리의 끝만을 보게 되었으니 마치 헐성루를 중심으로 한 활 위에 일만 이천 봉이 일렬로 늘어선 것 같습니다. 오직 빛깔이 엷고 진한 것으로 윤곽이 뚜렷하고, 흐릿한 것으로 그 거리를 짐작할 뿐이외다. 혹은 앞에 있는 봉우리의 머리로 넘겨보고 혹은 어깨로 엿보며 혹은 고개를 잠깐 기울이고 두 봉우리의 머리 틈으로 엿봅니다. 봉우리의 키도 천태만상이요 봉우리의 모양도 천태만상이니 호접남을 휘어 세운 듯도 하고 혹 칼과 창을 벼려 세운 듯도 합니다.

옛사람이 이곳에 와서 '금강의 진목을 알려면 석양의 헐성루 위라야만 한다'고 시 한 수를 지었다 합니다. 단풍 시절에 석양이 천봉만란千峰萬爛을 옆으로 내리비추는 경치는 참 아름답습니다. 진실로 금강의 진면목은 단풍 시절에 있고 단풍 시절의 진면목은 석양에 있습니다.

### 만폭동

표훈사의 동쪽 옆문으로 나서서 수십 보를 가면 금강문입니다. 칼로 쪼갠 듯한 큰 바위들이 이마만 마주대고 앉아 문이 된 것이니 이렇게 생긴 것은 다 금강문이라 부릅니다.

금강문을 나서서 송림 속으로 청학대靑鶴臺를 왼편에, 물소리를 오른편에 두고 1마장이나 가노라면 길가의 반석 위에 금강산 석 자를 가로새긴 것이 있으니 전설에 칠세동이 금강 두 자를 쓰고는 정력이 진하여 죽으면서 읍언하기를 후일에 산山자를 채우는 자가 있거든 자기의 후신으로 알아달라 하였답니다. 그런데 몇 년 전에 김해강金海剛이 자기 아들로 하여금 그 산 자를 채우게 하였다 합니다.

거기를 지나서 얼마를 걸어가면 검은 쇠로 볼 듯한 향로봉을 새에 두고 계곡이 둘로 갈렸으니 북으로 뚫린 것이 내원통동內圓通洞이라 내원암內圓庵, 태상동太上洞, 선암船庵을 지나 수미암須彌庵에 달하여 능허凌虛, 영랑永郎 두 봉의 새를 연한 산에 이르는 이십구 리 잠곡이라 그윽함이 영원동靈源洞 이상이며, 거기서 동쪽으로 뚫린 것이 만폭동이니 마하연摩訶衍을 지나서 다시 동과 북으로 갈려 하나는 한무재로, 하나는 비로봉으로 통하는 이십 리, 육리陸里에 달 쫓는 장곡長谷이니 실로 내금강의 중앙을 동서로 종단하는 계곡입니다.

동으로부터 오는 만폭동의 물과 북으로부터 오는 내원통동의 물이 합하여 서쪽으로 장안사를 향하고 가서 만청강이 되는 삼원 거리에 큰 반盤이 깔렸으니 그 위에 양봉래서楊蓬萊書라 한 봉래풍악蓬萊楓岳 원화동천元化洞天이라는 여덟 자가 새겨 있고 그 곁에 만폭동 석 자가 있습니다. 여기 앉아보면 세 골짜구니들이 다 들여다볼 수가 있으니 과연 동천이 열렸다 하겠고 모두 천인절벽에 늙은 소나무가 거꾸로 달렸고 늙은 소나무 가지 끝에 흰 구름이 걸렸으며 흰 구름이 피어

만폭동

오르는 끝에 맑고 파란 하늘이 덮였습니다. 발아래를 보면 옥같이 흰 바위 위에 수정 같은 물이 소리를 치고 달려옵니다. 가끔 맑은 바람이 불어 절벽과 늙은 소나무를 울리는 물소리가 바람소린지 분별할 수가 없습니다.

청학봉 향로봉은 바위 하나로 깔아놓은 듯 하게 흙 한줌이 없으며 봉우리의 몸은 까맙니다. 봉우리의 몸이 그렇게 검은 것은 칠흑 같은 들옷이 앉은 때문입니다. 내금강의 봉우리를 이룬 바위들은 은백색인 것이 통례연만 청학, 향로 등 원 작은 봉우리들은 다 이렇게 까맙니다. 까만 것이 통례인 외금강에도 천화대天花臺 같은 높은 봉우리는 하얗습니다. 흰 것은 백색의 들옷이 안긴 때문입니다. 높은 봉에 흰 들옷, 낮은 봉에 검은 들옷.

만폭동이라고 쓴 곁에 바위에 새긴 바둑판이 있으니 이것이 양봉래의 놀던 곳이라 합니다. 전설에 신라의 사선四仙이 금강산과 관동 각지에 놀았다 하여 그 유적이 많고 특히 영랑선인永郎仙人이 그 중에 유명하였는지 영랑이 숨어 있었다는 영랑봉이 있고 고성에 영랑호가 있습니다.

아마 그네들이 놀고 간 뒤에는 명종明宗조 초의 양봉래가 가장 금강산에 노닌 중에 풍류객인 모양입니다. 청주 사람으로서 등과하여 수령도 지내고 하다가 표연히 진세塵世를 버리고 금강산에 들어가 처사로 날을 마치니 외금강 신계사神溪寺의 동석동動石洞과 이 만폭동에 그의 유적이 있습니다.

## 보덕굴

참말 금강산 바위들은 행복입니다. 하늘이 만들어놓은 그대로 오직 맑은 물과 맑은 바람에 날로날로 모양을 변하며 날로날로 아름다워갈 뿐입니다. 양봉래의 바둑판을 지나서부터 마하연 조금 못 미쳐 화룡담火龍潭에 이르기까지 약 십 리 동안이 만폭동입니다. 바둑판에서 얼마를 가면 비스듬히 폭포 바로 위에 뽕나무 두 개를 건너 큰 바위 몇 개를 넘어 다시 그와 같은 다리가 있으니 이것이 방선교訪仙橋입니다.

다리를 건너가노라면 길가 이끼 앉은 바위에 매월당梅月堂의 '요산요수인지상정이아즉등산이역임수곡곡운운藥山藥水人之常情而我則登山而奕臨水曲哭云云'(산을 즐기고 물을 즐김은 사람의 상정이라, 그런데 나는 산에 올라서 울고 물에 임해서 울고….) 한 글씨가 있으니 선생의 당시의 비회悲懷를 길손에게 말합니다.

다시 한참 가서 바위를 더듬어 개천을 건너면 사선교라고 새긴 큰 바위가 있고 그 바위 왼쪽에 영아지映娥池 석 자가 새겨 있으니 거기서 내려다보면 바로 그 바위 밑에 네모반듯한 못이 있습니다. 못은 계류溪流가 한번 구부러진 곳에 불과하지만 그 세 면을 두른 벽이 마치 붉은 벽돌로 쌓은 듯하고 물밑도 인공으로 네모반듯하게 판 듯하며 붉은빛을 띤 맑은 물이 거울과 같이 고요합니다. 이것이 영아지라는 것이니 영아라는 이름에는 전설이 있습니다.

여기서 동으로 보면 법기봉法起峰의 서남 기슭 절벽에 길다란 구리 기둥 하나에 버텨서 불면 날아갈 듯한 조그마한 암자가 있으니 이것이 보덕굴입니다.

고려 말에 회정悔正 법사라는 중이 있더랍니다. 그이가 지팡이를 끌고 만폭동으로 올라오다가 여기에서 날이 저물어 이 바위 위에서 밤을 새우는데 마침 이 영아지에 어떤 등불이 비치니 그 등불 곁에 어떤 단장한 미인이 바느질을 하고 있더랍니다.

날이 밝기를 기다려 법사는 불 있는 데를 찾아 올라갔으나 집도 없고 사람도 없고 한 석굴 속에 오직 촛대 하나와 양초 하나가 있을 뿐입니다. 이에 법사는 그 석굴에 의지하여 암자를 짓고 관음보살의 상을 모셨다 합니다. 이것이 보덕굴이니 그때에 보이던 미인이 보덕 민씨閔氏요, 그는 관음의 현신이라 합니다.

절벽을 향한 편으로 벽이 있고 그 안에 통로가 있는데 그리로 걸어가기가 심히 아슬아슬합니다. 방의 앞문이 그리로 향하였는데 문을 열어보니 어둠침침한 조그마한 방의 전면에 한 폭의 불화가 걸린 것밖에 아무 세간도 없습니다. 누가 지었는지 모르는, 침 바르기는 누가 발랐던지 불상을 누가 내다 걸었는지 또 이 집에 몇 사람이나 들었는지 알 길이 없습니다. 아마 노승도 있었겠지요. 젊은 중도 있었겠고 여승도 있었겠지요. 본래 주인 없는 집에 집 없는 무수한 사람들이 들고 납니다.

그 컴컴한 복도를 지나 서쪽 마당에 나서면 상하 향로봉이 바로 눈앞에 보입니다. 그 마당의 남쪽 편 끝에 돌 층층대가 있으니 한 걸음 한 걸음 내려놓기에 전신이 짜릿짜릿합니다. 아무쪼록 절벽을 내려보지 아니하고 가까스로 십여 단을 내려가면 삼 면을 성벽에 기대고 일 면을 구리 기둥으로 버틴 조그만 집이 있으니 이것이 보덕굴이라는, 시골에 매어단 관음당觀音堂입니다. 발을 가만가만히 옮겨 집안에 들어가 보면 북쪽 벽 굴 어귀에 조그마한 관음보살의 소상塑像을 곱게 모시고 시주들이 발원한 축문이 놓였습니다. 방의 서남 구석에 네모난 구멍이 있는데 그 뚜껑을 떼고 엎드려 내려다보고 구리 기둥이 천 길이나 되어 보이고 풀 잎사귀가 저 세상 것같이 열려 내려다보이며 찬바람이 휘휘 들이쏘일 때는 온몸에 소름이 쭉쭉 끼칩니다.

### 벽파담

만폭동에서는 눈으로 보기만 해서는 아니 됩니다. 그 소리를 들어야 합니다. 말소리, 바람소리, 바람 맞아 우는 소나무와 절벽의 소리, 천관만현千菅萬絃이 어우러져 우러나는 풍류 소리, 그것들을 들어야 합니다.

영아지에서 바위 몇 개를 넘어 개천을 건너면 끝없이 넓은 큰 반석이 있고, 그리고 굴러 내리는 벽옥碧玉 같은 물이 비폭飛瀑이 되고 심연深淵이 되어 소리와 빛이 무한히 변화합니다. 만폭동의 만폭인 특색이 여기서부터 시작되니 지금 보이는 푸른 소沼가 청룡담, 거기서 북으로 몇 발자국 올라가면 백설 같은 물바래(물보라)치는 곳이 분설담입니다. 그 물바래를 무릅쓰고 담의 서안西岸에 꾸부리고 바위 밑에 들어가 허리를 꾸부리고서 먼 바다를 향하고 달려오는 듯한 분설폭噴雪

瀑의 시원하고 기운찬 모양이 뼛속까지 식어 들어가는 것 같습니다. 더욱이 얼굴에 울리는 그 우렁찬 소리 바위 치마 끝에 보이는 장관과 벽운의 조그마한 조각, 말할 수 없이 웅장하고 상쾌한 경치입니다.

그 당굴에서 나와 반석 위에 북향하고 서면 중향봉衆香峰의 백옥 같은 봉두峰頭가 살짝 보입니다. 그것이 법기봉의 행간 노송老松을 전경으로 하는 양은 참 아름답습니다. 분설담 앞에 북향하고 서서 산용山容과 운태雲態를 완성하기를 잊어서는 아니 됩니다.

만폭동은 수 없는 봉들과 기괴하고 청아한 빛깔과 모양을 가진 바위와 난대로 제마음대로 자란 늙은 송백과 맑고 변화 많은 물과 봉두로 나는 흰구름, 동곡洞谷으로 부는 맑은 바람, 이 모든 재료를 가장 운치 있게 그윽하게 변화 많게 배치한 것입니다.

동네 이름을 만폭萬瀑이라 하였더니 이 승경의 주인을 물로 잡은 고인의 뜻이외다. 과연 물의 모양과 소리에 한이 없겠지요. 빗물, 시냇물, 강물, 바닷물, 폭포 물, 그러나 물의 흐르는 모양과 소리가 만폭동 같이 다취 다양한 데는 천하에 없을 것입니다. 평평한 반석 길로 소리 없이 흐를 때에 대강大江의 맛이 있고, 옥 같은 자갯돌 위로 달달달 굴러 내릴 때에는 시내의 맛이 있고, 좁은 길에 한데 모여 굵은 폭포가 될 때에는 뇌성벽력이 지축을 흔드는 듯 하다가 넓은 길에 더욱 잔잔히 내려갈 때에는 엷은 비단을 에운 듯합니다. 작은 물소리, 큰 물소리, 떨어지는 소리, 솟아오르는 소리, 바위에 받히는 소리, 자갯돌을 차고 넘는 소리, 그 소리를 반복하는 바위 소리, 산의 소리 등 이 모든 것이 합하여 웅대한 오케스트라가 되었습니다. 하필 만폭동만이리요, 십만 폭포가 백천 폭포가 한 폭이었으며 일 담이었으니 한 폭이 있으면 만남이 있을 것이외다. 한 폭이 있으려면 반드시 큰 바위 하나가 있어야 하니 만 폭이 있으려면 만 암萬巖이 있을 것이외다. 만 폭이 떨어지면 반드시 한 소리가 나니 만 쪽이 떨어지면 만 성이 날 것이외다. 불과 십 리 상거에 흑룡담에 이르는 팔담사와 불과 오 리 상거에 이르러 한 변화가 있다 하면 과연 놀랍지 아니합니까. 게다가 굽이굽이 돌아갈 때마다 산용과 수색水色과 운태에 암자巖姿가 각각으로 변하니 진실로 천하 절승이 빈말이 아닙니다.

# 금강산놀이 후일담

요새는 밤이 깊어서 아침 여섯시 반이 지나야 날이 밝습니다. 그런데 우리가 모이기는 가로등조차 곤히 잠든 새벽 여섯시 - 그러나 약속한 시간을 한 분도 어기지 않으시고 75명 단원이 한 자리에 쫙 모여들었습니다. 시간 에누리하는 것을 오히려 밋밋하게 여기던 우리 사회에서, 더군다나 가정에만 들어앉으신 분이, 더군다나 이러한 꼭두새벽에 이처럼 시간 이행을 철저히 하심을 볼 때 우리는 다만 감격하고 감사할 뿐이었습니다.

차 시간이 되자 빨간 사기社旗를 선두로 동표同標를 가슴에 찬 우리 단원은 한 분 한 분 개찰구를 들어섰습니다.

"그러면 어머니, 안녕히 다녀오세요."

"그러면 할머니, 구경 잘하고 오세요."

"그러면 아주머니…."

"누님….."

혹은 할머님을, 혹은 누님, 혹은 어머님을, 혹은 아내를 배웅하는 "그러면, 그러면" 소리가 여기저기서 났습니다. 찬바람이 도는 우리네 의 그 무표정, 무감정, 몰취미한 풍경과는 너무도 차이가 큰 유쾌하고 단락한 씬(장면)이었습니다.

'부인 금강산 단풍놀이호號'에 올라타 우리 일행이 자리를 잡자 벌 써 여기저기 웃음꽃이 피었습니다. 처음 대하는 얼굴이 되어서 많이 본 것 같고 처음 듣는 목소리가 많이 들은 듯싶은 그처럼 다정스러운 친숙한 벗이요 맘 벗들이었습니다. 누가 구식 부인네를 보고 '유머' 가 없다십니까? 누가 그 분네를 보고 사교성이 적다십니까. 요즘 여 자들의 그 교만, 그 새침, 그 깔봄, 그 주제넘음, 그러한 것들은 그림 자도 찾아볼 수 없고 다만 겸손하고 사양하고 그리고 남을 아끼고 끔 찍이 여기며 맘과 맘이 일치한 구식 부인에게 오히려 우리는 존경이 갑니다.

그리고 이번 금강산놀이의 이채요, 자랑이라 할 것은 칠십이 넘는 노인이 네 분이나 계셨던 것입니다. 더욱이 관훈동 사시는 조趙씨는 올해 연세가 여든여섯이신데 거절을 당할까 보아 오십이라고 나이를 속여 참가하셔 가지고 늘 맨 앞장을 서서 그 아슬아슬한 보덕굴菩德窟 꼭대기까지 버선발로 성큼성큼 올라가시어 우리의 간담을 서늘하게 했습니다. 나이 많은 금강산 탑승자로는 아마 이분이 신기록일 것입 니다.

예정한 노정을 완전히 마치고 돌아오는 차 속에서 '복제비' 뽑기의 여흥이 있었는데, 유성기를 비롯한 옷감, 모든 좋은 상품이 다 노인네들한테 간 것을 다행으로 알고 기쁘게 여겨 진심으로 축하하는 우리 일행의 그 아름다운 마음이야말로 금강산의 정기를 받아 더욱 빛난 결과였습니다.

# 바다는 사뭇 남빛

바다가 맑고 빛이 곱기로는 동해 바다가 그만일 것이다. 허나 원산 바다와 송전은 너무 알려져서 피로한 머리와 몸을 쉬러 가는 데는 하필 서울서 조석으로 대하는 똑같은 얼굴들을 만날 필요는 없다고 생각되어서, 사람의 발길이 많이 안 간 해변을 찾아 한여름을 서해안 구미포九美浦에서 쉬었던 일이 있다. 무척 깨끗한 곳이었다. 그리고 아름다운 곳이었다.

차에서 내려 자동차를 타고 가노라면 구미포에 당도하기 한 시간 전부터 바다가 훤하게 내다보이며, 청솔밭 사이로 파도 소리가 곧 들려올 것 같다.

멀리 흰 등대가 보이고 바다는 사뭇 남빛을 풀어놨다.

아낙네가 바구니를 옆에 끼고 강냉이를 따고 있는 삼밭을 지나 바다로 나가자면 명주 같은 촉감을 주는 모래사장이 나선다. 눈이 부시게 희고 말로 할 수 없이 곱다. 신발을 벗고 맨발로 걷노라면 어디선가 그윽한 향기가 코를 쿡 찌른다. 자못 짙은 향기에 발 아래를 굽혀보면 새빨간 꽃송이가 푸른 잎과 함께 흰 모래 속에 묻혀 있다. 꽃 무더기는 내 발 밑뿐이 아니다. 여기도 한 무더기 저기도 한 무더기 흰 모래사장에 새빨간 꽃과 푸른 잎이 예저기 깔려 있는 양은 흰 탄자에다 수를 놓은 듯하고 아름답다는 말로는 맘이 흡족하지 않다.

모래사장은 사뭇 희고 해당화는 타는 듯 붉고- 이 아름다운 운치에 나는 취해 잠간 아찔함을 느꼈다. 해당화 포기를 따라 이리 갔다 저리 갔다 사슴처럼 뛰어다녀본다.

이 고장 사람들의 얘기를 들으면, 해당화가 십 리만큼씩 가서 이렇게 있어서 소위 명사십리 해당화라고 하는데, 이는 원산에도 있어 헷갈리게 되나, 이 구미포의 것이 진짜 명사십리라고 한다. 그 어느 것이 진짜 명사십리인지는 내 알 바가 아니려니와 모래가 명주처럼 곱기는 감히 여기 견줄 곳이 없을 성싶다.

푸른 바다가 좋고 해당화 향기가 좋아, 아는 이들이 없건만 도무지 적적하지 않다.

온종일 타서 얼굴을 수건으로 반쯤 가리고 들어오는 길에 원두막엘 들러 참외를 먹는 맛은 또 하나 재미다. 이리하여 노곤한 다리를 끌고 여사로 돌아오노라면, 황혼이 짙어지고 추녀 끝으론 박쥐가 날아든다. 마침내 램프에 불이 켜지면 휙 끼쳐오는 오양간(외양간) 풀 냄새와 함께 나그네는 잠간 향수를 느낀다.

# 바다를 바라보며

둘이는 그때 바닷가를 걷고 있었다. 썰물이 나가느라고 물결은 한 번 솨- 하고 밀려왔다. 나갈 때마다 한 금 또 한 금 모래불(모래부리)에서 밀려 나갔다.

이때 물결에 밀려 들어왔던 해초니 조개껍질들이 젖은 모래사장에 파랗고 희게 널려졌다.

파도 소리를 들으며 두 사람은 먼 수평선을 향해 말없이 걸었다.

감빛 돛을 단 목선木船이 돛대가 휘어지도록 바람을 배고 이편을 향해 오는 것이 보였었다.

얼마쯤 걷던 우리는 향기가 물큰 하는 꽃자주빛 해당화를 흰 모래 사장에서 발견했었다.

유난히 고운 꽃빛하며 미혹하는 향기하며 더욱이 꺾는 손을 찌르는 몸에 돋친 가시가 이상한 생각을 떠오르게 했다.

산을 버리고 바닷가 모래밭에가 피어난 것은 도대체 어이한 연유며 이 해당화와 바다와는 필연 무슨 곡절이 있어 슬픈 얘기나 무서운 얘기가 있는 것이 아닐까고 우리가 얘기를 했던 것도 분명히 칠월의 바닷가에서였다.

바다를 바라다보고 앉았으려니까 이런 뚱딴지 같은 기억이 떠오른다.

나는 눈을 가다듬어 내 앞에 전개되는 부산의 바다를 다시 정시했다. 부산의 바다는 분명히 밤이 더 좋아 보인다.

보석을 뿌린 듯 불빛이 찬란한 곳은 인가가 아니라 기슭에 댄 배의 불들이다.

파도에 배 몸이 흔들릴 때마다 붉은 루비들이 번쩍거리며 광채를 낸다.

바다 한복판에 의젓하니 십자가를 크게 달고 있는 병원선이 내 눈에는 무슨 여왕인 것만 같아 보인다.

어둠에 묻혀서 대마도對馬島는커녕 가까운 오륙도五六島도 보이지 않는다.

내 시선이 마주 가는 곳에 바로 등대가 있는 모양이다. 등불이 깜박깜박 하며 뱃길을 가리키고 있다.

나는 '등대지기의 딸'의 얘기가 아니라 좀 더 멋들어진 얘기를 등대와 더불어 구상해 본다.

송도나 다대포多大浦쯤 나가기 전에는 낮에 시내에서 바라보는 부산 바다는 실은 그다지 시원한 바다 맛은 나지 않았다. 도대체 선박이 많이 널려 있어 눈에 들어오는 바다를 막기 때문이다.

그러나 밤이 되면 확실히 더 아름다워진다. 실상 부산에서 마음을 좀 달래 주는 것이라고는 바다 외에 더 없을 것이다. 여러 가지로 부산은 정이 안 붙는 곳이다. 도로 포장이 잘 되어 있지 않는데다가 닷새가 멀다 하고 비가 자주 오는 데는 정나미가 떨어지고 거기다가 집 난리 물 난리를 겪고 보니 오직 너와는 떠남을 가져오는 것이 좋다는 결정서를 내리는 수밖에 없다.

하기야 아스팔트라는 것은 구경도 못하는 진흙 구덩이 시골서 물을 동이로 이어다 먹으면서도 정을 붙이고 살 수가 있거든 길이나 물이 정을 막을 리야 있을까 보냐.

그저 삶에 시달리다 보니 아무 경황도 여유도 없는 것이렷다.

사변 전에는 그래도 오막살이나마 내 집들을 지니고 있던 사람들이 여북하면 행길 바닥에 나가 앉고 더 심하면 하수도 수채 위에가 올라앉아 가지고 널빤지 상자를 뒤집어쓰고 사노라니 오죽할 것이냐. 나 역시 방송국 합숙소에 들어와 이 장마당 같은 방에서 신세를 지는 형편이 아닌가. 사조四疊 방에 다섯이서, 때로는 여섯 여인이 복닥거리노라면 두고 온 서울 생각이 불일 듯 난다.

더구나 요즈음은 다다미 넉 장이 한 장도 성한 것이 없이 모두 다 내장이 나오도록 해져서 종달새가 알두구니(알 둥지)를 치기 알맞게 되어 가지고는 그 면적은 나날이 커갈 뿐이다. 앉았다 일어났다면 치마에는 북데기가 묻어난다.

저녁을 먹고 나면 바다라도 내다보고 와야 견딜 수가 있는 심경도 미상불 여기에 있는지 모른다.

저녁을 먹고 나면 으레 뒷산으로 올라가는 것이 버릇처럼 되어 버렸다.

도시 한복판에 산다운 산이 있을 리 없겠지만 관상대觀象臺를 머리에 이고 여기는 제법 높은 곳이 되어 있다.

우리는 여기를 가리켜 산이라고 한다. 각기脚氣가 있는 무거운 다리를 끌며 기어 올라가는 것은 오직 바다를 내다볼 욕심에서다.

# 해인사 기행

산을 찾아가기에는 계절로 보아 조금 이른 감이 없잖아 있었으나 또 어찌 생각하면 아주 여름이 되어서 피서객들이 시끄럽게 모여드는 때보다 정양 차로 가는 데는 요즈음이 좋을 것도 같았다.

대구까지 기차로 와 가지고는 버스로 고령까지 오고 여기서 다시 분기分岐까지 와서 또 표를 사가지고 야로冶爐를 지나서 홍류동紅流洞까지 오는데, 갈아타고 표를 몇 번씩 끊는 틈에 사람이 피곤해 견딜 수가 없다.

그 전에는 대구서 바로 해인사행을 타고 단숨에 오는 것이었는데, 요새는 그 자동차 휘발유 관계로 이렇게 여러 번 갈아타야 하고, 또 오후 한 시에 온다는 차가 세시나 네 시에 오기가 예사며 그나마 또 어떤 때는 궐하고 통 와 주지를 않는 수도 있다고 하니, 요즈음 자동차 편 여행이란 상당히 불편을 각오하고 나서야겠다.

홍류동까지 와서는 한 십리 길을 걸어서 들어가는데, 자동차가 다닐 수 있도록 신작로를 닦아놔서 구두를 신고도 걸어오는데 발 아픔을 느끼지 않는다.

최고운崔孤雲 선생이 돌아가신 데라고 비석이 서 있는 정자를 보며 줄기차게 쏟아져 내리는 석계石溪의 물소리를 저무도록 들으며 첩첩산중으로 들어오는데 좌우의 경치가 어떻게 좋던지 도무지 내가 피곤을 느끼지 않는다.

이따금 뻐꾸기가 울고 꿩이 이상한 소리를 치며 푸드득 하고 날아감을 본다. 죽죽 뻗어 키가 큰 낙락장송이며 검푸른 잣나무들이 다른 데서는 보지 못하던 풍경이다.

말을 들으니 이 해인사에서는 잣이 명물이며 잣을 딸 때가 되면 수십 석씩 따낸다고 한다.

이리 구부러지고 저리 돌아서 해인사 정문에 이르니 때마침 어떤 노승이 중정中庭 큰 탑 옆에 가 염주를 팔에 걸고 그림처럼 서 있다. 가까이 가서 탑에 새긴 글을 보니 그 초병初甁이 1040년 전 신라 애장왕 때라고 적혀져 있다.

넓은 경내에는 채색이 다 낡은 절간들이 널려 있고 아람드리 나무들이 오래된 역사를 말하는 듯 고색을 담뿍 지니고 섰다.

절 뒤에는 팔만대장경의 각판刻版과 옛날 보물들을 둔 판고가 있어가지고 하루에 두 차례씩 시간을 정해 놓고 표를 사 가지고 들어가는 이에게 쇠를 열어 보여 주고 있다.

온 절간이 큰 적막을 무겁게 신고 있어 그런가, 장미니 수국이니 뜰의 화초들이 유난스레 야해 보인다. 대적광전을 뒤로 돌다 보니 큰 전나무가 서 있는 곳이 조망이 좋은데 들으니 여기가 바로 학사대로 저 고운 최치원 선생께서 공부를 하시던 곳이라고 한다.

거기서 굽어보니 삼선암이니 대선암이니 이승尼僧들의 암자가 숲 사이로 보인다. 여기서 한 십리쯤 올라가면 제일 경치가 좋은 백련암이 있으며 그밖에도 영자전이니 극락전이니 약수암 등의 암자들이 서로 상당한 거리를 두고 떨어져 있다. 지족암 같은 것은 한 해 심한 장마에 무너지고 지금은 그 폐 터만이 남아 있음을 본다.

나이 많은 승려들은 대개 상좌를 데리고 그 시봉을 받고 있다고 한다. 그들이 먹는 것을 보면 순전한 산채로 철저한 소찬이다. 여기 와서 처음으로 요새 드문 '정짜 중'들을 본다. 틈이 있는 대로 그들은 불경을 읽기에 열심이다.

아침 네 시가 되면 종소리와 목탁소리에 일어나 엷은 묵물의 장삼들을 떨쳐입고 예불들을 하러 법당으로 올라간다.

새벽달이 교교히 내리 비치는데 한 손에 염주를 들고 회색 혹은 검정의 장삼을 입고 합장 예배하는 이승들의 모양은 어딘지도 모르게 가련한 데가 있다.

어떠한 이유가 있었기에 속세를 버리고 이 산중엘 들어와 삭발을 하고 저렇게 승이 되었는지 - 우리 같은 지나는 손의 가벼운 추측을 허하지 않거니와 어쨌든 그 용기가 장하다.

이렇게 깊은 산중엘 들어와 오직 절간의 승려들을 대할 뿐 애들이 우는 소리라든지 개 짐승이나 닭 우는 소리 하나 듣지 않고 보니 실로 머릿속이 청신해진다.

암만이고 글을 쓸 수 있을 것 같고 책도 암만이고 읽어낼 것만 같다. 이따금 말 상대가 되는 친구가 없어 심심할 때가 있으나 이런 때는 밖으로 나가 암자 뒤의 가야산을 쳐다보며 푸른 정기를 마음껏 마시고 소리치며 흘러내리는 물소리를 듣는 것으로 달래면 된다.

밤낮으로 바윗돌을 치며 내려가는 물소리가 요란해서 늘 비가 오는 것 같은 착각을 일으킨다.

산들이 어떻게 맑고 좋은지 여기 온 후에 한 번도 세숫대야를 써본 적이 없이 일어나는 길로 칫솔을 들고 세수 수건을 목에 걸치고 바로 물가로 나가서 흐르는 물에다 시원하고 씻고 나온 기분이란 상쾌하기 비길 데가 없다. 이렇게 물이 좋아서 그런가, 여기 이승들의 기색肌色들이 참말로 하나같이 곱다.

대처大處의 여자들이야 화장을 했을 때는 모두 다 미인이지만 그 전의 얼굴을 본다면 얼굴들이 찔러야 피 한 방울 나올 것 같지 않을 참혹한 살빛들이건만 크림이 뭔지 이름조차 모르는 산속 여인네들의 살결이 이처럼 좋은 것은 웬일일까. 어쩐지 향내를 풍기는 게 민망스러워 절간에 유하는 동안엔 일체 화장을 않기로 했다.

가만히 뜰을 거닐며 들어 보면 방 방이 모두 공부하는 글소리다. 금강경을 읽는 사람에, 스님에게 법화경을 배우고 있는 상좌에, 한문을 하나도 모르는 사람은 하다 못해 언문으로 된 것으로라도 불경을 읽고 앉았음을 본다. 그런가고 보면 어떤 중은 또 법당에 올라가 목탁 한 번 못 두드려 보고 정지의 공양지기 스님으로 밥주걱만 들다가 일생을 마치는 중도 있다고 한다.

그들의 말을 들으면 어디를 가보나 해인사처럼 좋은 데는 또 없다는 것이다. 겨울이면 겨울의 절 풍경이 좋고 봄이면 또 절의 그 봄이 좋고, 이리하여 어딜 갔다가도 이 산중에만 들어오면 그만 마음이 좋아서 급히급히 발길을 절간으로 향하게 된다는 것도 그럴 듯한 말이다.

그들은 말끝에라도 도회를 동경하는 일이 없고 또 부모 형제들을 두고 왔다는 이승들이 꿈에도 부모가 그립다거나 형제들 생각이 난다거나 이런 향수를 느끼는 일들이 통 없다.

하고 한 날 들어봐서 그런가. 그 기가 막히는 물소리를 들어도 그들은 무심하고, 뜰에 해당화니 장미가 흐드러지게 피어 있어도 오고가는 길에 한 번 쳐다보는 것 같지도 않다.

일 하고, 부처님을 섬기고, 공부를 하고 이러다 나면 긴긴 해도 긴 줄을 모르고 저녁이면 고단해서 등잔불을 낮추고 그만 단잠을 자는 모양이다.

게다가 4월 8일 '불사佛事' 때라도 되고 보면 각처에서 모여드는 손들이 천여 명도 더 넘어 그런 때는 눈이 돌아가는 것 같다고 한다.

하나 요새 같아서는 한산하고 적적하기 비길 데가 없다. 절간이란 본래가 이런 곳이었지만 이런 산중에 들어와 세상 소식을 모르고 있으니 신경이 피곤하지 않아서 좋다.

책이랑 원고지랑 욕심껏 넣어 가지고 왔는데 얼마나 오래도록 있게 되려는가 모르겠다.

요새는 합천읍에서 약을 먹으려 한 보름 전에 이 암자엘 왔다는 '합천댁'과 사귀어서 산에도 같이 오르고 큰 절까지 산보도 함께 다니고 한결 심심풀이가 된다.

이제 며칠만 더 있어서 음력 5월 그믐께가 되면 딸기 철이라서 해인사 명물의 복분자 딸기니, 산딸기니 한창 무르녹아 아주 좋다고 한다.

어디 그동안 나는 글이나 쓰며 이 산딸기 철이나 기다려보기로 하자.

—— 1941년

# 송전초松田抄

"그야말루 솔밭이로군."

송전 역松田驛엘 새벽 차로 내려 소나무 사이를 걸어 동구로 들어서
며 나는 누구에게 하는 것도 아닌 이런 혼잣말을 했다. 송림이라 하기
엔 솔들이 별반 거세거나 장하지 못하고. 어디를 보나 고만고만한 다
방솔(다복솔)들이 쪽 깔린 맵시가 그 어느 원님 때 지었는지 송전이란
이름으로 똑 들어맞는다. 역 앞엔 인력거 하나 볼 수 없고, 여기는 아
직 플랫폼도 없는 실로 재미있는 조그만 정거장이다.

새벽녘에 돌아오던 다니엘 다류(당시 인기있던 프랑스 여배우)를 생각하
게 하는 곳이다.

우리 일행은 얻어놓은 집에다 행장을 풀어놓자, 우선 여관으로 가
아침을 먹기로 했다. 여관에서 상을 들이는데, 어른이나 애기들을 가
릴 것 없이 모두 다 각각 외상을 차려다 맡기는 판에, 나는 오래간만에

시골 잔칫집엘 온 것 같은 착각을 일으킨다.

나중에 들으니 사람마다 각 상을 이렇게 차려 주는 것은 이 지방 풍속이라 한다. 생활 개선의 소리가 이 동리엔 안 들린 모양이다.

해가 꽤 퍼져서야 우리는 숙소로 돌아왔다. 간반통 두 칸이라는 방이 서울로 치면 세 칸 네 칸도 될 성싶다. 거기다 쓸모 있는 벽장이 달려 있고 사방에 유리창들이 큼직큼직하니 내놓은 것이 우선 내 맘에 든다. 북쪽이고 또 솔밭이 있어 겨울철엔 응당 추울 성부른데, 잠깐 봐 하니 여기 집들이 모두 얇은 벽으로 방한 장치가 도무지 되어 있지 않을 걸 보면, 추위도 그다지 심하지 않은 모양이다. 아침을 먹고 나더니 우리 일행 중의 인기 소녀 우순愚舜 양이

"왜 여기는 모두 대문이 없어."

하고 누구보다도 먼저 발견을 한다. 그 질문에 나는 잠깐 주저하다가 여기는 모두 좋은 사람들만 사는 곳이 돼서 다 터놓고 사는 거라고 설명을 해 보았으나 소녀는 쉽사리 긍정이 안 된다. 조금 있더니 함지박 장사치들이 몰려온다.

"물 존 가재미 좀 사우다."

북관北關 여인네들은 과연 늠름하다. 그 세차고 시원시원한 기상에 어딘지 모르게 모권 시대의 흔적을 느끼고 섰노라니까

"생선은 닝큼 흥정해야 합니다."

하고 생선이 물 갈 것을 아끼는 것은 기실 생선 고장이 아니고는 보기 드문 미덕일 게다.

낮쯤 되어 우리는 경장輕裝을 하고 바다로 나갔다. 우마차가 하나 다닐 만한 알맞은 길 좌우에는 사랑스럽게 다방솔이 늘어서 있다. 봄철이 되면 이 솔밭엔 또 진달래가 빨갛게 피어 덮인다고 한다. 그러고 보면 송전은 봄철이 더 화려할 모양이다. 진달래가 필 무렵이면 아닌 게 아니라 이곳 아낙네들의 화전놀이가 볼 만하단다. 이런 얘기를 들으며 걷다 보니, 어느 틈엔가 좌우 솔밭이 열리는 곳에 푸른 바다가 내다보인다. 나는 냉큼 샌들을 벗어 들고 사원沙原을 맨발로 달렸다. 파도가 쳐오는 모래밭에 밀짚모자를 벗어놓고 가서 가만히 앉아본다. 바다는 언제 보나 반갑다. 아무리 오래 봐도 싫지 않다. 바다는 무한한 얘기를 나를 위해 늘 가지고 있다. 어머니 모양 언제고 나를 위무해 준다. 그러기에 나는 걸핏하면 바다로 달려갔다.

나는 잠시 소녀처럼 감상에 잠겨본다. 바닷가에는 아직 돌아가지 못하고 뒤떨어진 피서객들이 적적하지 않으리만큼 흩어져 있다.

청솔밭에 고추쨍이(고추잠자리)가 날개를 펴고 앉은 것 같은 붉은 양관들이 보이는 것은 필시 누구네 별장들인가 보다.

모래사장에가 두 다리를 뻗고 앉아 나는 욕심껏 모래를 한줌 쥐어 본다. 어느 틈엔가 모래는 하나도 없이 다 새 버린다. 다시 또 쥐어 본다. 마찬가지로 하나도 남지 않는다. -세상의 모든 것이 이와 같지 않을까? 돈을 모아 본댔자, 사랑을 해 본댔자, 행복을 누려 본댔자 결국엔 우리 손에서 아는 새 모르는 새 다 새어 버리고, 마지막엔 아무것도 안 남는 모래와 다를 것이 없지 않은가. 마침내는 다 떠나가 버리는 것 - 나는 옆에 앉은 철학하는 선생에게 사원의 철학을 들려달라고 했다.

"역시 명상하는 것이죠."

당치도 않은 소리다. 내 손에는 다시 마른 해조海藻들이 만져지고 깨진 조개껍질이 수없이 잡힌다. 밀물이 떠밀려왔다가 돌아가지 못한 것들인가 싶다. 말이 없어 그렇되 이것들은 무한한 향수를 지니고 이렇게 뒹굴고 있을 게다. 넓은 모래사장에 무수히 널려 있는 발자국들이 괜히 슬프다. 가없는 바다를 내다보며 나는 섬 색시의 노래를 불러 본다. 낮겨운 바다에는 물새들이 고기 떼를 따라 자맥질을 한다. 물속에 들어가 헤엄을 배우기보다 나는 이 모양으로 바다를 내다보고 앉았는 것이 더 좋다.

집에서 우연히 홀 떠나온 것이 해변가엘 와서 보니, 실로 좋은 때에 내가 왔다. 뭇 피서객들이 한물 다녀간 뒤로 조용해 좋고, 또 오자마자 열사흘 달이 밝아 좋다.

여기 온 뒤로 확실히 내가 여학생처럼 명랑해졌다. 아침이면 일어나는 길로 나는 솔밭으로 나간다. 밤이슬이 내린 풀잎 사이에선 벌레들이 아직도 울고 있는 솔밭의 새벽 정기를 마시며, 철로를 따라 걷다가 다시 솔밭 사이로 들어 바다로 빠진다. 새벽안개가 아직 걷히지 않은 바다의 신비란 말로 표현할 수 없음을 느낀다. 이렇게 한 바퀴 돌아서 조반을 먹으면 밥맛이 희한하다. 그리고는 조금 있다 다시 바다로 나간다. 송전에 온 뒤로 내 생활은 바다를 축으로 해 가지고 물방아처럼 돌아간다. 우리 일행의 식사를 맡은 순이는 여기서 언제까지나 살 것인지 조리를 사자거니 부삽을 사자거니 야단이다.

바다에서 오늘부터 조개들을 잡아오기로 했다. 물에 들어서면 바로 초입에서 손쉽게 얼마든지 잡힌다는 것도 재미려니와, 끼마다 찬거리를 걱정하는 순이에게 이걸 가져다준다는 것은 내 한 조그만 즐거움이 아닐 수 없다.

실로 열심으로 먹고 놀고, 해구海狗처럼 온종일 바다에가 살고 보니 가방 속에 집어넣어 가지고 온 몇 권의 책이 무색하게 되어 버렸다. 건너편 집에 와 있는 릴케를 연구한다는 입교立敎 대학생을 만날 때마다 나는 공부를 안 하고 노는 것이 슬며시 부끄러웠다.

어떤 오후 나는 바다로 나가는 길에서 벌써부터 와서 별장지기 집을 빌려 가지고 있다는 C·C·C의 이교수를 만나게 되었다. 아침엔 커피가 있으니 먹으러 오라고 한다.

"문화인이라 다르구려. 이런 델 와서두 연성 커피를 찾구."

이는 함께 걷고 있던 홍洪부인의 말이었다. 다음날 나는 그분들이 유한다는 휴테를 찾았다. 원래 다당茶黨이 아닌지라 따뜻한 커피 때문에 간 것은 아니었다.

그 프로페서들이 별장을 안 빌리고 별장지기 집을 빌려 가지고 있다는 이 낭만이 나를 부쩍 가보고 싶게 한 것이다.

돌아오는 길에 나는 여기 온 후로 처음 해당화를 봤다. 잡풀 틈에 섞여 보일락말락 하는 것을 가까이 가서 보니 용케도 해당화가 한 그루 거기 섞여 있지 않는가. 여기는 모래가 나빠서 해당화가 잘 안 되는 모양이다. 바다 빛이 곱기는 동해이나 모래가 곱기는 서해다. 구미포나 몽금포의 모래란 문자 그대로 명주 모래다.

송전이 세상에 알려진 지 칠팔 년이 됐다는데 이렇게 발전이 안 된 것은 웬일일까. 허나 또 송전이 너무 열리는 날은 내게선 멀어지는 날일지도 모른다. 역엔 플랫폼이 없고 금강산엘 가는 손들이 오고 가는 길에 잠깐씩 들러 주는 이 한적한 어촌 그대로가 내게는 다시 없이 좋다. 언제 보나 물리지 않을 청솔들이 알맞게 우거져 있고, 내다보이는 곳에 바다가 펼쳐져 있는 여기다가 나는 휴테식의 조그만 별장을 하나 지을 생각을 해본다. 이 국유지가 방금 분할이 되고 있는 중이라는데 삼등지도 좋으니, 앉아서도 누워서도 바다가 보이는 데다 자리를 잡고, 자그마니 하나 지었으면 좋겠다. 홍부인에게 이런 이야기를 하니까 자기는 조금은 싫고 수천 평을 살 생각이라고 한다. 사람들은 이렇게 모두 달라서 실상 재미있는 것이다.

달이 조금도 이지러진 데가 없는 바로 만월인 저녁 나는 홍부인과 손을 잡고 달빛을 따라 바닷가로 나갔다. 흥에 겨워 누가 먼저 냈는지도 모르게

"임술지추壬戌之秋 칠월七月 기망旣望에 소자여객蘇子與客으로 범주유어泛舟遊於 적벽지하赤壁之下할새 청풍淸風이 서래徐來하니 수파불흥水波不興이라. 거주촉객擧酒屬客하여 송명월지시誦明月之詩하고 가요조지장歌窈窕之章 소언少焉에 월출어동산지상月出於東山之上하야…."

막히는 데까지 외워 내려가다 똑같이 밑천이 짧은 데 웃어 버리고 얼마쯤 걷다가 우리는 모래밭에가 앉아 버렸다. 동구 들어가는 데선 어제 이리로 피서 온 극단 사람들이 모닥불을 질러놓고 거기서들 떠들며 재미있게 노는 모양이다.

달은 점점 더 밝아오는 것 같다. 바닷가에서 보는 달은 어쩌면 이렇게 유혹적이냐?

모든 말을 거두고 나는 잠시 명상에 잠겨 본다. 아름드리 뗏목 같은 물결이 밀려 들어오다가는 솨 하고 부서지고, 부서졌는가 하면 다시 또 쓸려 들어온다. 이 조화된 심포니를 눈을 감고 들어 본다.

밤바다의 이 장엄함을 어떻게 내가 감당해야 할지를 모르겠다.

어떤 종교 앞에 나선 것처럼 경건해진다. 저 웅장한 파도 소리를 들으며 손을 맺고 앉았으려니까 내가 무슨 큰 '성사聖赦'를 받고 있는 것도 같다. 몇 시나 되었는지 '양양' 가는 막차가 지나가는 소리에 눈을 들어보니 밤이 적이 깊어 치맛자락엔 밤이슬이 촉촉이 내렸고, 앞뫼부리 기슭에는 고기잡이 불이 도깨비불 모양 이따금 껌벅거린다.

## 여중기 旅中記

북행하는 차를 타고 보면 모두들 북지北支로만 쓸려 가는 것 같고, 또 남행을 해 보면 사람들은 모두 일본으로만 밀려가는 것 같다.

내 맞은편에 자리를 한 두 신사는 무슨 청사진지를 펼쳐놓고 중석이니 유화철이니 하고 떠드는 모양이 광鑛을 하는 사람들인가 보다. 사뭇 왕콩만큼씩 한 빗발이 두꺼운 유리창을 후려갈긴다. 연변의 논들은 모를 내느라고 한창 바쁘다.

도롱이를 입고 논에 들어선 양들이 흡사 왜가리 떼들 같다.

어버이의 안색을 살피듯이 항상 하늘을 쳐다보고 사는 사람들- 비를 보고 오신다고 하는 말이 생각하면 의미가 있는 것이다.

비가 이렇게 잘 오시다가는 자우慈雨가 호우로 변하고 강물은 증수增水가 되어 시민들을 위협할 염려가 있다. 집을 떠난 지 달포가 되고, 또 비가 오고 보니 적이 심란해진다. 제 낡은 처소로 돌아가려는 본능이란 비록 그 낡은 처소가 국립공원의 퇴색한 벤치라 하더라도 죽지 않는다고— 타관에 나서 보면 집이란 실없이 그리운 물건이다.

내가 없는 동안 서울에선 무슨 큰 변이나 생기는 것 같다. 신문을 들면 인사 소식이 살펴지고, 하찮은 일 단짜리 기사에도 눈이 안 가고는 못 배기나 매양 서울엘 돌아가 보면 모든 것은 다 잘 있다.

비는 점점 더 퍼붓고 차창엔 빗물이 사뭇 내처럼 흘러내린다. 팔짱을 끼고 앉았으려니까, 여행 중 신문에서 본 어떤 지인知人의 상스럽지 못한 소식이 나를 우울하게 한다. 한 사람을 진정 잘 알기란 참으로 어려운 일인가 보다. 잘 아는 줄로 생각했다 보면 전연 몰랐던 인간성이 나타나 서먹해 돌아서는 일이 없잖아 있기도 하지만, 기린 모양 착한 그가 그런 범죄를 했으리라고는 생각되지 않는다. 보도란 간혹 그 특종을 노리는 데 급급하다가 오전誤傳이 없는 바도 아니지만, 그 남작男爵의 기사가 자꾸 내 머리에서 떨어지지가 않는다.

세상에는 똑 떨어지지 않는 제법除法이 많이 걱정이다. 건너편 자리에는 어느 사이엔가 그들 신사가 내리고 한 여인麗人으로 바뀌어졌다. 그 여인은 오랫동안 병으로 누워 있어 이제는 희망이 없는 남편과 호적을 가르고 친정인 개천介川으로 가는 길이라 한다.

이렇게 장부를 정리하듯 인생이 사무적일 수 있다면 얼마나 경편輕便하랴. 하나 또 얼마나 주산 알처럼 깔깔한 것이냐.

먼 길에 그와 말벗을 하고 가면 지리하지 않을 수 있었으나 차라리 나는 유리창에 부딪히는 빗발을 혼자 바라보기로 했다.

여중기旅中記

어서 내 처소로 돌아가 여장을 풀어놓고 아랫집 소년의 아코디언 소리를 듣고 싶다.

# 진주 기행

## -영남 예술제를 보고

얼마 전에 진주서 파성巴城(설창수 시인)이 상경하여 이번 영남예술제
엔 꼭 와달라고 신신부탁을 하고 가더니 날짜가 임박해지자 또 전보
를 쳐왔다. 파성의 이 열화 같은 독촉에 안 움직일 도리가 없었거니와
또 마침 근 두어 달이나 내가 마음을 상해 가지고 있던 터라, 여행을
해서 훌훌 좀 털어 버리고 오고 싶은 생각도 들어 훌쩍 경부선 막차에
뛰어올랐다.

삼랑진서 진주로 가는 찻간에서부터 승객들은 예술제 예술제 하고
떠들썩해졌다. 진주가 아직도 멀었는데, 찻간에서부터 이렇게 사람들
의 지대한 관심사가 되어지는 것을 보니 나는 은근히 걱정이 되었다.
실은 대수롭지 않게 여기고 내가 만든 강연이라든지 또 기타 프로그
램에 대해서도 별 준비가 없이 떠났기 때문이다.

기차가 진주엘 닿았을 때는 제법 바람이 찬 밤중이었다. 남강南江

에는 이번 예술제에 띄웠다는 축등들이 꽃포기처럼 물 위에 여기저기 아름답게 떠 있어 논낭자論娘子의 나를 반기는 청사초롱인 양 감개가 무량했다. 마중 나온 사람들의 얘기가 첫날은 등을 오백 개도 더 띄웠던 것인데, 더러는 떠내려가고 이렇게 남아 있다는 것이었다. 예술제로 각지에서 모여든 사람들 때문에 진주의 여관들은 만원이었고 전 시민이 그만 예술제로 들떠 있다.

제주도에서 악대가 왔는가 하면 함안咸安·고성固城 등지에선 활 쏘는 선수들이 와 있고, 부산에서, 대구에서, 통영·전라도 여수에서까지 이 예술제를 보러 온 사람들이 있는 것을 본다.

왕학수王學洙 교수가 나와 동시에 도착을 하고, 다음날 청마靑馬와 이영도 여사가 왔고, 이어서 대구로부터 구 상具常 시인이 오고, 현산賢山이 비행기로 날아들고, 또 서울에서 소천宵泉·윤이尹伊 씨 등이 계속 들어섰다.

한 주일에 걸친 이 예술제는 그대로 영남에서 벌어진 일대 잔치였다. 뒷산의 단풍 빛도 고운 비봉루飛鳳樓 위에서 열린 한글 시 백일장을 비롯하여 공원 가설무대에서 흘러나오는 국악과 어울린 고전무古典舞 하며, 극장을 빌린 강연장, 강당에 펼쳐진 미술전, 다방의 시화전, 의암義岩 위의 활쏘기 하며, 논개 기념비 부근에 널린 인산인해…. 그야말로 대제전이 벌어졌다.

폭격을 맞아 이층은 날아가 버린 극장 안에 삼림처럼 빽빽하게 군중들이 들어서서 연사의 가만가만 하는 얘기가 백지에 먹물이 먹여

들어가듯 하는 광경도 좋았거니와 제주도에서 온 오현중학五賢中學 악대는 어떻게 귀여운지 나팔을 불고 북을 치는 그 예쁜 소년들을 몇 번이고 나는 뺨을 만져 주고 싶은 충동을 느꼈다. 어떤 청년은 또 프로그램이 진행될 때마다 열심으로 사진을 찍는 것도 보았다. 그는 신문 사진반도 아닌데 이번 예술제의 기록을 사진으로 남겨놓고 싶어서 열심으로 이렇게 카메라를 들고 분주히 다니는 것이다.

또 좋은 집을 가진 분들은 하룻밤이라도 우리를 대접해 보내지 못해 안쓰러워하는 것을 본다. 모든 시설은 깨졌으나 진주의 유정한 향풍鄕風은 그대로 남아 있다. 왕교수는 진주가 좋아서 야단이고, 구 상 시인은 나더러 자꾸만 진주 와서 살라고까지 권하게 되었다.

파리의 숫자보다도 기생의 수가 하나 더 많다는 진주에 와서 우리는 한 사람의 기생도 만나 보지 못했다.

구 상은 어디서 자기 말대로 모처럼 얻어걸린 순애라는 여인을 어쩌다 놓쳐 가지고는 내내 그 검정 모자에다 꽃분홍 리본을 매서 몽상蒙喪을 입고 다니며 애인의 몽상은 부모의 것과 달라 이렇게 꽃분홍으로 매고 다니는 거라고 하며 연단엘 올라갈 때나 대로를 걸어갈 때나 그 장승같은 큰 키에다 어엿이 빨간 리본을 맨 모자를 쓴 채 나타나서 나는 허리를 끊어야 했다.

그날의 자기가 맡은 순서만 해치우면 남자들은 그저 술집으로 빠져 버리는 것이었다. 내가 못마땅해 할라치면 예술제란 원래가 '예' 자는 빼 던지고 '술'제를 지내는 법이라고 왕교수는 연방 나를 계몽시켰다.

과연 예술제가 아니고 술酒제임에는 틀림없는 모양인데, 나는 맹숭 맹숭해 가지고 따라다니려니 사람이 죽을 지경이다. 한 번은 남강 뱃놀이에서 홍두표洪斗杓 선생이 뻗고, 노석奴石은 사뭇 주신酒神 모양 취해 가지고 다니고, 파우스트 구 상은 아주 기생처럼 인기다.

이런 틈에서 우당은 언제 보나 얌전하시고, 이번 예술제의 제주祭主인 파성은 처음부터 끝까지 흰 두루마기에 고무신으로 수절하듯이 버티며 시꺼먼 머리와 침묵 속에서 용하게 이 양반들과 조화를 가졌다.

깨진 폐성廢城에서 털고 일어나는 백조의 모습, 이것이 이번 영남 예술제에서 받은 인상이다.

# 대동강변

강물은 조는 듯 흘러서 가고, 어부는 배를 타고 오늘도 한가롭다.

능라도綾羅島에 실버들이 이처럼 좋게 어리면ㅡ 하얀 함박수건을 쓰고 머리뽕 위로 새빨간 댕기를 뽑아내는 이 고장 색시들은 앞산 놀이를 가느라고 나룻배마다 꽃을 피운다.

유리같이 맑은 물속에 흰 구름을 보는 때면 철교는 사람을 건넬 것도 잊어버리고, 저 건너 흰 모래사장ㅡ언젠가 누구들이 조금 슬픈 얘기와 함께 남기고 간 발자국들을 물끄러미 바라보며 엎드렸는 한낮ㅡ순애順愛(심순애)의 기념비 하나 얻어 보지 못하는 채 이 강변 기슭을 지나는 행인들은, 곰팡이 난 얘기를 번번이 꺼낸다.

# 차중기 車中記

해군이 해군다울수록 멋진 법이겠다. 전쟁을 연상시키는 사람들이
면서도 저 먼 바다와 군함과 바닷바람에 날리는 세일러 제복과 이국
적인 정서와 그리고 늠름한 체격의 예쁜 청년들과 마도로스의 멋쟁이
를 생각하게 한다. 찻간에서 우연히 이웃해 앉은 젊은이들이 하나같
이 넬슨 장군이 물려주었다는 검정 넥타이를 휘날림에랴.

뉘 집 자제들인가. 진중하니 잘생겼는가 하면 나를 보고 삼 년 전에
돌아간 자기 어머니 모습이 있다는 제5함대 이소령이라는 청년은 제
법 맵시 있게 생겼다. 신호상선학교神戶商船學校를 나왔다는 이 젊은이
는 조선 문사들이 왜 바다에 대해서 글들을 잘 안 쓰느냐고 항의를 한
다. 도대체 당신이 우리 문학 작품을 충실히 뒤져보기나 하고 그러느
냐고 나는 역습을 했다.

문득 해군들이 부를 노래를 지어 주고 싶은 마음이 내켜 해군에서

부르는 노래는 누구들이 작곡을 하느냐 물으니 지금 부르는 노래 대부분이 홍은혜洪恩惠 여사의 작곡이라고 하는 데까지는 괜찮았으나 화제가 종시 저들의 사모님 자랑에서부터 찬사에만 기울어지는 데는 내가 잠깐 무색하지 않을 수 없었다.

그러고 보니 어느 혼인식장에서 나도 본 일이 있는 그 능금 뺨을 하고 스페인 처녀 같은 여인이 머리에 떠오른다.

이십대 사람들은 확실히 남을 욕하고 깎아내리기보다는 흠모하고 잘 따르는 순진함이 있어 진정 아름답다.

결국은 사람의 마음의 아름다움이 어느 정도 외형에도 나타나는 것이 아닐까.

아무 불순한 마음을 아직 가지지 않은 어린 아기들이 천사같이 보이는 것이라든지, 이십대 사람들이 한층 아름답게 보이는 것이라든지, 사십대 사람들이 다소 뻔뻔스럽게 보이는 것이 설명이 된다.

자기 어머니의 묘가 있다는 군포軍浦를 지나며 홍안紅顔 청년은 경건하게 머리를 숙여 절을 했다.

어머니가 보고 싶으냐고 물으니 커갈수록 어머니 생각이 간절하다고 한다.

삼 개월 후면 외교학을 공부하러 미국으로 유학을 떠난다는 Y신문사의 장張기자는 말이 없이 이 젊은이들을 바라봤다.

어머니를 그린다는 것은 아름다운 일이다. 능금 바구니 하나가 완전히 비워지고 저만큼 차창 밖으로 눈을 자주 줌은 목적지가 가까워

오는 까닭인가. 길섶에는 겨우내 눈을 이고 있던 봄보리들이 툭툭 털고 파랗게 풀머리들을 들었다.

논 웅덩이에는 처처에 물이 하나씩 고여 있다. 어레미 체를 가지고 웅덩이 가장자리를 가만히 훑으면 보리새우들이 퍼덕거리며 곧 많이 잡힐 것만 같다.

삼십 원씩 하던 신문이 서울이 가까워지고 내일 신문이 나올 저녁때가 되자 십 원씩에 던져진다.

어지간히 지친 손님들이 서울이 가까워질수록 더 조바심들을 하는 것 같다.

기지개를 쓰는 이에, 좀 일어났다 앉는 이에 열 시간 노동도 어려우려니와 열 시간을 이처럼 가만히 앉아만 있으라는 일도 미상불 어려운 노릇인가 보다.

나는 메모장을 꺼내 내일 할 일들을 적어놓았다. 이렇게 바쁜 일들이 놀 틈을 안 주면서 어째 서울을 떠나 있으면 또 그대로 일을 안 보아도 괴롭지가 않을까. 정녕 서울을 좀 떠나 있으면 내 머리가 쉬어지고 걱정도 덜 되는데 서울을 가끔 좀 못 떠나고, 떠났다가도 부랴부랴 서울엘 와야만 마음의 안도를 느끼는 것은 이 무슨 연고일까. 양행洋行할 기회가 온대도 사실 나는 친구들이 있는 서울을 떠나지 못해 못 갈 게다.

# 향토유정기 鄉土有情記

밤기차가 가는 소리는 흔히 긴 여행과 고향을 생각하게 해 준다. 고향이 그리울 때면 정거장 대합실에 가서 자기 고향을 외치는 아나운서의 소리를 듣고 왔다는 탁목啄木(이시카와 다쿠보쿠, 당시 일본의 유명시인)이도 나만큼이나 고향을 못 잊어 했던가 보다.

아버지가 손수 심으신 아라사 버들이 개울가에 하늘을 찌를 듯이 늘어서 있고, 뒤 울 안에는 사과꽃이 피는 '우리 집'. 눈 내리는 밤처럼 꿈을 지니고 토이기土耳其(터키) 보석 모양 찬란하였다.

눈이 오면 아버지는 노루 사냥을 가신다고 곧잘 산으로 가셨다. 우리들은 곳간에서 당唐콩을 꺼내다가 먹으며 늦도록 사랑에서 아버지를 기다렸다. 수염 텁석부리 영감에게 나는 으레 옛날얘기를 해달라고 졸랐다. 그러면 영감님은

"어제 장마당에가 다 팔구 와서 없어."

"아이 그렁 말구 어서 하나만."

"이거 또 성화 났군. 그렇게 애길 좋아하면 이댐에 시집갈 때 가마 뒤에 범이 따라간단다."

"그래두 괜찮아. 그럼 박첨지더러 쫓으라지 무섭나 뭐."

램프 불 밑에서 듣는 얘기는 달밤의 호박꽃처럼 희한했다.

이런 밤이면 어머니는 엿을 녹이고 광에서 연시를 꺼내다 사랑으로 내보내주셨다. 고향과 함께 그리운 여인이다.

내 어머니처럼 그렇게 고운 이를 나는 오늘까지 아직 보지 못했다. 어머니는 늘 『옥루몽』을 즐겨 읽으셨다. 읽고는 또 읽으시고 읽을수록 맛이 난다고 하셨다. 백지로 책 뚜껑을 한 이 다섯 권의 책을 나는 어머니의 기념으로 두어뒀다. 어머니가 보고 싶을 때면 장장이 어머니의 손때가 묻었을 이 책을 내서 본다. 어머니의 책 보는 음성이 어찌 좋던지 어려서 나는 어머니의 이 책 보시는 소리를 들으며 늘상 잠이 들었다.

이 고장 아낙네들은 머리를 없는 것이 풍습이다. 공단결 같은 머리를 두 갈래로 나누어 따서는 끝에다 새빨간 댕기를 물려 머리를 없고는 하얀 수건을 쓰고 그 밖으로 댕기를 사뿟 내놓는다. 이런 모양을 한 고향의 여인들이 나는 가끔 그립다. 서울 번화한 거리에서도 이따금 이런 여인이 보고 싶다.

뒤는 산이 둘러 있고 앞엔 바다가 시원하게 내다보였다. 여기서 윤선을 타면 진남포로 평양으로 간다고 했다. 해변에는 갈밭이 있어 사람의 키보다 더 큰 갈대들이 우거지고, 그 위엔 낭떠러지 험한 절벽이 깎은 듯이 서 있다. 아래는 퍼런 물이 있는데, 여름이면 이곳 큰애기들은 갈밭을 헤치고 이 물을 찾아와 멱을 감는다. 물 속에서 헤엄을 치고 놀다가는 산으로 기어 올라간다. 절벽을 극다듬어 올라가노라면 부엉이 집을 보게 되고, 산개나리꽃을 꺾게 된다. 산개나리를 한아름 꺾어 안고는 산말랑(산등성이)에가 올라서서 멀리 수평선에서 아물거리는 감빛 돛 폭을 보며 훗날 크면 저 배를 타고 대처로 공부를 하러 간다고 작은 소녀는 꿈이 많았다.

내가 사는 데서 한 이십 리를 걸어가면 읍이었다. 고모님 댁이 여기 있고, 또 성당이 있어서 가톨릭 신자인 우리 집에선 큰 미사가 있는 때면 읍엘 들어가야 했다. 달구지를 타거나 걷거나 하는데, 고모집엘 갔다 올 때면 고모가 언제나 당아니(거위) 알을 꽃바구니에 하나 그뜩 담아 달구지 위에다 올려놔주는 것이었다. 흔들리는 달구지 위에서 이 당아니 알이 깨어질까 보아 나는 몹시 조심을 한다.

팡— 팡— 내리는 함박눈을 맞으며 달구지에 쪼그리고 앉아서, 눈 덮이는 좌우의 산과 촌락들을 보며 어린 나는 말이 없었다.

고향을 버린 지도 이십여 년, 낯선 타관이 이제 내 고향처럼 되어 버리고, 그리운 고향은 멀리 두고 그리기로 했다. 나는 고향에 돌아갈 기약이 없다.

앞마당엔 아라사 버들이 높게 서 있는 집— 거기는 어머니가 계셨고 아버지가 계셨었다.

**망향**

언제든 가리라.
마지막엔 돌아가리라.
목화꽃이 고운 내 본향으로

아이들이 하눌타리 따는 길머리론
학림사 가는 달구지가 조을며 지나가고
대낮에 두견이 우는 산골

등잔 밑에서
딸에게 편지 쓰는 어머니도 있었다.
둥굴레산에 올라 무릇을 캐고 접중화 싱아 뻐꾹채 장구채 범부채
도라지 체니 곰방대 참두릅 개두릅 고사리 활나물을 뜯던 소녀들은
말끝마다 '꽈' 소리를 찾고
개암 살을 까며 소년들은
금방망이 놓고 간 도깨비 얘길 즐겼다.
목사가 없는 교회당
회당지기 전도사가 강도상을 치며 설교하던 촌
그 마을이 문득 그리워
아라비아서 온 백마처럼 향수에 잠기는 날이 있다.

언제든 가리

나중엔 본향 가 살다 죽으리


모밀꽃이 하얗게 피는 곳

조밥과 수수엿이 맛있는 고을 나뭇짐에 함박꽃을 꽂고 오던 총각들

서울 구경이 원이더니

기차를 타 보지 못한 채 마을을 지키겠네


꿈이면 보는 낯익은 동리

우거진 덤불에서

찔레 순을 꺾다 나면 꿈이었다.

# 7

## 여성의 눈으로

# 결혼? 직업?
### -교문을 나오는 여성들에게

명랑한 봄과 함께 교문을 나오는 수백의 여학생군! 제복을 벗고 가슴의 마크를 떼는 그들은 과연 어떤 새 생활의 설계를 그리고 있는가?

과거 학창생활에서 그대들의 꿈은 인생의 가장 아름다운 것이었으며 동시에 고귀한 그것이었을 것이다. 그러나 교문을 나서는 오늘 그대들은 이 꿈을 현실이란 화폭에다 자유롭게 실현할 권리가 있는 동시에 의무가 있는 것이다.

지금 그대들의 머릿속에는 오색이 영롱한 이상理想의 테이프들로 갈래를 잡기 어려울 줄 안다.

때로는 기쁨에 남몰래 가슴도 뛰어 보고 그렇다고 보면 엷은 공포에 작은 가슴이 떨릴 적도 있을 것이다. 이 줄을 힘 있게 당겨 보면 저 줄이 좋은 것 같고 저 줄을 당겨 보면 또 다른 줄에 미련이 남는다.

이리하여 졸업 후 취할 길로 그들의 신경은 안타까워지는 것이다.

그러나 그 중에서도 굵은 테이프를 잡아다녀 본다면 어슷비슷한 두 줄의 테이프를 잡을 수 있으니 결국은 직업이냐? 결혼이냐? 이 두 문제로 돌아갈 것이다.

과연 결혼이냐? 직업이냐?

이 두 가지는 교문을 나서는 처녀들에게 무한한 매력을 가져다주는 것인 동시에 이것들이 결혼난 취직난에 하필 2대난의 것인 만큼 그 해결을 짓자면 여간 중대성을 가지고 있는 것이 아니다.

우선 결혼이란 문제를 가지고 생각해 볼 때, 이것은 인류의 생활이 시작되는 그때부터 시작된 것인 만큼 여자로서 누구나 으레 취할 바 길로 생각할 뿐만 아니라, 이 결혼생활에 들어가는 것이 안전지대이니 영구취직자리이니 하는 것이 사실이다. 하나 가장 조건이 들어맞아서, 소위 이상적 남편이거니 생각하고 결혼을 하고 보면 얼마 안 되어서 호적에도 없는 본처가 나서고 여식이 나서는 일이 드문 일이 아니다. 꽃피는 봄날 죽느니 사느니 해 가지고 결합한 그들이 돌 되는 그 봄이 채 돌아오기도 전에 이혼이니 재혼이니 떠드는 오늘의 현상으로 미루어 보건대 결혼 역시 안전지대가 못되는 동시에 영구한 취직처라고 해 가지고 마음 놓을 것도 되지 못 할 것 같아 보인다.

교과서 외에는 손에 다른 책을 쥐어보지 못하고 교문을 나서는 그들은 세상이 어떤 것인지, 남성이란 어떤 군자인지 알지 못한다. 다만 결혼생활에 들어가면 그 속이 그저 아늑할 줄만 아는 것이다. 그래서 취직은 해서 무엇해, 결혼하고 벌어서 주는 것이나 먹고 살림이나 하면 그만이지 하는 생각을 가질 뿐만 아니라 직업을 갖는다면 이상한 시선까지를 느낀다. 가세가 빈한해서 돈을 벌어야만 할 경우에 있는 사람만이 취할 길같이 생각하는 것이 대부분이다. 그리고 일반의 관념이 어떤가 하면 곧 결혼을 하지 않고 직업을 갖고 일을 하게 되면, 결혼에 대한 어떠한 반기反旗나 드는 사람, 즉 독신생활을 하려는 사람같이 이상하게 그를 주목하는 것이 또한 흔한 현상의 하나라고 하겠다.

여자가 직업전선에 나서는 것은 천한 일, 오죽해야 그런 직업뿐인 노력을 하려고⋯. 이러한 인식부족의 여성이 신 여성들 가운데서도 얼마든지 있는 것이다.

여기에 현상으로 미루어 봐서 나 하나는, 그들은 중학교 또는 전문학교까지 공부를 한 그 종국終局의 목적이 결국 결혼을 하려는 데 있지 않았나? 하고 의심하게 된다.

만일 이것이 그들의 종국의 목적이었다면 다른 사람은 느끼지 않아도 될 비애와 낙망을 그들은 여기서 느낄지도 모르는 것이다.

그런데 또 이러한 반면에는 차차로 늘어가는 현상의 하나로서 직업전선에 나오려고 애쓰는 여성들이 늘어가는 것은 조그마한 우리 땅에서만 보는 것이 아니라 세계적 현상이라고 하는 것이 옳을 것 같다.

물론 인간이 노동을 한다, 직업을 갖는다는 데는 인간으로서 떳떳한 의무인 동시에 당연한 일이겠다. 여성이 과거의 인습에서 벗어나 가정부인으로서만 그 직업을 그치지 않고 한 걸음 더 나아가 경제인으로 나서게 되는 데에는 여기에 신시대의 여성다운 자각을 볼 수 있으니 기쁜 생각이라 하겠다.

더구나 남다른 처지에서 공부한 우리가 아니라고 하더라도 중학교를 졸업했거나 전문학교를 졸업했거나 간에 자기가 그동안 배운 그것을 실제 나서서 활용해 보고 싶다는 그런 의미에서, 교문을 나서서 바로 결혼생활로 들어가는 것보다도 직업을 가져보고 싶다는 인간적 욕망이 설혹 자기의 형편이 직업을 갖고 나서는 것을 허락하지 않는 사정이라고 하더라도, 이러한 불타는 마음이 일어나야만 할 것이다.

그러나 뚜렷한 자각이 없이 함부로 취직만을 하겠다고 물 밀리듯이 쏟아진다는 것도 생각할 필요가 있다는 것은, 여자도 사회를 구성하고 있는 한 분자인만큼 나서서 같이 일을 하겠다는 목적이 어느 정도까지 자각이 되었느냐? 하는 것이 문제이다.

직업을 갖는 대부분이, 어떠한 생활이든 그 생활을 위한 것은 사실이겠으나 단지 이 생활만을 위한 것뿐이라는 생각이거나 또는 잡비를 얻기 위해서, 어려운 가세를 돕기 위해서 얼마 되지 않아도 좋으니까 그저 직업을 가져 보겠다는 이런 생각은 자본가 측으로 하여금 여성 노동의 가치를 싸게 보게 하며 또 그들이 여기에 만족하고 있다는 것이 사실이다. 그래서 적게 들이고 많이 벌려는 자본주는 싼 것을 쓰려는 까닭에 지금에 있어서 여자 취직이 남자보다 비교적 쉽게 된다는 까닭이 여기에도 원인하지 않는가고 생각된다.

그러므로 진정한 의미에 있어서 여성들이 각오가 없이 그저 직업만을 가지겠다는 그 결과는 다만 직업부인들이 늘어날 뿐만 아니라, 이런 상태에서는 모처럼 자각을 가지고 직업을 찾는 사람까지도 그들이 사회에 대하여 사상적으로나 또는 경제적으로 하등 좋은 영향을 끼칠 수 없이 되는 것이다.

직업을 갖고 보면 거기에도 역시 전에 얘기하지 못했던 괴로움과 어려움이 있는 것이다. 여기서 비로소 사회생활이란 어떤 것이란 것도 알게 되며 여러 사람들과 접촉하는 데서 소위 '인심'이라는 것도 어느 정도까지 알게 되는 것이다.

따라서 여기서 경험하고 실제로 배운 것은 마침내 후일 가정생활을 하는 데, 좀 더 남자를 이해해 줄 수도 있을 것이므로 여러 가지 유익한 점이 많으리라고 생각한다.

결론으로 하고 싶은 말은, 즉 학창생활을 청산하고 새 생활의 코스를 잡는 데 냉정한 자기비판을 해 가지고 가장 자기 개성을 잘 살릴 수 있는 것을 택할 것인데, 물론 결혼하는 것이 자기에게 좋으리라고 생각하면 결혼생활로 들어가는 것이 좋겠고, 취직을 하는 것이 개성을 발휘시키는 점으로 봐서 좋다면 직업을 갖는 것이 좋겠다.

그러나 여기서 생각해 봐야 할 것은 결혼을 하든 직업을 갖든 간에 자기가 들어갈 그 생활에 대한 명확한 의식과 철저한 자각이 절대 필요한 것이다.

다시 말하면 가정부인이라든가 직업부인이라는 그 형식보다도 오늘 우리는 어떤 사회의식을 가지고 어떤 진보적 역할을 해야 될 것이냐는 것이 중대한 문제일 것이다. 그러므로 이러한 의식 아래서 결혼 생활을 하는 사람은 그 결혼에서 자기의 개성을 발휘시키며 새 생활을 설계를 실현시킬 것이다. 또한 직업전선으로 나오는 여성은, 마음에 무장을 단단히 하고 언제나 개인이라는 것보다도 내가 소속되어 있는 여성사회를 대표한다는 의미에서 경박을 피하고 신중히 나아가는 가운데 현대문화 건설에 없지 못할 일꾼이 되어야 할 것이다.

—— 1935년

# 약한 자여 그대 이름은 남자다
### -여성의 힘 자랑

## 역사의 수레바퀴는 두 개다

영국의 문호 셰익스피어는 그의 『햄릿』이란 비극 속에서 주인공 햄릿을 시켜서 "약한 자여, 너의 이름은 여자다"라고 말하게 했으나 이는 아무리 능란한 셰익스피어라고 하지만, 여자의 일면만을 본 것에 지나지 않는 것이요, 또 이는 셰익스피어가 여자의 일면을 지적한 데 지나지 않았으리라 믿는다.

동양사를 들추어보면 실로 숱한 여성들이 역사의 뒷바퀴를 밀어 주었음을 볼 수 있다. 그런데도 불구하고 영웅으로 나타난 것은 남자요, 영명했던 것은 임금님뿐인 것처럼 적혀졌고, 역사 바퀴를 비약시킨 것은 오로지 남성들의 혼자 힘같이 사기史記에 나타나 있는 것은, 동서양의 사기라는 것이 모조리 남자의 손으로 씌어졌다는 데 기인하려니와, 또 하나 간과할 수 없는 이유로는 양洋의 동서를 막론하고 여자란 규방에 감추어진 인간으로서 표면에 내세우기를 꺼렸으며 따라서 언제나 여자란 뒤에서 안받침을 해주는 식으로 만족했으며, 여기서 생색이 나는 것은 남자들뿐이었기 때문이다.

그러나 개인의 역사를 비롯해 한 국가의 역사 –숱한 역사의 비약을 가져온 데는, 반드시 거기에 여자의 힘이 숨어 있었다는 것은 간과할 수 없는 사실이다.

역사의 수레바퀴는 한 짝이 아니요 두 개며, 그 중의 한 개는 여자가 굴리는 것이요, 이 두 바퀴의 힘이 합세하여 비로소 역사의 비약을 가져온다는 사실을 남성들은 구태여 부인하려는 인색을 버리는 것이 좋겠다.

한 가정에 있어서의 비근한 예를 보더라도, 어떤 가정이 비운에 빠졌다가 획기적인 몸 뛰침을 해 가지고 일어난 데에, 그 집의 주부의 힘이 들지 않고 된 것을 보았던가.

저 서양사에 있어서 클레오파트라의 코가 늘 얘기되는데, 이것은 약간 의미가 다르나, 은연중 또 역사의 수레바퀴에 가해지는 여자의 힘이 중한 무게를 가졌다는 것을 반증해 주는 말이라고도 볼 수 있다.

사람들이 흔히 이조 때의 민비–민 중전은 천하에 몹쓸 여자로들 들리지만 그는 분명코 여걸이었다. 지금과도 다른 그 시대의 여자로서 민 중전은 확실히 머리가 뛰어나고 좋고 역량이 많았던 여성이었다고 본다. 때를 잘못 만났던 것뿐이리라.

정치 문화 과학에 널리 걸쳐서 볼 제 처처에서 우리는 여성의 위대한 힘을 찾아볼 수 있으니, 폴란드 출생의 여성으로 라듐을 발견해낸 마담 큐리 같은 과학자- 그는 오늘 인류의 역사를 얼마나 비약시키고 있는가.

또 시야를 돌려 우리나라에서만 보더라도 임진왜란 때의 의기義妓 논개의 의절은 진주 남강의 푸른 물과 더불어 오늘도 우리들의 마음에 교훈을 주고 있지 않은가.

또 오늘 우리가 남녀 평등한 교육의 기회를 갖게 된 그 시초의 역사적인 비약을 가져왔던 것은, 역시 여성의 힘이었던 것이니, 완고한 봉건 제도 밑에서 여자는 인간으로서의 기본적인 인권이 여지없이 유린되어 가지고 암흑세계에서 감금되다시피 있던 지금으로부터 오십여 년 전 첩첩이 닫긴 대문 안 골방 속에서 쓰개치마를 씌워 가지고 혹은 가마를 태워서 끌어내다가 학교 교육을 시작했던 것은 고종 왕비인 엄비嚴妃였다.

여자가, 학교가 무슨 학교냐고 부모와 사회가 다 같이 반대를 할 때, 치마 두른 여자지만 배워야 한다고 어두운 처지에다 햇불을 높이 들어 주며 역사에 비약을 가져다주었던 것은 여성 자신의 힘이었던 것이다.


## 순국 처녀 유관순의 힘

또 우리의 민족적인 거사였던 3·1운동 때만 하더라도 이때에 여성들의 기울인 힘은 결코 남성들이 기울인 힘에 더하면 더했지, 못하지 않았던 것이다.

전국 각 여학교에서 또는 여성단체에서 그들은 공부하던 책을 던지고 하던 일을 덮어놓고 갖가지 모양으로 변장들을 하고, 지하로 들며 혹은 또 표면으로 나타나서 왜적의 번쩍이는 칼 앞에도 무서움이 없이 용감무쌍하게 맹렬한 투쟁들을 했다.

기숙사에서의 비밀회의 - 가두 연락 - 지하에서의 등사 - 모두가 생명의 노림을 받는 위험한 일들이었건만 앞에 담이 막히면 그 담을 뛰어넘고, 교문이 잠겼으면 이 문을 부수며 오로지 조국을 위해서 민족을 위해서 매진했던 것이다.

마침내 수많은 여성들이 감옥으로 끌려갔으며, 감옥으로 가서도 굽힐 줄 모르는 그들의 애국심은 왜적들의 가슴을 써늘하게 했던 것이었다.

그 중에서도 3·1운동과 함께 영원히 잊을 수 없는 순국 처녀 유관순의 조국에 대한 그 양귀비꽃 같은 정열은 청사靑史에 빛나는 이 나라 여성들의 자랑이 아닐 수 없다.

3·1운동사상에서 어느 남자가 이처럼 원수의 칼 앞에 대담했으랴.

유관순은 열여섯 살 난 이화학당 학생이었건만 그는 남자가 따라가지도 못할 찬연한 발자국을 우리나라 독립사상에 남기고 갔으니, 당시 그는 서울서의 활약도 적잖았지만 특히 그의 고향인 천안으로 내려가 온 마을의 노소남녀들을 움직여 가지고 '지령리' 장날을 기하여 장에 모인 전 군중으로 하여금 일제히 대한 독립 만세를 부르게 했던 사실은 누구나가 할 수 있는 일은 아니었다.

마침내 일인 경찰에게 잡혀 갖은 악형을 다 당하면서도 열여섯 살 소녀는 적 앞에 굴하지 않고 끝끝내 싸웠다. 대장간에서 벌겋게 단 쇠를 내다 놓고 치면 그대로 불꽃을 튀기듯이 – 관순은 혹독한 매를 맞으면 맞을수록 그의 입에서는 불꽃 모양 대한 독립 만세 소리가 튀어나왔던 것이다.

공주에서 서울 형무소로 호송되는 도중에서도 사람들이 모인 곳에만 지나갈라치면 "동포들 만세를 부릅시다"고 고함을 치고는 죽어가던 몸을 기운차게 일으키며 독립 만세를 불러 민족의 가슴에 불을 질러 주었던 그였다. 서대문 형무소 안에서도 새벽에 – 또 한밤중에 남녀 죄수들이 그득한 그 큰 감옥이 떠나가도록 만세를 불러서, 마침내는 여기 호응해서 온 감옥의 전 남녀 죄수들이 다 따라서 대한 독립 만세를 부르기에 이르렀던 것이다.

이렇게 칠 년 동안 옥중에 있던 중 1920년 10월 모진 악형을 받은 후 소생하지 못하고 유관순은 십칠 세에 저 세상으로 갔던 것이며, 그의 시체는 원수의 칼에 토막토막이 잘려져 가지고 석유 상자에 담겨져 나왔던 것이니, 이 순국 처녀의 힘은 불사조의 독립 혼이 되어 우리 민족의 역사를 비약시키는 데에 단연 눈부신 씨를 뿌려 주었던 것이다.

여성들의 이러한 힘은 아내의 힘으로, 또는 누이의 힘으로, 어머니의 힘으로, 때로는 애인의 힘으로 나타나서 남성을 밀어 주는 간접적인 역할을 하는가 하면 또 독립된 힘이 되어, 개별적으로 어떤 때는 집

유관순

단적으로 요원의 불길처럼 번져 나갔던 것이니, 일제의 쇠사슬을 끊고 오늘 자유 조국을 찾은 역사적인 비약에는 여성들의 힘이 가해져 가지고 되었다는 것을 아무도 부인하지는 못할 것이다.

이처럼 여성의 힘은 언제나 스스로 뒤에서 안받침이 되고자 하였고, 또 한편 남성들은 여성의 이바지함에 대하여 정당히 평가하려 들지 않았던 데서 여성은 늘 생색이 나는 데 가서는 누락이 되는 것을 면할 수 없었던 것이다.

그러나 여성의 힘은 눈에 보이게, 또는 안 보이게 큰 역할을 했던 것이 사실이다.

# 여성女聲

　일찍이 난설헌蘭雪軒이 삼한三恨의 하나로서 여자로 태어난 것을 들었거니와 수백 년을 경과한 오늘, 사인교四人轎 속에서 나와 다리팔을 적나라히 드러내놓고 대로가상을 활보하는 마당에 있어서도 이 한은 아직도 가시지 못한 것 같다. 한이라고 하는 데 있어서는 확실히 억울하다는 얘기가 들어 있는 법인데, 이제 와 가지고 우리나라에서 여자가 돼서 억울하다고 한다면 혹자는 말할 것이다.

　"여자 된 한이 뭣 때문에 있는 거냐. 아, 대학 총장이 못 되느냐, 장관이 못 되느냐, 국회의원이 못 되느냐, 단체의 최고위원에가 못 끼느냐, 여자 판사니 변호사가 없느냐, 바야흐로 황금시대가 아닌가"고.

　그러나 실제에 있어서 이것이 민주 대한의 쇼윈도에 있는 샘플에 지나지 않는 것이고 안에 들어가서 볼 때 이렇게 광光이 나서 떠들려진 여성의 수효란 천오백만에서 한 줌도 못 되는 것이다. 왜 샘플만 있느냐, 그럼 원료 부족으로 생산이 안 되는 거 아니냐 할지는 모르겠으나 이렇게 만일 보는 분이 있다면 이는 편견의 하나일 것이다. 그 이유로는, 나는 실로 도처에서 그 실력이 남자를 능가하는 여성들을 많이 보는 때문이다. 민의원 자리에 가서 빛날 여성쯤은 부지기수라 하고 외무 장관 자리에 갖다 앉혀도, 문교 장관을 시켜도, 사회부 장관을 해도 남성들에게 못지 않을 인물들을 나는 본다. 이런 실제에 반하여 우리나라에는 여자 도지사 하나 아직 내본 일이 없고, 시장 하나도 내보지 못했다. 겨우 개척이 좀 돼 나가는 지역이 교육계라고 하겠는데, 남자가 무색할 정도로 여교장들이 얼마나 잘 해 나가고 있는가 하는 데는 다툴 사람도 없을 줄 안다. 그러나 여기 뽑힌 분이란 또 몇 분이 안 된다. 국민학교 훈도 노릇을 이십여 년 하는 내 보통학교 동창생은 언제 만나서 물어 보나 평교원으로 눌어붙어 있다는 따분한 얘기고, 십여 년을 언론계에서 돌아먹어야 여자는 부장 하나 얻어 하는 것을 구경하지 못했다. 그 방면에 이름 석 자도 못 들어보던 생뚱한 사람이라도, 오로지 남자라는 데서 그를 책임자로 시킬지언정 여자에게는 어떤 권한도 주지 않는 것이 이 사회의 양식이요 통폐인 것이다.

그런 의미에서 모 여대에서는 여성 대한大韓의 이 한을 본때 있게 갚아 주고 있다고 보겠다. 아무리 세상에서 제일인자라고 떠들어 주는 최고봉의 여성이라고 할지라도 그가 시집을 안가는 한에는 그는 호적상 일생을 호주인 아버지에게 속해 있든지, 아버지가 돌아가신 때에는 오라버니나 호주인 조카의 호적 밑에나 가서 구구하게 매달려

1950년대 이화여대

있는 법이지, 그는 독립 이상의 힘이 있거나 말거나 간에 여자인 연고로 자신은 호주가 될 수 없는 것이 이 나라의 완고한 호적법이다. 이런 제도 밑에서 대부분의 여성들은 제멋대로 발전에의 길을 방해 당하게 되는 것이 사실이며, 이런 현실을 이기며 솟구쳐 올라 가지고 자기의 지반을 개척해내는 사람이 많을 도리가 없는 것이다.

남편이 아무리 잘된다 해도 그 아내에게 주어지는 혜택이란 별 것이 없다. 그 비근한 예로는 남학교에서 가르친 선생님들은 그 제자들이 잘되면 어려운 은사에게 집 한 칸이라도 마련해 주는 일이 있고, 남자지간에는 친구가 잘되면 사업에 도움을 받는 면도 적지 않건만, 이것이 여성인 경우에는 하등 이러한 반영을 볼 수가 없는 것이다. 그래서 이래저래 자고로 어버이들은 딸을 낳으면 섭섭하다고 하셨던 모양이며, 이 섭섭함은 오늘도 그대로 놓여 있다. 이 나라 남성들의 인색

함, 완고함, 그 시멘트같이 굳어진 여성 무능력 시視 및 멸시의 관념은 어느 세월에나 청산이 될 것인지….

남성보다 난 시원스런 여성들, 또 머리가 휙휙 돌아가고 능한 여성들을 볼 때마다 나는 말대답 하나를 변변히 못해 가지고 걸핏하면 상부의 명령이라고나 해서 자리 값도 못 치르는 사람들과 좀 대체를 시켜보았으면… 하는 생각이 간절하다.

—— 1956년

# 이기는 사람들의 얼굴

잘 차려 버틴 여편네들이 백화점에서 손쉽게 이것저것 물건을 달래 가지고 들고 나오는 것을 보면 괜히 좋은 눈치로 보아지지가 않는다.

그 여자가 내 오라범댁도 아닐 게고 상관없는 일인데 그렇다.

분을 한 갑 사는 데도 시장으로 가야 하고 양말 한 켤레를 사러도 시장까지 가야만 직성이 풀리는 것은 무슨 내가 거기를 가기가 좋아서 그런 것이 아니다.

그런 속사정까지를 얘기할 필요는 없는 것이고-

이래서 나는 가끔 남대문 장이나 동대문 장엘 가는데, 갈 때마다 나는 참 좋은 교훈을 받아 가지고 온다.

특히 그것은 속셔츠니 군복 바지니 이런 것들을 한 사람 앞에 조금씩 놓고 파는 골목에서다. 대개가 그들은 황평양 여인네들인데, 무엇이 그처럼 즐거운지 그저 열여덟 처녀들 모양 히히덕거리며 장난들을 치고 좋아한다.

지나가는 손님을 끌어당겨 물건을 하나라도 팔려는 기색은 안 보이고, 노는 데 더 정신을 팔고 있어 셔츠라도 한 가지 물어 보려면 한창 불러야만 그제서야 와서

"네 아주머니 뭘 드릴까요."

하곤 그때부터서야 물건을 팔려고 슬슬 녹여댄다.

손님이 발만 옮겨놓으면 금방에 여학교 처녀들처럼 또 떠들어대고 웃어대고 수다스러워지는 것이다.

"오늘 냉면 좀 사라우요."

"사지 뭐 까짓 것 냉면쯤야 날마단들 못 사리."

그 쾌쾌하고 시원시원한 맛은 사람이 또 반하게 한다.

그들은 하나같이 미군 독수리 셔츠에다 누런 담요 바지들을 제복같이 입고 있다. 파는 물건들이래야 별로 많지도 못하다.

그들이 장사를 하고 있는 바로 그 옆골목에서는 양단이며 빌로도며 나일론 등을 수십 필씩 쌓아놓고서는 분세수를 곱게 하고 자 질을 할 때마다 팔목의 순금 팔찌가 싯누렇게 내다보이는 포목상 부인네들에게다 비기면 그들의 자본이란 아무것도 아니다.

그런데도 불구하고 내가 여기를 들를 때마다 저들은 번번이 웃음꽃들을 피우고 있다. 그 얼굴엔 한 사람도 궁기라든가 수심이라든가 근심하는 빛을 찾을 수 없다. 가슴패기에서 자루 같은 젖을 내서 아이에게 물려 주는 중년 부인의 얼굴에도 싱싱한 기운으로 가득 차 있음을

본다.

따져 본다면 그들에게 유달리 늘상 이렇게 즐거워 있어야 할 일은 아무것도 없다. 보나마나 그들은 저 평안도나 황해도서 공산당에게 집을 빼앗기고 재물도 빼앗기고, 아마 그 중의 심한 사람은 남편이나 혹은 자식까지도 빼앗기고 홀몸으로 거지가 되다시피 되어 이리로 넘어온 사람들이다. 그리고 또 지금의 그들의 처지란 남의 집 협호에가 들어서 잘해야 방을 하나 둘 빌려 살고 있을 것이 뻔하다.

그렇다면 그 주인집에 아니꼬운 것을 당할 때마다 이북에 두고 온 자기 집을 가지고 살던 사람들은 얼마나 속이 상할 것이랴. 또 잘 입고 잘 살아 본 그 마음이 어디로 가서 그들이 손님들이 잘 차려 버티고 바로 자기 앞을 몸을 사리며 지나가는 꼴을 볼 제 내장이 얼마나 뒤틀릴 것이냐.

그런데 그들은 즐겁게 웃으며 산다. 아침이면 일어나는 길로 미군 종이 상자에다 물건을 넣어 가지고 눈을 비비며 남부여대 집을 나와 가지고 이렇게 장사를 하다가는 또 그 굴속 같은 방으로 물건을 가지고 기어들어가는- 이런 생활에서도 그들은 저 벼슬아치들이 부럽잖게 재미나게 즐겁게 사는 것이다.

공산당들이 맨몸뚱이로 내쫓았으나 이들은 이것을 이기고 살아 나와 오늘 또 이렇게 명랑하고 즐겁게 살아 나간다. 이들에게는 훌륭한 내일이 반드시 또 있다. 승리자의 얼굴을 나는 이 여인들에게서 발견한다.

웃으며 즐겁게 살아가는 사람들- 이들은 곧 또 이겨 나가는 사람들
이다. 나는 기운이 없이 장엘 나갔다가도 여기를 한 번 휘돌아 나오는
동안 번번이 말없는 큰 교훈을 받게 된다.

# 예규공청 禮規公聽

재래식의 우리나라 관혼상제의 의례儀禮는 사실 너무 복잡하고 어려워서 그것만 한바탕 잘 알아놓는 데도 큰일이다.

그래서 집 안에서 여기에 정진精進한 분은 무슨 큰일 때면 제 세상 만난 듯이 뻐기는 법이렷다. 그런데 결국 한 마디로 말한다면 지나치게 형식에 흐르는 점이 많은 것이 그 폐단이라 하겠다.

지난 2일 보건사회부에서 예의 예규공청회禮規公聽會를 열었던 것도 이 폐단을 없애고 간추린 예의규범을 작성해 보자는 것이 그 의도였던 성싶다. 부모가 돌아가시면 그 자녀는 죄인이라고 해 가지고 3년을 두고 남의 앞에도 잘 나가지 못하고 아침저녁으로 상청 앞에서 상식을 드리며 곡을 해야 된다는 것도 지나친 일이거니와 또 오늘처럼 한 달 전에 상주가 된 사람이 색깔 있는 넥타이를 매고 나오는가 하면 남치마에 분홍 저고리를 거리낌 없이 입고 나서는 것을 보는 것은 3년상을 꼬박이 흰옷으로 버티며 상주노릇을 한 우리 눈엔 다소 거슬리는 일이 아닐 수 없다.

그러니까 절충해서 무색옷은 피하고 흰빛이나 검정으로 3년 동안 거상을 입으면 좋을 것 같다.

그리고 혼인은 신식보다 구식을 약간 간략하게 살려 가지고 하는 것이 훨씬 정중하고도 품品 있을 줄 안다. 피로연도 집에서 국수장국을 말아내는 것이 얼마나 우리나라 인정에 맞는 훈훈한 놀음인가. 다소 귀찮은 일이라 하겠지만 자녀를 길렀다가 경사慶事를 보며 집안에서 이렇게 시끌덤벙 한 번 잔치를 치러 보지 못하는 것도 모름지기 서운한 일에 속하리라.

오늘날 우리 생활에 하등 의의를 갖지 못하는 맞지 않는 점은 용감히 뜯어고치고 오늘도 그 위엄이 소위 구미식歐美式의 신식이라는 것을 누를 만한 것은 그대로 살려서 우리의 고유한 문화를 여기서 지켜 나가며 자랑하는 것도 좋지 않을까 한다. 개선한다고 해 가지고 실제적인 것만 찾다가 격格이 없고 전통도 없는 우스꽝스러운 것을 만들어서도 안 될 일일 줄로 안다.

—— 1957년

# 가야금 관극기 觀劇記

　연극은 너무 일찍 볼 양이면 아직 다듬지 않은 대목이 많아 어색한 법이요 그렇다고 끝막에 갈라치면 배우들이 지쳐 싱싱한 연기를 볼 수가 없으니 마치 맞게 보기 좋은 무렵이란 시작한 지 2,3일 인 성싶다.

　해님과 달님을 이고 다니던 여성국악동호회가 이번에 유치진 씨 작 〈가야금〉을 창극唱劇으로 올리게 되었다.

　이 전란 중에도 이런 우아한 고전 물을 볼 수 있다는 사실은 자유의 나라 대한민국에 태어난 우리들의 행복이 아닐 수 없다.

　〈가야금〉이란 제목이 유달리 내게 그 막이 열기를 기다리게 했다. 베토벤의 교향악 제9번이니 몇 번이니 하는 양악의 명곡보다 나는 가야금 산조를 듣는 것이 더 흥겹고 오페라 '라트라비아타'보다는 〈춘향전〉의 한 대목을 듣는 것이 얼마나 속이 후련한 노릇인지 모른다.

태고연太古然한 풍악이 잡혀지는 속에서 신선이 하강할 것 같은, 그 야말로 숯 굽는 사람이나 삶즉한 깊은 가야산 중 굴속에서 가야금의 음률을 고르는 우륵于勒 선생(김일선 분)과 이 음률에 도취되는 가야국 의 가실왕嘉實王(박귀희 분), 산중의 한 떨기 도라지꽃 같은 누구보다도 먼저 신비스러운 가야금의 음률을 알아 보는 배꽃아기(김소희 분)가 등 장하고 공주(김강남월 분)가 나오는데, 이 공주의 우륵 선생에 향한 불붙 는 사랑은 응답이 없는 애달픔이며 우륵 선생과 배꽃아기와 가실왕의 그 은혜와 사랑이 얽혀서 풀기 어려운 대목이며, 신라 군사가 쳐들어 와 우륵 스승의 생명이 위급해졌을 적 왕관을 벗어놓고 대신 죽어 우 륵 스승을 살리려는 가실왕(박귀희 분)의 감명 깊은 장면들을 남기며 적 당한 창唱과 액팅으로 4막 5장이 지루한 줄 모르게 펼쳐진다.

박귀희는 창에나 액팅에나 그 중 능란하게 해 넘기고 배꽃아기 김 소희의 노래는 사람을 내장까지 씻어 내려 주는 데가 있었다.

우륵 스승(김일선 분)은 어디에 그런 적역適役이 발견되었나 신기할 정도였다. 창도 제법 좋고 연기도 그만하면 괜찮은 품이 여성국악동 호회가 이번에 새로 캐낸 촉망되는 인물이었다. 다른 극단과 달라 이 들은 역시 창을 하는 대목에서만 살고 찬연히 빛났다. 설혹 연극은 서 투른 편이라 쳐도 이번의 〈가야금〉은 그것을 할 적역의 주인공이 맡아 서 한 것 같은 느낌을 준다.

국악을 지키는 사람들- 이들이 '가야금'의 유래를 우리에게 얘기해 주는 데 이의異議가 있을 수 없고, 설사 웅변이 아니더라도 듣는 사람에게 감명을 주는 것이다.

몇 천 년의 문화를 자랑하지만 정작 내놔 봐라 할 제 찬란하게 펴놓을 것은 우리의 국악이 아닐까 한다. 거문고와 가야금의 그 가락과 가락엔 태평과 평화가 곧 흐르고 있다. 세계에 자랑함직한 이는 우리의 영롱한 고전이다.

이번에 우리에게 이런 귀한 선물을 주신 작자와 여성국악동호회에 감사를 드리며 이 〈가야금〉의 공연이 한 계몽이 되어 우리 국악이 대중생활 속에 힘차게 뿌리를 내려주기 바란다.

—— 1951년

# 피아노와 가야금

서북도西北道 태생에게는 〈수심가〉니 〈산염불〉이니 〈배따라기〉도 좋거니와 자꾸 들어 볼라치면 역시 소리의 맛은 남도소리에 있는 것 같다. 남도의 창을 들어야만 나는 이젠 소리를 들은가 싶다.

속이 울적할 때면 한 마디 듣고 싶은 마음이 간절할 때가 있어 그래서 이것을 듣고 나면 한결 가슴속이 후련해짐을 느낀다.

춘향의 〈옥중가〉라든가 〈사랑가〉〈심청가〉〈홍타령〉〈수궁가〉〈죽장망혜竹杖芒鞋〉- 이런 사설이며 곡조에는 바로 우리 민족의 넋이 흐르고 있는 것이다. 베토벤의 몇 제 악장을 듣는 것보다는 훨씬 우리의 단가短歌를 듣는 편이 가슴 골짜구니에 스며든다.

그 나라의 음악은 언제나 그 나라 민족의 넋을 그 어느 예술부분에서보다도 가장 충분히 지니고 있는 것이다. 두 손을 마주 겯고 서서 꾀꼬리소리를 내는 것을 보다가 목에 핏대가 서고 얼굴이 아낌없이 찡

그려지며 오장육부에서 좋은 소리가 휘몰아 나오느라고 힘이 드는 것을 볼 때 전자前者는 목에서 나오는 소리인가 하면 후자後者는 몸을 다 써 가지고 저 속에서 내오는 소리임을 뚜렷이 찾아볼 수가 있다.

이렇게 전 혼을 기울여서 내는 소리인지라 이것은 또 우리의 폐부에 그대로 와서 흘러들고 찡그러진 얼굴도 핏대 선 목 줄기도 오히려 값지게 보여지는 것이요, 높이 평가되는 이러한 동작이 우리에게 또 흉 없게 보여질 리 없는 것이다.

이동백李東伯이니 오태석吳太石이니 김연수金連洙니 박녹주朴綠珠 이화중선李花中仙은 우리나라의 국악을 고맙게 간직해와 준 분들이다.

무릇 예술이 그렇겠거니와 남이 하는 것을 보는 기쁨보다는 확실히 자신이 하는 즐거움이 더 크렷다. 그런데 이 노래라든지 거문고니 가야금이 광대나 기생들에게만 속해 버리고 일반 민중의 생활에는 첨부가 되지 못했다는 것은 유감스러운 우리의 풍습이었다고 하겠다. 오늘에 와서는 여기에 대한 관심들이 많아진 편이라고 하겠으나 아직도 그 취미란 것은 겉돌아서 기껏해야 남의 눈에 보이기 위한 입춤이나 승무들을 배우는 정도고 단가를 한 마디라도 배워본다든가 가야금이나 거문고를 뜯으려 드는 처녀들은 드문 것이다.

딸에게 50만환 씩 하는 피아노들을 사서 가르치려드는 어머니나 아버지는 많아도 단돈 1만 5천환 정도면 알아 보는 가야금 하나를 사서 세계적으로 유명한 우리나라의 우수한 음악을 자녀들에게 이어 주려 드는 부모는 적은 것에 한심하기 짝이 없다.

피아노와 가야금

이 국악이 우리 생활에 침투할 수 있는 환경과 단계에 이른 오늘에 있어서도 역시 이것은 죽자구나 하고 들고 다니는 사람들은 여전히 먼저 부름의 사람들에게 보다 더 많은 것을 본다.

그 중의 한 사람으로 임춘앵林春鶯이 있다. 그는 지금 그들 또래에서 그 중 인기가 높다. 그것은 그의 한창 빛나는 젊음에도 있으려니와 보다는 그의 예술적 실력에 있는 것이다. 거기에 또 한 가지 이상하다고 할 것은 돈을 모으려고 요릿집을 한다든가 일절 이런 외도를 하지 않고 수십 명씩 되는 여성 국악 동지들을 데리고 도회지로, 농촌으로, 또 항구로 저들의 소도구를 싣고 일 년 열두 달을 내내 순회행각을 하는 점이다.

그런데 이런 사람들은 이렇게 퍼나가고 있거니와 보기에 딱한 것은 국악원이니 정악원이니 하는 데 모여 앉은 분들이다. 그 중에는 우리 국악의 길을 걸어오기 30년이나 40년의 긴 세월을 바친 분들도 있는데, 이들은 하나같이 영양부족의 신세의 모습들을 하고 있다. 가끔 방송을 하러 나가고 가물에 콩 나기로 문하에 들어오는 제자들을 가르치는 것인데, 날로 박해 가는 그들의 생활력은 이들을 하루하루 일로 쇠퇴의 길로 급격히 몰고 있음을 볼 제 정말 안타깝기 짝이 없다.

산이 벌거숭이가 되는 것만이 급한 대책을 요구하는 것이 아니다. 우리 문화 중에서도 가장 자랑할 만한 이 국악이 정통으로 대를 이어 후손들에게 전할 수 있느냐, 또는 흐지부지 불이 사위어 들어가듯이 어찌 문화인들의 관심사만이 되어서 될 일인가 보냐. 그들의 우대優待

가 성급히 요청되고 있다.

거문고의 먼지를 털어 줄 고위층은 없는가? 우리의 산 국보들을 볕
도 안 드는 뒷방에서 방금 말라 잦아들려 하고 있다. 외국엘 내다 자랑
할 사람들이야말로 정말 국보적 존재인 이 사람들이 아닌가 한다.

—— 1954년

# 발 예찬

한양의 여름은 주렴 발 틈으로 어느덧 스며들었다. 분합에, 미닫이에 첩첩히 닫혔던 건넌방 큰애기씨의 미닫이도 모르는 사이에 슬며시 열리고 쌍희자雙囍字 주렴발이 시원스럽게 내려져 있다.

여름이 오면 태극부채와 함께 조선 발로 말하면 말할 수 없이 그윽하고 고상한 맛이 있으며, 그 뿐 아니라 그 발을 친 것을 보면 그 발을 치고 안에 들어 앉아 있는 사람까지도 품品이 있을 것 같아 보인다. 나는 언제나 조선집에 여름 날 늘어뜨린 그 주렴 발을 볼 때면 여기서 가장 많이 조선의 고전미를 맛보며 또한 동양미를 가장 심각히 느끼게 된다.

조선의 우리 발이야말로 세계적으로 자랑하고 싶은 것이다. 아늑한 온돌방 노랑 장판에다가 노랑 미색의 주렴을 문에 늘어뜨리는 것은 초가나 와가瓦家를 막론하고 조선가정집에 가장 잘 조화되는 것이다.

여름 날 안방이나 건넌방에 늘여놓은 주렴발이 한가람 청풍에 나부껴 무늬를 그리며 얼씬거리는 것은 참으로 풍류적이다. 아무리 더워서 정신을 차리지 못하는 더운 날이라도 창문에 늘어뜨린 발을 보면 어딘지 모르게 마음에 무대를 두게 된다.

더욱이 안방이나 건넌방 쌍희자 주렴들이 가볍게 들리며 그 속으로부터 삼단같이 땋아내린 머리에다가 다홍 댕기를 끝에다 살짝 돌린 연분홍 치마짜리 어여쁜 아가씨가 나오는 것이야말로 백퍼센트의 조선의 진미를 맛보게 되는 것이다.

조선의 발이야말로 우리의 자랑거리다. 그러나 근래에 와서 신통치 않은 양풍이, 소위 인텔리 계급에 함부로 들어오는 판에 조선 고유의 발이 슬며시 그 자취를 감추어 버리는 동시에 양실에나 치는 낯선 문장들이 어울리지도 않는 조선집 창문에 와서 열적게 걸려 있는 모양은 보기에 매우 거북하다.

이런 것은 더욱이 신가정에서들 많이 보게 된다. 물론 이것을 치는 것은 양풍 흉내내 보련다는 것보다도 가정 장식에 변화를 좀 보이기 위해서 재래의 발을 걷고 새로운 커튼을 사용하는지는 모르겠지만 조선 발을 치우고 백색의 레이스 조각이나 혹은 푸르둥둥한 분장을 치는 것은 조선집에 어울리지 않을 뿐더러 얼른 보면 술 파는 카페나 그렇지 않으면 화류계 여자들의 방 같은 야비하고 천한 기분을 일으키게 하는 동시에 순후하고 고상한 맛을 찾을 길이 없다.

조선 발을 쓰는 것이 우리의 물산을 쓴다는 의미에서도 좋거니와 이런 입장을 떠나서 가정 장식학 상으로 본다 하더라도 우리 조선식 건축에 조선 발 이상으로 더 조화되는 문장門帳이 없으며 이에서 더 좋은 문장이 없을 것이다. 새것이라면 함부로 좋아하고 박래품舶來品이라면 주책없이 따르기를 즐기는 심리가 소위 교육을 받았다는 인텔리 여성들 가운데서 많이 보게 되는데, 더욱이 가정 장식에 있어서 우리는 특별 주의를 요구하게 되는 것이다.

한 집의 장식으로 말하면 그 집 주인, 특히 주부의 취미와 품격의 반영이므로 그것을 통해서 우리는 그 집 주부의 취미와 품격을 엿볼 수 있는 것이다. 그도 바빠서 그런 것을 돌아다볼 여유가 없다면야 문제는 달라지겠지만 귀한 돈과 시간의 여유가 있어 가지고 장식을 뛰어나게 했다면 그는 보는 사람이 유의하지 않으려야 않을 수 없는 것이다. 따라 우리는 고상하게 하는 동시에 구미歐美나 다른 나라에서는 보지 못할 아름다운 독특한 조선의 냄새를 향기롭게 피울 줄 아는 것이 진정한 의미에서의 인텔리 여성들의 머리 쓰는 것일까 한다.

—— 1934년

# 국회의 싸움

국회는 요새 정말 볼 만하다. 허구한 날 여야 양당의 싸움으로 일관
하고 있지 않은가.

싸움 구경도 얼마 동안이지 요새같이 심경들이 초조하고 가랑잎처
럼 마른 때에 이렇게 따분한 싸움을 오래 끌고 보면 구경할 맛도 없어
진다. 신문을 보면 또 그 얘기. 신문을 보면 어제하던 그 싸움이다.

이 양반들이 도대체 어쩌자는 걸까? 전화 요금이 올라, 기차 값이
올라— 관영 요금이 이렇게 뛰어오르는 바람에 일반 물가가 모두 지금
뛸 자세들을 취하고 있는 판이요, 시중에는 돈이 돌지 않아 몇몇 재주
좋은 사람— 비위 좋은 친구들 이외에는 사업하던 사람은 못하고 있고,
회사 문을 닫고 턱턱 나가동그라지는 판인데, 도탄에 빠진 이 시급한
민생 문제는 하나도 무슨 방안을 세워 주지 않고 그저 자기네들의 싸
움으로 날을 보내고 있으니 이런 염치는 또 어디에 있단 말인가.

일전 어느 친구를 만났더니 전화 요금이 배도 더 올라서 전화를 떼야겠다는 우울한 얘기였다.

심부름꾼 대신 쓰던 그 잘난 전화- 문명의 이기조차도 시민들은 사용의 혜택을 받지 못할 정도로 관영 요금의 인상은 우리의 생활을 위협하고 있는 것이다.

그야 관영 요금이 오르는 데 따라 공무원의 봉급도 오르고 일반 작가들의 원고료도 오른다면 그건 또 별문제다.

하지만 쌀 한 가마니 육천 환을 할 때나, 만 육천 환으로 오른 때나 작가의 고료는 앉은뱅이가 됐는지 그대로 있고, 공무원의 처우란 그림의 떡이고 보니 백성들은 더할 나위 없이 지쳐가지고들 있다.

의사당 단상에서 누가 하나 쓰러진댔자 눈도 깜짝 않게 생겼다. 이 시급한 민생고를 덜어줄 법을 마련해 주지 않고 이 선량들은 내일도 모레도 여야의 정쟁政爭만을 언제까지나 염치없이 일삼을 심산인가.

—— 1957년

# 신세진 부산

옛사람들이 이르기를 '긴 병에 효자 없다'고 손님이 길에 여러 날을 두고 머물러 있고 보면 좋은 대접을 받기는 미상불 어려운 일이다.

가난한 살림에는 손이 와서 사흘만 묵어가도 주인 된 자 곤란한 점이 없잖아 있게 되는 법이요 석 달을 머물러 있게 된다면 실상 진력이 날 일이거든, 삼 년이라는 세월은 손님을 겪는데 있어 결코 알맞는 기간은 못 되었다. 이 짧지 않은 삼 년 동안을 서울 시민들은 부산에서 객 노릇을 하게 되었던 것이다.

그래서 피난을 내려올 때 세상엘 갓 나서 강보에가 싸여 가지고 안겨서 업혀서 내려온 그 애기들은 부산에서 배밀이를 배우고 일어나 앉는 것을 익히고 기는 것을 알게 되고 걷고 말을 하게끔 되었다. 이렇게 성장하는 세월을 순전히 부산서 보내게 된 것이다.

강보에 싸여 부산 역엘 떨어졌던 서울 애기는 경상도 말씨로 엄마랑 얘기를 하며 제 발로 걸어서 부산 역엘 들어와 기차를 타고 환도를 했다. 서울행 기차 삼등 객석에서는 실로 말들이 많았다.

"에이 지긋지긋한 놈의 부산 잘 떠나간다."

"아이 부산 인심 참 고약하더군."

"말은 해 뭘 해. 글쎄 우리는 부산 와서 저녁을 다 굶어봤다니까. 하루는 늦게 들어갔더니 집주인이 우물 뚜껑을 닫고 잠가 버렸어요. 그래서 저녁을 네 식구가 꼬박 굶고 잤어. 그래 그럴 수가 있겠어."

"세상에 물은 언제나 노나 먹게 마련인데 참 물 때문에 구박도 많이 받았습니다."

"물뿐이오? 방 값을 올리는 건 어떡허구요. 이번에 부산 사람들 팔자 고친 사람 많을 겁니다."

서울을 향하고 달리는 제4열차 안에서 흘러나오는 이런 서울 말씨의 대화들을 부산 사람들이 들었다면 그들은 또

"이눔어 자식들 머라 카노. 이 숭악한 놈들 서울 사람 몸써리난다고마."

이런 말들을 우리는 거짓말로가 아니고 정말 들어볼 수 있는 것이다.

서울 사람의 말도 부산 사람의 말도 다 그들 하나하나의 개인의 체험에서 나오는 거짓이 아닌 정말일는지도 모른다.

그러나 우리는 언제나 이것을 생각해야 될 줄 안다.

큰 잔치를 치르고 나서 뒷말이 없는 법이 없다. 음식을 많이 먹었다

는 사람은 없고 구석구석 튀어나오는 말이란 하나같이, 나는 점심을 그때 굶었느니 돼지고기는 난 구경도 못했느니 국수가 적었느니 하여 이러한 불평의 소리만이 크게 떨어지는 법이다.

이런 불평들이 디굴디굴 굴러다니는 데도 불구하고 그 잔치 전체로 볼 때엔 큰 실수 없이 잘 되었을 경우가 또 많은 것이다.

서울 피난 손님들을 받을 당시의 부산 시의 살림살이는 겨우 부산 시민 칠십오만 식구를 살리는 소규모의 살림살이였던 것이다. 수돗물도 칠십오만 명 분밖에 준비되어 있지 않았고 방도 역시 칠십오만 명 식구들이 살 수 있는 것이었다.

여기에다 갑자기 들이밀리는 굵은 손님 잔 손님이 백 칠십만 – 근 이백만이 들이닥쳤던 것이다. 원주민의 배를 넘어 나중에는 세 배도 더 되어 버렸을 때 주인 부산 시로서는 여간 당황하지 않았을 것이며 이만저만한 큰 짐이 아니었던 것이다.

칠십오만 인구가 먹자고 준비해놓은 물을 이백만 인구가 먹도록 수량을 늘려야 했으며 산더미같이 나오는 쓰레기 처분을 서울 양반들의 눈에 거슬리기 않게 빨리빨리 해야 되었으며 장관들의 관사官舍를 비롯한 일반 전재민들의 있을 거처를 이렇게 저렇게 알선하여 주어야 하는 등 부산시는 눈코 뜰 사이 없이 돌아갔어야 했다.

구석구석이 들여다본다면야 어찌 편안치 못했던 데가 한두 군데랴만 이만하면 대체로 보아서 부산 시는 실로 많은 이 전재민 손님들을 잘 치러 보낸 셈이다.

참나무 장작같이 말라 캉캉한 인상을 주는 김주학金株鶴 전 부산시장은 동분서주하며 정말 골몰무가汨沒無暇하게 이 벅찬 전재민 군식구들을 치르기에 누구보다도 수고를 많이 하신 분이었다. 이만하면 명시장名市長이라고 아니 할 수도 없는 일이다.

피난살이에 거지가 되었다고들 하지만 물건을 잃어버린 것은 서울에다 버리고 와서 없어진 것이요 그래도 이러니저러니 해도 부산을 떠날 때에는 서울 손님의 보따리는 비록 그 안에 양재기 나부랭이가 든 것이라고 하더라도 모두들 짐짝 수효가 늘었던 것만은 사실이다. 또 그 중에는 6·25 전보다 오히려 신관들이 좋아져서 떠나는 손님들도 간혹 끼일 수 있었다는 다행을 보면 부산이 과히 푸대접을 한 것 같지는 않다.

역지사지 해서 생각을 해 보고, 내가 그렇게 하지 못할 일을 남에게 요구하는 것은 무리다.

바꾸어놓고 생각해볼 제 부산 사람들이 서울로 밀려왔다면 손님을 치르기에는 너무나 지리한 삼 년이란 동안에 서울 사람들은 얼마나 더 잘 대접을 해 줄 자신이 있는가 모르겠다. 손님은커녕 나갔던 식구들이 들어오니까 껑충 뛰어오르는 서울의 미장이와 기와장이들의 임금 호가를 보라. 또 차츰 비싸지는 방세를 보라. 우리가 못하는 일을 남에게 요청함은 불가하다. 하룻밤을 자고 가도 만리장성을 쌓으랬다고- 삼 년이라는 긴 세월 부산에서 피난을 했으면 무어니무어니 하지만 그래도 객은 주인의 덕을 아니 보는 수 없었던 것이요 부산의 신세

1953년 4월 부산방송국 앞뜰에서 방송국 관계자들과 기념촬영을 하고 있는 노천명(앞줄 오른쪽 끝)

를 안 졌다고 할 수는 없는 노릇이다.

생각해 보면 삼 년씩이나 눌어붙어 갈 줄 모르는 염치없는 손님을 거기서 더 어떻게 해주랴. 부산 인심도 그만하면 대체로 괜찮은 편이었다. 우물을 잠가서 저녁을 못해 먹게 한 악덕 주인이 있었는가 하면 또 삼 년 동안 방세 한 푼 안 받고 그날이 그날같이 사이좋게 지내다 보낸 사람들도 없잖아 있는 것을 본다.

부산서 광복동光復洞 거리는 집을 떠난 우리들의 미칠 것 같은 마음을 때로 얼마나 어루만져 주었으며, 특히 송도 바다는 또 향수에 젖은 우리들의 눈을 그 몇 번이나 달래 주었는가?

부산에서의 피난 생활은 우리들의 인생 기념첩에 가장 회상할 것이 많은 페이지가 되는지도 모른다.

부산은 군산보다도, 대전보다도, 그 어느 도시보다도 이제는 서울 사람들에게 친한 도시가 되어 버렸다. 미우면서 정이 들었고 고운 데서도 정이 든 까닭이다. 부산 손님들에게 우리도 극진히 해드려야 할 일이다.

　다들 무사히 부산서 난을 피했다가 이렇게 건강한 몸으로 수도 서울에 돌아온 오늘 부산 주인집에 가을 안부를 묻는 한 장의 편지쯤 있어도 좋을 일이다. 부산 부인네들을 이전보다 훨씬 하이칼라로 만들어 주고 왔는데 그 아주마시들이 모두 다 잘 있는가 모르겠다.

—— 1953년

# 심청전 감상

 얘기는, 황주黃州 도화동桃花洞이라는 촌에 심학규沈鶴圭라고 이르는 맹인이 있었고, 곽씨라는 마음 어진 부인을 배필로 만나 비록 아내가 남의 집 품을 팔아먹고 살아갈망정, 구순하고 재미있게 동네 사람들의 칭찬을 받아가며 지내가던 중 한이 있다면 혈육이 없는 것이더니, 갑자甲子 4월 8일에 곽씨 부인 한 꿈을 꾸고 태기가 있어 선녀 같은 딸 심청이를 낳고 금야 옥야 즐거워하던 중 곽씨 부인이 산후 병으로 진자리에서 일어나 보지를 못하고 한 이레 만에 맹인 남편에게 뒷일을 눈물겹게 당부하며 세상을 떠났다.

 심봉사 갓난아이를 품속에 안고 이 집 저 집 다니며 동냥젖과 밥을 먹여 눈물로써 길러갈 제 심청이 나이 열한 살에 이르니 제가 밥을 빌어다 맹인 부친을 봉양하는데, 그 효도가 지극해 사람들이 효녀라고 칭송이 자자했다.

하루는 건너마을 무릉촌武陵村에 사는 장승상張丞相 부인이 심소저의 기특한 소문을 듣고 불러 수양딸을 삼으려 할 제, 심소저 말은 고맙고 눈먼 아버지의 곁을 떠날 수는 없고 하여 사양하다 해가 저무니 늦도록 돌아오지 않는 것을 근심해 심봉사가 동냥 나간 딸을 찾아 더듬더듬 나가다가 개천물에가 빠져 옷과 몸을 적시우고 심청을 부르고 있을 때 마침 몽운사夢運寺 주지승이 지나다 이를 구해 주었다.

이에 심봉사 그 승에게 신세 한탄을 하니 그 주지승 말이 공양미 삼백 석을 부처님께 시주로 올리면 눈을 뜰 수 있다고 하자 심봉사는 전후 분별 없이 권선장勸善章에다 올리게 되었다.

그 후 심봉사 이를 후회하여 은근히 새 걱정을 삼고 있을 새 현명한 심소저 이를 알아채고 마침 그때 인당수의 뱃길이 험해 열다섯 살 난 처녀를 산 제물로 드려야 무사히 지나간다는 미신에서 상고商賈들이 이런 처녀를 구하러 다닌다는 소문을 듣고, 심소저 공양미 삼백 석을 받기로 하고 상고들에게 몸을 팔고 선인船人들의 북소리에 따라 인당수에 몸을 던지니, 이 출천지효出天之孝에 귀신도 감동하여 이때 옥황상제가 사해四海 용왕을 시켜 곱게 받아 옥련화玉蓮花 속에 심랑沈娘을 넣어 인당수 물 위에 떠워 놨다. 이에 장사를 다하고 돌아가던 선인들이 이 연꽃을 꺾어다 임금께 바치니, 왕은 곧 왕후를 삼자 심왕후는 전국 맹인 잔치를 열어 가지고 아버지 심봉사를 찾는다.

그때 심봉사는 딸을 잃고 뺑덕어멈이란 괴악한 여편네를 만나 그 감언이설에 넘어가 돈이며 옷을 다 빼앗기고 고생고생하며 맹인 잔치에 올라간다.

이때 연일 잔치에서 부친의 모습만 찾고 있던 심왕후는 시녀를 시켜 대궐 안에 들어서는 심봉사를 불러들였다.

"아버지!" 하고 찾으니 죽은 줄만 알았던 딸의 목소리에 심봉사 깜짝 놀라 눈을 떴다.

이야기는 이런 것인데, 어려서 나는 어머니의 『심청전』 보시는 소리를 듣고 등 뒤에 누워서 얼마나 울었는지 모른다.

그 중에도 심소저가 동냥을 나간 채 늦도록 아니 와 심봉사가 더듬어 나가다가 물에가 빠져 애를 쓰며 청이를 찾는 대목에선 느껴 울었던 일이 생각나는데, 『심청전』은 작가를 모르는 소설로, 『춘향전』과 같이 우리 고전물 중 최고의 수준에 이르는 것으로 우리 가정에서들 가장 많이 읽고 또 노래로도 불리어지고 있다.

어느 한 사람이 지었다는 것보다 구전되고 전사傳寫되는 동안 여러 사람의 손을 거쳐, 혹은 깎고 혹은 더해서 오늘의 『심청전』을 보게 된 것이라고 하겠다.

『심청전』은 소설이라기보다는 이야기꾼들의 설화체로 된 일종의 '페어리 테일'이다.

이야기가 몹시 비현실적이고 몽환적인 부분이 많다.

심소저가 인당수 물에 몸을 던지자 사해 용왕이 곱게 받아 연꽃 위에다 넣어서 바다 위에 다시 띄워놓으니 돌아가선 선인들이 기화奇花

라고 꺾어다 임금에게 바쳤더니 옥련화 속에서 절세미인 심소저가 나오고 왕은 이를 왕비로 삼는 대목 같은 것은 하릴없는 선녀의 이야기다.

인당수 물이 노할 때 열다섯 먹은 처녀를 수중에 던져 산 제사를 지내면 수로가 무사해진다는 선인들의 유치한 원시적 공포의 종교심에서 그 시대의 문화 수준을 엿볼 수 있으며,『심청전』은 또 우리에게 조선말의 그 유창하고 어휘의 풍부함을『춘향전』과 마찬가지로 잘 보여 주고 있다.

이를테면 곽씨 부인을 잃고 나서 심봉사가 갓난 심청을 안고 푸념을 하는 데라든지, 딸이 선인들을 따라 인당수로 향해 나섰을 제 부친과 작별하는 대목에서 보는 자유자재로운 말투들이 다 그렇다.

『심청전』의 당시 사상적 배경을 볼 양이면 고대 조선 문화 사상의 주조가 유불儒佛 두 교에다 그 뿌리를 내린 것 마찬가지로, 이『심청전』이 나올 때도 역시 안으로 불교에 사람들이 사로잡히고, 밖으로는 유교가 지배를 했던 것으로『심청전』이 보여 주는 사상은 유교의 효도와 불교에서 가져온 인과의 이치가 주로 되어 있음을 본다.

그래서 어린 소녀가 맹인 아버지를 위해 몸을 물속에 던진 지극한 효심의 보복으로 죽음에서 다시 살고 그 덕으로 보잘것없던 빈한한 집의 처녀가 한 나라의 국모가 되어 부귀를 누리고 아버지의 눈을 뜨게 하여 원을 풀 수 있었다는 윤회설과 인과응보의 교시를 보여 주고 있다.

이 주제를 가장 효과적으로 살리기 위해서 작자는 심청이로 하여금 희세의 효녀라는 외에 절세의 미인으로 한 번 더 꾸미고, 거기에다 전혀 주책이 없는 심봉사를 아버지로 모시게 하는 데서 청이의 가련함을 더하게 했다.

그리고 심소저가 공양미 삼백 석에 몸을 팔겠다는 것을 알고 장승상 부인이 심소저를 불러 그 값을 치러줄 것이니 파약을 하라고 권할 때 심소저 침착하게

"그 말씀 황송하오나 한 몸이 위친하여 정성을 다하자 하면 남의 명색 없는 재물을 바라리까, 또 삼백 석을 도루 내준단들 선인들도 임시 낭패 그도 또한 어렵삽고 사람이 남에게다 한 몸을 허락하여 값을 받고 팔렸다가 수삭이 지난 뒤에 차마 어찌."

하며 뜻을 변치 않고 용감히 떠나가는 대목에서 우리는 한 소녀의 강렬한 책임감과 굳겐 이지理知에 다시 한 번 감읍된다. 이리하여 『심청전』은 이야기가 갖는 소위 알맞은 재미와 적당한 서스펙트를 집어넣어 만든 효선미담孝善美談으로 이를 읽는 양가 부녀들에게 은연중 현처와 효녀의 사상을 부어넣어 주는 것이다.

이야기 책으로서의 『심청전』은 종래의 고대 소설과 현대 소설의 다리를 놓아준 중계적 문학사상 중요한 역할을 했다고 보겠다.

# 인텔리 여성의 오늘의 사명

한국 여성의 해방과 자유가 약속되고 진정한 하나의 인간으로서의 대우와 문화적 ·경제적·사회적 - 모든 부문에 있어서의 남자와 같은 의무와 권리가 논의되고 있는 오늘, 우리가 잊어서는 안 될 것은 전 한국 여성의 반수 이상을 차지하고 있는 무식한 부녀층의 엄연한 존재이다.

8·15 이후 우후죽순처럼 나오는 노소의 부녀단체의 출현을 보는 것은 반가운 일이었으나 무슨 회會니 무슨 동맹이니 무슨 당이니 하는 단체들이 하나같이 정치적 행세만을 하는 데는 유감이었다.

물론 정치적 방면에도 여성의 진출이 필요하다. 왜냐하면 남녀가 같이 지니고 나가야 할 조국이거든, 하필 남자들만이 독선적으로 건국의 성업聖業을 독담獨擔하라고 맡겨둘 까닭이 아무 데도 없다. 남자들이 하는 일이라고 다 잘하는 일도 아닐 것이고 또 반드시 옳다고도 볼 수 없으매, 여기 우리 여자들도 나서서 살피고 참견하고 거들어야 할 것은 당연한 일이다.

하나같이 모두 이런 데로만 나서서는 안 될 줄 안다.

아무리 강연회를 열고 여성은 다 와서 들으라고 외치지만, 이 모처럼 베푼 혜택을 입는 이들은 강연을 안 들어도 그만한 상식이나 비판을 다 가진 층의 여성들이다. 대다수의 부녀들은 부엌에서 해방을 당하지 못했고, 안방에서 자유를 얻지 못해서 제 발을 가졌으되 들으러 갈 수도 없고 장구한 세월을 두고 일제에게, 남자들에게, 봉건 제도에게 압제를 받아 내려왔기 때문에 그들에게는 스스로의 주견도 주장도 있을 수가 없다.

따라서 시급히 우리는 이 부녀층, 더 화급히 농촌의 부녀들의 계몽이 급선무이다.

진정한 여성의 해방은 여성 자신이 해야만 될 줄 안다. 그러는 데에는 투쟁할 전사들을 길러야 될 것이고, 그 길은 오직 계몽 운동이 아닐까 한다.

전 민족의 반수 이상을 점령하고 있는 부녀층의 수준 - 한국 사회의 절름발이 현상을 잊어서는 안 된다.

무슨 회니 무슨 동맹이니 무슨 당이니 이런 데로만 달려갈 것이 아니라, 도시 중심의 화려한 무대만을 가질 것이 아니라 한국의 인텔리 여성들은 시급히 농촌으로 들어가야 하겠다. 그리하여 농촌 부녀들의 계몽 운동의 성스러운 위업을 담당해야 하겠다.

인텔리 여성의 오늘의 사명

그러는 데는 인텔리 여성의 우월감을 송두리째 빼 던져야 한다. 고등 교육을 받은 특수한 계급이라는 덜된 생각을 뿌리째 빼 버리고 오직 무식한 농촌 자매들 틈에 뛰어들어 그들과 손을 잡고 한 자리에 앉아서 그들을 계몽시켜야 하겠다.

이 우매한 층의 부녀들을 그냥 내버려두고는 한국 여성의 완전한 해방이란 헛소리겠다.

따라서 오늘 한국에 있어서 먼저 배운 여성들은 무엇보다도 급한 농촌 여성들의 계몽 운동에 몸을 던져야 하겠다.

이런 시급한, 크고 중한 일들을 뒤에다 처뜨려두고는 아무리 연단에 올라서서 여성 해방을 부르짖고 참정권을 운운한댔자 이것은 일부의 여성들을 위한 일이지, 한국 여성 전체를 망라한 완전한 여성 해방 운동은 못 될 줄로 생각한다.

# 하나의 역설逆說

하얀 눈 속에서도 새파란 빛을 해 가지고 윤이 잘잘 흐르는 동백나무 잎사귀처럼 늘 젊어 있고 싶어 하는 것은 인생 누구나의 본망本望일 게다.

진시황이 불로초를 캐러 보낸 것이나 클레오파트라가 우유에다 목욕까지 하게 된 것이 모두가 청춘을 놓치지 않고 붙들어 보려는 데서 나온 안타까운 심사겠다.

지금도 돈푼이나 있는 중년신사들이 열심으로 보약을 장복하는 것이나 중년 부인들이 젊어진다는 일에 대한 관심을 많이 갖는 것 또한 이와 같은 심경에서인데, 젊음이 반드시 육체에만 깃들이는 것은 아니다. 영원한 청춘이란 진실로 마음의 청춘에 있는 것이 아닐까 한다.

며칠 전까지도 젊은 나이에 어울리지 않게 윤택함을 잃은 피부를 하고 그 눈은 시선의 초점을 잃은 듯이 보이던 한 젊은 여성이 갑자기 그 눈엔 영롱한 구슬 같은 빛을 가져오고 살결은 튀어오를 듯이 탄력이 있어지고 그의 행동거지엔 5월 창공의 종다리 같은 데가 있게 되었을 때, 며칠 후면 반드시 그에게는 연애가 시작되었다는 '스캔들'을 듣게 되는 수가 있다. 실로 마음의 즐거움이란 사람의 생리까지를 좌우하는 것이다.

그야 몸과 마음이 같이 갈 수만 있다면 더할 나위 없는 일이겠지만 몸이 차츰 나이를 먹는다고 해서 괜히 일찌감치 먼 산을 바라보며 슬픈 표정을 짓는 성급한 일은 안 해도 좋을 것이다.

오히려 나이를 먹음으로써 인생은 정말 더 호화판으로 들어가는 것이다. 남을 용서할 수 있는 아름다운 가슴이 생기는 것도 나이가 먹어서요, 인생의 모든 면에서 귀한 것을 알아보고 중한 것이 분별되고, 이리하여 정말 사랑도 할 줄 알게 되는 것은 모두가 젊어서는 감당하기 어려운 일들이다.

단 과자 부스러기를 즐기다가 씁쓸한 술에다 맛을 들이는 것과 마찬가지로 20대 청춘에 나는 아무 매력도 느끼지 않는다. 마치 꽃철에 한 쌍의 남녀가 행복스러운 듯이 봄 동산에 거니는 것을 보면 싱겁기 짝이 없다.

월전月前에 소설가 H씨를 만났을 때 이런 얘기를 했더니 H씨 역시,

"그럼요, 인생은 나이를 먹을수록 좋은 거예요."

하고 공명을 했거니와 이것이 틀림없는 생의 철학일 게다.

나이란 열여섯, 스물, 스물다섯까지는 먹어가는 것이 괜찮고, 스물

다섯이 넘어서면서부터는 한 살씩 더해가는 것에 신경질이 될 수 있고, 스물아홉에서 갓 서른으로 넘어설 때는 스물 자를 놓기가 정 싫은 것이 사실이다.

그러나 서른을 넘어서 놓고 보면 그때부터는 한 살을 더 먹거나 말거나 거의 무신경이 되어 버릴 수 있는 것이다.

스무 살로 다시 좀 돌아갔으면 하는 친구들을 가끔 보는데, 나는 여기에 별로 찬동하는 편이 아니다. 왜냐하면 내가 만일 20대로 뒷걸음질을 쳐본대야 그 스물이라는 나이로는 또 인생이 싱겁기가 마찬가지지, 결코 오늘의 이 나이에 해당하는 인생을 맛보는 재주는 없을 것이 뻔한 때문이다.

역시 스물다섯 살에 해당하는 인생밖엔 알 도리가 없는 것이요, 20대에는 또 그만큼밖엔 인생을 모르는 법이다.

그러고 보면 20대로 다시 돌아가 보아야 내가 멋지게 인생을 써 볼 재주는 없을 것이고 나이를 먹을수록 그만큼씩 사람은 더 익어가고 또 귀해지는 것이 아닌가 한다.

마치 떡이 한 함지박 있는 때는 든든한 것이 별로 먹고 싶지도 않다가 떡이 차차 없어져 들어가고, 굳어지고, 마침내 함지 밑에 얼마 남지 않았을 때 비로소 맛이 있어지고 밑창의 생고물을 손으로 움켜서 먹는 맛이란 희한한 거와 마찬가지로, 나이를 먹어 피부의 탄력이 차츰 없어지고 무도장엘 가도 꽃망울 같은 처녀들한테만 연상 파트너들이 와서 허리를 굽히며, 분명히 아주머니로서의 경의를 받게 될 때쯤 되어야 여인도 인생의 맛을 알아낼 때가 되는 것이다. 이때야말로 정신이 번쩍 나는 때요, 하루하루는 다이아몬드같이 귀한 것을 알게 된다.

중년기에 들어 청춘이 지게 되니까 하는 억지의 소리가 아니라 진정한 의미의 청춘은 진실로 마음에 있을 것이고 육체만이 지녔다고 볼 수는 없을 것이다.

나는 한 번도 정말 마음에서 내가 늙었다고 생각이 든 적은 없다. 그래서 나는 반회장 연두저고리며 무색옷들을 그대로 다 간직하고 아직도 조카딸에게 내 줄 생각은 없으며, 청춘이 가질 수 있는 엠비션을 아직 하나도 버리지 않고 있다.

웬일인지 나이를 더할수록 공부도 더하고 싶어지고, 치장도 부쩍 더 내고 싶어지는 것은, 일찍이 내가 20대에도 30대에도 느껴 보지 못한 감정이다. 생의 쓴 맛과 단 맛 그리고 모든 고민을 마셔본 뒤에 오는 마음의 바탕이야말로 가장 잘 인생을 받아들일 수 있는 경지가 아닐까?

청춘을 가지고만 인생을 마름질하려 들 것이 아니라 몇 살이 됐든지 그때그때 그 나이에 맞게 우리는 즐거운 재단을 할 줄 알아야 할 것이다.

# 여류시인 노천명은
# 왜 평생 독신생활을 하였을까?

김석영

노천명 시인이 별세한 지 석 달 후, 당시 인기 있었던 잡지 중의 하나인 월간 '실화'에 김석영 기자가 쓴 글이다. 이 글을 읽으면 왜 노천명 시인이 평생 독신생활을 하게 되었을까 하는 이유를 알 수 있고, 또한 노천명 연보에 나와 있지 않은 '러브스토리'들과 그 대상자, 죽음에 이르게 된 구체적 장소와 정황, 애인 김광진과 첫 만남을 가진 장소가 공연장이 아니라는 점 등 새로운 사실들이 기록되어 있다.

여류시인 노천명 여사는 젊은 46세를 일기로 1957년 6월 16일 영원히 돌아오지 못할 타계의 몸이 되었다.

그가 문학에 충실했고 그의 공사 생활이 순결! 그것으로 일관해왔다는 것은 그가 생존했을 때나 세상 떠난 오늘이나 변함없는 정평定評으로 되어 있다.

다만 어찌하여 그가 46세에 이르기까지, 즉 세상을 떠나기까지 독신생활을 그 무엇으로 자위했을까? 하는 것이 수많은 사람들이 품고 있는 하나의 수수께끼로 되어 있다.

한편 이와 같은 수수께끼는 여러 가지 흥미 있는 억측을 자아내기도 하였다. 그러나 노천명 여사 자신의 개성이 자기의 사생활, 자기의 주변에는 그 언제나 '비밀'이라는 장막을 내려 가리고 있었다. 진담이든 농담이

든 그 누가 사생활을 건드리기만 하면,

"사람두 왜 저렇게 싱거울까. 남의 걱정이나 남의 일에 참견을 말고 자기 앞일이나 똑똑히 처리해요."

이렇게 톡 쏘아붙이고 보면 그의 사생활이나 그의 주변에 대한 가지가지의 일들은 문자 그대로 어디까지나 억측에 불과하리라고 보는 것이 타당하겠다.

그러나 비밀의 장막을 뚫고 차근차근히 그의 지난 날을 더듬어 보면 문학소녀로서의 순진한 정서도 있었고 청실홍실이 얽히고설키듯 눈물과 슬픔으로 표현되는 연정도 있었고 고독을 시로 노래하는 가냘픈 그날그날

'노천명 씨의 인간과 생활'이란 제목으로 월간 '실화' 1957년 10월호에 게재된 첫 2페이지 지면.

도 있었다. 이제 고인의 그와 같은 지난 날을 이곳에 옮겨보기로 한다.

## 서울로 옮겨 온 시골뜨기

그의 고향은 산천 좋고 사람 좋다는 황해도이다. 그는 일곱 살 되던 해, 부모님의 뒤를 따라 서울로 이사해 왔으며 문학하는 것을 천직으로 타고 난 어린 노천명은 그 때의 이 모습 저 모습들을 다음과 같이 글에 옮겼다.

「음력 이월 초순께나 되었든지 춥기는 해도 겨울은 아니고 그렇다고 봄도 채 되지 않은 때였다. 옥색 두루마기를 입고 여기 애들(서울 애들) 모양 다홍 제비부리 댕기도 못 드리고 검정 토막댕기를 드린 나를 보고 동네 아이들은 "시골뜨기 서울뜨기, 말라빠진 꼴뚜기" 하며 우루루 달아나곤 하는 것이었다. 무슨 영문인지를 모르는 나는 그 애들의 외우는 말이 재미가 있어 웃으며 그 애들이 몰려가는 데 따라가면 줄달음질들을 쳐서 골목 안으로 달아나는 것이었다. 이런 때마다 나는 시골 우리 동네가 그립고 박우물께 이쁜이며 새장꺼리 섭섭이, 필녀, 창호 이런 내 동무들이 한없이 보고 싶었다.

학교에서도 아직 못 들고 어머니가 날마다 집주름을 데리고 집만 톱으려 다니시면 나는 그동안 이모 아주머니와 더불어 있어야 한다. 이모 아주머니란 분은 재미있었다. 달래 그런 것이 아니라 환갑이 다 된 분이 머리는 하나도 세지를 않고 그 대신 정수리가 무르팍처럼 민 분이 함박꽃 빛 자주 마고자를 입고 계신 것이 우습고, 또 한 가지는 방 안에 가만히 앉아서 온종일 잔소리로 일을 보시는 것이다.

할아범과 할멈을 번갈아 부르셔서는 무슨 분부인지 그처럼 많다. 그

런데 한 번은 밖에 손님이 오셔서

"이리 오너라."

했다. 아주머니는 미닫이도 좀 안 열어보고 창경으로 겨우 내다보시며,

"거기 아무두 없느냐?"

하시더니 아무 대답도 없는데

"누구신가 여쭤봐라."

하고 분부를 하신다. 어처구니가 없는 것은 다음 순간이었다. 밖의 손님이 이 말을 듣더니.

"양사골 김 주사가 왔다구 여쭤라."

하는 것이었다. 이어서 또 아주머니는

"영감마님 출타하고 아니 계시다고 여쭤라."

하신다. 할멈도 할아범도 사이에는 없는데 서로 '해라'를 하고 또 문도 안 열어보며 영등박같이 또랑또랑하게 말로만 해내는 것이 나는 말할 수 없이 우스웠다.

서울은 정말 별난 곳이라고 생각되었다. 별난 것은 이것뿐이 아니었다. 우리 게와 달리 무슨 장사들이

"비웃 드렁 사료- 움파 드렁 사료."

드렁드렁하며 외치고 다니는 것도 재미있었다. 이럴 때마다 나는 달음박질 뛰어나가 문 밖에 가 서서 구경을 했다.(중략)

하루아침엔 이 큰 대문 집에서 나만한 처녀아이가 나오더니 내게다 말을 붙였다. 말씨가 예뻐서 나는 그 애가 말하는 것을 무슨 고운 것이나 보듯이 신기해서 자꾸 쳐다봤다. 그 애는 자기 집에선 성적분

을 만든다는 것이며 학교에 다니는 오빠가 있다는 것이며 망령 난 할 머니가 계시다는 것 등을 말해 주며 내 손을 붙들고 저의 집엘 데리고 들어갔다.

나더러 널을 같이 뛰자고 하는데 나는 뛸 줄도 모르고 또 무섭다고 질색을 했더니 줄을 잡혀 주며 나더러 줄을 잡고 뛰라고 했다. 내가 줄을 잡고 널을 뛰어 봤더니 그 애는 나더러 사내 널을 뛴다고 하며 널뛰는 것을 친절하게 가르쳐 주었다.

그 후부터 인순이는 아침만 치르면 우리 집에 와서

"애야, 나와 노올자."

하고 나를 불러 주었다. 인순이와 내가 차츰 정이 들려고 하는데 우리는 집을 구해 이사를 가게 되었다. 서울 길을 모르는 나는 인순이를 다시는 만날 수가 없이 되어 버렸다. 그 뒤에 학교엘 들어갔을 제 나는 인순이를 찾으려고 은근히 살폈으나 찾지 못했다. 내 생각에 인순이는 집이 완고해서 학교엘 넣지 않았을 것만 같았다. 인순이는 내가 서울 와서 제일 처음으로 사귄 친구였다.

지금도 내가 서울엘 처음 왔을 제 일을 생각할라치면 으레 인순이가 생각나고 내 머리에 떠오르는 인순이는 언제나 처음 만날 때 그가 입었던 꽃분홍 삼팔치마에 연두 저고리를 입고 파란 징신을 신었다. 나는 그때 인순이의 이름을 알았지만 인순이는 내 이름도 채 모르고 헤어졌다. 다만 시골 애라고 알았을 따름이었다.」

이것이 시골뜨기 어린이 노천명 양이 서울에 이사해온 후의 첫 인상기였다.

## 즐거운 청춘

그는 여학교를 마치고 이화여자전문학교 영문과에 입학하였다. 당시의 이화여전은 가장 다재다능한 인물들의 전성시대였다. 노천명 여사와 같은 반은 아니었지만 시인 모윤숙 여사를 비롯한 김수임도 당시의 동창이었다.

교수진도 훌륭하였다. 시인 변영로 씨를 비롯하여 지금 북에 납치된 정지용 씨 등등. 이곳에서 그는 문학소녀로서의 소질을 충분

노천명의 이화여전 친구 김수임. 여간첩으로 사형당했으나 이 사건은 조작되었다는 설이 유력하다.

히 연마하였다. 그리하여 학교를 졸업하자 조선중앙일보사에 취직하였다. 이때부터 그의 문학소녀로서의 생활과 꿈 많은 청춘으로서의 생활이 시작되었다.

그의 그 날 그 날은 어느 시대 어느 누구에 못지않을 만큼 즐거웠다. 당시 이화여전을 졸업한 모윤숙, 김수임, 박길래 등 여러 재사オ 士들은 깨끗이 마련된 성모관 기숙사에 들어 있었으며 노천명 씨는 안국동 언니 집에 조카

수필가 조경희 씨와는 매일신보사에 함께 근무했고 6.25전쟁 중 부역 혐의로 같이 구속되기도 했다.

를 데리고 살고 있었다.

그는 늘 성모관 기숙사를 찾아와 모윤숙, 김수임 여러 벗들과 그때 그때를 즐기면서, 때로는 문학을 논하고 때로는 연애를 논하는 등 여성으로서 보기 드문 정열을 토하기도 했다.

이와 같은 생활은 그가 훗날 조선일보사를 사직하고 매일신보 문화부

로 그 자리를 옮겼을 때도 계속되었다. 그가 매일신보로 자리를 옮기자 때마침 이화여전 출신으로서 그의 후배인 여류수필가 조경희 여사도 단발머리 기자로서 그 곳에서 일하게 되었다.

### 소설 「이혼」의 주인공

이와 같이 하루 이틀, 아니 한 해 두 해 지내오는 동안에 어느덧 그에게도 연정이 싹트기 시작하였다. 그 첫 대상자가 당시 보성전문(고려대 전신)교수이었던 김광진이었다. 지금은 그가 길을 달리하여 소위 북한 김일성대학 경제학 교수로 낙착되었지만 그때는 젊은 교수로서 그 인기가 당당했었다.

김광진

김광진과 노천명 씨가 처음 만나게 된 것은 영도사에서였다. 그곳에는 공산주의자로 이강국과 국제여간첩으로서 세간을 소란케 한 바 있는 김수임, 그리고 김광진 등이 모여 있었다. 이곳에서 노천명 씨가 소개받은 사람이 바로 김광진이었다. 두 사람은 첫 인사에서 서로가 좋은 인상을 갖게 되었다. 그리하여 자주 만날 기회도 있었거니와 스스로 자리를 만들어서는 그들의 젊은 꿈을 주고받고 했다. 이미 세상 사람들도 그들이 머지않아 결혼할 것이라는 것을 말하면서 그들의 앞날을 무한히 축복하였다.

그러나 그와 같은 세상 사람들의 무한한 축복에도 불구하고 원만했던 두 사람의 사이는 점점 원만하지 못한 것으로 변해가기 시작했다. 주위 사람들도

'웬일일까?'

하고 의심할 만큼 그것은 놀라운 사실이었다. 이만큼 그때까지의 두 사람은 결혼이라는 결정적인 단계에까지 도달했던 것이다.

그러나 따지고 보면 원인은 간단했다. 그때나 지금이나 일부 사람들의 억측이 없지도 않았지만 첫 원인은 사랑하는 사람에게 이미 아내가 있었다는 사실이다. 당시 일부 사람들은

'그처럼 사랑해오던 사이에 본처가 문제될까?'

하고 한두 번 머리를 갸우뚱해 보기도 했다.

거듭 말하거니와 두 사람의 연정은 그 어떠한 장해물도 문제되지 않을 만큼 두터웠으며 그런 까닭에 주위 사람들도

'그처럼 사랑해 오던 사이에 본처가 문제될까?'

이렇게 되풀이했던 것이다. 그러나 양장이라는 것을 모르고 지냈을 만큼 고전미를 사랑하고 딱딱한 봉건적 가정 미풍에 젖어 있는 노천명 씨가 그 연정이 제아무리 깊었다고 한들, 자기의 행복을 위해서 또 다른 한 사람(본처)을 희생할 생각은 바늘끝만도 없었다.

그러기에 그는 그가 사랑하는 사람에게 시골에 아내가 있다는 사실을 알게 되자 지금까지 자기의 온갖 마음을 자극해왔던 분풀이로서 얼마 전까지 다정다감하게 사랑하던 김광진을 찾아가서는 마음껏 욕하고 마음껏 울었다. 이것이 세상에 나와서 처음 만난 연인과의 마지막 작별이었다.

이 사건은 당시 하도 유명했었기 때문에 유진오 씨가 「이혼」이란 제목으로 소설화한 바도 있었다.


### 또 한 번의 슬픈 사랑

다정다감한 문학소녀의 첫 연애는 그와 같이 실연으로 끝을 맺었는데,

그는 이와 같은 쓸쓸한 마음의 상처를 '바이론'의 시로써 자위하기 결코 한 두 번이 아니었다.

그는 다시 아름답고 숭고한 연정을 품어 보고 싶은 생각은 간절했으나 또다시 실연이라는 슬픈 상처를 간직하기가 싫어서 스스로 애정의 세계를 멀리하기에 노력하였다. 그러나 결코 사람이란 본인의 노력이나 결심으로서 이러고저러고 할 수 없는 것이며 그 자신 사실로써 경험하게 되었다. 그리하여 두 번째 대하게 되는 대상자는 이성실이라는 지성인이었다.

노천명 씨가 이성실 씨를 처음 만나게 된 것은 어느 파티에서였다. 두 사람은 그곳에서 인사를 교환하고 유쾌한 하룻밤을 여러 사람들과 함께 즐기게 되었다. 헌데 이것도 연분이라 파티가 끝나고 모두들 헤어질 무렵 갑자기 비가 내리기 시작하였다. 그리하여 노천명 씨는 마침 이성실 씨와 함께 우산을 받게 되어 거리에 나선 두 사람은 자연스럽게 길을 거닐면서 이야기를 주고받고 했다. 이성실 씨의 한 마디 한 마디는 정서적인 노천명 씨의 마음 구석구석을 흡족하게 자극하였다.

이와 같은 인연으로 해서 두 사람은 자주 만나 사람이 살아간다는! 사람이 살아가야 한다는 이야기에서부터 시작하여 어느덧 애정문제를 논하게 되었다. 그리하여 두 사람의 사랑은 점점 깊어갔으나 결코 성공하지는 못했다. 그 원인도 역시 이성실 씨에게도 이미 아내가 있었다는 사실이었다.

노천명 씨는 지난 번과 같이 일단 이성실 씨에게 아내가 있다는 사실을 알게 되자 눈물을 머금고 다시 만나지 않을 결심을 했다. 그러나 문제는 단순하지 않았다. 당시 노천명 씨는 안국동 집을 언니에게 내주고 누하동에 집을 사기 직전 잠시 옥인동 김수임의 집에 기거하고 있었다.

이때 이성실 씨는 밤이면 밤마다 노천명 씨를 찾아와서는 눈물로 그에게 사랑을 고백하고 노천명 씨의 사랑을 요구하였다. 그러나 노천명 씨는 끝내 이를 거부하였다. 일이 여기에 이르자 이성실 씨도 하는 수 없이 한 동안 술에 타락한 바 있었다.

### 산염불 외우며 연인을 사모하다

이성실 씨는 후일담으로 사람들에게,

"노천명이라는 여자는 처음 대하기 힘이 들지 한 번 마음만 맞으면 그만큼 다정하고 부드러운 여자도 세상엔 드물 것이다. 그만한 아내를 물색하기란 이 좁은 땅에서 손쉽지 않을 것이다."라고 말한 바 있었다.

사실 노천명 씨의 성격은 그 주위사람들을 비롯하여 문단 사람들이 다 알고 있는 사실이지만 몹시 까다롭다. 그러나 한 번 친해지기만 하면 자기의 살이라도 베어줄 만큼 정이 두텁다. 이성실 씨와의 이별도 첫 연애에 못지않게, 아니 그 이상으로 슬펐다. 그리하여 이때부터 그는 사랑이니 연애니 결혼이니 하는 것을 일체 단념할 결심을 했었다. 그러면서 그의 마음 한구석에 지난 날 연인들의 모습이 떠날 사이 없이 간직되어 있었다.

산염불 소리 겪어 넘어가면
커단히 떠오르는 얼굴 있어
우정 산염불 틀어놓고는
우는 밤이 있어라.

비인 주머니하고 풀 없이 다니던 일

쩌릿하니 가슴에다 못을 친다.

지금쯤 어느

쥐도 새끼를 안 친다는 그 땅 광에서

남쪽 하늘 그리며

큰 눈 껌벅이고 있는지

겁먹은 눈을 뜬 채 또 쓰러져 버렸는지-.

**- 노천명의 시 「산염불」**

이 얼마나 애상에 젖은 구절구절인가!


**옥중에서 시를 읊으며**

위에서 말한 바와 같이 두 번의 실연 끝에 결혼을 단념한 그에게 지금 이곳에 그 이름 석자를 밝힐 수는 없지만 여러 사람들의 프러포즈가 있었으나 그는 깨끗이 거절하였다.

그러나 그가 다시 결혼생활이 필요하다는 것을, 즉 '부군夫君이란 있어야 한다'는 것을 절실히 느끼게 된 것은 6.25 동란 이후였다.

그는 공산치하에서 무한한 고난을 겪었으며 정부가 환도하자 다시 부역자 혐의를 받고 형무소 생활을 하게 되었다. 그동안 그가 얼마나 고심했으며 그 무엇을 모색했던가? 하는 것은 긴 설명을 가하기보다도 그의 시 몇 구절을 인용하는 것이 이해하기 쉬우리라.


온 방안 사람이 거지를 부럽단다.

나두 거지가 부러워졌다.

빌어먹으면 어떠냐.

자유, 자유만 있다면.


저 햇볕 아래 깡통을 들고도

저들은 자유로울 것이 아니냐.

네가 무엇을 원하느냐 묻는다면.

나는

첫째로 자유,

둘째로 자유,

셋째도 자유라 하겠다.

– 노천명의 시 「거지가 4부러워」


'노천명이 면회'

철꺼덕 감방 문이 열린다.

이렇게 반가운 말은 다시없다.

허둥지둥 간수의 뒤를 따르니,

머리에 떠오르는 친한 얼굴들.


번번이 나타나는 이는 오직

눈물 어린 언니의 얼굴.

반갑고 미안한 생각.

언니 앞에 머리를 숙이다.

날마다라도 오고 싶은 형무소라 한다.

애기 보다 먹이고 싶어 내놓은 음식.

눈물에 어려 떡도 '나마가시'도 보이지가 않는다.
그만 헤어지라는 간수의 말에
두고 가는 이나 떨어지는 가슴
바루 곧 핏줄이 땡긴다.

　　　ー 노천명의 시 「면회」

잘 드는 비수로 가슴 속 샅샅이 헤쳐 보아도
내 마음 조국을 잊어본 일 정녕 없거늘
어인 일로 나 이제 기막힌 패를 달고 여기까지 흘러왔느냐.

단잠을 앗아간 지리한 밤들이
긴 짐승모양 징그럽게 감겨들고
밝기를 기다리는 괴로운 시시각각.
한숨과 더불어 몸 뒤척이면
철창은 바람에 울고
밤이슬 소리 없이
유리창에 눈물짓는 새벽.

별은 창마다.

　　　ー 노천명의 시 「별은 창에」
　　　(이상은 노천명 씨가 옥중에서 읊은 시이다.)

**생명의 문학**

위의 시에서 엿보이듯 그는 세상에 나와서 처음으로 기가 막힌 고생을
했었다.

그는 이와 같은 영어圄圄 생활에서 한층 고독을 느꼈고 그 고독을 해결
하기 위해서는 결혼을 해야 하겠다는 것을 절실히 느끼게 되었다.

그리하여 피난지 부산에서는 법조계의 모 인사로부터 혼담이 있었고
서울로 환도해서도 모 권위 있는 지위에 있는 신사로부터도 혼담이 있었
다. 그러나 막상 혼담이 있자 그는 노파심에서,

"글쎄, 순조로우면 몰라도 그렇지 않으면 차라리 혼자 있기 보담도 더
속이 썩을 거야."하면서 주저했고 끝내는 깨끗이 단념했다. 그러면서 그
는 그의 고독을 문학으로 자위하려고 했다.

"6.25 사변은 실로 내게서 여러 가지를 앗아가 버렸다. 수십 년을 닦아
놓은 여러 가지들을. 말할 나위도 없는 것이 내 청춘까지를 앗아가 버렸
음에랴. 그러면서도 빼앗기지 않은 것이 있으니 바로 문학 그것이다. 내
게 남아 있는 오직 하나의 행복이 아닐 수 없다."

이와 같은 그의 독백으로 미루어 보더라도 그가 얼마나 문학에 애착을
가졌으며 그가 그의 일생을 문학과 더불어 일관하려 했던가를 충분히 이
해할 수 있다.

그러나 결과적으로 실제 면에 있어서 문학이 그의 인간적인 고독을 완
전히 해소해 주지는 못했다.

"밤새 전선줄이 잉잉대고 울면 감방 안에서 나도 운다."

는 그의 고독은 여전히 계속되었다.

**두터운 모녀의 정**

그래서 그는 당시 신문에도 보도된 바 있었지만 부모들이 양육할 수 없다는 어린 계집아이를 양녀로 데려왔었다. 옷도 깨끗이 해 입히고 학교에도 입학시키고 그리하여 몇 달 후에는 모녀의 정이 두터워졌다.

밖에서 일을 보고 돌아오면 집에서 기다리는 것은 그 어린애뿐이었다. 그러니 그 정이 그 어느 때보다도, 그 어느 것보다도 두터울 수밖에 없었다. 헌데 이 어린애에게서 나쁜 버릇이 발견되기 시작했다.

즉 노천명 씨가 방송국에 출근하면 학교에서 돌아온 그 어린애는 몰래 쌀을 내어 지나가는 엿장수의 엿가락과 바꾸어먹는 고약한 일이 얼마동안 계속되었던 것이다. 한두 번 묵인도 해 주고 타이르기도 했지만 역시 변함이 없었다. 이때 그는 격분할 대로 격분하여,

"내 자식이라면 때리기라도 하겠지만 그럴 수도 없고, 남이 보면 잘 먹이지 않아서 그런 줄 알 것 아냐? 더구나 커서까지 이런 버릇이 있으면 노천명이가 불쌍한 애를 기른 것이 아니라 도둑놈을 길렀다고 비난받을 것 아냐?"

이와 같이 말하면서 그를 그의 친척집으로 돌려보냈다. 그러나 이틀만에 그는

"그 애가 없이는 죽을 것만 같다."

고 마구 눈물을 흘리면서 도로 찾아왔다.

노천명 씨의 이와 같은 체면을 돌보지 않는 눈물에 감동하였음인지 그 어린애는 그 후 착한 아이로서 노천명 씨가 세상 떠나는 순간까지 그 옆에서 기거를 같이 하였다. 이와 같은 인연에서 보더라도 그가 얼마나 외롭고 쓸쓸한 생활의 주인공이었던가를 짐작할 수 있다.

## 착한 인정과 까다로움

한편 그가 세상을 떠나게 된 원인은 영양부족으로 인한 빈혈에 있었다. 그는 평소에 큰 수입도 없었거니와 입는 것 먹는 것을 남달리 아끼는 성품이었다. 그 이유를,

"지금 있는 대로 먹어 버리면 늙어서는 어떡하지?"

이렇게 말하면서 그는 입가에 쓸쓸한 미소를 짓기도 했다. 의지할 곳 없는 그는 그의 만년을 생각해서 육식은 말할 것도 없거니와 계란 한 알까지도 아끼고 또 아껴왔다.

이와 같이 자기가 먹는 것은 기가 막힐 정도로 아끼면서도 친한 사람을 대하거나 친한 사람이 찾아오면 흡족히 대접을 하고 상대방이 잘 먹지를 않으면 몹시 노여움을 탄다. 찾아오는 손님을 위해서 늘 위스키 한 병과 과실을 준비하고 있었다. 길가에서 친한 사람을 만나게 되면,

"마침 잘 만났어요. 점심이라도 같이 합시다."

하고 어느 식당엘 들어간다. 그러나 상대방이 모르게 한 사람 분의 식사만을 그것도 고급을 청해놓고는,

"난 지금 막 먹었어요. 어서 혼자 드세요."

하면서 자기는 끝까지 구경만 한다. 그리고 식사가 끝나 상대방과 헤어진 다음이면 홀로 값싼 식당엘 들어가거나 집에 가서 점심을 때운다.

이와 같이 자기가 먹는 것은 아끼고 친한 사람에게 극진한 한 편, 마음에 들지 않거나 보기가 싫다는 사람이면 아예 말조차 하지 않는 성품이었다. 그렇기 때문에 그를 좋아하는 사람과 그를 싫어하는 사람은 철저하게 구별되어 있었다.

이미 세상 떠난 고인의 이야기라 최대한 피하지만 그가 병석에 누워 있

었을 때 그가 과히 좋지 않게 생각하는 사람이 위문 차 찾아간 바 그는 그 병석에서도 신경을 날카롭게 하였다.

이와 같이 그는 비위를 맞춘다거나 하는 가식 없는 성격이었는데 과연 이것이 요새 세상살이에 좋은 경향이었는지?

### 고장난 시계와 영양부족

그와 같이 입고 먹는 것을 아끼던 그에게 일대(?) 불상사가 일어났다. 그것은 사 가지고 3년 간 한 번 없었던 일로, 손목시계가 움직이지를 않았다. 그는 황급히 시계방을 쫓아갔다.

"여보세요. 이 시곌 좀 봐주세요."

"찬 지 얼마나 됐습니까?"

"3년 됐어요."

"그동안 분해소제는 한 번도 안 했군요?"

"서지 않고 잘 가니까 안 했지요."

"서지 않고 잘 간다고 해서 안 해서는 안 됩니다. 시계는 어떤 것이든 1년에 한 번씩 분해소제를 해야 합니다."

"그러세요? 전 몰랐어요. 그럼 분해소제 해주세요."

이러한 대화를 나누고 시계방을 나서는 순간 쓰러졌다.

시계방 사람들이 부랴부랴 의사를 불러왔는데 의사가 들어서자 때를 같이 하여 그의 정신은 회복되었다.

그는 주사 맞을 것도 거부하고 그 길로 집에 돌아와 아는 의사의 진단을 받았다. 결과는 빈혈증으로 판단되었다. 고장 난 시계와 좋은 대조였다. 그러나 그 빈혈증으로 말미암아 청량리 위생병원에 입원하여 수혈을

하고 있으면서도 그는 자기 자신은 젖혀놓고,

"글쎄, 일 년에 한 번씩 분해소제를 해야 한다는 것을 잘 가기만 한다고 3년씩이나 안 했으니 나도 둔하지."

이렇게 말하였다.

자기 자신 영양부족으로 그 시계방에서 졸도했다는 사실보다도 오히려 시계를 안타깝게 말하고 있었다.

## 잠 못 이룬 밤

그는 위생병원에 입원할 때 노천명이라는 이름을 숨기고 가명을 썼다. 그것은 많은 사람들이 찾아오게 될 때에 폐를 끼치는 것을 염려해서였다. 남들이 즐기는 봄의 낮과 밤을 병실에서 홀로 보내는 그는 깊은 사색에 잠겨 밤에 불을 끄는 것을 잊었다.

이때 예쁘게 생긴 어린 간호원(15.6세)이 들어와서,

"아주머니, 불을 꺼야 해요. 이 병원 내에서 밤에 불을 안 끄는 것은 죽은 사람 방뿐이에요."

이렇게 말하고 나갔다. 물론 어린 그가 고의적으로 죽은 사람을 인용했을 리 없다고 생각하면서도 노천명 씨는,

"저것이 왜 하필 죽은 사람의 방을 끄집어내서 이야기할까?"

생각하고는 그날 밤 한 잠도 잠을 이루지 못했다. 그리하여 그가 세상을 떠나고 보니 이와 같은 조그마한 일도 하나의 일화로 남게 되었다.

의사가 수혈할 때, 때로는 피가 옆으로 새는 일이 있었다. 이럴 때면 그는 으레 의사에게,

"선생님, 새지 않게 잘 넣어 주세요. 돈이 필요해서 고학생들이 판 귀중

한 피이고 나도 그로써 살아야 하는 귀중한 피이니까요."

이와 같이 주위를 환기시켰다. 그러나 이와 같은 입원생활도 오래 계속되지는 못했다. 그는 입원비 때문에 치료에 다소 효과를 보자 곧 퇴원해 버렸다.

퇴원한 후 다시 병세가 악화되어 재차 입원하려고 택시를 타고 청량리 밖까지 가다가,

"내가 정신이 나갔어. 돈 나올 데도 없으면서 입원이 무슨 입원이야."

하고 되돌아왔다.

그 후 그는 며칠에 한 번씩 위생병원에 나가 수혈만을 했다.


### 소설을 쓰겠다던 새 출발

한편 이것 역시 이곳에 이름 석자를 밝히지는 않지만 그와 같은 딱한 소식을 듣고 정계의 모 요인을 비롯하여 문학인들이 푼푼이 돈을 모아 그의 치료비로 제공한 바 있었다.

그리하여 그는 세상 떠나기 3일 전까지는 좋은 효과를 보았으며 그는 완쾌하면 이제부터 소설을 쓰되 우선 단편 하나를 쓰겠다고 하면서 여러 사람들의 작품을 읽고 있었다.

간간이 바깥 산책도 했으며,

"며칠 안 있으면 그리운 거리, 그리운 얼굴들을 보겠지."

하고 입고 나갈 옷도 말쑥이 준비해서 벽에 걸어놓고 있었다.

가까운 사람이 찾아가면,

"이제 다 나았어. 글쎄 몇 달만이야? 이번에 보니 몸을 아끼고 주의해야 하겠어. 늘 말로만 외어왔지만 당하고 보니 절실해."

이렇게 유쾌한 표정으로 말하던 그가 3일 후인 16일 새벽 갑자기 세상을 떠났다.

결과적으로 그의 불행은 돈에 최대의 원인이 있었다. 가까운 사람들이

"집을 팔아서라도 병을 고쳐야 해요."

이렇게 충고하면 그는,

"그까짓 것 팔아 봐야 얼마 되지도 않지만 그것마저 팔면 의지할 곳이 있어야지."

하고 가볍게 넘겨 버렸다.

"의지할 곳이 없더라도 병을 고쳐야지. 죽으면 집이 다 무슨 소용이 있어요?"

이렇게 말하고 싶었지만 차마,

"죽으면…."이라는 불길한 말은 입 밖에 할 수는 없었다. 그러나 사실은 사실대로 오늘 날 그가 세상을 떠난 다음에 집이고 뭐고 아무런 소용이 없는 것이다.

그가 세상을 떠난 후 큼직한 화환들도 들어오고 적지 않은 돈도 들어왔다지만 살아있을 때, 병석에 있었을 때, 그와 같이 베풂이 있었더라면 그를 죽음에서 구했으리라! 그러나 이것은 먼 전 날부터 대를 이어 내려오는 인정이라 어느 누구를 탓할 수는 없는 일인상 싶다.

—— 실화, 1957년 10월호

# 노천명 시인의 생애

노천명 생애 연보는 '노천명 전집'의 책임편집자인 민윤기 시인이 이미 나와 있
는 노천명 연보를 참조하여 오류를 바로잡아 작성하였다.

## 1912년(1세)

9월 2일 황해도 장연군長淵郡 순택면尊
澤面 비석포리碑石浦里 281번지에서 아버지
노계일盧啓一과 어머니 김홍기金鴻基 사이
에서 둘째딸로 태어났다. 형제로는 오빠
기철基哲, 언니 기용基用, 이복 남동생 기
숙基淑이 있었다. 아버지 노계일은 천주교
장연본당 신도였다. 해방 후 가톨릭 대주
교로 봉직했던 노기남盧基南 대주교는 사
촌간이다. 노천명은 고향에 대해서 '배들
이 개울가에 늘어서 있고 뒤 울 안에는 사

과꽃이 피는 우리집 – 눈이 오면 아버지는 노루사냥을 다니셨고 우리들은 곡간
에서 당 콩을 꺼내다 먹었다'고 수필 「향토 유정기」에 쓰고 있다.

노천명 시인의 출생지에 대해서는 거의 모든 연보에서 '박택면 비석리' 또는
'전택면 비석리'라고 오기하고 있는데 이는 순채 순(尊)자를 오독한 때문이다.
또 마을 지명인 '비석리' 역시 황해도 행정구역 명으로 '비석포리'가 맞다. 마을
바로 앞이 '비석포' 포구이다.
또한 여러 자료에 생일이 9월 1일로 기록되어 있으나 이것 역시 9월 2일로 바로

잡는다. 노천명 묘소에 있는 묘비에 새겨져 있는 '4245년(1912년) 9월 2일생'을 따른 것이다.

**1917년(6세)**

아명兒名은 노기선盧基善이라 불렸는데, 여섯 살 때 홍역에 걸려 겨우 살아난 후부터 "하늘이 주신 명으로 살게 되었다" 하여 '천명天命'으로 개명하고 그것을 그대로 호적에 올렸다.

**1918년(7세)**

아버지가 죽다.

**1919년(8세)**

노천명은 남동생 보기를 소원했던 부친의 소망에 따라 여덟 살까지 사내아이 옷을 입고 지내야 했다. 아버지가 돌아가신 후 가족은 모두 이 해에 서울로 이사하였다. 그러나 노천명은 내성적이고 수줍은 성격이어서 새로 이사 온 서울동네 아이들과 잘 어울리지 못했다.

**1920년(9세)**

체부동體府洞 이모댁에 머물면서 진명보통학교에 입학하였다. 체부동은 노천명이 훗날 사망할 때까지 살았던 누하동과 골목 하나 사이를 둘 정도로 가까운 이웃 동네였다.

**1923년(12세)**

진명보통학교 3학년 때 언니 노기용이 최두환崔斗煥 변호사와 결혼한다. 이때부터 학자금은 물론 노천명네 생활비를 모두 언니가 떠맡았다.

**1926년(15세)**

보통학교 6년 과정을 마치지 않고 5학년 때 검정시험에 합격하여 이 해 4월 진명여자고등보통학교(진명여고보)로 진학하였다.

진명여고보 시절 '국어사전'이란 별명을 들을 정도로 학업 성적이 우수하였을 뿐만 아니라 육상 단거리 선수로도 활약하였다. 여고 시절은 어머니의 극진한 사랑과 언니의 경제적 지원 덕분에 노천명 생애에서 가장 행복한 시절이었다.

**1927년(16세)**
진명여고보 2학년 때 첫 작품이 활자화되는 기쁨을 맛보았다. 육당 최남선이 발행하던 '동광'지에 투고한 시가 입선한 것이다.

**1930년(19세)**
3월에 진명여고보를 졸업하였다.
이 해에 어머니가 57세의 나이로 돌아가셨다. 졸지에 고아가 된 노천명은 큰 슬픔과 충격을 받았다. 시집 『창변』에 실린 「작별」은 어머니가 돌아가시던 날을 회상하면서 쓴 시이다.
4월에 이화여자전문학교梨花女專 영문과에 입학하였다. 변영로, 김상용, 정지용 교수 등에게서 본격적으로 문학과 시를 배우며 시 습작에 열중하였다. 특히 김상용 교수가 '이화' 교지에 실었던 노천명의 시 「밤의 찬미」 「포구의 밤」을 '신동아'에 추천하여 실림으로써 노천명의 이름이 문단에 알려지기 시작하였다. 일부 연보에는 이 작품을 데뷔작으로 평가하기도 하였다.
어머니 3년 상을 치른 후 어머니처럼 노천명을 보살펴 주던 단 하나의 혈육인 언니가 남편 최도환의 부임지인 진주로 떠나게 되자 이때부터 노천명은 학교 기숙사 생활을 시작하였다. 가족이 없는 외로움 속에서 오히려 본격적인 문학 수업을 하는 계기가 되었다.

**1931년(20세)**
이화여전 교지 '이화'(1928년 창간) 3호에 수필 「삼오의 달 아래서」 시 「고성허古城墟에서」 단편소설 「일편단심」을 발표하였다.

**1932년(21세)**
'이화' 4호에 시 「어머님 무덤에서」 「봄잔디 위에서」 「밤의 찬미」 「단상」 「포구의 밤」과 수필「신록」과 소설「닭 쫓던 개」 등을 발표하였다.

**1933년(22세)**
수필「해변 단상」「썰물에 쓸려간 해변의 자취」를 발표하였다.

**1934년(23세)**
3월에 이화여전 영문과를 졸업하였다. 이화여전 학생 시절은 기숙사 생활을 하
느라 고독하긴 하였으나 정신적인 풍요를 누림으로써 훗날 시인과 언론인으로 성
장하는 데 큰 역할을 한 문학적 자산을 마련한 시기였다. 이 무렵에 발표한 작품
들은 노천명의 시 정신을 형성하는 초기 단계에 속하는 것으로 볼 수 있다. 시의
완성도와 문학적 수준도 높았다.
이화여전을 졸업하자 곧 '조선중앙일보' 학예부 기자로 입사하여 4년 간 근무하
였다. 학업 성적도 우수하고 문학적 재능이 출중하다고 소문이 나서 졸업할 때는
오라는 곳이 많았다. 그러나 안국동 집에서 가장 가까운 '조선중앙일보'를 선택하
였다. 여자가 신문 기자를 하면 시집가기 어렵다는 가족들의 반대를 물리치고 신
문사 기자로 취직하였으나 남자 기자들 틈에 끼어 있는 직장 분위기 탓으로 전화
조차 제대로 받지 못할 정도였다. 겉보기처럼 화려하지 못한 직업, 별 특기할 만
한 것도 없었던 생활, 결국은 찬바람이 부는 성격의 소유자라는 별명을 듣게 되었
다며 기자 생활의 사정들을 수필「피해야 했던 남성」에서 고백하였다.
'이화' 5호에「그 이름 물망초라기에」「촉석루에 올라」「참음」「제석」「만월대에
올라」를 발표하였다. 교지 '이화'에 발표한 작품들 중 상당수 작품들은 '신동아'
'조선중앙일보' 등에 재발표하였고, 시집『산호림』에도 재수록하였다.
수필「광인」「발 예찬」「노상의 코스모포리탄」「고우의 추억」과 평론「백년제가
돌아오는 시인 찰스 램」을 발표하였다.

**1935년(24세)**
김광섭 김상용 등이 창간한 문예잡지 '시원' 창간호에 시「내 청춘의 배는」을 발
표함으로써 문단에 '정식' 데뷔하였다. 이어 시「가을아침」「들국화를 묻으며」를
발표하였다. 박용철 시인이 주재하던 '시문학'에도 관여하게 되면서 이화여전 동
창인 박용철의 누이동생 박봉자朴鳳子의 집에 자주 드나들었다. 이 때 자연스레 여

러 문인들과 교류를 하게 되었다.

수필 「결혼? 직업?」「단상」을 발표하였고 여행기 「금강산은 부른다」를 조선중앙일보에 연재하였다.

**1936년(25세)**

시 「청동 화롯가엔」「호외」와 수필 「오월의 색깔」「나의 숭배하는 여성」「꼭 다문 입술과 괴로움」「담 넘은 사건」을 발표하였다.

**1937년(26세)**

조선중앙일보를 4년만에 사직한 후 만주 북간도의 용정, 이두구, 연길 등 여러 곳을 여행하였다. 수필 「여중기」에 이 여행을 하던 무렵의 심사가 나와 있다.

시 「낯선 거리」 수필 「향토 유정기」「귀뚜라미」「포도춘훈」과 소설 「사월이」를 발표하였다.

**1938년(27세)**

조선일보사에 입사하여 월간 '여성' 기자가 되었다. 작가 최정희가 남편 김동환이 발행하는 월간 종합지 「삼천리」로 직장을 옮기게 되면서 공석이 된 자리였다.

1월 1일 대표작 「사슴」이 실려 있는 첫 시집 『산호림珊瑚林(49편 수록)』을 자비출판 하였다. 김상용, 정지용, 변영로 등 이화여전 은사들이 후원하고 박화성 장덕조 최정희 이선희 김수임 등이 발기인으로 참여하여 남산정 경성호텔에서 성대한 출판기념회를 열었다.

또 이 해부터 서울 인사동 태화여자관 안에 있던 '극예술연구회'에 가입하여 활동하였다. 안톤 체호프의 「앵화원櫻花園」에서 모윤숙은 주인공 라네프스카야 부인역을, 노천명은 딸 아냐 역을 맡아 열연하였다. 이 공연을 보러 온 보성전문학교 교수 김광진金光鎭과 만나 연인 사이가 되었으나 유부남이었던 탓에 사랑의 결실을 맺지 못하였다. 두 사람의 연애 스캔들은 작가 유진오가 단편소설 「이혼」으로 발표하여 장안의 화제가 되기도 하였다.

이 무렵 경기고녀 뒤편 안국동 107번지에 언니가 집을 마련해 주었다. 비로소 하숙 생활을 청산하고 안정된 환경을 갖게 되었다.

시 「황마차」, 「슬픈 그림」 등을 발표하는 한편 수필 「야자수 그늘과 청춘의 휴식」, 「정야」, 「모깃불」, 「어머님전상서」를 발표하였다.

**1939년(28세)**
수필 「새해」, 「눈 오는 밤」을 발표하였다.

**1940년(29세)**
시 「사슴처럼」, 「춘분」, 「망향」과 수필 「선경 묘향산」, 「추풍과 함께 가다」, 「여중기」, 「초동기」, 「심청전 감상」 등을 발표하였다.

**1941년(30세)**
제2차 대전의 전황이 불리하게 돌아가기 시작하자 일제는 식민지 조선에 대한 탄압을 강화하여 우리말 신문인 조선, 동아 두 신문을 강제 폐간시켰다. 그 영향으로 더 이상 조선일보사를 다닐 수 없는 처지가 되어 사직하였다.
시 「하일산중」, 「정의 소식」, 「저녁 별」, 「산사의 밤」을 발표하였다. 특히 이 해에는 「겨울 밤 얘기」, 「아스파라거스의 조난」, 「강변」, 「산 일기」, 「설야 산책」, 「해인사 기행」, 「산사의 밤」, 「내 한 가지 소원이 있으니」 등 많은 수필을 발표하였다.

**1942년(31세)**
조선일보를 사직한 이후 마땅히 취직할 곳이 없어 한동안 무직으로 지내야 했다.
시 「젊은이들에게」, 「기원」, 「진혼가」, 「노래하자 이날을」, 「승전의 날」, 「부인 노동대」, 「향수」를 발표하였고, 수필 「나의 신생활 계획」, 「각오」, 「내 가정의 과학과」, 「봄과 졸업과」를 발표하였다. 이 작품들 중에 상당수가 친일 내용을 담은 것이어서 고고하고 순결한 노천명 문학에 지울 수 없는 오점으로 남게 되었다.
'조선문인협회'에 모윤숙, 최정희 등과 함께 간사로 참여하였다. 이 협회는 본격 친일단체 성격의 '조선문인보국회'로 강화 개편되어 친일 작품 발표 등 친일행위에 자주 동원되었다.

**1943년(32세)**

당시 우리말 신문으로서는 유일하게 발행되던 조선총독부 기관지 '매일신보'
문화부에 입사하였다. 학예부로 배치되어 조경희와 함께 '가정란'을 맡아 2년 간
근무하였다.

수필 「추성」 「바다」를 발표하였다.

**1944년(33세)**

시 「병정」 「소년」 「천인침」을 발표하였고 수필 「싸움하는 여성」을 발표하였다.

**1945년(34세)**

2월 25일 두 번째 시집 『창변窓邊(29편 수록)』을 매일신보출판부에서 간행하였다.
이 시집 초판본에는 「승전의 날」 「출정하는 동생에게」 「진혼가」 「흰 비둘기를 날
리며」 등의 친일 시들도 수록하였다. (해방 후 이 시들은 시집에서 삭제된 채 배포되었다.)

8.15 해방이 되자 '매일신보' 자리에서 그대로 이름을 바꾸고 발행되던 '서울신
문' 문화부에 계속 근무하였다.

**1946년(35세)**

서울신문을 사직하고 '부녀신문'의 편집차장으로 직장을 옮겼다.

시 「오월」 「약속된 날이 있거니」와 시론 「인텔리 여성의 오늘의 사명」과 전기
「김명시 여장군의 반생기」를 발표하였다.

**1947년(36세)**

부녀신문 차장직을 사직하였다. 이로써 13년 동안 일해 온 기자 생활을 끝마치
게 되었다. 신문사를 사직한 후 공부를 더 하기 위해 일본으로 밀항하였으나 가족
의 반대로 1년만에 귀국하여 뜻을 이루지 못하였다.

이 해 두 차례의 큰 슬픔을 겪었다. 큰조카 용자用子가 맹장수술 후 경과가 나빠
사망하였고 노천명의 후견인 역할을 하였던 형부 최두환 변호사가 사망하였다.
노천명은 시 「장미는 꺾이다」에서는 용자에 대한 그리움을, 수필 「남행」에서는 최
두환 변호사의 죽음을 애통해 하는 심경을 적었다.

**1948년(37세)**

10월 20일 첫 번째 수필집『산딸기(38편 수록)』을 간행하였다. 출판사는 정음사였다.

수필「집 얘기」「화초」「한식」「책을 내놓고」「단상」을 발표하였다.

**1949년(38세)**

3월 10일『현대시인전집』시리즈 제2권「노천명집」에 55편의 작품을 수록하였다(동지사 간행).

신문사를 다니는 동안 살던 안국동 107번지를 떠나 누하동樓下洞 225-1호 작은 한옥으로 이사하면서 양딸 인자를 들여 함께 생활하였다. 노천명은 이 집에서 임종하였다.

시「적적한 거리」「신년송」「한매寒梅」「유관순 누나」「단상」등을 발표하는 한편 수필「진달래」「여인 소극장」「수상」「원두막」「오월의 시정」과 인물평「인간 월탄」을 발표하였다.

12월 20일 수필집『여성서간문독본』(박문출판사)을 간행하였다.

**1950년(39세)**

한국전쟁이 발발하자 미처 피난하지 못한 노천명은 서울에 남아 숨어 살게 되어 신변의 위협을 느끼는 불안한 나날을 보내던 중에, 과거 문단 동료였던 시인 임화 등을 만나 '살아남기 위해' 공산당 산하의 '조선문학가동맹'에 가담하였다. 이 때의 행위로 말미암아 9.28 수복 후 '공산당 부역 행위자'로 체포되어 20년 실형을 언도받아 1950년 10월부터 1951년 4월까지 6개월 간 수감생활을 하였다. 노천명 생애에서 육체적으로, 정신적으로 가장 견디기 어려운 고통의 시기였다.

노천명 재판 관련 신문기사 지면

1·4후퇴 때 서울형무소에서 부산형무소로 이감되자 노천명은 당시 이승만 대통령 비서실에 근무를 하던 시인 김광섭金珖燮에게 석방되도록 도와달라는 편지를 보냈다. 김광섭 시인은 이건혁李健赫 이헌구李軒求와 의논하여 3인 공동 명의로 석방 탄원서를 3군 총참모총장에게 보내 마침내 노천명을 출감하도록 도왔다.

시 「검정 나비」 「별을 쳐다보며」 「달빛」과 수필 「관악산 등산기」를 발표하였다.

### 1951년(40세)
4월 24일 부산 형무소에서 출감하였다. 출감 직후 부산 중앙성당에서 세례를 받고 가톨릭 신자가 되었다. 영세 명은 '베로니카'였다.

노천명 시인이 가톨릭에 귀의한 것은, 부모와 일가가 모두 독실한 가톨릭 신자였을 뿐만 아니라 조카 용자가 죽을 때에도, 형부 최두환 변호사가 죽을 때에도 노천명에게 가톨릭에 입교할 것을 권유하였는데 그 약속을 지킨 셈이었다.

출감 후 부산 피난지에서 공보실 중앙방송국 방송 촉탁 발령을 받았다. 이때부터 1957년 죽을 때까지 방송국에 근무하였다. 부산 시절에는 한동안 합숙소에서 머물다가 친구의 도움으로 조그만 판잣집을 짓고 기뻐하기도 하였는데, 이 내용을 수필 「나의 생활백서」에 자세히 적었다.

시평 「가야금 관극기」를 발표하였다.

### 1952년(41세)
시 「불덩어리 되어」와 소설 「오산이었다」를 발표하였다. 소설 「오산이었다」에는 한국전쟁 당시 어쩔 수 없이 공산당 부역활동을 하게 된 사정을 자세히 기술하였다.

수필 「산다는 일」을 발표하였다.

### 1953년(42세)
3월 30일 세 번째 시집 『별을 쳐다보며(62편 수록)』를 희망출판사에서 간행하였다. 이 시집을 엮은 소감에서 노천명은 "슬픈과 기쁨이 섞여 피었다"고 말하였다. 이 시집에는 노천명 대신 평생의 스승 이희승이 서문을 썼다.

6월 부산 피난생활을 끝내고 서울로 돌아왔다.

시 「유월」 「둘씩둘씩」 「만추」를 발표하였으며 수필 「교장과 원고」 「서울에 와서」 「하나의 역설」 「산나물」 「작별은 아름다운 것」 「신세진 부산」을 발표하였는데, 이 작품 중에서 「산나물」은 노천명 수필의 대표작으로 평가되고 있으며 「신세진 부산」과 「작별은 아름다운 것」에는 부산 피난지를 떠나는 소감을 담았다.

**1954년(43세)**

7월 7일 두 번째 수필집 『나의 생활백서』를 출간하였다. 대조사 발행.

시 「삼월의 노래」 「유월의 목가」 「감추어 놓고」 「경례를 보내노라」 등과 수필 「오월의 구상」 「피아노와 가야금」 「캘린더」를 발표하였다.

**1955년(44세)**

서라벌예대 등 대학에 강사로 출강하였다.

시 「새벽」 「어머니」 「유월의 언덕」 「여원부」 「해변」을 발표하는 한편 인물평전 「오월의 여왕, 이정애 여사의 일주기를 맞아서」를 발표하였다.

**1956년(45세)**

5월 30일 모교인 이화여대가 개교 70주년을 맞아 펴낸 『이화 70년사』(사진) 편찬에 참여하여 자료 정리는 물론 집필, 편집 제작 등을 도맡아 진행하였다. 이것이 노천명의 건강을 극도로 악화시키는 한 원인이 되었다.

시 「네 가슴에 꽃을 피워라」 「오월의 노래」 「낙엽」 「봄의 서곡」 「캐피털 웨이」 「독백」 「아름다운 새벽을」 등을 발표하였고, 수필 「여류 시인이 되려는 분에게」 「노변야화」 「옛 얘기 오늘 얘기」 「마리로랑상과 그 친구들」 「여백」 「피해야 했던 남성」 「직장의 변」 「여성」 「시의 소재에 대하여」 등과 평론 「김상용 평전」 시론 「장면 부통령에게 보내는 글」 등을 발표하였다.

## 1957년(46세)

3월 7일 오후 3시 손목시계를 고치기 위해 외출하였다가 종로 길거리에서 쓰러져 청량리 위생병원 1호실에 입원하였다. 병명은 '백혈병'으로 알려진 '재생불능성빈혈'이었다. 얼마 후 회복하여 퇴원하였다가 다시 병세가 악화되어 6월 16일 새벽 1시 30분에 누하동 225-1 자택에서 사망하였다.

경향신문에 실린 노천명 사망기사

6월 18일 명동성당 별관에서 문인장으로 장례식이 거행되었다. 장의위원장은 변영로 시인, 식사는 작가 박화성과 불문학자 이헌구, 조시는 구상 시인과 김남조 시인이 낭송하였다. 최정희는 울면서 노천명의 약력을 읽었고 수필가 전숙희는 노천명의 유작을 낭독하였다. 묘소는 중곡동 천주교 묘지에 안장하였으나 1970년에 도시 재개발로 주택지로 바뀌게 되자 경기도 고양시 대자동 천주교 공원묘지로 이장하였다. 건축가 김중업이 디자인한 묘비 앞면에는 '노천명지묘 베로니카' 뒷면에는 1951년에 노천명이 발표한 시 「고별」이 서예가 김충현의 글씨로 새겨졌다.

생애 마지막까지 시 「나에게 레몬을」 「가난한 사람들」 「나비」 「자화상」 「사슴」 「고별」 등과 수필 「고향을 말한다」 「예규공청」 평론 「약한 자여 그대 이름은 남자다」 등 적지 않은 작품을 발표하였다.

구글을 비롯한 많은 인터넷 기록들이 노천명의 사망일자를 12월 10일로 잘못 기록하고 있다(아래 그림). 어떤 평론가는 그 자료를 근거로 하였는지, 노천명이 '그토록 좋아하던 눈 오는 겨울밤에 세상을 떴다'고 소설을 쓰기도 하였다. 고양시 대자동 천주교 묘지에 있는 노천명 묘비에 분명히 '4290년(1957년) 6월 16일 졸'

이라고 새겨져 있고, 1957년 6월 17일자
경향신문 등도 노천명 시인의 별세 소
식을 보도하였다.

구글의 노천명 사망일자

## 1958년(사후 1년)

6월 15일 남겨놓은 유고와 미처 시집으로
엮지 못했던 작품들을 모아 네 번째 시집 『사
슴의 노래(42편 수록)』를 한림사에서 유고시집
으로 출간하였다. 서문은 김광섭 시인과 모
윤숙 시인이 썼다. 조카 최용정은 발문에서
시집을 내게 된 경위와 수록작품의 제목이
바뀐 경우, 수록하지 않은 작품과 그 이유 등을 상세하게 밝혔다.

## 1960년(사후 3년)

12월 10일 3주기를 기념하는 뜻에서 생전 노천명 시인과 가까웠던 김광섭, 김활
란, 모윤숙, 변영로, 이희승 등이 편집인이 되어 노천명의 모든 발표 작품을 망라
한 『노천명 전집』을 천명사에서 발간하였다.

이 전집에는 시집 『산호림』 『창변』 『별을 쳐다보며』 『사슴의 노래』 『현대시인전
집』 등 다섯 권의 시집에 실려 있던 전 작품과 새로 찾아낸 시들, 그리고 노천명
시인이 발표했던 시집의 서문과 후기, 노천명의 약력, 노천명 시인에게 바치는 조
시, 엮은이의 말 등이 수록되어 있다.

## 1972년(사후 15년)

서문당에서 『노천명 시집』을 발간하였다.

## 1973년(사후 16년)

서문당에서 수필집 『사슴과 고독의 대화』를 발간하였다. 이 수필집에는 유작 수
필 「오월의 구상」 「산딸기」 등 80편을 수록하였다.

**1995년**(사후 38년)

노천명 시인의 모교 이화여대 동창문인회가 과천 서울대공원 숲속에 「사슴」 시비를 세웠다.

**1997년**(사후 40년)

솔 출판사에서 노천명 시인 작고 40주년을 기려 『노천명 전집(전2권)』을 출간하였다. 1권은 『사슴』이라는 제목으로 시집, 2권은 『나비』라는 제목으로 산문을 수록하였다.

같은 해 문학세계사도 『노천명 시전집』을 발간하였다.

**1998년**(사후 41년)

정공채 시인이 집필하여 『우리 노천명』이라는 제목으로 '노천명 평전'을 발간하였다. 현재는 이 책이 유일한 노천명 평전이다.

**2008년**(사후 51주년)

민족문제연구소가 발표한 '친일인명사전 수록자' 명단에 노천명 시인을 문학부문 42인 친일행위자로 포함하였다. 민족문제연구소는 노천명의 시 중 매일신보에 발표한 「싱가폴 함락」 등 14편을 '친일 시'로 규정하였다.

노천명의 묘. 경기도 고양시 대자동의 천주교 묘지에 안장되어 있다.

**엮은이 민윤기**

1966년 월간 '시문학'을 통해 등단한 후 55년째 현역시인으로 시를 쓰고 있다. 등단 초기에는 「만적」 「김시습」 「전봉준」 같은 시를 발표해 '역사참여주의' 시인으로서 문단의 주목을 받기도 했다. 군 입대 후 베트남전쟁에 종군, 이 체험을 살려 「내가 가담하지 않은 전쟁」 연작시 30여 편을 발표했다. 1974년 동학농민전쟁을 다룬 시집 『유민流民』을 출간했으나 1970년대 후반 군사정권 독재정치 상황으로 '시는 쓰되 발표를 하지 않는' 상태로 20년간은 신문 잡지 출판 편집자로 일하였다. 2011년 오세훈 시장 시절 수도권 지하철 시 관리 용역을 맡으면서 시 쓰기를 다시 시작했다. 2014년 시의 대중화운동을 위하여 서울시인협회를 창립하였고 같은 해 1월 시전문지 월간 '시'를 창간했다.

최근 저서로는 『평생 시를 쓰고 말았다』 『다음 생에 만나고 싶은 시인을 찾아서』 『서서, 울고 싶은 날이 많다』 『삶에서 꿈으로』 『시는 시다』 『박인환 전 시집』 등이 있다.

**노천명 전집 종결판 II**

# 언덕의 왕자 노천명 수필집

초판 인쇄  2020년 10월 25일
초판 발행  2020년 10월 30일

지은이    노천명
엮은이    민윤기
펴낸이    김상철
발행처    스타북스
등록번호   제300-2006-00104호
주소     서울특별시 종로구 종로1가 르메이에르 1415호
전화     02) 735-1312
팩스     02) 735-5501
이메일    starbooks22@naver.com
ISBN    979-11-5795-558-9  04810
       979-11-5795-556-5 (세트)

ⓒ 2020  Starbooks Inc.
Printed in Seoul, Korea